Le Pacte des MarchOmbres

LE PACTE DES MARCHOMBRES

ELLANA
la prophétie

Pierre Bottero

RAGEOT

Cet ouvrage a été imprimé sur un papier
issu de forêts gérées durablement,
de sources contrôlées.

Certifié PEFC

Ce produit est issu
de forêts gérées
durablement et de
sources contrôlées.

PEFC™
10-32-2580

pefc-france.org

Illustrations : Jean-Louis Thouard

ISBN 978-2-7002-3772-6
ISSN 1772-5771

PRÉFACE

« **S**on corps était une partie d'elle. Elle lui devait le respect, c'était par lui qu'elle appréhendait le monde mais il n'était qu'une partie d'elle.

Sa condition de marchombre prenait naissance bien au-delà des limites de son corps. Elle le transcendait et, si son corps était enchaîné, blessé, affaibli, brisé même, elle n'en demeurait pas moins libre.

Elle était marchombre. »

Lorsque j'ai écrit ce passage, à la fin de *L'Envol*, le tome 2 du *Pacte des Marchombres*, j'ai mis en mots la découverte d'Ellana que l'état de marchombre n'est pas lié à de rares et étonnantes capacités physiques mais à la conscience et à la volonté d'arpenter un chemin propre, une voie, à l'intérieur de soi. Un chemin conduisant à sa liberté, à son équilibre, à son harmonie.

Ellana, enchaînée au sens propre du terme, placée par son maître en situation de danger extrême, de faiblesse, de presque échec, réalise que son esprit, lui, ne connaît aucune entrave, qu'elle est marchombre et restera marchombre « *libre ou enchaînée. Valide ou blessée. Jeune ou vieille.* »

Cette prise de conscience achève de la libérer et marque son envol.

C'est à ce passage que je songe lorsque des lecteurs me demandent si être marchombre est possible. Vraiment possible.

À cette question, comme à toutes les questions, j'ai envie de répondre qu'il y a deux réponses. Celle du savant et celle du poète...

Le savant, raisonnable et posé, insiste sur le risque qui résulte d'une confusion entre littérature, surtout fantastique, et réalité. S'il sait la force des mots et celle des histoires, il considère qu'il y a bien assez de chemins dans notre monde pour qu'il ne soit pas nécessaire de s'en inventer de nouveaux. Pour lui, le marchombre est un ami littéraire sur qui on peut s'appuyer mais à qui il serait vain de vouloir ressembler.

Le poète est plus ouvert. Conscient qu'escalader les plus hautes tours de cités improbables, arpenter leurs ruelles obscures avec la discrétion d'un rêve, chevaucher la brume ou parler au vent sont avant tout des exercices littéraires, il n'en conclut toutefois pas à l'impossibilité de devenir marchombre. Ayant assisté à l'envol d'Ellana, il répond que l'esprit prime le corps et que la quête des mots clefs, liberté, équilibre, harmonie, respect, est universelle. Pour lui, si l'apparence du marchombre qui sillonne Gwendalavir est, par définition, différente de celle du marchombre qui chemine parmi nous, la voie qu'ils suivent l'un et l'autre est la même.

Être marchombre est-il possible ? Vraiment possible ?

Le savant a sans doute raison, mais il y a des jours où je me sens résolument poète.

Pierre Bottero
Octobre 2009

L'AUTRE MONDE

VENT

1

Le nom du monde était souffrance.

Au prix d'un terrible effort, elle rampa jusqu'à un arbre proche, utilisa l'ultime parcelle de ses forces déclinantes pour s'y adosser, ferma les yeux…

Les rouvrit.

Sa vision était devenue floue. Baissait encore.

Souffrance.

Souffrances.

Celle qui irradiait dans son corps ensanglanté n'était rien. Même si sa vie s'écoulait de la plaie hideuse barrant son abdomen.

Celle de la trahison était accessoire. Qu'avait-elle imaginé ? Que les monstres pouvaient s'amender ?

Celle du rapt était insoutenable.

Peu importait qu'elle soit moribonde, peu importait que celui qui avait frappé l'ait d'abord tenue dans ses bras, ait un jour caressé le corps qu'il avait aujourd'hui transpercé, peu importait tout ce qui n'était pas l'effroyable réalité.

On avait enlevé son fils.

Elle hurla son nom. Essaya de hurler son nom...

Son murmure s'étouffa dans l'écume rouge qui jaillit de sa bouche.

Elle gémit, voulut porter la main à son visage, renonça. Visage trop loin. Main trop lourde.

La lame était entrée au niveau de l'aine, puis une poigne de fer l'avait remontée en biais jusqu'à ses côtes avant de lui imprimer une rotation maîtrisée au millimètre.

Un coup parfait.

Elle mettrait des heures à mourir.

Le nom du monde était souffrance. On avait enlevé son fils.

Elle haïssait sa faiblesse, son sang qui s'écoulait, sa vie qui s'enfuyait, la mort qui, en se déployant, lui interdisait de voler à son secours. Elle se haïssait d'avoir échoué à le protéger. Elle se haïssait de n'avoir pas frappé la première, d'avoir cru une seconde que...

Elle poussa un grognement, agrippa le tronc de l'arbre. Mépriser douleur et agonie, se lever, marcher jusqu'à l'écurie, prendre une selle, la...

Sa tête bascula sur sa poitrine.

Le nom du monde était souffrance.

Et désespoir.

2

Destan s'était endormi.

Ellana remonta le drap qu'il avait repoussé durant sa dernière bataille contre le sommeil puis se pencha pour déposer un baiser léger sur son front.

Elle frémit au contact de sa peau si douce, frémit en humant l'odeur sucrée de son corps chaud, frémit en ne le sentant pas frémir, plongé qu'il était déjà dans d'inaccessibles rêves de lumière.

Elle frémit en réalisant que sa vie ne lui appartenait plus.

Frémit en réalisant qu'elle avait déjà réalisé cela.

Plus de mille fois.

Toujours avec le même bonheur.

En quatre mois.

Ignorant que la clarté qui vivait en elle aurait suffi à illuminer la nuit, le soleil matinal glissa un rayon indiscret entre les volets mi-clos. Prudent, il se garda toutefois d'atteindre le berceau et se contenta de jouer avec les fées impalpables virevoltant devant la fenêtre, avant de déposer une brume dorée sur le plancher de la chambre.

Ellana aurait passé des heures à regarder son fils dormir.

Elle passait des heures à le regarder dormir.

Aoro avait toutefois annoncé sa visite pour le soir même et comme elle tenait à le recevoir dignement sans sacrifier une seule seconde du temps d'absolu que lui offrait Destan entre deux sommes, elle devait se mettre au travail sans tarder.

Sur une dernière caresse des yeux, elle quitta la pièce.

Alors qu'elle empruntait le long couloir de pierre blonde qui conduisait à la cuisine, elle se surprit à se frotter les mains avec satisfaction.

Presque jubilation.

Elle, marchombre solitaire et intransigeante, s'était coulée avec une déconcertante facilité dans sa nouvelle vie ! Alors, que quelques années plus tôt, l'idée de cuisiner pour le plaisir ou de dorloter un bébé l'aurait fait frissonner d'effroi, elle s'apprêtait à mitonner, sans doute à carboniser, un petit repas à un vieil ami tout en tendant l'oreille pour guetter le moment béni où son fils s'éveillerait.

Le changement, radical, s'était amorcé un an et demi plus tôt lorsque, de retour de leur long périple auprès des Fils du Vent, ils...

Ellana s'immobilisa.

Un bruit de chevaux à l'extérieur.

Elle fronça les sourcils. Edwin, Salim et Ewilan seraient de retour au mieux dans quatre ou cinq jours, plus vraisemblablement dans une semaine, Aoro l'avait prévenue de ne pas l'attendre avant la nuit...

Ce devait être des voyageurs.

Étrange. La maison, blottie dans une combe au pied des montagnes de l'Est, ne se situait à proximité d'aucune piste importante. Étrange mais pas exceptionnel et elle se réjouit à l'idée d'échanger quelques mots avec des étrangers.

Elle traversa le salon en jetant un regard au reflet que lui offrait le grand miroir près de la cheminée. Silhouette fine, élancée, épais cheveux d'un noir brillant tombant le long d'un visage aux pommettes hautes et à la peau mate, démarche assurée...

Elle avait parfaitement récupéré de sa grossesse. Les exercices auxquels elle s'astreignait chaque jour et l'enseignement qu'elle prodiguait à Salim lui avaient permis de recouvrer souplesse et tonicité, jamais elle ne s'était sentie aussi bien.

Un corps en harmonie
Avec le monde et l'esprit
Équilibrés.

Une des poésies marchombres que lui avait offertes Jilano pendant son apprentissage.

Jilano.

Son maître. Celui qui avait guidé ses premiers pas sur la Voie.

Elle saisit un foulard sur la table et se noua les cheveux. Aucune coquetterie dans ce geste mais le réflexe d'une combattante soucieuse de ne concéder aucune prise à ses adversaires.

Des adversaires ? Une combattante ?

Ellana sourit en songeant qu'elle n'avait plus livré de véritable combat depuis longtemps. Une fois remportée la guerre contre les Raïs, le dernier Ts'lich occis par Siam, la sœur d'Edwin, les pirates alines matés par la desmose des nouvelles Sentinelles, l'Empereur Sil' Afian avait entrepris de nettoyer Gwendalavir des bandes de pillards qui s'étaient multipliées de façon alarmante les dix dernières années.

En moins d'un an et, hormis les régions du nord toujours dangereuses, l'Empire avait retrouvé la paix.

Cela n'avait malheureusement pas duré.

Quelques mois plus tôt, des bandes de malfrats avaient recommencé à écumer Gwendalavir. Bénéficiant d'une organisation presque militaire et de moyens importants, les Blancs – c'était ainsi qu'on les désignait en raison de la couleur de leurs tuniques – donnaient du fil à retordre aux gardes impériaux et s'aventurer seul sur les routes alaviriennes était redevenu périlleux.

Bien qu'elle n'éprouvât aucune crainte, Ellana était trop profondément marchombre pour ne pas envisager toutes les éventualités. Le risque que des Blancs s'approchent de la maison était infime mais elle était prête à y faire face lorsqu'elle sortit dans la cour qui s'ouvrait devant la maison.

Quatre hommes se tenaient près de leurs chevaux, à côté de la fontaine coulant dans le vaste bassin de pierre où Salim aimait se plonger après son entraînement. Vêtus d'armures légères couvertes de poussière et non de tuniques blanches, ils la saluèrent avec courtoisie.

– Nous sommes désolés de vous déranger, fit l'un d'eux, un moustachu à la peau très claire. Je crois que nous nous sommes égarés.

– C'est probable en effet, répondit Ellana. Où vous rendez-vous?

– Nous cherchons l'auberge du Monde. C'est un nom curieux pour une auberge mais la cuisine, nous a-t-on dit, y est délicieuse et des compagnons nous y attendent.

Ellana poussa un sifflement.

– Vous n'aviez aucune chance de la trouver en continuant dans cette direction. L'auberge du Monde se trouve bien plus au sud. Si vous arrivez d'Al-Chen, vous avez bifurqué une dizaine de kilomètres trop tôt.

Le moustachu se frotta les joues avec lassitude.

– Cela signifie-t-il que nous devons faire demi-tour?

– Non, le rassura Ellana. Une piste permet de couper à travers les collines. En l'empruntant, et pour peu que vous restiez sur le bon chemin, vous atteindrez l'auberge en moins de deux heures.

– Par le roi des Raïs, nous avons eu de la chance de tomber sur vous. J'espère que l'auberge en question mérite les efforts que nous déployons pour l'atteindre!

– Soyez-en certains, lui lança Ellana. Nulle part ailleurs en Gwendalavir vous ne dénicherez pareil établissement. Le propriétaire à lui seul vaudrait le détour si l'endroit n'était aussi magnifique, et sa cuisine aussi délicieuse. Quand vous y serez, n'hésitez pas à lui demander pourquoi son auberge se nomme ainsi.

– Il y a donc une raison à ce nom étrange ? s'étonna le moustachu. Une raison que vous connaissez ?

– Oui, mais je ne vous dirai rien. L'histoire n'est belle que si Aoro en personne la raconte.

– Ma foi, nos compagnons n'ont peut-être pas menti en nous écrivant qu'ils étaient au paradis ! Où se trouve la piste dont vous nous parlez ?

– Juste là. Derrière l'écurie.

Ellana s'avança pour leur désigner la direction.

Dans son box, Murmure poussa un hennissement. Il avait entendu la voix de sa maîtresse et, songeant qu'elle le rejoignait, lui témoignait sa joie de la voir. En réponse, les chevaux des voyageurs renâclèrent, attirant l'attention de la marchombre.

– Belles bêtes, fit-elle en remarquant la finesse de leurs attaches et leurs puissants poitrails. Est-ce que vous…

Elle se figea.

Quatre hommes. Cinq chevaux.

« *Le détail est le raccourci du marchombre, jeune apprentie. Celui qui l'entraîne vers des lieux insoupçonnés, lui offre un temps d'avance sur ses adversaires et, souvent, lui sauve la vie.* »

Le sifflement aurait dû être inaudible.

Ses sens en alerte, Ellana le perçut.

Elle plongea au sol.

La flèche laissa une traînée de feu sur sa joue et se perdit au loin.

3

« *Après la perception du détail, vient l'instant du choix. Si la réflexion s'appuie sur le doute, le choix en est exempt. Ses maîtres-mots sont pertinence et efficacité.* »

Ellana roula, dégaina le poignard qui ne la quittait jamais, se releva d'un bond...

Coup d'œil circulaire.

Les quatre voyageurs se ruaient sur elle, armes au clair, si vifs que leur identité explosa dans sa conscience.

Mercenaires du Chaos !

Comment ne les avait-elle pas reconnus ?

Un mouvement à la périphérie de son regard.

Le cinquième homme. Celui qui l'avait prise pour cible une seconde plus tôt. Il avait sorti une nouvelle flèche de son carquois, bandait son arc...

Alors que le moustachu à la peau pâle arrivait sur elle, Ellana lança son poignard. Dans le même mouvement, elle pivota sur ses hanches, évita le sabre qui filait vers son visage, glissa le long du bras tendu de son adversaire, le saisit à la nuque et utilisa son élan pour l'attirer vers elle.

Le mercenaire voulut se débattre, la flèche qui était destinée à Ellana se ficha dans sa poitrine à l'instant précis où l'archer s'affaissait, portant les mains au poignard de la marchombre qui saillait de son cou.

« Un combat est un seul geste. Qu'il dure une seconde ou une heure. Qu'il t'oppose à un ennemi ou à dix. Un seul geste, un seul souffle. »

Ellana se baissa.

Une lame siffla au-dessus de sa tête alors qu'elle frappait du pied. Une rotule céda avec un bruit sec, un mercenaire s'écroula. Ellana plongea, roula...

Un sabre fendit sa tunique, ouvrant une longue estafilade dans son dos. Méprisant la douleur qui avait fusé, brûlante, la marchombre bondit. Ses griffes jaillirent, caressèrent la gorge du mercenaire le plus proche. Fontaine de sang. L'homme s'effondra.

Nouvel envol. Tourbillonnant. Le nez d'un mercenaire explosa sous le talon d'Ellana. Il partit en arrière en lâchant son sabre. La marchombre accompagna sa chute, roula avec lui. Il tendit la main vers son poignard mais elle fut plus prompte et ce furent ses doigts à elle qui se refermèrent sur le manche de l'arme. L'acier brilla au soleil avant de se teinter d'écarlate en perforant le cœur du mercenaire.

Ellana se releva d'un mouvement fluide, se remit en garde.

Trois de ses assaillants gisaient au sol, un quatrième, le genou brisé, ne représentait plus de danger. Le dernier hésitait à poursuivre le combat.

Conscient néanmoins qu'il n'avait pas le choix.

Devant lui, Ellana se ramassa pour bondir.

Aucune crainte en elle. Aucune place pour le doute.

Sa blessure n'était pas assez profonde pour la ralentir, l'avenir proche se dessinait avec une implacable limpidité. Tuer le mercenaire qui lui faisait face, achever le blessé, enrouler Destan dans une couverture, seller Murmure et fuir. Elle réfléchirait plus tard aux raisons qui avaient poussé les ennemis héréditaires à l'assaillir.

Elle lisait la peur dans les yeux du mercenaire valide, la résignation dans ceux du blessé, pourtant pas une seconde elle n'envisagea la possibilité de leur demander des explications. De les échanger contre leur vie sauve. Impossible de se fier à des mercenaires, leurs mots étaient poison, leurs actes trahison, leurs pensées corruption.

Elle pointa son poignard, se...

– Arrête, Ellana !

La voix avait retenti dans son dos, impérieuse et porteuse d'une telle menace qu'Ellana transforma son bond en volte-face. Elle se baissa sur ses appuis, prête à esquiver, à frapper, à lancer son poignard...

Elle s'immobilisa.

Une femme se tenait sur le seuil de la maison. Une femme qu'Ellana reconnut immédiatement, malgré les huit années qui s'étaient écoulées depuis leur dernière rencontre. Une femme à la flamboyante chevelure rousse, son corps fin et musclé protégé par une armure ajustée de cuir et de métal.

Essindra.

– Heureuse de me retrouver, Ellana ?

La voix n'avait pas changé, son aménité factice dissimulant mal sa terrible froideur.

– Je suppose que ton silence vaut acquiescement, poursuivit la mercenaire. À moins qu'il ne soit le signe d'une haine viscérale. Me hais-tu, Ellana ?

Alors que son être entier lui hurlait de passer à l'action, la marchombre demeura immobile et silencieuse.

– Je t'ai connue plus bavarde, railla Essindra. Et plus vive. Si tu me hais aussi fort que le clame ton regard, pourquoi ne m'attaques-tu pas ? Tu as fait des progrès, te débarrasser de mes hommes n'a pas paru t'occasionner de difficultés. Pourquoi ne m'attaques-tu pas ?

Le cœur d'Ellana battait si fort que chacune de ses pulsations était un trait de douleur dans sa poitrine. Un filet de sueur rejoignit la traînée de sang dans son dos.

– Pourquoi ? insista Essindra. Tu es rapide, je suis désarmée, mes mains sont prises. Tu pourrais…

– Lâche-le !

Le murmure d'Ellana avait été un cri. Si violent qu'Essindra, malgré son aplomb, tressaillit. Elle se reprit très vite. Baissa les yeux sur la forme entourée d'une couverture qui reposait dans ses bras.

Sourit.

– Que je le lâche? Au risque qu'il se rompe la nuque sur le sol? Ce serait dommage, non? Réfléchis, Ellana. Désires-tu vraiment que je lâche ton fils?

4

Ellana fit un pas en avant.

– Ne bouge plus ! lui ordonna Essindra.

Dans les bras de la mercenaire, Destan poussa un cri apeuré et se mit à pleurer.

Les griffes qu'Ellana avait rétractées jaillirent, avides de sang.

Le sang.

Comme celui qui bouillonnait dans ses oreilles, pulsait sourdement dans ses veines, obscurcissait sa vue.

– Tout doux mon bébé, murmura Essindra, tout doux.

Alors qu'Ellana s'apprêtait à bondir, Destan cessa soudain de pleurer.

– C'est bien, mon prince, susurra la mercenaire. Tu ne risques rien, tu sais.

Ellana s'était pétrifiée.

L'affection dans la voix d'Essindra n'était pas feinte, et le regard qu'elle portait sur Destan débordait de tendresse. Cette découverte embrasa le cœur d'Ellana, le transformant en une fournaise de haine pure.

– Laisse mon fils tranquille, siffla-t-elle entre ses dents.

Dans son dos, les deux mercenaires survivants se concertèrent du regard. Ils avaient vu ce dont la jeune femme était capable et n'éprouvaient aucune envie d'intervenir mais ils se tenaient prêts à sacrifier leur vie si Essindra le leur demandait.

Sans tenir compte de leur présence, Ellana fit un deuxième pas en avant.

S'immobilisa à nouveau.

Essindra venait de refermer sa main gantée de cuir sur la gorge de Destan qui poussa un gémissement. Toute trace de bonté avait déserté le visage de la mercenaire.

– Encore un pas et je lui brise la nuque !

– Non ! s'exclama Ellana. Ne... Regarde, je recule. Que... que veux-tu ?

Le cri de son fils avait soufflé sa haine, éteint son agressivité, désagrégé sa pugnacité. Il ne restait que de la peur en elle. Une peur irrépressible qui lui nouait le ventre et la faisait chanceler.

– Ce que je veux ? railla Essindra. La question est ridicule. Ce que je veux je m'en empare. Cet enfant est mien désormais.

– Je ne te laisserai pas le prendre !

– Bien sûr que si. Entre le laisser partir vivant, avec moi et le garder mort, où va ton choix, Ellana ? Tu ne réponds pas ? Quelle tristesse ! Vois-tu, les marchombres s'estiment libres mais ils sont prisonniers de leurs émotions, de leur conscience, de leurs sentiments. Tu fais partie du troupeau des geignards délicats, Ellana, reconnais-le. En revanche...

Elle lâcha le cou de Destan pour saisir son poignet entre deux doigts.

– J'aime ce bébé, reprit-elle. Plus que tu ne l'imagines, plus que tu ne l'aimes toi, mère stupide et possessive, pourtant je le tuerais sans la moindre hésitation. Et tu sais pourquoi ? Parce que la véritable liberté est de mon côté, Ellana. La liberté qu'offre le Chaos. Voilà des années que j'attends l'enfant mais je pourrais lui arracher une main sans ciller. Veux-tu que je te le prouve ?

– Non ! s'écria Ellana. Je t'en supplie.

Le regard d'Essindra se chargea de mépris.

– La grande Ellana s'engage sur la voie de la supplication ? Quelle déception !

Ellana ferma les yeux une seconde, cherchant vainement à juguler son affolement, à calmer les tremblements incoercibles qui s'étaient emparés de ses mains, à contenir le désespoir qui l'envahissait.

– Pose mon fils et viens m'affronter, proposa-t-elle d'une voix blanche. Tu es ici pour moi, n'est-ce pas ? Tu me détestes autant que je te déteste, non ? Alors réglons cela une fois pour toutes.

Essindra éclata de rire.

– Tu es encore plus bête que je ne le pensais ! lança-t-elle. Je me fiche de toi et tu ne mérites pas mon acier. Je ne suis pas ici pour régler un quelconque différend mais pour m'emparer de l'enfant. Il m'appartient désormais.

– Je ne te le laisserai jamais !

– Je t'ai expliqué que tu n'avais pas le choix.

Elle adressa un signe de tête aux deux mercenaires qui s'étaient déployés derrière Ellana.

– Chargez les corps de nos compagnons sur leurs chevaux. Nous partons.

À cet instant, un hennissement s'éleva derrière la maison.

Ellana tressaillit.

Edwin !

Ce devait être Edwin.

Avec Salim et Ewilan.

Lorsqu'ils...

– Que cette grimace d'espoir sur ton visage est navrante ! s'exclama Essindra. Tu imagines tes amis voler à ton secours alors qu'à l'heure qu'il est, ils abreuvent le désert des Murmures de leur sang.

– C'est faux ! Ils...

– Faux ? Vraiment ? Depuis que Salvarode nous a révélé le secret du Rentaï, trente des nôtres se relaient pour monter la garde jour et nuit au pied de la montagne des marchombres afin d'intercepter les candidats à la greffe.

– Le Conseil de la guilde ne dépêche plus d'apprentis au Rentaï depuis des années.

– C'est une des rares décisions intelligentes qu'il ait prises. Une décision que tu as été assez stupide pour enfreindre. Guetter en vain est lassant. Mes hommes ont été heureux de voir arriver ton élève et ses deux compagnons. J'ai cru comprendre qu'ils s'étaient bien amusés avant de les achever.

Ellana, livide, sentit ses jambes se dérober sous elle. Par un prodigieux effort de volonté, elle parvint à retrouver son équilibre, déglutit péniblement…

– Ta prétention a causé la mort de tes amis, poursuivit Essindra, et le sentimentalisme écœurant que tu prends pour de l'amour t'empêche d'agir pour sauver ton fils. Tu es pitoyable.

Deux cavaliers tournèrent l'angle de la maison.

Le premier était un colosse au visage fermé, bardé de cuir et d'acier, la poignée d'une monstrueuse épée dépassant de son dos. Ankil Thurn, l'acolyte d'Essindra.

Si Ankil Thurn dégageait une inquiétante impression de force brute et incontrôlable, le second cavalier irradiait le calme et la noirceur.

Grand, large d'épaules, les cheveux courts coupés en brosse, des traits qui auraient été harmonieux sans la morgue dont ils étaient empreints et la cicatrice qui barrait sa joue, des yeux bleu cobalt aussi froids que la mort…

Un inconnu.

Nillem.

5

– **C**e ne sont pas tes compagnons, Ellana, mais les miens. Pas trop déçue?

Les deux cavaliers mirent pied à terre ensemble. Tandis qu'Ankil Thurn s'avançait vers Essindra sans accorder le moindre coup d'œil aux corps qui gisaient près de la fontaine, Nillem demeura près des chevaux. Immobile, les bras croisés, il observait Ellana, le regard indéchiffrable.

– Alors, Ankil? s'enquit Essindra. Quelles sont les nouvelles?

– Comme tu l'avais supposé, l'apprenti marchombre n'a rien voulu entendre. Il a fallu le tuer.

– Et ses amis?

– Morts aussi. Til' Illan nous a donné du fil à retordre et quatre des nôtres y ont laissé la vie, mais une volée de flèches a fini par le calmer. Définitivement.

– La petite dessinatrice ?

– Les Mentaïs avaient vu juste. Son pouvoir était en pleine période de fluctuation et elle s'est montrée incapable de gagner les Spires. Nos hommes se sont un peu amusés avec elle puis ils l'ont égorgée.

Un sourire dur étira les lèvres d'Essindra.

– Parfait.

Elle désigna Ellana du menton.

– Et elle ?

Un grognement sourd monta de la gorge d'Ankil Thurn.

– Je m'en occupe. Il y a longtemps que j'attends ce moment.

D'un geste lissé par l'usage, il tira son épée du fourreau pendu entre ses épaules et la brandit devant lui. Ellana ne réagit pas.

Edwin mort, Salim, Ewilan...

Ce ne pouvait être qu'un cauchemar. Elle allait se réveiller, ses compagnons seraient là, près d'elle, Edwin tenant Destan dans ses bras, Salim racontant comment il avait vaincu le Rentaï, Ewilan l'écoutant, sourire aux lèvres...

Ils n'étaient pas morts.

Trop de proches étaient morts autour d'elle.

L'avaient abandonnée.

Pas eux.

Ankil Thurn poussa un rugissement et, faisant tournoyer son épée comme si elle n'avait rien pesé, se rua en avant sans qu'Ellana esquisse un geste.

Noyée dans la douleur et les regrets.

Alors qu'il arrivait sur elle, les cris de Destan, effrayé par les vociférations du mercenaire, la ramenèrent soudain à la réalité.

D'une torsion du buste, elle évita un coup de taille qui l'aurait décapitée, bondit sur le côté et se mit en garde.

Une flamme farouche avait remplacé la résignation dans son regard.

Elle songerait plus tard à la disparition de ses amis. Plus tard elle pleurerait. Pour l'instant, il lui fallait tirer son fils des griffes de ces monstres. Essindra la connaissait mal si elle pensait qu'elle accepterait sans réagir qu'on le lui enlève!

Son premier assaut ayant échoué, Ankil Thurn se mouvait maintenant avec circonspection, son arme pointée devant lui.

« Un vrai guerrier, songea Ellana en l'observant. Puissant et dangereux. Il saignera sans doute beaucoup et longtemps avant de mourir. »

Le cœur de la marchombre avait cessé de battre la chamade, son souffle était redevenu régulier et lorsque, à son tour, elle se mit en marche, ses mouvements avaient retrouvé leur létale souplesse.

– Attendez!

Nillem avait crié. Sans s'occuper de savoir s'il était écouté, il s'avança pour se camper devant Ellana. Mains ouvertes afin de bien montrer qu'il était désarmé, il planta ses yeux dans ceux de la marchombre.

– Ne fais pas ça, Ellana, murmura-t-il d'une voix pressante.

– Que je ne fasse pas quoi, Nillem ? répliqua-t-elle. Défendre ma vie ? Celle de mon fils ? Tu voudrais que je l'abandonne ? Tu penses vraiment que j'en serais capable ? Non, n'approche pas !

Nillem avait effectué un pas vers elle. Ignorant l'avertissement et le poignard qu'elle brandissait, il posa la main sur son épaule.

– Je veux juste que tu réfléchisses, fit-il avec calme. Que tu acceptes la vérité. Le Chaos est la seule voie qui mérite ce nom. Le nier est stupide et se dresser contre nous irréaliste.

– Tu m'as déjà tenu ces propos, cracha-t-elle. Aujourd'hui comme il y a huit ans, je les réfute. Il n'y a nulle vérité dans tes mots. Que du mensonge.

– Non, Ellana. Tu te leurres. La prophétie est là pour le prouver.

– Je me moque de ta prophétie ! s'exclama Ellana. Elle n'est qu'un...

Nillem lui ferma la bouche d'une main douce et ferme à la fois. Puis il se pencha pour lui murmurer à l'oreille :

– Lorsque les douze disparaîtront et que l'élève dépassera le maître, le chevaucheur de brume le libérera de ses chaînes. Six passeront et le collier du un sera brisé. Les douze reviendront alors, d'abord dix puis deux qui ouvriront le passage vers la Grande Dévoreuse. L'élève s'y risquera et son enfant tiendra dans ses mains le sort des fils du Chaos et l'avenir des hommes.

Il la libéra de sa main et poursuivit :

– Écoute-moi, Ellana. Écoute-moi avec la plus grande attention. Les douze sont les Sentinelles qui trahirent et disparurent. Je croyais être l'élève mais il s'avère que c'est toi et Jilano, ton maître, chevaucheur de brume, t'a libérée de tes chaînes. Six ans plus tard, le collier du Gardien a été brisé, les Sentinelles sont revenues et deux d'entre elles ont traversé la mer des Brumes. Tu les as suivies puis tu as continué ton chemin jusqu'à la Grande Dévoreuse. Ton fils est l'enfant dont parle la prophétie. L'élu du Chaos. La clef dont nous avons besoin. Il nous appartient désormais de veiller sur lui.

Ellana secoua la tête. Nillem se tenait tout contre elle. Son odeur n'avait pas changé, pas plus que sa voix ou la texture de sa peau. Seule la fêlure dans son âme s'était transformée, était devenue un gouffre. Insondable.

– Je refuse cette prophétie, dit-elle. Destan n'est pas le fils du Chaos et aucun mercenaire ne s'occupera jamais de lui. Il a ses parents.

Les yeux de Nillem s'emplirent de compassion.

– Son père est mort.

Ellana serra les mâchoires afin de maîtriser le flot d'émotions qui menaçait de la submerger.

Qui la submergeait.

Une larme naquit au coin de son œil. Elle la dissimula en posant son front sur l'épaule de Nillem.

– Je… je… balbutia-t-elle. Destan a encore une mère, je…

– Non, Ellana.

– Non ?

– Destan n'a plus de mère.

Le poignard s'enfonça jusqu'à la garde dans l'aine d'Ellana.

Elle hoqueta, ses griffes jaillirent, déjà Nillem, plaqué contre elle, remontait la lame dans un geste irrésistible. Lorsqu'elle atteignit les côtes, il la fit tourner deux fois et la dégagea d'un coup sec.

Ellana s'affaissa lentement.

– Assez gaspillé de temps, fit-il en se détournant. On y va.

– Pourquoi es-tu intervenu ? protesta Ankil Thurn. Elle était à moi.

Nillem lui jeta un regard glacial.

– Ne sois pas stupide. Nous avons déjà perdu trois des nôtres. Tu n'avais aucune chance.

Il rengaina son poignard avant de poursuivre :

– Et ne dis pas n'importe quoi. Elle n'était pas à toi mais à moi. Elle a toujours été à moi.

À genoux, les bras pressés contre son ventre, Ellana vit les mercenaires sauter en selle et s'éloigner.

Avec son fils.

Sa vue se troubla.

Le nom du monde était souffrance.

6

Ellana avait cessé de bouger.

Cessé de lutter.

Le dos appuyé au bouleau malingre qui poussait près du bassin, elle observait, indifférente, ses mains pâles et sa tunique qui se gorgeait de sang.

Elle ne souffrait plus, elle se sentait presque bien. Détendue.

Elle était en train de mourir.

Elle ferma les yeux.

Elle avait sept ans la première fois qu'elle avait ressenti cet étrange détachement. Cet apaisement morbide que l'on éprouve en approchant l'ultime frontière.

Elle avait sept ans, peut-être huit. Malgré les mises en garde d'Oukilip et Pilipip, les deux Petits qui lui tenaient lieu de parents, elle avait pisté un ours élastique, attendu qu'il s'endorme dans une flaque de soleil automnal et entrepris de le bombarder de marrons.

Les ours élastiques font rarement preuve d'agressivité, mais celui-ci devait être doté d'un caractère particulièrement ombrageux. Au lieu de s'éloigner en ronchonnant comme les précédentes victimes des facéties d'Ellana, il l'avait prise en chasse.

Avait suivi une course acrobatique d'arbre en arbre, Ellana prenant des risques incroyables pour semer l'ours qui, teigneux, refusait d'abandonner la partie. Elle avait couru sur les branches les plus hautes de la Forêt Maison, sauté d'une cime à une autre, plongé dans le vide, agrippé une liane au dernier instant, grimpé, bondi, filé... l'ours l'avait suivie.

Jouant le tout pour le tout, elle avait alors utilisé la souplesse d'un charme bleu pour s'élancer par-dessus une rivière. Propulsé par la puissance de l'arbre, son corps avait décrit une courbe harmonieuse à trente mètres du sol. Elle avait atterri presque par hasard sur la plus haute branche d'un rougeoyeur et son incroyable agilité avait fait le reste. Elle avait vacillé un bref instant puis avait retrouvé son équilibre.

De l'autre côté de la rivière, l'ours élastique avait secoué sa grosse tête comme pour protester devant cette tricherie puis, sur un dernier grognement, il s'était détourné.

Ellana avait éclaté de rire.

Juste avant que la branche sur laquelle elle se tenait cède sans avertissement.

Elle était tombée.

Sa chute avait été brève, trois secondes tout au plus, mais elle lui avait paru éternité. Elle était passée comme une pierre à travers les branchages du rougeoyeur, avait cru que son bras s'arrachait lorsqu'il avait heurté une saillie du tronc, son visage avait été fouetté, ses mains lacérées puis...

L'impact.

La certitude que son corps explosait tandis qu'une monstrueuse vague de douleur déferlait sur elle.

Avant de refluer avec la même brutalité.

Ellana s'était retrouvée adossée au tronc. Elle ne souffrait plus mais elle était incapable de bouger. Elle n'en avait d'ailleurs pas envie. Elle se sentait...

Existait-il un mot plus fort que faible ?

Harassée ?

Assommée ?

Non. Vide. Elle se sentait vide.

Un vide infini.

« Je suis morte, avait-elle songé. Je suis morte et je ne m'en suis pas encore rendu compte. »

Elle avait fermé les yeux. Non qu'elle eût sommeil mais parce que cette infime action était la dernière étape à franchir sur la route sans intersection qui s'ouvrait devant elle.

Puis, doucement, sans douleur, elle avait cessé d'exister.

Elle avait repris connaissance des heures plus tard, le corps moulu mais l'esprit alerte.

– Je ne suis pas morte finalement, s'était-elle étonnée à voix haute.

Elle avait sept ans. Peut-être huit. Elle s'était levée en grimaçant, avait effectué quelques pas chancelants vers un chêne proche et avait rempli ses poches de glands. En attendant de trouver des marrons.

Et un nouvel ours élastique.

Ellana secoua la tête et ouvrit les yeux.

Elle allait mourir. Mourir pour de bon cette fois mais si elle gardait les yeux fermés, elle mourrait plus vite et il était hors de question d'offrir une seule seconde de sa vie à Nillem.

Alors qu'elle n'éprouvait plus aucune douleur, que ses doigts devenaient gourds, que la notion même de sensation physique l'avait quittée, elle percevait toujours l'écorce du bouleau dans son dos. Elle s'accrocha à cette ultime perception, étrange pivot autour duquel elle tenta de reconstruire une pensée cohérente.

En vain.

Comme si le souvenir de sa chute dans la Forêt Maison avait ouvert les vannes de sa mémoire, elle se revit, enfant nommée Ipiutiminelle, courir entre les arbres avec Oukilip et Pilipip, admirer Ilfasidrel le joyau aux mille facettes, le reprendre aux voleurs qui l'avaient dérobé, se balancer dans son hamac à cinquante mètres du sol, cueillir des framboises, ramper sous les buissons pour surprendre les clochinettes.

Elle avait douze ans, peut-être treize lorsqu'elle avait quitté les Petits pour rejoindre les Humains, abandonnant par la même occasion le monde de l'insouciance pour celui de l'aventure, ses joies et ses malheurs, ses rencontres et sa solitude.

À quinze ans, sa route avait croisé celle de Jilano, maître marchombre, et sa vie avait pris un tournant décisif. Guidée par lui, elle s'était engagée sur la voie. Auprès de lui, elle avait appris la souplesse et l'harmonie, l'art du combat et celui du silence. Elle avait voyagé jusqu'au Rentaï dans le désert des Murmures et obtenu la greffe que la montagne mythique n'accordait qu'aux meilleurs. Elle avait également fait la connaissance de Nillem, l'élève d'un autre maître marchombre d'exception, Sayanel. Entre Nillem et elle s'était créé un lien intime, fraternel et amoureux, qui avait volé en éclats lorsque Nillem avait trahi les siens pour rallier le camp des mercenaires du Chaos. Gwendalavir était en guerre contre les Raïs et les mercenaires avaient choisi de s'allier avec ces derniers.

Ellana avait continué à arpenter la voie. Toujours plus loin. Même lorsque Jilano était mort, assassiné par un traître. Elle avait alors achevé son apprentissage depuis deux ans et surpassait déjà la plupart de ses pairs.

Elle avait vingt-quatre ans lorsqu'elle avait rencontré Ewilan Gil' Sayan et le groupe de compagnons qui l'escortaient. L'Empire, débordé, menaçait à tout moment de céder sous la pression des hordes raïs et Ewilan, dépositaire d'un pouvoir exceptionnel, était la seule à pouvoir le sauver. Ellana s'était prise d'amitié pour elle et l'avait accompagnée dans sa quête.

L'aventure avait duré des mois et lorsqu'elle s'était conclue par la victoire de l'Empire, Ellana avait enfin le sentiment de s'être trouvé une famille. Ewilan lui était aussi chère qu'une sœur, Salim la suivait sur la voie des marchombres, et en Edwin elle décelait l'amour tel qu'elle l'avait toujours espéré.

Elle n'avait donc pas hésité à accompagner ses amis lorsqu'ils s'étaient embarqués pour une nouvelle aventure de l'autre côté de la mer des Brumes. Ensemble ils étaient parvenus à repousser l'entité maléfique qu'un peuple belliqueux, les Valinguites, avait invoquée, tandis que l'amour qui la liait à Edwin jaillissait enfin comme une source pure et intarissable.

Alors que leurs compagnons victorieux regagnaient Gwendalavir, Ellana et Edwin, Ewilan et Salim, avaient tourné le dos au monde connu pour partir avec les Fils du Vent sur leurs immenses bateaux à roues.

Droit vers l'est, là où…

Ellana toussa. Elle sentit à peine un filet de sang franchir ses lèvres, couler sur son menton, goutter dans son cou.

C'était donc cela mourir ?

Revoir sa vie en accéléré, comme on jette un dernier coup d'œil à la pièce que l'on quitte afin de vérifier qu'on n'a rien oublié ?

Sa tête bascula doucement en avant.

Vérifier qu'on n'a rien oublié.

Au prix d'un effort inouï, elle redressa la tête, l'appuya contre le tronc du bouleau.

Elle avait revu sa vie mais pas toute sa vie.

Il manquait le final. Les plus belles années. Les années de plénitude.

La mort pouvait attendre quelques minutes, non ?

– Vous voulez toujours vous joindre à nous ? demanda Oyoel dans sa mémoire.

– Plus que jamais, répondit-elle.

– Dans ce cas, soyez les bienvenus sur mon navire.

7

– **T**u es certaine qu'ils savent ce qu'ils font ? demanda Oyoel, une pointe d'anxiété dans la voix.

– Ellana oui. Salim j'en suis moins sûre.

– Tu n'as pourtant pas l'air inquiète.

Ewilan haussa les épaules et sourit.

– Sans doute parce que je ne le suis pas, répondit-elle.

Elle était assise près du nautonier à la proue du navire qui filait au milieu de l'immensité verte des plaines Souffle. Une main en visière au-dessus de leurs yeux pour se protéger de l'éclat du soleil, ils observaient Ellana et Salim juchés sur une minuscule plate-forme au sommet du mât.

– Les Haïnouks se livrent souvent à ce genre d'exercice, remarqua-t-elle. Nous voyageons avec vous depuis trois mois et je n'ai pas eu une seule fois l'impression que cela émouvait quelqu'un.

– Les Fils du Vent grimpent dans les haubans du navire dès qu'ils savent marcher, répliqua Oyoel. Le vertige nous est étranger, le goût du risque et celui du jeu sont ancrés en nous, mais aucun d'entre nous n'a jamais tenté de... voler.

– Je ne serais pas étonnée qu'Ellana en soit capable.

Le nautonier se tourna vers sa jeune voisine, les traits marqués par la surprise et la perplexité.

– Capable de voler ? Tu plaisantes, n'est-ce pas ?

– À moitié, Oyoel. À moitié seulement.

Elle éclata de rire devant le regard stupéfait de son ami.

– C'est d'ailleurs pour cette raison que je les observe depuis qu'ils sont montés. Pour rien au monde je ne voudrais rater leur envol !

Un vent de côté gonflait la grande voile triangulaire et si, au niveau du pont, il soufflait déjà très fort, c'était pire trente mètres au-dessus. Le mât oscillait comme si, d'une seconde à l'autre, il allait se rompre et des rafales aussi violentes qu'imprévisibles menaçaient à tout moment d'emporter les imprudents qui défiaient le ciel.

Les deux imprudents.

– Décontracte-toi, Salim. Le vent n'est pas un ennemi.

– Il cherche pourtant à me jeter en bas !

– Parce que tu ne sais pas lui parler.

Salim raffermit sa prise sur le cordage auquel il était agrippé.

– Je le reconnais volontiers, admit-il, mais, au risque de te décevoir, je ne parviens pas à trouver cela étrange. Je ne parle pas plus au vent que je ne parle aux cailloux ou aux nuages. Pour tout t'avouer, j'évite même d'adresser la parole aux poissons et aux arbres. Pourquoi tu fais cette tête ?

Ellana le dévisageait, pensive.

– Parce que je découvre chaque jour un peu plus à quel point il est difficile d'enseigner. D'enseigner vraiment. Parce que je découvre que posséder un savoir n'induit en rien qu'on est apte à le transmettre.

– Euh… C'est un reproche ?

La marchombre sourit.

– Non. C'est un défi et un précieux rappel.

Salim se gratta le menton d'un air perplexe.

– Un défi ? Un rappel ? Désolé mais je ne comprends rien à ce que tu racontes.

– Un rappel de ma chance d'avoir eu comme maître un marchombre exceptionnel doublé d'un enseignant tout aussi exceptionnel.

Salim hocha la tête.

– D'accord, là c'est plus clair. Et le défi ?

Le sourire d'Ellana disparut, remplacé par un air froid et déterminé.

– Tenter de faire aussi bien que lui avec un apprenti aussi peu réceptif que toi.

– Peu réceptif ! s'insurgea Salim. Je… je…

– Non, le coupa Ellana. Ne te justifie pas. Tu es mon élève et je me rends compte aujourd'hui que je t'ai transmis une vision trop terre à terre de la voie du marchombre.

– Trop terre à terre ?

Le sourire d'Ellana revint.

– Lorsque Jilano me parlait, moi aussi je répétais souvent la fin de ses phrases. Je croyais lui dissimuler ainsi que je ne comprenais rien à ses paroles. Je réalise grâce à toi que je ne lui dissimulais rien du tout.

Salim poussa un soupir excédé.

– Je ne cherche pas à te cacher quoi que ce soit. J'ai du mal à te suivre, c'est tout.

– Et pourtant tu vas me suivre, jeune apprenti !

La plate-forme, minuscule, était ceinte d'une balustrade qui leur arrivait à la taille. Ellana s'y jucha d'un bond.

– Tu es folle ! s'écria Salim. Tu vas…

Il se tut.

La marchombre, de profil, un bras tendu devant elle, le second replié au-dessus de sa tête, jouait avec le vent.

Il n'y avait pas d'autre mot, d'autre image.

Elle jouait avec le vent.

Ses mains ouvertes, doigts écartés, captaient le sens de chaque rafale, l'esprit de chaque bourrasque, les transmettaient à son buste qui ondulait, à ses hanches qui ondoyaient, à ses épaules qui sinuaient. Danse sensuelle en parfaite harmonie avec les courants invisibles qui l'enlaçaient.

Lorsque le vent faiblit, elle le provoqua, se penchant dans le vide jusqu'à placer son corps à l'horizontale, une jambe tendue loin derrière elle, sa longue tresse noire devenue boussole magique flottant dans l'axe exact du navire.

Le vent rageur repartit à l'assaut, se rendant imprévisible pour tenter de la surprendre.

En vain.

Bien plus imprévisible que lui, elle se coulait dans sa force, absorbait ses remous, dansait sur ses crêtes, vive, légère et indomptable.

Le ballet s'acheva lorsque Ellana sur une ultime pirouette se lança en arrière, effectua une impensable volte-face et atterrit près de Salim.

Elle souriait et, dans ses yeux noirs, le vent continuait à souffler.

– Waouh, s'exclama Salim, tu…

– L'univers est un entrelacs de forces, le coupa-t-elle d'une voix pareille à un courant d'air chaud. La voie du marchombre sinue entre ces forces et le marchombre se rit d'elles. Invisibles, il les voit. Impalpables, il les sent. Immatérielles, il les touche. Le vent est une de ces forces. Fais-t'en un ami, Salim. Va lui parler.

– Je ne crois pas que…

– Tu n'as pas le choix, jeune apprenti.

Elle saisit l'extrémité d'un cordage et, en un tournemain, le noua autour de la poitrine de son élève.

– Grimpe sur la balustrade, Salim, et apprends.

– Il n'en est pas question. Je…

– Ou je défais la corde et je te jette en bas.

– Tu ne ferais pas ça, n'est-ce pas ?

Elle ne se donna pas la peine de répondre.

Avec un soupir résigné, Salim se hissa sur la balustrade. Il n'était pas encore debout qu'une rafale le happa et le précipita dans le vide.

Son hurlement de terreur fut tranché net par la corde qui, en stoppant sa chute cinq mètres plus bas, lui coupa le souffle.

Il gigota quelques secondes puis, comprenant qu'Ellana n'avait pas l'intention de l'aider, il grimpa à la force des poignets jusqu'à la plate-forme où il s'effondra hors d'haleine.

– Je... je... c'est impossible ! balbutia-t-il en se tenant les côtes.

– Ta deuxième tentative sera moins difficile.

Salim se raidit.

– Je ne remonterai pas sur cette fichue balustrade !

– Détrompe-toi, jeune apprenti, tu vas y retourner et pas plus tard que tout de suite.

Aucune menace dans la voix d'Ellana mais une assurance inébranlable. Teintée d'une pointe de nostalgie. Imperceptible.

Salim tenta six fois de jouer avec le vent et six fois il fut balayé comme un fétu de paille, incapable de résister plus de trois secondes à la puissance des rafales qui mugissaient sur les plaines Souffle et encore plus incapable de comprendre les forces dont lui avait parlé Ellana.

À son sixième échec, la marchombre dut le hisser sur la plate-forme tant il était moulu.

– Je… je… je n'y arrive pas, bredouilla-t-il.

– Ne t'inquiète pas, le rassura Ellana, personne n'y parvient la première fois et tu auras au moins fait preuve de persévérance. Descendons maintenant.

Bien qu'il peinât à recouvrer son souffle, Salim ouvrit la bouche pour la remercier. Ellana ne lui en laissa pas le temps.

– Demain nous recommencerons, lança-t-elle. Nous avons de la chance, la saison des vents bat son plein !

– De la chance, grommela Salim. Elle a dit de la chance.

Il empoigna un cordage et entama sa descente tandis qu'elle levait les yeux vers le ciel. Alors que le navire poursuivait sa route, le vent, apaisé, lui caressa le visage avant de glisser un murmure au creux de son oreille.

« Chez les marchombres, maître et élève sont liés. Pour l'éternité. Aujourd'hui, nous nous séparons mais une partie de nos âmes reste mêlée. Un jour, alors que tu chevaucheras les vents les plus purs, mes cendres seront répandues, peut-être au sommet de cette montagne. Mais même la mort ne nous séparera pas. Je continuerai à marcher sur la voie à tes côtés. Je ne t'oublierai jamais. »

Ellana ferma les yeux.

Partage.

8

Le navire filait à vive allure lorsque Ellana prit pied sur le pont.

Elle désirait évoquer le vent avec Salim, lui expliquer qu'il était bien davantage qu'une masse d'air en mouvement, lui dire que...

Salim ne l'avait pas attendue.

Ewilan était blottie contre lui et, accoudés au bastingage, ils contemplaient l'immensité des plaines Souffle. Comme s'ils étaient seuls au monde.

Une esquisse de sourire étira les lèvres d'Ellana.

Ils étaient seuls au monde.

Même si une ribambelle d'enfants jouaient sur le pont, même si Oyoel, à quelques mètres d'eux, criait ses ordres aux Haïnouks perchés dans le gréement au-dessus de leur tête, même si Salim était censé passer ses journées avec elle et non avec Ewilan.

Seuls au monde.

– Disons que la leçon est finie pour aujourd'hui, murmura-t-elle. Mais tôt ou tard, il faudra que tu réagisses.

Sans se retourner, elle tendit la main derrière elle.

Edwin y plaça la sienne.

Le maître d'armes ne s'étonnait plus qu'elle soit capable d'entendre un pas furtif au milieu du brouhaha du navire, ne s'étonnait plus qu'elle reconnaisse le sien. N'était-il pas capable, lui, de reconnaître son parfum à dix pas ou la douceur de sa peau au moindre frôlement?

– Tu parles seule? s'enquit-il sur un ton badin.

Sans relever l'ironie, elle désigna Salim qui avait passé un bras autour des épaules d'Ewilan.

– Il n'apprend plus rien.

Edwin haussa les sourcils.

– Tu es sévère, non? Je vous ai observés lorsque vous jouiez aux acrobates au sommet du mât. Il n'a pas hésité à se jeter dans le vide quand tu le lui as demandé.

– Je ne lui demandais pas de se jeter dans le vide mais de m'écouter. De m'écouter vraiment.

– Et?

– Il ne pense qu'à Ewilan. Mes mots glissent sur lui comme une lame de papier sur une armure de vargelite. Je commence à craindre qu'il ne soit pas fait pour la voie. Ou que la voie ne soit pas faite pour lui, ce qui revient au même.

– Parce qu'il est amoureux ? Tu es dure !

– Certains chemins nécessitent un engagement total si on désire s'y aventurer, tu le sais aussi bien que moi ! rétorqua-t-elle.

– C'est vrai, admit-il. Il n'en reste pas moins qu'après nos aventures valinguites, Salim et Ewilan méritent de souffler.

Elle secoua la tête.

– Devenir marchombre est un choix de vie, pas un travail saisonnier ! Lorsque tu es fatigué, tu reposes tes muscles, d'accord, mais cesses-tu d'être juste ou cohérent ? Arrêtes-tu de respirer ?

Elle avait haussé la voix. Devant l'air surpris de son compagnon, elle poursuivit sur un ton plus posé :

– Je suis toutefois davantage à blâmer que Salim. Je suis maître marchombre, il m'appartient de le guider sur la voie, comme il m'appartient d'intervenir s'il s'en écarte. Arriverons-nous bientôt à Envaï ?

– Oyoel pense que ses murs seront en vue après-demain. Tu en as assez de voyager avec les Haïnouks ?

Avant de répondre, elle contempla l'immense navire triangulaire sur lequel ils se trouvaient, sa proue profilée, ses trois roues impressionnantes, son mât unique et sa gigantesque voile blanche. Les Fils du Vent avaient trouvé le bonheur et la paix sur les plaines Souffle. Guidés par la sagesse du conseil des femmes, ils formaient une société harmonieuse où la violence était inconnue. Leurs enfants jouaient, libres et insouciants, chaque décision engageant le clan était débattue avant d'être prise et aucune voix ne prévalait sur une autre. Même celle d'Oyoel qui occupait le poste prisé de nautonier.

Des centaines de navires haïnouks sillonnaient les plaines Souffle. Seuls la plupart du temps, parfois par deux ou trois, rarement plus. Sur chacun d'eux, une dizaine de familles formaient un clan et s'il s'écoulait souvent plusieurs mois avant qu'un clan en croise un autre, les liens qui les unissaient n'en étaient pas moins riches et forts.

Ellana appréciait le sentiment de liberté qui pulsait autour des Haïnouks, les longues conversations qu'elle menait avec les anciens, et les discussions des femmes du conseil.

Elle goûtait le souffle du vent sur son visage, l'immensité sans cesse renouvelée qui s'ouvrait devant le navire, le rire des enfants qui cascadait le long des haubans et leurs cris émerveillés lorsque le navire passait à proximité d'un troupeau de khazargantes.

Elle avait trouvé la paix, l'amour qui la liait à Edwin s'épanouissait chaque jour un peu plus, la comblait, mais...

– Ce n'est pas mon monde, fit-elle en désignant la plaine d'un mouvement du bras. Trop lisse, trop plat, trop uniforme. J'ai besoin d'arbres pour exister. Besoin de falaises, de montagnes, de rivières. Besoin de villes aussi. Je suis bien ici mais je ne peux envisager de rester.

Edwin l'attira contre lui.

– Il n'a jamais été question de passer notre vie ici.

Elle se dégagea. Avec douceur mais fermeté.

– Je peux d'autant moins rester que je dois reprendre en main l'apprentissage de Salim et qu'un bateau, fût-il aussi grand que celui-ci, n'est guère propice à l'enseignement de la voie.

– Envaï conviendra mieux? s'enquit Edwin.

– Envaï est une cité et si je ne la connais pas, je ne doute pas que l'explorer sera passionnant. Et instructif. Oui, il me tarde que nous arrivions.

9

– **P**ourquoi Edwin et Ewilan n'ont-ils pas voulu que nous les accompagnions ?

– Parce que ce qu'ils ont à faire ne nous concerne pas.

– Tu es encore en colère ?

Ellana s'arrêta pour plonger ses yeux dans ceux de Salim.

– Pourquoi en colère et pourquoi encore ?

Il lui rendit son regard.

– Depuis que nous avons rejoint les Fils du Vent, j'ai l'impression que tu m'en veux.

– Ce n'est pas à… Non, attends. Suis-moi.

Elle tourna les talons et s'engouffra dans une ruelle qui s'enfonçait entre les façades aveugles de maisons ventrues. Habitué à ces décisions soudaines, Salim ne songea pas à protester et lui emboîta le pas.

Envaï était une cité de taille moyenne, construite sur une des rares éminences rocheuses qui parsemaient les plaines Souffle. Si elle ne possédait pas la complexité architecturale de Hurindaï ou l'écrasante puissance de Valingaï, elle n'en était pas moins fière et majestueuse. De hautes murailles de pierre bleutée, de larges avenues, des demeures ouvragées, de vastes places, mais également des venelles, des escaliers, des cours et, reflet du Miroir d'Al-Jeit, un lac aux eaux limpides au centre duquel s'élevait le palais royal.

– Les Haïnouks n'apprécient guère les hommes des cités, avait expliqué Oyoel à ses amis alaviriens. Nous sommes toutefois obligés de commercer avec eux et si nous préférons, quand c'est possible, traiter avec Kataï, il nous arrive de négocier avec Envaï, même si les bandes de voleurs qui y sévissent nous compliquent la tâche.

Le nautonier avait arrêté son navire à bonne distance de la cité et avait pris la tête de la petite délégation chargée de s'approvisionner en pointes de flèches, poulies, crochets et autres objets métalliques indispensables aux Fils du Vent.

Les soldats en faction devant la porte principale leur avaient décoché des regards peu amènes mais n'avaient pas tenté de leur interdire le passage. Une fois dans la cité, Salim avait saisi la main d'Ewilan.

– Tu viens, ma vieille ? On va se balader.

La jeune fille avait secoué la tête.

– Non.

– Non ?

– Non.

– Mais… Pourquoi ?

– Parce que Edwin a prévu de se présenter au palais royal et que j'ai promis de l'accompagner.

Ellana avait posé la main sur l'épaule de son élève.

– Et parce que j'ai besoin de toi.

Le regard de la marchombre avait capté celui de la jeune dessinatrice et elles avaient échangé un sourire entendu. Un sourire qui n'avait pas échappé à Salim.

– Qu'est-ce que vous manigancez ? avait-il demandé, une pointe de méfiance dans la voix.

Ni Ellana ni Ewilan n'avaient jugé bon de lui répondre.

C'était à cette absence de réponse qu'il songeait en suivant Ellana dans un entrelacs de ruelles désertes. Tout était si parfait depuis trois mois, le navire des Fils du Vent, la liberté, Ewilan… Pourquoi cette désagréable impression que quelque chose lui échappait ?

– Grimpe.

Ellana s'était arrêtée au pied d'une tour trapue et lui désignait son sommet.

L'édifice n'avait rien à voir avec les constructions aériennes qui jaillissaient du cœur des cités alaviriennes. La pierre dont il était bâti n'avait pas été polie et de multiples fissures et anfractuosités rendaient son escalade enfantine. Ellana ne pouvait pas la considérer comme un support digne de son enseignement. Salim s'apprêtait à lui en faire la réflexion lorsqu'il remarqua le visage fermé de la marchombre et la flamme noire dans ses yeux. Ce n'était pas le moment de discuter.

– D'accord.

Il saisit une prise et, sans effort, commença à s'élever.

Ellana l'observait avec attention.

Il avait changé depuis la première fois qu'elle l'avait rencontré. Ce n'était plus un adolescent exubérant au corps en devenir mais un jeune homme souple et solide, aux épaules larges et aux gestes assurés. Sa musculature fine se dessinait avec précision sous la peau sombre de ses bras dénudés, et ses tresses, qu'ornaient une multitude de perles colorées, dansaient au rythme de sa progression harmonieuse. Un bel apprenti.

Pourvu qu'il ne soit pas trop tard pour le ramener sur la voie.

Salim grimpait vite mais il ne fallut qu'un bref instant à Ellana pour le rejoindre. Lorsqu'elle fut à son niveau, il tourna la tête vers elle et le regard admiratif qu'il lui lança se transforma en mots dans l'esprit de la marchombre.

« C'est incroyable ! Elle n'escalade pas, elle danse. Elle danse sur cette tour comme elle danse quand elle marche, quand elle se bat, quand elle dort. Elle danse et moi je suis un lourdaud. »

Malgré son inquiétude, Ellana sourit. Jilano avait-il lu en elle avec une pareille facilité lorsqu'il lui enseignait la voie ?

La tour n'était pas très haute et le panorama que l'on découvrait depuis son sommet se trouvait écrasé par l'immensité des plaines Souffle qui s'étendaient à perte de vue. Ellana sentit pourtant une force neuve couler dans ses veines. Comme si son corps réveillé par la verticalité et le contact de la pierre lui envoyait les signaux de vie qu'elle attendait depuis trois mois.

Elle prit le temps d'inspirer profondément à plusieurs reprises avant de reporter son attention sur Salim.

– Tu m'as demandé tout à l'heure si j'étais en colère. La réponse est oui.

– Mais pourquoi ? s'exclama Salim. Je n'ai rien fait de mal, je...

– Je ne suis pas en colère contre toi, le coupa-t-elle. Je le suis contre moi.

Salim tressaillit.

– Contre toi ? Je ne comprends pas.

– J'ai échoué dans ma tâche. Je t'ai laissé quitter la voie.

Il haussa les épaules sans parvenir à masquer son désarroi.

– Qu'est-ce que tu racontes ? Je...

Elle l'interrompit d'un simple regard.

– Depuis que je t'ai entraîné au sommet du mât, le vent n'a pas cessé de souffler. Pourquoi n'as-tu pas tenté de jouer avec lui ?

– Je... Je n'en sais rien. Parce que tu ne me l'as pas demandé.

– À quand remonte ta dernière gestuelle marchombre ?

– À la nuit où tu m'as réveillé pour observer les étoiles. Il y a une semaine. Peut-être deux.

– Pourquoi si loin ?

– Parce que tu ne m'as plus appelé depuis. Qu'est-ce que tu veux dire ? Je ne…

– Et ta dernière séance d'entraînement au lancer de poignard ?

– Il y a longtemps, d'accord, mais c'est toi qui…

– Je sais Salim et c'est pour cela que je suis en colère. Parce que j'ai échoué. J'ai échoué à t'apprendre l'essentiel : personne n'avance contraint et forcé sur la voie. Il est trop tard désormais. J'abandonne.

– Tu… tu abandonnes ? balbutia-t-il. Tu abandonnes quoi ?

– Ta formation. Tu es libre.

Salim se mit à trembler.

– C'est… c'est impossible. Trois ans. Je… je te dois trois ans de ma vie.

– Sans doute mais moi je ne te dois rien, Salim, si ce n'est la vérité. C'est sur la voie de la facilité que tu t'es engagé, pas sur celle du marchombre. Aucun savoir ne peut être acquis s'il n'est pas désiré, aucun progrès ne peut être réalisé s'il n'est pas souhaité et le meilleur des maîtres, celui que je ne suis pas, ne peut rien pour l'apprenti passif.

– Attends, l'implora Salim. On peut arranger ça. Je vais m'appliquer, faire en sorte que…

– Tu continues à raisonner comme les collégiens de ton ancien monde lorsqu'ils sont réprimandés par leurs professeurs. Il n'y a rien à arranger, Salim, et personne ne te demande de t'appliquer. La réalité est simple : si la voie ne vit pas en toi, je te suis inutile.

– Que fais-tu ? s'écria-t-il en la voyant s'éloigner.

– Je m'en vais.

– Non. Je ne te laisserai pas partir ! Je vais te suivre, je...

Elle secoua la tête, navrée mais résolue.

– Il faut assumer ses choix, Salim. Seul un marchombre peut suivre un marchombre.

– Je suis un...

Il se tut, stupéfait.

Ellana avait bougé.

Plus vite qu'il ne croyait possible de bouger.

Il se trouvait seul au sommet de la tour.

10

Ewilan fulminait.

– J'aurais dû dessiner un seau d'eau au-dessus de sa tête ! Ou une fosse à purin sous ses pieds ! Mieux, le couvrir de pustules et lui faire tomber les dents !

Edwin éclata de rire.

– Tout ça parce qu'il a refusé de croire que nous arrivions de l'autre côté de la mer des Brumes ?

– Il nous a carrément traités de menteurs et quand tu lui as dit que les murailles de Valingaï étaient tombées, il nous a ri au nez.

– Pour un Envinite, ces deux nouvelles sont incroyables.

– Mais tu as vu la suffisance dont il a fait preuve ? Il n'est que le secrétaire de l'aide de camp d'un des ministres du roi et il nous a chassés d'un geste de la main comme si nous étions des insectes agaçants.

– Le plus simple est donc de l'oublier.

– Et ta mission ?

Edwin sourit avant d'éluder l'argument d'un haussement d'épaules.

– Je ne travaille plus pour l'Empereur.

– Pourquoi ce rendez-vous alors ?

– Parce qu'il aurait été dommage de ne pas profiter de notre passage à Envaï pour informer les Envinites de l'existence de Gwendalavir. Il s'agissait toutefois d'une initiative personnelle et que l'imbécile que nous avons rencontré ne m'ait pas cru me laisse de marbre.

Il attrapa la main d'Ewilan et la tira à l'écart.

– Attention.

Un groupe d'hommes vêtus d'atours flamboyants arrivaient sur eux. Ils parlaient fort, gesticulaient avec ostentation et occupaient la largeur de la rue, sans se préoccuper des passants obligés de se plaquer contre les murs pour leur céder le passage.

À eux et à la dizaine de gardes patibulaires qui les accompagnaient.

Edwin et Ewilan se collèrent contre une porte mais un homme qui marchait non loin d'eux eut moins de chance. Perdu dans ses pensées, il réagit trop tard. La main d'un garde se referma sur son épaule et il fut projeté sur le côté avec violence, bousculant Ewilan qui, pour ne pas tomber, s'accrocha à lui.

– Je suis désolé, balbutia l'inconnu, un homme d'âge moyen au visage rond et avenant. Cette maudite noblesse se croit tout permis.

Ewilan jeta un coup d'œil à la petite troupe qui s'éloignait.

– Des nobles ? s'étonna-t-elle. Agir comme ils le… Que fais-tu ?

Edwin venait de saisir le poignet de l'inconnu. Avec tant de force que l'os craqua. L'homme poussa un cri de douleur mais, dans le même temps, il tira de sa main libre le poignard qu'il portait à la ceinture et frappa.

Le geste avait été vif et sa précision témoignait d'une pratique éprouvée du corps à corps. Un combattant ordinaire n'aurait eu qu'une faible chance de voir arriver le coup. Aucune de l'éviter.

Un combattant ordinaire.

Edwin se décala juste assez pour que la lame transperce le vide, empoigna l'homme au collet et, profitant de la distance idéale qui les séparait, lui assena un formidable coup de tête. À moitié assommé, l'inconnu lâcha son poignard, tituba, ne s'effondra pas…

Edwin l'avait collé contre le mur. Implacable.

– Rends sa bourse à la demoiselle !

L'ordre avait été prononcé d'une voix calme que son inflexibilité rendait plus impressionnante qu'une vocifération.

L'inconnu s'ébroua.

Tenta de s'ébrouer.

La main refermée sur son cou était aussi inflexible que la voix.

– Tu es un homme mort, menaça-t-il néanmoins. Quiconque s'en prend à un membre des Jors ne…

Sa phrase se transforma en couinement.

Edwin avait resserré sa prise.

– La bourse.

Les yeux hagards du voleur se posèrent sur le visage taillé à la serpe du maître d'armes, peau burinée par le soleil, cheveux gris presque blancs coupés très court, regard couleur acier. Il jaugea sa musculature, sèche et efficace, remarqua le cuir usé de la poignée de son sabre, fit le parallèle avec les cals rugueux de la main qui lui enserrait le cou...

– D'accord, balbutia-t-il.

Il glissa une main tremblante dans sa poche et en tira la bourse qu'il avait dérobée à Ewilan lorsqu'il l'avait percutée. Edwin s'en empara avant de le lâcher et de reculer d'un pas.

L'homme se frotta le cou, chercha son poignard des yeux, le découvrit coincé sous la botte d'Edwin, ne jugea pas judicieux de tenter de le récupérer et, sur une ultime menace grommelée dans sa barbe, tourna les talons.

– Je ne m'étais aperçue de rien, s'étonna Ewilan en récupérant son bien.

– Il est très adroit et sa technique rodée à la perfection. Il profite de ce que l'attention de sa cible est focalisée sur la bande de nobles que nous avons croisés pour passer à l'action. Et comme il feint d'être victime de la brutalité des gardes, personne ne se méfie de lui. Très fort.

– Qui sont les Jors ?

– Aucune idée. Tu viens ?

Ewilan lui emboîta le pas. Elle sourit en songeant que si le flegme d'Edwin pouvait paraître surprenant, sa propre attitude, presque aussi calme que celle du maître d'armes, n'aurait pas manqué de stupéfier ceux qui l'avaient connue avant qu'elle se lance dans sa folle épopée en Gwendalavir. Quand elle n'était qu'une jeune fille solitaire dans une petite ville d'un autre monde, mal-aimée par sa famille adoptive et hantée par un étrange pouvoir qu'elle peinait à appréhender.

Elle avait changé depuis cette époque-là. Elle avait découvert ses origines, retrouvé ses parents, maîtrisé le don du dessin. Elle avait rencontré l'amitié, Ellana, Edwin, Siam, Liven, Kamil, Bjorn... Et avec Salim, elle vivait un amour aux couleurs de la vie.

Elle rejeta en arrière ses longues boucles que le soleil des plaines Souffle avait éclaircies jusqu'à en faire une cascade d'or et prit une longue bouffée d'air. Elle était tellement...

Comme s'il avait lu dans ses pensées, Edwin lui adressa un clin d'œil.

– Heureuse, n'est-ce pas ?

Elle hocha la tête.

– Formidablement heureuse.

– Tu ne regrettes pas d'avoir quitté Gwendalavir ?

– Non. J'avais besoin de prendre de la distance, de respirer au calme après les tempêtes que nous avons affrontées. Néanmoins...

– Néanmoins ?

– Je crois qu'il sera bientôt temps de rentrer.

Edwin marqua un temps de surprise.

– Tu as parlé avec Ellana ? demanda-t-il.

– Pas de cela en particulier mais il est clair qu'elle a hâte de quitter les plaines Souffle. Toi non ?

Il prit le temps de rassembler ses idées avant de répondre.

– J'affronte les tempêtes dont tu parles depuis bien plus longtemps que toi, dit-il enfin. Depuis presque vingt ans. Il est donc normal que je me lasse moins vite du calme, voire de la monotonie d'un voyage en bateau. Néanmoins...

– Néanmoins ?

– Peu importe l'endroit où je me trouve. La seule chose qui compte c'est avec qui je m'y trouve.

– Ellana ?

– En douterais-tu ?

– Non. Bien sûr que non. Salim est finalement le seul qui...

Elle se tut.

Le pouvoir qui faisait d'elle une des plus grandes dessinatrices alaviriennes lui permettait de rendre réel ce qu'elle imaginait. Elle pouvait aussi grâce à lui se déplacer instantanément d'un endroit à un autre. Ce n'était pas tout. Dans certaines circonstances, elle parvenait à communiquer en esprit avec les êtres qui lui étaient chers.

– *Euh... Ma vieille, tu m'entends ? Parce que si tu m'entends, ce serait bien que tu interviennes. Je... je... j'ai des problèmes !*

11

Salim demeura longtemps assis au sommet de la tour. Incapable de comprendre ce qui lui arrivait.

Quelle mouche avait piqué Ellana ?

Que lui reprochait-elle ?

Il n'avait jamais rechigné lorsqu'elle lui imposait un de ces diaboliques entraînements dont elle avait le secret. Ou alors à de très rares occasions. D'accord. À de rares occasions.

Pourquoi, tout à coup, décidait-elle qu'il ne pouvait pas devenir marchombre ?

Qu'entendait-elle par voie de la facilité et d'où tenait-elle qu'il s'y était aventuré ?

Il était monté sur cette fichue balustrade comme elle le lui avait demandé, il s'était cassé la figure, esquinté les côtes et pourtant il avait recommencé.

Autant de fois qu'elle l'avait exigé. Six fois. Était-ce anormal qu'il n'ait trouvé aucun plaisir à passer pour un imbécile aux yeux de ceux qui le regardaient tomber et encore tomber ? Était-ce anormal qu'il n'ait pas de son plein gré renouvelé l'expérience ?

Et la gestuelle marchombre !

Était-il nécessaire de la pratiquer tous les jours, pire, toutes les nuits, pour la maîtriser ?

Il se leva d'un bond, se campa sur ses pieds, jambes légèrement écartées, épaules relâchées, tête haute.

Il pouvait se débrouiller sans Ellana.

Inspiration. Profonde. Mains qui montent, s'écartent, paumes tournées vers le haut.

Expiration. Longue. Mains qui reviennent vers le centre.

Inspiration.

Expiration.

Il ne se passa rien. L'air entrait et sortait de ses poumons mais la magie paisible qui voyageait en lui lorsque Ellana se trouvait à ses côtés n'agissait pas.

Il était seul.

Il était seul et il se trouva soudain ridicule à gesticuler au sommet de cette tour dans une ville inconnue dressée au milieu de nulle part.

Il cracha un juron sans savoir avec exactitude à qui il s'adressait puis se décida à descendre.

Pas marchombre ? Voie de la facilité ? Élève passif ? N'était-ce pas plutôt Ellana qui en demandait trop ? Trop vite ? Trop souvent ? Elle l'avait d'ailleurs admis, avouant carrément qu'elle était responsable de son échec.

Échec.

Il détestait ce mot.

Il atteignit le sol et s'engagea dans la ruelle déserte qu'il avait empruntée pour venir. Il brûlait d'envie de retrouver Ewilan mais redoutait le moment où il lui révélerait son... échec. Peut-on aimer quelqu'un qui...

– Ce n'est pas le quartier des Jors ici !

Salim sursauta. Le type qui avait parlé se trouvait à un mètre de lui. Perdu dans ses pensées, il ne l'avait pas remarqué.

Non.

Il ne les avait pas remarqués.

Deux... trois... cinq... six hommes qui l'entouraient sans chercher à dissimuler leurs intentions menaçantes.

– Je ne suis pas un Jors, fit Salim en cherchant des yeux un moyen de s'enfuir.

Qu'il ne trouva pas.

– À d'autres, jeta l'homme qui l'avait interpellé, grand, élancé, un foulard jaune noué autour du crâne. Seul un Jors ou un Astariote serait capable de descendre cette tour sans se rompre le cou et comme tu n'es pas un Astariote...

– Je suis un étranger arrivé à Envaï il y a moins d'une heure avec un vaisseau haïnouk, répliqua Salim. J'ignore qui sont les Jors et les Astariotes.

Un éclat de rire général lui répondit. Les huit hommes, tiens ils étaient huit maintenant, le regardaient comme s'il avait proféré une excellente plaisanterie ou une monstrueuse bêtise.

– C'est vrai, insista Salim. Je…

– Les Fils du Vent n'acceptent jamais de passagers sur leurs bateaux, le coupa l'homme au foulard jaune et, à supposer qu'ils aient fait une exception pour toi, pourquoi un étranger arrivant à Envaï irait-il se percher sur une tour qui n'a aucun intérêt à part celui d'offrir un excellent point de vue sur notre territoire ?

– Je… je…

– Tu es donc un Jors et comme tu as été surpris sur le territoire des Astariotes, ta vie nous appartient.

L'homme n'avait pas cessé de sourire mais sa voix, elle, ne souriait pas. Salim posa la main sur le manche de son poignard. S'il doutait de pouvoir se débarrasser de huit adversaires, il était hors de question qu'il se laisse assassiner sans se défendre.

– Pakton, propose-lui le jeu, qu'on rigole un peu, lança un des Astariotes.

L'homme au foulard secoua la tête.

– Nous n'avons pas le temps de nous amuser.

– Allez, Pakton ! Le haïk ! Tu ne crains pas de perdre face à un Jors, non ?

Pakton poussa un soupir et se tourna vers Salim.

– Tu as de la chance, petit. Un haïk pour sauver ta vie. Tu es prêt ?

Salim s'éclaircit la gorge.

– Je ne suis pas un Jors, déclara-t-il avec force, et j'ignore ce qu'est un haïk.

Des huées s'élevèrent du groupe pressé autour de lui. De nouveaux Astariotes s'étaient joints à ceux

qui l'avaient surpris. Salim en dénombra une vingtaine. Trop pour qu'il espère leur fausser compagnie
s'il se transformait en loup, même en comptant sur
l'effet de surprise.

– Tu préfères que je t'égorge et que je jette ton
corps dans le lac ? Les accords entre ta guilde et la
mienne m'y autorisent, tu sais.

Salim ferma les yeux une seconde. Il était coincé.
Les hommes qui se trouvaient devant lui n'étaient
pas un ramassis de vulgaires assassins mais une
bande organisée, une guilde, avec ses codes et ses
lois. Sans le vouloir, il avait enfreint une de ces lois
et comme il n'avait aucun moyen de prouver sa
bonne foi...

Un échec.

Un de plus.

Ellana se serait tirée sans peine de ce traquenard.
Tout comme Edwin ou Ewilan.

Ewilan !

Salim respira soudain plus librement. S'il parvenait à contacter Ewilan et qu'elle arrivait à temps,
la situation s'arrangerait.

– *Euh... Ma vieille, tu m'entends ? Parce que si tu
m'entends, ce serait bien que tu interviennes. Je...
je... j'ai des problèmes !*

12

– Alors, Jors, tu acceptes le haïk ?

Salim expira longuement. Il ignorait si Ewilan avait entendu son appel et, en supposant qu'elle l'ait entendu, il ignorait si elle serait en mesure d'intervenir. Il devait se débrouiller. Seul.

– D'accord, répondit-il en tentant de parer sa voix d'une assurance qu'il était loin de ressentir. Rappelle-moi les règles.

Un air étonné se peignit sur le visage de Pakton.

– Les règles sont les mêmes pour les Jors et pour les Astariotes !

– Sans doute, plaida Salim, mais comme ma vie est en jeu, j'aimerais vérifier.

Pakton tira une bille métallique de sa poche et la déposa dans sa main grande ouverte.

– Place ta main à côté de la mienne, paume tournée vers le bas. Tu dois t'emparer de la bille et moi fermer le poing pour t'en empêcher. Aucune feinte n'est admise, tout geste amorcé compte pour un essai. Tu as droit à cinq essais. Nous changeons ensuite de rôle et je bénéficie moi aussi de cinq essais. Si tu l'emportes tu es libre, si tu perds tu es mort.

– Et en cas d'égalité ?

– Cinq nouveaux essais chacun.

– Très bien.

Salim n'avait pu retenir un soupir de soulagement. Le haïk n'était qu'une des innombrables variantes du jeu d'adresse auquel il s'entraînait régulièrement avec Ellana. Si la marchombre le surpassait encore, il se savait preste et ne doutait pas de l'emporter sur Pakton.

L'Astariote lui lança un coup d'œil goguenard.

– Ne te réjouis pas trop vite, Jors. Tu vas avoir une surprise.

Salim carra les épaules.

– Assez discuté, rétorqua-t-il. Qu'on en finisse.

Il plaça sa main à côté de celle de Pakton, nota la parfaite immobilité de l'Astariote, attendit que sa respiration soit apaisée…

Son geste fut vif, d'une précision extrême.

Pas assez rapide.

Le poing de Pakton se referma sur la bille sans qu'il l'ait seulement effleurée.

« L'échec est une redoutable force de vie. Si tu la perçois mal, l'utilises mal, cette force peut te happer, t'emporter et te réduire en miettes. Arpenter la voie

du marchombre t'apprend à utiliser l'échec comme n'importe laquelle des forces qui s'entremêlent autour de nous. Sers-t'en pour rebondir, t'améliorer, rester positif. Toujours. »

Les mots d'Ellana jaillirent de la mémoire de Salim. Quand donc la marchombre lui avait-elle expliqué cela ? Et pourquoi ces phrases lui revenaient-elles à cet instant précis ? Non. Il savait pourquoi, mais ce n'était pas le moment. Il détestait l'échec.

Ignorant le sourire plein d'assurance de Pakton, il se remit en position.

Placer toute sa concentration dans le bout de ses doigts...

Laisser jaillir son énergie comme un trait de feu...

Échec.

Salim tressaillit tandis que son rythme cardiaque s'emballait. Sans attendre qu'il se soit apaisé, il fit une troisième tentative.

Échec.

Un filet de sueur froide suinta entre ses omoplates. Conscient qu'il perdait pied, il retarda tant qu'il put son quatrième essai. Respirer, reprendre confiance, retrouver son sang-froid...

Échec.

– Pas terrible, jugea Pakton narquois. Même pour un Jors.

Il avait quitté sa main des yeux pour se moquer de son adversaire. Jouant le tout pour le tout, Salim tenta de s'emparer de la bille. Geste fluide et parfaitement ajusté. Inattendu.

Échec.

– On dirait que tes chances de t'en sortir sont sérieusement entamées, lança un Astariote.

– Tes copains ont commis une erreur fatale en envoyant un débutant nous espionner, railla un autre. Fatale pour toi, bien entendu !

– Détrompe-toi, intervint un troisième. Ce gamin n'est pas un débutant mais le plus doué des Jors. C'est dire combien les autres sont lamentables.

Pakton attendit que les rires de ses comparses se soient éteints pour prendre la parole à son tour.

– Cinq échecs. Il suffit que je te prenne une fois la bille pour l'emporter. Tu es prêt ?

Salim opina avec lenteur. Il aurait donné cher pour se trouver ailleurs mais il n'avait pas le choix.

– Prêt.

Ewilan saisit l'épaule d'Edwin.

– Il est là. Vite !

Le maître d'armes analysa la situation d'un rapide coup d'œil. Salim était acculé à un mur, face à une vingtaine d'individus, pour la plupart armés de poignards, qui lui interdisaient toute possibilité de fuite. Ils ne le menaçaient pas directement mais leur attitude, pour le moins belliqueuse, ne présageait rien de bon.

Alors qu'il posait la main sur la poignée de son sabre, une ombre se glissa près de lui.

– N'interviens pas tout de suite, souffla Ellana à son oreille.

Avant qu'il ait pu réagir, la marchombre s'avança vers l'attroupement. Si furtive qu'aucun des hommes qui se pressaient autour de Salim ne perçut sa présence.

Par un monumental effort de volonté, Salim cessa de trembler. Il ne comprenait pas ce qui lui arrivait. Ce n'était pas la première fois qu'il se trouvait en danger, il s'en était toujours sorti. Parfois de justesse mais jamais il n'avait paniqué ainsi. Et s'il se retrouvait certes seul devant ses adversaires, ce n'était pas non plus la première fois. Les ennemis qu'il avait affrontés pour libérer Ewilan de l'Institution étaient plus dangereux que ces Astariotes qui, malgré leurs rodomontades, ne ressemblaient en rien à des assassins. Pourquoi donc...

La lumière se fit en lui avec une douloureuse brutalité.

Lorsqu'il avait bravé Éléa Ril' Morienval et les Ts'liches, il savait parfaitement qui il était. Jeune et inexpérimenté, il avait une conscience exacte de ses limites et de ses chances, si maigres, de l'emporter. Sans hésiter, il avait joué son va-tout et réussi. Volonté, humilité et hasard.

Il avait changé.

Élève de la plus douée des marchombres, distingué par Ellundril Chariakin en personne, il avait perdu son humilité, tandis que sa volonté s'érodait. Ses capacités, elles, avaient cessé de s'épanouir.

Suffisance à l'intérieur, insuffisance à l'extérieur.

Il avait été persuadé de sa supériorité sur les Astariotes, persuadé que Pakton était un lourdaud, persuadé qu'il...

– Quand tu veux, Jors !

La voix de son adversaire était calme, dénuée d'agressivité.

Salim hocha la tête puis tendit la main, la bille métallique au creux de sa paume.

Un étrange sentiment palpitait au fond de lui.

Chaud et intense.

Douloureux aussi.

Il était en train de comprendre quelque chose de formidable. Quelque chose qu'il aurait dû comprendre depuis longtemps et qui...

Le geste de Pakton fut si rapide que Salim n'en prit conscience que lorsque la bille étincela entre les doigts de l'Astariote.

– Tu as perdu, gamin, fit l'homme au foulard jaune sur un ton presque déçu. C'était prévisible, je suis le meilleur.

La voix d'Ellana s'éleva alors. Aussi calme que la sienne et bien plus ironique.

– Je te prouve que tu as tort et en échange tu lui laisses la vie sauve, d'accord ?

13

– Tu as changé d'avis ? s'enquit Salim, la voix vibrante d'espoir tandis que les Astariotes disparaissaient au coin de la rue.

– À quel sujet ?

– Ben… Tu es de nouveau d'accord pour m'enseigner la voie ?

– Non.

– Non ?

Difficile de placer davantage de déception dans un seul mot.

– Non.

Ellana n'avait pas marqué la moindre hésitation.

– Mais pourquoi m'avoir sauvé alors ?

Elle haussa les sourcils comme si la question dépassait le comble de la stupidité.

– Parce que tu es un ami et qu'il n'est pas dans mes habitudes d'abandonner mes amis. Je serais intervenue de la même façon si Bjorn ou Mathieu s'étaient trouvés à ta place et, crois-moi, je n'ai jamais envisagé de faire d'eux des marchombres.

– Un... ami?

– Tu en doutais.

– Non. Oui. Enfin... non mais. Bon sang, Ellana, je... tu...

Elle pencha la tête pour l'observer, une lueur moqueuse dans ses yeux noirs.

– Oui?

Salim se frappa le front du plat de la main.

– Ellana, je suis... je... non, c'est bon, j'abandonne. Je... je suis incapable de m'expliquer. Te dire que...

Il prit une profonde inspiration.

– Comment as-tu fait pour la bille? Pakton était sacrément rapide. Il a...

– Secret.

– Mais...

– Secret marchombre, Salim. Inutile d'insister. Et puis, tu sais, on peut parfaitement vivre heureux même en étant incapable d'attraper des billes dans la main des gens.

Salim serra les mâchoires et ferma les yeux. D'abord elle l'abandonnait et maintenant elle se fichait de lui. Il aurait aimé ne pas l'admirer autant pour pouvoir la détester à son aise mais ça... c'était impossible.

– Je te prouve que tu as tort et en échange tu lui laisses la vie sauve, d'accord ?

Pakton pivota en tirant le poignard qu'il portait à la ceinture. Ses compagnons réagirent de la même façon et, en une fraction de seconde, Ellana se retrouva au centre d'un cercle de lames et de regards suspicieux.

– Qui es-tu ? demanda Pakton d'une voix dure.

– Cela n'a guère d'importance, répondit Ellana sans se démonter. En revanche, je te propose un marché intéressant que tu serais sot de ne pas accepter.

– Un marché intéressant ? ironisa Pakton. Vraiment ?

Il observa la marchombre avec attention puis reprit, sur un ton plus détendu :

– Pour que ton marché soit recevable, il faudrait que j'aie quelque chose à gagner et je n'ai rien entendu d'intéressant pour moi dans ta proposition.

– C'est pourtant simple. Soit tu gagnes et tu prends la vie de mon ami.

– Et la tienne.

– Et la mienne si cela te fait plaisir, soit tu perds et en comprenant que tu n'es pas le meilleur tu t'ouvres une valorisante perspective de progression.

Pakton éclata de rire.

– J'ignore si tu es aussi habile que jolie parleuse mais, pour une Jors, tu ne manques pas d'aplomb.

Alors qu'elle s'approchait de l'Astariote, Ellana regarda Salim pour la première fois. Il se tenait immobile et, dans ses yeux, elle lut autre chose que de l'appréhension ou de la reconnaissance. Un sentiment nouveau qu'un regard moins aiguisé que le sien n'aurait sans doute pas décelé. Un sentiment qu'elle guettait depuis des mois.

« Enfin tu te décides », songea-t-elle avec tendresse.

Puis son attention revint se braquer sur Pakton.

– Haïk ? proposa celui-ci.

– Si tu veux mais avec un seul essai chacun.

– Et en cas d'égalité ? demanda l'Astariote.

– En cas d'égalité, c'est toi qui gagnes.

– Tu aimes le risque !

– Qui a dit que je prenais un risque ?

Pakton éclata à nouveau de rire, ses compagnons se détendirent, et la plupart des poignards regagnèrent leur fourreau.

– Es-tu certaine d'être une Jors ? s'enquit Pakton lorsqu'il se fut calmé. Je n'ai jamais entendu dire qu'un membre de cette clique de prétentieux soit doté du moindre sens de l'humour.

– Te parler de moi ne fait pas partie de notre marché, répliqua Ellana le sourire aux lèvres. Prêt ?

– Prêt, répondit Pakton en lui tendant la bille métallique. À toi l'honneur.

Ellana plaça la bille au creux de sa paume et se mit en position. Sereine.

Salim, lui, n'était pas loin de suffoquer. Il ne doutait pas des incroyables capacités de la marchombre mais craignait qu'elle n'ait pas estimé à leur juste valeur celles de son adversaire. Et il suffisait que ce dernier…

Salim hoqueta. Pakton était passé à l'action. Si rapide qu'il avait failli ne pas voir son geste.

Ellana avait refermé le poing.

Pendant quelques secondes son regard et celui de l'Astariote restèrent vrillés l'un à l'autre puis elle ouvrit les doigts.

La bille métallique était toujours à sa place.

– Joli coup, admit Pakton. Réagir est toutefois plus facile qu'agir. Tu n'as pas encore gagné.

– Et toi pas encore compris, rétorqua Ellana. Mais ça ne tardera plus.

Elle lui tendit la bille et pendant qu'il la mettait en place, elle tira de sa poche une pièce de monnaie alavirienne qu'elle inséra entre son majeur et son index.

– Que fais-tu? s'étonna Pakton.

– Je m'apprête à honorer ma part du marché, répondit-elle en alignant sa main sur celle de son adversaire.

Salim n'eut pas le temps de croiser les doigts pour conjurer la chance. Tout était déjà fini. Le geste de Pakton avait été prodigieux de précision et de rapidité.

Celui d'Ellana frôla l'irréel tant il fut vif.

La marchombre joua malicieusement avec la bille qu'elle avait dérobée dans la paume de son adversaire puis lui adressa un clin d'œil en désignant son poing toujours fermé.

– Tu ne l'ouvres pas?

À la grande surprise de Salim, Pakton s'inclina avec déférence.

– Je sais ce qu'il contient, fit-il, et je conserverai cette pièce en souvenir de notre rencontre. J'aurais été contrarié que tu sois une Jors mais ce n'est pas le cas, aussi je te remercie pour cette leçon et je te souhaite bonne route.

Il se tourna vers ses compagnons.

– On y va, lança-t-il.

Sans un regard en arrière, la petite troupe d'Astariotes s'éloigna et, très vite, disparut.

– Tu crois qu'ils m'auraient tué si tu n'étais pas arrivée ? demanda Salim en emboîtant le pas à Ellana.

– Non, mais je n'en suis pas sûre. C'est pour cette raison que je suis intervenue.

– Euh... Ellana ?

– Oui ?

– Merci.

Elle haussa les épaules.

– Tu ne risquais pas grand-chose, j'étais certaine de gagner.

Salim ne put retenir un petit rire moqueur.

– De la prétention ? hasarda-t-il.

– Non, de l'observation. J'étais là depuis le début. Et quand bien même je n'aurais pas été là...

Elle désigna un renfoncement à une dizaine de mètres d'eux et Salim, stupéfait, découvrit Ewilan et Edwin qui les attendaient.

– L'un ou l'autre aurait été parfaitement capable de te débarrasser de nos amis astariotes, poursuivit Ellana. Tu ne craignais rien, je te dis.

Alors qu'Ewilan et Edwin s'avançaient vers eux, Salim se força à balayer le sentiment de frustration qui l'envahissait.

Il n'était pas nul.

Ellana ne l'aurait pas choisi s'il avait été nul.

Sauf qu'elle ne voulait plus lui enseigner la voie parce qu'il était en train de devenir nul.

Et ça, c'était grave !

Il avait raté une intersection. À lui de retrouver le bon chemin.

14

Si les Haïnouks passaient le plus clair de leur temps à bord de leur navire lancé à pleine vitesse sur les plaines Souffle, ils se ménageaient néanmoins des haltes régulières pour chasser, s'approvisionner en eau, en racines, et laisser les enfants courir ailleurs que sur le pont ou dans la cale.

Au lendemain de leur passage à Envaï, Oyoel, arguant que les citernes des cités n'étaient pas assez saines pour que les Fils du Vent s'y approvisionnent, décida une halte près d'un lac afin de remplir les énormes tonneaux amarrés à la poupe du navire.

Les lacs, de petite taille, presque circulaires, étaient nombreux dans l'immensité des plaines Souffle mais aucune rivière ne les reliait, aucun cours d'eau ne s'y jetait ou ne s'en échappait.

– Un savant katinite m'a expliqué qu'il s'agissait de résurgences naturelles de la nappe phréatique qui s'étend sous les plaines Souffle, indiqua Oyoel alors qu'il débarquait en compagnie de ses amis alaviriens et de tous les enfants que comptait le navire.

Étonné de ne pas entendre la réplique moqueuse qu'il attendait, il regarda autour de lui.

– Salim n'a pas eu envie de se dégourdir les jambes ? demanda-t-il à Ewilan.

– Non, répondit-elle. Il m'a dit qu'il voulait réfléchir.

– Réfléchir ? Par l'Esprit des Tempêtes, réfléchir à quoi ?

Elle ouvrit les bras pour marquer son ignorance et se tourna vers Ellana.

– Je n'en sais pas plus que toi, déclara la marchombre, mais réfléchir ne peut faire de mal à personne et surtout pas à Salim.

Tandis que les enfants se jetaient dans l'eau en hurlant de joie, la marchombre s'éloigna le long de la berge en compagnie d'Edwin, Oyoel et Ewilan. Une courte marche les emmena de l'autre côté du lac. Ils s'assirent dans l'herbe sans parvenir à s'abriter des violentes rafales qui balayaient les plaines Souffle. Pendant un moment nul ne parla puis Ellana et Ewilan, d'un même mouvement, se tournèrent vers le nautonier et rompirent le silence :

– Nous allons bientôt vous quitter, annoncèrent-elles ensemble sans pourtant s'être concertées.

Elles échangèrent un regard étonné, tandis qu'un sourire éclairait le visage d'Oyoel.

– Présentée de cette manière, votre décision ne paraît pas discutable, fit-il. Puis-je néanmoins tenter de vous convaincre de rester ?

Ewilan secoua la tête.

– J'ai besoin de revoir mes parents. Nous ne nous sommes pas séparés en bons termes et je me suis sans doute montrée trop dure envers eux. J'aimerais aussi retrouver des amis chers que j'ai laissés à Al-Jeit.

– Des dessinateurs ?

– Oui. Nous avons étudié ensemble à l'Académie, et ce sont eux qui ont empêché Ahmour d'envahir notre monde. Ma précipitation à quitter Gwendalavir nous a empêchés de parler de nos aventures réciproques et ils me manquent.

Oyoel prit un air résigné.

– Famille et amis. Deux arguments imparables. Et toi, Ellana ? Me diras-tu ce qui te pousse à quitter les plaines Souffle ?

– Les plaines Souffle.

L'étonnement remplaça la résignation sur le visage d'Oyoel.

– Les plaines Souffle ? répéta-t-il.

– Je ne suis pas une fille des plaines, expliqua la marchombre. Mon monde est fait de forêts, de villes et de falaises. De solitude aussi. L'immensité des plaines Souffle et l'amitié des Haïnouks ne suffisent pas à me combler.

Oyoel se tourna vers Edwin.

– Et toi ?

Le maître d'armes caressa Ellana du regard.

– Pendant des années j'ai dirigé par devoir. Aujourd'hui mon bonheur est de suivre par amour.

Oyoel ne put s'empêcher de sourire en entendant la déclaration de son ami. Un sourire qui cachait mal son émotion.

– Vous me manquerez, affirma-t-il. Je savais néanmoins que nos chemins divergeraient un jour. J'espère simplement qu'ils se croiseront à nouveau et, si possible, pas dans mille ans. Si vous n'êtes pas trop pressés de nous abandonner, j'ai une proposition à vous soumettre.

– Nous t'écoutons, fit Edwin.

– La passe découverte par mon cousin et qui permet de franchir la Faille de l'Oubli se situe près d'ici. Mon clan sera le premier à tenter l'aventure et j'aimerais que vous la tentiez avec nous.

Les trois Alaviriens eurent à peine besoin de se consulter du regard.

– D'accord, répondit Ellana.

Alors qu'ils revenaient vers le navire, Edwin saisit le bras d'Ellana.

– Tu as vu ? lui demanda-t-il en désignant le sommet du mât.

– Oui.

– Tu étais au courant ?

– Non, mais j'espérais.

Le maître d'armes s'arrêta pour observer le spectacle.

– N'est-ce pas risqué ?

– Précise ta question.

– Le nœud, la solidité de la corde, celle de la rambarde, les chocs à répétition… Beaucoup d'éléments qu'il ne contrôle pas ou qu'il ne contrôle qu'à moitié. Il pourrait facilement se tuer.

Ellana sourit.

– En décidant de grimper là-haut, il évite le seul risque réellement dangereux qui le guettait.

– C'est-à-dire ?

– La médiocrité.

– La médiocrité ?

– Oui, et en comparaison de ce risque-là, ceux qu'il affronte au sommet du mât sont dérisoires.

– Tu n'as donc pas peur qu'il tombe ?

Elle passa le bras autour de sa taille et se serra contre lui.

– Non, répondit-elle, je sais qu'il ne tombera plus.

« *L'univers est un entrelacs de forces. La voie du marchombre sinue entre ces forces et le marchombre se rit d'elles. Invisibles, il les voit. Impalpables, il les sent. Immatérielles, il les touche. Le vent est une de ces forces. Fais-t'en un ami, Salim. Va lui parler.* »

Loin au-dessus du pont, Salim se hissa pour la vingtième fois sur la balustrade.

Avancer sur la voie.

Parler avec le vent.

15

Trois jours durant, le navire fila vers l'est comme s'il avait été poursuivi par une armée de démons.

Trois journées de vitesse folle avec son lot de cahots aussi formidables qu'inattendus qui envoyaient rouler sur le pont les plus aguerris des Haïnouks.

Trois journées où le bois vibra, les haubans chantèrent et la toile demeura tendue à craquer.

Trois journées de rires et d'excitation qui, plus que les trois mois écoulés, montrèrent d'où les Fils du Vent tenaient leur nom.

Trois journées que Salim passa perché au sommet du mât.

Les yeux rivés sur la voie du marchombre.

Ewilan avait cessé de compter le nombre de fois où il était tombé.

Pour remonter aussitôt.

L'essentiel de sa puissance captée par l'immense voile blanche, le vent était moins agressif que lorsque le navire se trouvait à l'arrêt, mais la violence des chocs qui, ébranlant la coque, se propageaient en ondes brutales jusqu'à la plate-forme, compensait largement cette baisse d'intensité.

Alors que Salim commençait à percevoir le chant du vent et le moyen d'y accorder ses mouvements, il se trouvait dépourvu face à la brutalité des secousses qui agitaient son perchoir. Dès qu'il se juchait sur la balustrade et tendait son âme vers les courants invisibles qui se tressaient autour de lui, un soubresaut du navire le précipitait dans le vide.

Il remontait une énième fois à la force des bras, les muscles noués par la fatigue, les côtes endolories par les multiples coups encaissés, lorsqu'une phrase d'Ellana lui revint à l'esprit.

Une phrase qu'il ne se souvenait pourtant pas avoir entendue :

« *L'ouverture est le chemin qui te conduira à l'harmonie. C'est en s'ouvrant que le marchombre perçoit les forces qui constituent l'univers. C'est en s'ouvrant qu'il les laisse entrer en lui. C'est en s'ouvrant qu'il peut espérer les comprendre.* »

Salim fronça les sourcils.

Ouverture.

Un maître-mot qui lui avait échappé. Combien d'autres n'avait-il pas discernés ? Combien de leçons avaient-elles glissé sur lui, repoussées par son aveuglement ? Sa suffisance.

Ouverture.

Il se hissa sur la plate-forme et, sans attendre, sauta sur la balustrade pour se placer de profil face au vent, un bras tendu devant lui, le second replié au-dessus de sa tête.

Comme Ellana.

« *Comprendre n'est pas réagir mais ne faire qu'un.* »

Il se fondit dans le vent, acceptant la force pleine des bourrasques et le vide des creux entre les rafales. Il se mêla au jeu brutal des tourbillons et caressa la complexité des accalmies.

Ouverture.

L'immense roue directrice du navire passa dans un trou dissimulé dans les herbes. Le choc, brutal, secoua la coque, se répercuta sur le pont puis, devenu onde serrée, courut le long du mât transformé en fouet géant.

Salim avait senti la proue piquer du nez, senti le cahot ébranler le navire, senti la violence de la secousse se concentrer au pied du mât puis filer vers lui, destructrice.

Ouverture.

« *Comprendre n'est pas réagir mais ne faire qu'un.* »

Il s'ouvrit à la puissance qui déferlait et, en s'ouvrant, lui ôta tout moyen d'agir contre lui.

Ouverture.

Un maître-mot.

Le navire poursuivit sa course folle tandis que Salim, toujours juché sur la balustrade, retrouvait la voie du marchombre.

En dépit de sa hâte d'atteindre la Faille de l'Oubli, Oyoel était un nautonier trop expérimenté pour faire courir des risques inconsidérés à son navire ou à ses passagers. Le coucher du soleil marquait le plus souvent le moment où il donnait l'ordre de ferler la voile et où les grandes roues ralentissaient pour s'arrêter enfin.

La nuit était profonde lorsque Salim se leva sans bruit.

Un peu plus tôt, lorsqu'il était parvenu à jouer avec le vent tout en résistant aux secousses qui ébranlaient le navire, il avait aperçu Ellana qui l'observait depuis le pont. Elle n'avait pas émis le moindre commentaire quand il était redescendu et il avait été incapable de discerner quoi que ce soit dans le regard qu'elle avait posé sur lui.

Alors qu'auparavant cette attitude l'aurait désorienté, troublé, peut-être blessé, il ne lui avait pas accordé de véritable importance. Non qu'il se moquât de l'avis d'Ellana, bien au contraire, mais, enfin devenu son ami, le vent l'avait apaisé en lui soufflant une vérité à l'oreille. Une vérité que, du doigt, Salim avait gravée dans le ciel sous la forme d'une poésie marchombre. La première qu'il écrivait depuis de longs mois.

Infinie et lumineuse,
La voie du marchombre se déroule.
En soi.

L'essentiel n'était pas qu'Ellana l'accepte à nouveau mais qu'il continue à se considérer comme son élève. Et à progresser.

La lune s'était levée à l'horizon, ronde et rousse. Salim se campa devant elle et, lentement, ouvrit les bras.

Inspiration. Profonde. Mains qui montent, s'écartent, paumes tournées vers le haut.

Expiration. Longue. Mains qui reviennent vers le centre.

Inspiration.

Expiration.

Immergé dans la gestuelle marchombre, Salim sentit sauter en lui un ultime verrou. Il s'oublia pour s'ouvrir à l'univers et, en s'ouvrant, il se redécouvrit.

Inspiration.

Expiration.

Une silhouette fine se glissa à ses côtés sans que le rythme de sa respiration ne marque la moindre variation.

Inspiration. Profonde. Mains qui montent, s'écartent, paumes tournées vers le haut.

Expiration. Longue. Mains qui reviennent vers le centre.

Les gestes d'Ellana se calquèrent sur les siens.

Ellana et Salim.

Salim et Ellana.

Complémentarité parfaite du maître et de l'élève arpentant ensemble la même voie.

Si loin et pourtant toute proche, la lune rousse souriait.

16

Le dos appuyé au tronc du bouleau malingre, Ellana laisse naître un sourire sur ses lèvres ensanglantées.

Salim.

Un bel apprenti.

Elle ne doute pas que Jilano l'aurait choisi.

Jilano.

Avait-il songé à elle lorsqu'il était mort ?

Comme elle songe à Salim alors qu'elle meurt ?

17

Au matin du quatrième jour, ils atteignirent la Faille de l'Oubli.

Comme si, du nord au sud, un titanesque coup de poignard avait fendu la planéité des plaines Souffle, l'horizon s'ouvrait sur un à-pic vertigineux qui ramenait les Dentelles Vives au rang d'insignifiante barre rocheuse.

Le vide.

Huit cents mètres de vide.

Un vide incroyable que la prairie qui ondoyait à perte de vue, loin en contrebas, rendait encore plus confondant.

Oyoel réduisit la voile pour s'en approcher à faible allure.

– Les vents sont traîtres par ici, expliqua-t-il à ses amis alaviriens qui contemplaient, bouche bée, le stupéfiant spectacle. C'est pour cette raison que nous évitons de nous risquer à proximité de la faille.

De près, le sentiment d'être perché au bord du monde était encore plus prégnant, même si la falaise n'était pas absolument verticale.

– On dirait que le monde s'est cassé et qu'une région aussi vaste que Gwendalavir s'est brusquement enfoncée, remarqua Salim.

– C'est drôle, fit Ewilan, j'aurais dit le contraire.

– Le contraire ?

– Oui, que les plaines Souffle se sont soulevées.

– Vous avez raison tous les deux, intervint Oyoel. Le savant katinite avec qui j'ai discuté de la Faille de l'Oubli m'a expliqué qu'elle était due à un mouvement géologique très ancien qui a vu deux plaques se heurter avant que leurs mouvements ne deviennent verticaux. Selon lui, aujourd'hui encore, les plaines Souffle montent tandis que...

Il désigna l'horizon du doigt.

– ... cet endroit descend.

– Cet endroit ? releva Ellana. N'existe-t-il donc pas de nom pour désigner la région qui se trouve à l'est de la Faille ?

– Non, aucun. Sans doute parce que personne ne l'a jamais explorée.

Une flamme s'alluma dans les yeux de la marchombre.

– Tu veux dire que personne n'a jamais essayé de descendre cette falaise ?

– Si l'aventure a été tentée, répondit Oyoel, elle n'est pas parvenue jusqu'à mes oreilles. Je doute toutefois que ce soit le cas. Atteindre le bord de la Faille de l'Oubli représente déjà une prouesse et, à ma connaissance, seuls les Fils du Vent s'y risquent. Les hommes des cités ne manifestent guère de goût pour l'exploration. Ils lui préfèrent la guerre ou le commerce.

– Un Haïnouk aurait pu être attiré par l'exploit.

– À pied ? Sans son navire et son clan ? Aucune chance !

– Et ton cousin ?

– Il a découvert un moyen de descendre avec son navire. C'est du moins ce qu'il m'a raconté. Une rampe suffisamment large et douce.

– Son clan est donc là-bas ?

– Non. Il ne voulait pas tenter l'aventure sans, au préalable, changer le mât de son navire qui présentait d'alarmants signes de faiblesse. À l'heure qu'il est, il doit avoir traversé le fleuve Indigue et rouler entre les arbres mondes à la recherche du tronc qui aura l'honneur de porter sa voile.

– La porte de la cité d'Hurindaï avait été taillée dans un arbre monde, rappela Edwin.

– C'est aussi le cas de nos navires, expliqua Oyoel. Le bois des arbres mondes, plus solide que l'acier, présente une multitude d'avantages mais également un inconvénient majeur : le temps nécessaire pour le travailler. Mon cousin n'est pas près de revenir.

Ils longèrent la Faille de l'Oubli en direction du sud toute la matinée sans découvrir la rampe évoquée par le cousin d'Oyoel ni rien qui lui ressemble. Le soleil brillait à son zénith lorsque Ellana désigna le ciel loin devant eux.

– Étrange cette fumée, non ? fit-elle à l'intention d'Oyoel.

– Les Crache-Flammes, répondit le nautonier. Une chaîne de volcans en éruption qui délimite les plaines Souffle au sud-est. Nous approchons du but.

Il réduisit encore la surface de voile tandis que Salim grimpait sur la plate-forme au sommet du mât pour prêter main-forte à Orgom, un jeune Haïnouk doté d'une vue exceptionnelle qui adorait jouer les vigies.

Salim aurait aimé être le premier à apercevoir la rampe mais ce fut Orgom qui donna l'alarme :

– Là-bas ! cria-t-il en désignant la Faille.

Une série d'ordres brefs plus tard, le navire s'immobilisa. Oyoel et quelques Fils du Vent se laissèrent glisser à terre et, accompagnés de leurs amis alaviriens, s'approchèrent du bord de la falaise.

La rampe se trouvait bien là où la vigie l'avait indiqué.

Large d'une cinquantaine de mètres, elle descendait jusqu'à la prairie en pente si douce et régulière qu'elle ne donnait pas l'impression d'être naturelle.

– S'il y avait des dessinateurs de ce côté-ci de la mer des Brumes je penserais qu'ils sont à l'origine de cette pente ! s'exclama Ewilan. Crois-tu que ton navire pourra descendre ?

– Sans difficulté, répondit Oyoel. Nous allons néanmoins vérifier que le sol est sûr jusqu'en bas.

– Et pour remonter ? intervint Edwin.

Les Fils du Vent observèrent la rampe, se concertèrent du regard puis, un à un, hochèrent la tête.

– Avec de l'élan et un bon vent arrière, nous devrions nous en sortir, résuma Oyoel.

Une vingtaine de minutes plus tard, ils atteignaient le bas de la rampe. Comme ils s'y attendaient, ils ne décelèrent aucun piège. Oyoel insista cependant pour que l'ensemble du clan quitte le bord.

– Vous aussi mes amis, dit-il aux Alaviriens. Je n'ai besoin d'aucune aide pour actionner les freins et la rampe est rectiligne. En outre, si, contre toute attente, quelque chose venait à mal tourner, il serait stupide que nous soyons plusieurs à périr.

La mort n'était pas un sujet tabou chez les Haïnouks et Oyoel éclata de rire. Sans attendre, il se mit à la barre et, le plus lentement possible, entama la descente sous les yeux attentifs de son clan.

– Si les freins lâchent, tu peux intervenir ? demanda Salim à Ewilan.

Elle secoua la tête.

– Je suis dessinatrice, pas magicienne, répondit-elle. Le navire est trop gros pour moi.

– Il aurait peut-être fallu que…

Ellana posa une main apaisante sur l'épaule de son élève.

– Oyoel sait ce qu'il fait et s'il y avait des précautions à prendre, sois certain qu'il les a prises. Un Fils du Vent, surtout nautonier, ne fait pas courir de risques inconsidérés à son navire. Regarde.

Oyoel négociait la descente à la perfection, jouant avec dextérité sur les freins et le peu de voile déployée. Il atteignit le bas de la rampe en douceur, sous les acclamations des siens.

Tandis que les enfants se précipitaient en courant vers le navire, suivis plus calmement par leurs parents, Edwin prit la main d'Ellana.

– Personne n'a jamais foulé ces terres, déclara-t-il en désignant l'horizon. Tu ne regrettes pas ta décision de rentrer en Gwendalavir ?

Elle lui sourit.

– Il suffit qu'une terre soit nouvelle à mes yeux pour satisfaire ma curiosité et mes envies d'exploration, répondit-elle. Peu importe qu'elle soit vierge ou qu'au contraire des milliers de personnes l'aient arpentée avant moi. Non, je ne regrette pas ma décision. Surtout si tu m'accompagnes.

Edwin était un guerrier de légende. Capable de se défaire de n'importe quel adversaire, il maniait les armes avec une adresse qui tenait du prodige.

Les armes.

Pas les mots.

– Je t'accompagne, dit-il simplement.

Parce que vivre loin de toi n'est pas vivre, ajoutèrent ses yeux. Parce que ta présence a remplacé mon sang dans mes veines.

Parce que je t'aime.

– Moi aussi, murmura Ellana.

18

Les plaines de l'Oubli, comme les Haïnouks les avaient provisoirement baptisées, n'étaient guère différentes des plaines Souffle.

Même infini verdoyant. Même ciel azur balayé par un vent incessant. Mêmes troupeaux de siffleurs s'égaillant devant le navire. Mêmes lacs ronds aux eaux claires. Mêmes rapaces à la surprenante envergure planant au-dessus de la grand-voile et si aucun khazargante n'avait encore été aperçu, Oyoel ne doutait pas que les créatures titanesques arpentaient elles aussi les plaines de l'Oubli.

– Crois-tu possible que cette prairie s'étende jusqu'au bout du monde ? demanda Salim en désignant le soleil qui se levait à l'horizon.

– Il faudrait pour cela que le monde ait un bout, répondit Ellana.

– Je suis sérieux, se fâcha-t-il.

– Moi aussi.

Il sourit.

– D'accord. Crois-tu alors que nous ayons une chance d'atteindre un jour l'extrémité de cette prairie ?

– Nous aucune.

Elle acheva de se sécher et enfila ses vêtements.

Il faisait encore nuit lorsqu'elle avait réveillé Salim pour trois heures de course. Alors que quelques jours plus tôt, il aurait trouvé l'exercice exécrable, il l'avait suivie sans rechigner, goûtant avec un plaisir qu'il ne cherchait pas à dissimuler la souplesse de ses muscles et la régularité de son souffle. Ils venaient d'achever leur entraînement par la traversée à la nage d'un lac proche du navire arrêté.

– Nous allons quitter les Haïnouks, poursuivit Ellana devant le regard surpris de son élève.

– Ne devions-nous pas patienter jusqu'au fleuve qu'a mentionné Oyoel ?

– Après avoir traversé les plaines Souffle et plongé dans la Faille de l'Oubli, ce fameux fleuve, l'Azul, alimente un lac gigantesque qui se nomme le Nid du Monde. C'est ce que nous a expliqué Oyoel et je le crois. En revanche, lorsqu'il affirme que l'Azul effectue ensuite une courbe vers le sud, je suis plus sceptique.

– Selon Oyoel, l'Azul est au moins aussi large que le Pollimage et mille fois plus beau.

– Je sais et c'est justement pour voir cette merveille que nous avons accepté d'attendre, répliqua

Ellana. Je dois néanmoins t'avouer que j'en ai assez de cette herbe qui s'étend à perte de vue. J'ai averti Oyoel que, Azul ou pas, nous le quitterions ce soir.

– Tu lui en veux parce qu'il n'a pas accepté d'immobiliser le navire un jour ou deux afin que nous escaladions la Faille de l'Oubli ?

Elle réfléchit une seconde puis hocha la tête.

– Un peu, oui, même si je comprends son impatience à se lancer dans l'exploration de ces terres vierges. Là n'est toutefois pas la raison de ma décision, sois-en sûr. Je pourrais d'ailleurs dire notre décision puisque Ewilan partage mon désir.

Salim se renfrogna.

– Je sais.

– Pourquoi cette triste mine, jeune apprenti ?

– Parce que Ewilan projette de revoir ses amis de l'Académie d'Al-Jeit et que, parmi ces amis, un certain Liven a le don de m'horripiler.

Ellana l'observa avec attention puis l'ombre d'un sourire étira ses lèvres.

– Jaloux ?

– Non mais… Oui. Un peu. Enfin… pas mal.

– Et ?

Il haussa les épaules, fataliste.

– Et rien du tout. Je ne peux pas en vouloir à ce fils de Raï d'être sensible au charme d'Ewilan et je n'ai rien à exiger d'elle. Ellana ?

– Oui ?

– Je… Tu…

– Ce n'est pas très clair, ironisa-t-elle avec gentillesse. As-tu vraiment quelque chose à dire ?

Il prit une profonde inspiration.

– Oui. Edwin et toi formez un couple magnifique. Comme si la vie vous avait sculptés pour que vous vous rencontriez. Mais...

– Mais ?

– Vous formez un couple magnifique et, en même temps, chacun de vous donne l'impression d'être parfaitement indépendant, de n'avoir pas besoin de l'autre pour exister.

– C'est assez bien analysé, jeune apprenti. Où est le problème ?

– C'est... c'est différent pour moi. J'ai... J'ai besoin d'Ewilan. Sans elle, je... je n'existe pas. Je veux dire... je n'existe pas du tout.

– Je vois.

Elle se tourna vers le navire. Les Fils du Vent commençaient à s'agiter dans les haubans.

– Viens, reprit-elle. Oyoel m'a dit qu'il voulait partir le plus tôt possible.

Sans vérifier s'il la suivait, elle se mit en marche. Salim laissa échapper un léger soupir et la suivit.

Il ne doutait pas qu'elle répondrait à la question qu'il n'avait pas vraiment posée.

Elle répondait toujours.

Il ignorait juste quand et de quelle manière.

Les quatre Alaviriens passèrent l'essentiel de la journée à faire leurs adieux aux Fils du Vent. Le clan était constitué d'une dizaine de familles, soit une bonne soixantaine de personnes, et chacune d'elles leur était devenue proche. Si Ellana n'appréciait guère les effusions et les réduisit au minimum, à plusieurs reprises Ewilan sentit vaciller sa résolution lorsque des enfants en larmes s'accrochèrent à son cou.

– Je reviendrai, leur disait-elle, consciente de sans doute leur mentir.

Le soleil approchait de l'horizon et Edwin s'apprêtait à donner le signal du départ quand Orgom perché à son habitude au sommet du mât lança l'appel qu'Oyoel attendait depuis des jours :

– Fleuve en vue ! Droit devant !

19

L'Azul n'était pas aussi large que le Pollimage,
loin s'en fallait, mais il était impressionnant de
majesté. Plus indolent que son cousin alavirien, il
roulait des eaux limoneuses couleur ocre pâle que
le soleil rasant teintait d'argent, et le vent dessinait
de mystérieuses arabesques sur sa surface tranquille.

– Joli, admit Ellana debout à la proue du navire.

Puis, remarquant que le navire en question ne faisait pas mine de ralentir, elle se tourna vers Oyoel
qui se tenait à la barre.

– N'envisages-tu pas de ferler la voile, ô preux
nautonier ? lui demanda-t-elle sans que l'ironie de
sa voix parvienne à masquer un début d'inquiétude.

– Non.

– Non ?

– Non. Surtout pas.

Le navire, vent arrière, filait à toute allure et le fleuve approchait à grande vitesse. Certes, l'herbe de la prairie venait mourir en douceur sur une berge qui ne présentait aucun relief mais si Oyoel ne lançait pas immédiatement ses ordres, le choc promettait d'être terrible.

Enfin le nautonier se décida.

Il se tourna vers les membres de son clan agglutinés à l'avant et plaça ses mains en porte-voix.

– Accrochez-vous ! hurla-t-il.

Les Haïnouks obéirent avec la célérité que confère l'habitude, s'agrippant qui au bastingage, qui à une drisse, qui encore à un palan.

– Mais qu'est-ce qu'ils fabriquent ? s'inquiéta Salim.

– Ils se protègent, répondit Ellana, et si nous ne voulons pas passer par-dessus bord lorsque nous atteindrons le fleuve nous avons intérêt à les imiter.

Elle lança un regard éloquent à Edwin qui hocha la tête pour montrer qu'il l'avait comprise. Tandis qu'elle attrapait une corde, il passa un bras autour des épaules d'Ewilan et, de sa main libre, saisit un étai.

– Mais il est fou ! s'exclama Salim en désignant Oyoel. Il va…

– Tiens-toi bien, le coupa Ellana. Ça va cogner !

Le fleuve était là. Trop proche désormais pour qu'Oyoel ait le temps de virer de bord. Une clameur s'éleva du pont.

Une clameur d'enthousiasme et non de crainte.

Oyoel jeta son corps sur l'imposant levier qui commandait les freins. La vitesse acquise par le navire était trop importante pour qu'il ait la moindre chance de s'arrêter à temps, mais les immenses roues hurlèrent en ralentissant brutalement. Sous l'effet conjugué du vent et du freinage, le mât s'arqua vers la proue, émit un craquement alarmant, plia encore...

Encore...

Jusqu'à frôler son point de rupture...

Oyoel libéra le levier.

Le navire bondit en avant comme s'il avait été propulsé par un élastique titanesque.

Pendant une seconde d'éternité, il parut voler puis il retomba...

Dans l'eau.

Des hurlements de joie éclatèrent parmi les Haïnouks. Des applaudissements leur succédèrent et, tandis que son nom était scandé par l'ensemble de son clan, Oyoel s'inclina sans pouvoir dissimuler le bonheur enfantin peint sur son visage.

– Vous aviez oublié que nos navires à roues étaient avant tout des navires ? demanda un peu plus tard le Haïnouk à ses amis.

– Un peu, admit Edwin.

– Il n'empêche que, sans ton coup de frein et l'élan qui lui a succédé, nous nous serions sans doute brisés en morceaux en touchant l'eau, intervint Ellana.

– Sans doute, convint Oyoel, mais ce n'est pas ce qui s'est passé.

– Et pour quitter le fleuve ? s'enquit Salim en désignant la rive qui approchait.

– Encore plus facile, répondit Oyoel. En arrivant de l'autre côté, les roues se remettront à tourner et le vent nous sortira de l'eau. Sans secousse et sans coup de frein, promis !

Il fallut encore une demi-heure avant que les roues touchent le fond mais la suite se déroula comme l'avait prévu Oyoel. Le navire abandonna sans peine l'Azul pour une berge étonnamment dépourvue de végétation.

– En aurait-on fini avec l'herbe ? ironisa Salim.

– Détrompe-toi, rétorqua Ewilan en montrant du doigt un point devant eux. Elle nous attend là-bas.

La prairie reprenait en effet ses droits un peu plus loin, plus verte et drue que jamais. Si verte et si drue que la piétiner ou rouler dessus paraissait presque sacrilège. Ce fut pourtant sans état d'âme qu'Oyoel tira sur sa barre pour diriger son navire plein est.

– Ça valait la peine d'attendre, non ? lança-t-il, hilare, à ses amis. Je suis sûr que jamais vous…

Le navire s'arrêta avec une telle brutalité qu'Oyoel, arraché à sa barre, bascula sur le pont en contrebas. Il poussa un grognement étouffé et ne bougea plus. Au même instant, Salim, Ellana et des dizaines de Haïnouks furent jetés au sol, tandis qu'Edwin happait le bras d'Ewilan, l'empêchant de justesse d'être catapultée par-dessus bord.

Près d'eux, Orgom n'eut pas cette chance. Il tendit la main pour s'accrocher à un espar, le rata et, au terme d'un long vol plané, atterrit dans l'herbe.

Ellana se releva la première.

Le navire avait dû heurter un obstacle. Il n'y avait pas d'autre explication.

Elle s'approchait du bastingage lorsque le silence stupéfait qui avait suivi l'arrêt fut soudain brisé par un cri de souffrance qui s'éleva de la prairie.

Un cri unique et si terrifiant que les Haïnouks indemnes se précipitèrent aux côtés de la marchombre.

Un spectacle effrayant les attendait.

Orgom était en passe d'être avalé par la prairie. Il avait dû se briser une jambe dans sa chute et tentait de progresser à quatre pattes vers le navire, mais des filaments d'herbe grasse croissaient à toute vitesse autour de lui, se refermaient sur son torse, ses bras, son cou, l'enserraient, toujours plus épais, toujours plus nombreux, pareils à des tentacules végétaux meurtriers.

Tandis qu'on lui lançait des cordes depuis le navire, un premier craquement retentit. Le bras d'Orgom céda sous lui. Le cri de douleur qu'il poussa fut coupé net lorsque son visage s'écrasa au sol. Comme prise de frénésie, la prairie se mit à pousser avec encore plus de rapidité et, en quelques secondes, il ne resta du jeune Haïnouk qu'une forme allongée et immobile, entièrement recouverte d'herbe. D'autres craquements résonnèrent alors, suivis d'un écœurant bruit de déglutition.

Lorsque la surface végétale retrouva son calme, il ne subsistait aucune trace du malheureux.

Un silence de mort s'abattit sur le navire.

Très long.

Il fut rompu par un hurlement :

– Attention ! L'herbe s'en prend au navire !

20

L'immense roue directrice était déjà à moitié submergée et l'herbe continuait à croître. Des Haïnouks se saisirent des longues gaffes emmanchées de serpes qu'ils utilisaient aux abords de la forêt des arbres mondes et entreprirent de la dégager.

En vain.

L'herbe poussait plus vite qu'ils ne la coupaient et, tandis que la roue disparaissait entièrement, un premier filament s'accrocha au bastingage.

Les planches avec lesquelles était construit le navire étaient réputées pour leur solidité à toute épreuve. Imputrescibles, ininflammables, elles possédaient la résistance de l'acier le plus dur, et il fallait des mois à une équipe de bûcherons bien outillés pour abattre un seul des troncs qui les fournissaient. Le premier craquement et la gîte qui s'ensuivit causèrent donc une stupéfaction proche de la panique.

Tout ce que le navire comptait d'hommes, de femmes et d'enfants se munit de couteaux, hachettes, machettes pour combattre l'envahisseur, pourtant la lutte s'avéra très vite inégale. Ce n'était plus de l'herbe qui se lançait à l'assaut de la coque mais d'épaisses lianes, grasses, coriaces et, pour certaines, munies de redoutables épines en forme d'aiguillons recourbés.

Dix mètres de bastingage volèrent en éclats tandis que le navire s'affaissait un peu plus. Un vent de panique souffla sur les Haïnouks. Ils ne manquaient pas de courage mais l'ennemi qu'ils affrontaient semblait invincible, et le moindre contact avec une feuille ou une tige causait de profondes et douloureuses brûlures.

– Il faut évacuer le navire, lança Ellana à Edwin. Retourner au fleuve !

Le maître d'armes abattit son sabre sur une liane qui se déployait le long du plat-bord et jeta un regard en arrière.

– Impossible ! répliqua-t-il. Nous nous sommes enfoncés trop profondément dans ce maudit piège. Ewilan, ne peux-tu rien faire ?

La jeune dessinatrice secoua la tête pour marquer son impuissance.

Après avoir vainement tenté de ranimer Oyoel, elle s'était jetée dans les Spires. Aucun des possibles qui s'ouvraient devant elle n'apportait de solution à leur problème. Elle avait quitté l'Imagination juste à temps pour échapper à une vrille vorace qui se glissait vers ses pieds.

– Non, cria-t-elle pour couvrir les hurlements de terreur ou de souffrance qui s'élevaient désormais partout. Rien si ce n'est un pas sur le côté mais je n'aurai pas le temps d'emmener tout le monde.

Le sabre d'Edwin fendit l'air, parfait écho aux sifflements des poignards de Salim et d'Ellana.

– Essaie encore ! ordonna-t-il. Trouve un moyen de liquider cette fichue herbe ! Vite ou nous allons y passer.

Ewilan se plaça au centre du navire et ferma les yeux. Malgré l'urgence, elle attendit que son cœur ait retrouvé un rythme normal pour pénétrer dans les Spires et s'y enfoncer.

Toujours plus loin.

Ewilan était sans doute la plus grande dessinatrice qu'ait vu naître Gwendalavir depuis Merwyn, et son pouvoir n'avait d'autres limites que celles de son imagination, pourtant et bien qu'elle fouillât l'ensemble des possibles qui s'offraient à elle, elle ne trouva pas.

Brûler les lianes était hors de question. Il y en avait trop et elles étaient trop proches. Un désherbant ? Ridicule. Dessiner une passerelle afin de gagner la berge du fleuve ? Évacuer les blessés de cette manière prendrait trop de temps et, de toute façon, le navire ne lui offrait pas d'appui suffisant.

Les Haïnouks reculaient peu à peu, formant un cercle autour d'elle. Un cercle qui allait en rétrécissant. Une femme perdit l'équilibre en tentant de sectionner une liane. Elle tomba lourdement sur le pont et avant que quiconque ait pu intervenir elle fut recouverte par un linceul végétal qui la dévora.

Les cris de douleur étaient désormais plus nombreux que les cris de rage. À plusieurs reprises, Salim s'était retenu de se transformer en loup. Pour puissantes que soient ses mâchoires sous cette forme, mordre cette herbe carnivore aurait été la pire des choses à faire.

Obéissant à leurs parents, les enfants s'étaient réfugiés dans les haubans. Des haubans qui commençaient à verdir sous l'assaut des vrilles végétales. Une deuxième femme trébucha, disparut dans la masse mouvante qui rampait sur le navire, puis un homme, un autre...

Ewilan ne se résignait pas à abandonner les Spires.

Elle pouvait encore placer Salim, Ellana et Edwin en sécurité grâce à un pas sur le côté mais cela signifiait abandonner les autres à une mort atroce. Un acte qu'elle ne se pardonnerait jamais.

Un acte qu'elle refusait, même si, ce faisant, elle sacrifiait ceux qu'elle aimait.

Le navire émit un craquement sinistre et une large fissure apparut, fendant le pont de part en part. Des lianes en surgirent, fouettant l'air et s'entremêlant dans leur hâte à tout détruire autour d'elles.

L'herbe avait encore gagné en vivacité, comme si elle se nourrissait non seulement du bois et des hommes qu'elle dévorait mais aussi de la terreur désormais palpable qu'éprouvaient ces derniers.

À cet instant, de nouvelles Spires se dégagèrent devant Ewilan. Consciente qu'elle jouait son va-tout, elle s'y engagea.

Rarement elle s'était aventurée aussi loin dans l'Imagination.

Peut-être jamais.

Elle s'obligea à ignorer la magnificence des routes nouvelles qui s'offraient à elle pour se concentrer sur sa tâche : sauver ses amis. Le temps pressait. Elle ne disposait plus que de quelques minutes. Quelques secondes.

Un possible prit soudain du relief devant elle, un possible qu'elle se serait cru incapable d'appréhender mais qui, grâce à son don et à sa volonté, lui était désormais accessible.

Au même moment, elle découvrit que tout dessin avait un prix.

Infime quand il s'agissait de créations anodines, exorbitant quand on transformait le réel comme elle s'apprêtait à le faire.

Un prix dont ses professeurs ne lui avaient jamais parlé. Sans doute parce qu'ils n'en avaient pas connaissance.

Elle n'hésita pas.

Utilisant la moindre parcelle d'énergie à sa disposition, elle commença à dessiner...

Ellana virevoltait avec le désagréable sentiment de mener sa dernière danse. Il n'y aurait bientôt plus d'endroits où poser les pieds, cinq Haïnouks avaient succombé autour d'elle, non six, et son tour ne tarderait pas.

Elle trouvait particulièrement stupide de finir dévorée par de l'herbe.

Un nouveau craquement retentit, si fort que tous comprirent que la fin était là. Le navire vibra, tangua puis, au lieu de s'effondrer, doucement, il commença à s'élever.

D'abord de façon imperceptible puis plus marquée, jusqu'à dominer la prairie de trois ou quatre mètres.

Avec un bruit de succion répugnant, les lianes s'arrachèrent à la coque pour retomber vers le sol, les vrilles vertes se décrochèrent des haubans, l'herbe reflua.

Le navire cessa alors de s'élever pour pivoter sur son axe.

Transformé en un improbable aéronef, long de quarante mètres et pesant plusieurs dizaines de tonnes, il parcourut avec majesté la distance qui le séparait du fleuve.

Un silence écrasant régnait à bord, personne n'osait bouger, comme si le moindre mot, le moindre geste avait été susceptible de faire voler en éclats le miracle en cours.

Têtes levées, Haïnouks et Alaviriens contemplaient la multitude de ballons colorés, certains aussi gros que des maisons, attachés au pont par une forêt de câbles d'acier. Des câbles d'acier tendus comme des cordes d'arc, une multitude de ballons colorés formant un nuage de vie qui les avait extraits du piège.

Une fois au-dessus du fleuve, le navire descendit lentement pour se poser avec délicatesse à sa surface.

Un à un, les ballons s'évanouirent.

La roue directrice avait disparu, une partie de la poupe était détruite, la coque présentait des blessures béantes, le pont était déchiré, mais il restait suffisamment de bois pour assurer la flottaison de l'ensemble.

Un immense soupir de soulagement jaillit de la poitrine des survivants.

Sauvés.

Comme si elle avait attendu ce soupir pour lâcher prise, Ewilan s'effondra.

21

– Tu es sûre d'être en état pour un pas sur le côté?

– Certaine, Salim.

Persuadée qu'à son habitude il allait insister, exposer ses inquiétudes, ses angoisses, elle se prépara à le rabrouer gentiment mais avec fermeté. À son habitude à elle.

Il se contenta de hocher la tête avant de tourner les talons.

– Très bien. À tout à l'heure.

Elle le regarda s'éloigner, une lueur de surprise dans les yeux.

– Salim?

– Oui?

Elle le rejoignit en courant.

– Tu as changé.

Il sourit.

– En bien, j'espère.

– Je... je crois oui. Tu m'expliques?

Il désigna du menton Oyoel qui attendait à proximité du camp provisoire, un volumineux bandage noué autour du crâne.

– Tu crois qu'on a le temps? J'en connais un qui est pressé d'être transporté jusqu'à Envaï afin de laisser un message aux autres clans.

– Je suis sûre qu'il ne m'en voudra pas si je l'oblige à patienter. Alors, ce changement? Tu racontes?

– D'accord mais on s'assoit.

Il s'installa dans l'herbe et attendit qu'elle fasse de même pour commencer.

– Hier soir, en parvenant à soulever le navire, tu nous as sauvés d'une mort atroce.

Il tourna la tête vers la rive est de l'Azul.

– Cette cochonnerie d'herbe carnivore ne nous aurait accordé aucune chance.

– Tu ne serais pas en train de t'égarer? intervint Ewilan. Je t'ai...

– Si tu veux que je raconte, il faut m'écouter, la coupa Salim d'une voix assurée.

Une deuxième fois, Ewilan marqua un temps de surprise. Était-ce bien le même Salim qui se trouvait devant elle? Le Salim qu'elle aimait, certes, mais qui manquait un peu de consistance quand les circonstances les amenaient à s'opposer.

– Désolée, s'excusa-t-elle en souriant. Je t'écoute.

– Tu nous as arrachés de justesse à la prairie, tu as failli y perdre la vie et ce matin, quand tu as enfin repris connaissance, tu m'as expliqué le terrible choix auquel tu as été confrontée. Nous mettre en sécurité, Edwin, Ellana et moi, et laisser mourir les autres, ou tenter de sauver tout le monde en prenant le risque de ne sauver personne.

– Ce n'était pas réellement un choix. Je ne pouvais abandonner les Haïnouks.

– Et pourtant tu nous aimes, non ? Tu m'aimes.

– Oui, bien sûr, mais là n'est pas la question. Je... Tu m'en veux ?

Elle n'avait pu empêcher sa voix de trembler.

Salim lui caressa la joue du bout des doigts.

– Non, évidemment ! C'est au contraire une des raisons pour lesquelles je t'aime autant. Tu es toi. Entièrement toi. Formidablement toi. Je l'ai vraiment compris ce matin et le comprendre a fini de me faire... évoluer.

– Je ne te suis pas.

– Je t'aime parce que tu es toi et je ne voudrais pas que tu changes. Surtout pas à cause de moi, ni pour moi. Tu es toi, c'est un merveilleux cadeau que tu offres à ceux qui t'aiment. Que tu m'offres. Je ne peux faire moins que t'offrir en retour un cadeau de valeur égale : cesser de me conformer à ce que j'imagine être tes désirs. Devenir moi. Le plus entièrement possible.

Il se pencha pour déposer un baiser sur ses lèvres.

– Cela peut paraître évident, reprit-il, mais il m'a fallu du temps pour en arriver là. Tu me comprends ?

– Si je te comprends ?

Les grands yeux violets d'Ewilan s'illuminèrent.

– Je ne te comprends pas, je t'aime ! C'est mille fois mieux, non ?

Elle ne lui laissa pas le temps de répondre et se jeta sur lui. Ils roulèrent dans l'herbe, riant et s'embrassant. Oubliant le monde.

Beaucoup plus patient que ne l'imaginait Salim, Oyoel les regardait en souriant.

Durant l'absence d'Ewilan et d'Oyoel, la matinée fut employée à transformer l'épave du navire en un camp de fortune qui permettrait aux Haïnouks d'attendre en sécurité l'arrivée d'un clan ami. Les tigres et les hordes de chiens sauvages qui chassaient dans les plaines Souffle devaient également abonder dans les plaines de l'Oubli et la prairie carnivore avait causé trop de morts pour qu'il soit envisageable de courir le moindre risque.

Ellana clouait un dernier renfort sur la coque du navire lorsque Salim s'approcha d'elle.

– J'ai trouvé, lui dit-il simplement.

– Tu as trouvé ?

– Oui.

Elle lança son marteau au Haïnouk qui travaillait avec elle et se tourna vers Salim.

– Je serais curieuse d'en apprendre plus, déclarat-elle. Surtout que j'ignore ce que tu cherchais.

– Tu n'ignores rien du tout. Cela fait aussi partie de mes découvertes récentes.

Ellana éclata de rire.

– Procès d'intention, Salim. Méfie-toi !

Elle cessa de rire pour observer Salim qui s'était accroupi.

Du plat de la main, il lissa la poussière sur une planche et y traça quelques mots rapides :

Racines et frondaisons du monde
Comme celles de l'ouverture et de l'harmonie
En soi.

Ellana approuva d'un hochement de tête.

– Tu progresses, jeune apprenti. Tu progresses.

Ewilan et Oyoel revinrent peu après.

– Tu as pu laisser ton message ? s'enquit Edwin.

– Mieux que ça, répondit le nautonier. Le navire d'un cousin et celui d'un ami faisaient escale à Envaï. Ils nous rejoindront dans une semaine. Dix jours au maximum.

– Et ensuite ?

– Mon cousin conduira mon clan jusqu'à la forêt des arbres mondes et nous construirons un nouveau navire.

– Ce sera long.

– Un an, peut-être deux, mais cela n'a aucune importance. Nous sommes les Fils du Vent et nous allons là où il nous pousse.

– Tu ne nous en veux pas de vous quitter dans ces conditions ? intervint Ellana.

Oyoel désigna le camp, le conseil des femmes réuni sous une tente colorée, les enfants jouant dans les vestiges du navire.

– Les conditions dont tu parles sont loin d'être dramatiques et c'est à vous que nous le devons. Comment pourrais-je vous en vouloir ? Et de quoi ? Partez l'esprit tranquille.

Tout avait été dit et les adieux étaient achevés. Ewilan embrassa Oyoel, saisit la main d'Edwin et disparut avec lui. Quelques minutes s'écoulèrent puis elle revint pour repartir avec Salim.

Ellana contempla une dernière fois le camp dressé près du fleuve.

– Tu te méfieras la prochaine fois que tu traverseras, d'accord ?

– Ne t'inquiète pas, répondit Oyoel. La Grande Dévoreuse n'est pas près de revoir un Haïnouk.

– La Grande Dévoreuse ?

– Un nom approprié pour cette prairie maléfique, non ?

– En effet.

Ewilan réapparut à cet instant.

– On y va ? proposa-t-elle.

– Quand tu veux, petite sœur. Que le vent continue longtemps à guider ton clan, Oyoel.

– Bonne route à vous, fit le nautonier.

Déjà il était seul.

22

Ellana se bat pour tenir sa tête droite.

Combat chaque seconde plus difficile et dont l'issue ne fait aucun doute.

Issue proche.

Si proche.

Elle a renoncé à presser sa main contre la blessure béante de son ventre. Inutile. D'ailleurs lui appartient-elle bien, cette main ? Inerte, livide, presque translucide ?

Elle détourne les yeux. Tente de retrouver le fil de ses rêves pour oublier le présent…

La Grande Dévoreuse.

C'est ainsi qu'Oyoel a nommé la prairie carnivore qui s'étend aux confins du monde, derrière le lointain fleuve Azul.

La Grande Dévoreuse.

Telle qu'elle est citée dans la prophétie.

Elle se sent glisser dans un tunnel sombre, s'accroche au premier souvenir qui passe, craint un instant qu'il cède…

Il tient.

Un bon souvenir.

Solide.

SOLEIL

1

– Cette branche est solide, jeune apprenti. Elle ne cassera pas.

– Pas sous ton poids, c'est certain. Je pèse toutefois vingt kilos de plus que toi. Peut-être trente.

– Alors il faut te mettre au régime.

– Vingt kilos de muscles.

– Et de langue. Tais-toi un peu et grimpe !

Salim sourit. Si Ellana le lui avait demandé, il se serait juché sur une branche deux fois plus fine sans émettre la moindre protestation, mais il appréciait trop leurs joutes verbales pour s'en priver.

Assise au sommet d'un arbre proche, Ellana le regardait gravir l'immense rougeoyeur qui surplombait le lac. Ses mouvements étaient fluides, ses prises assurées, à aucun moment depuis qu'il avait quitté le sol il n'avait atermoyé et, même si l'escalade ne présentait pas de difficulté particulière, elle était fière de ce qu'il était devenu.

Son apprentissage avait pris un virage à la fin de leur périple chez les Fils du Vent, presque un an plus tôt. Une pièce essentielle s'était mise en place et les formidables capacités qu'elle avait toujours pressenties en lui s'étaient enfin épanouies.

À moins, et l'honnêteté la poussait à considérer cette hypothèse avec attention, que ce soit elle qui ait changé à ce moment-là et, assumant son rôle de maître marchombre, lui ait permis d'assumer son statut d'apprenti.

Quoi qu'il en soit, il ne cessait de progresser.

Ce qui rendait d'autant plus indispensable la surprise qu'elle lui réservait.

Il avait atteint la branche qu'elle lui avait désignée et s'y avança, bras écartés pour assurer son équilibre, sans manifester d'hésitation. Grand, élancé, il était solidement bâti et, si les années élargiraient encore ses épaules et offriraient du volume à son torse, il faisait déjà preuve d'une belle prestance. Il n'était d'ailleurs pas rare que les jeunes femmes, et les moins jeunes, se retournent sur son passage lorsqu'il déambulait en ville.

– Tu commences par une simple vrille, lança Ellana.

– Je commence ? releva-t-il.

Elle haussa les sourcils.

– Tu ne crois quand même pas que je suis montée jusqu'ici pour te regarder plonger une seule fois ?

– Non, en effet.

Il se plaça face au vide, inspira profondément et s'élança.

Un plongeon parfait, agrémenté d'une vrille tout aussi parfaite. Il entra dans l'eau à la verticale, se cambra pour éviter de toucher le fond et regagna la rive en quelques brasses puissantes.

– Pas mal, lui lança Ellana lorsqu'il fut remonté au sommet du rougeoyeur. Pense à soigner ta cambrure et tends bien la pointe des pieds lorsque tu es en l'air. Un saut périlleux maintenant.

Pendant plus d'une heure, Salim enchaîna plongeon sur plongeon, puis Ellana lui demanda de se jeter dans le vide les yeux fermés et de ne réagir qu'à son injonction. Une injonction qu'elle se plut à donner de plus en plus tard, le poussant à accomplir des prodiges pour toucher la surface de la rivière de façon correcte.

Salim exultait. Il découvrait chaque jour davantage le bonheur d'avancer sur la voie du marchombre. Aux maîtres-mots d'ouverture et d'harmonie, Ellana lui avait permis d'ajouter celui de plénitude et il se demandait souvent, avec un frisson de délectation, combien il lui en restait à découvrir.

Elle finit par s'estimer satisfaite et tandis que, pour la cinquantième fois, il sortait de la rivière, elle s'avança à son tour au-dessus du vide.

Salim la vit s'élancer, si fine et aérienne que, pendant un instant, il crut qu'elle s'envolait. Pas de fioriture dans son plongeon mais un état de grâce. Bras ouverts, dos cambré, jambes tendues, ses longs cheveux noirs flottant derrière elle, elle fendit l'espace avec l'élégance d'un rêve.

Elle entra dans l'eau sans provoquer la moindre éclaboussure, si ce n'est dans le cœur de Salim.

« Merci, songea-t-il avec ferveur. Merci pour la voie que tu ouvres devant moi. »

– Non, Salim, ce soir nous ne rentrons pas à la maison.

Ils avaient retrouvé leurs montures et chevauchaient en direction des collines proches, alors que le soleil approchait de l'horizon.

– Encore des exercices ? s'enquit-il d'une voix joyeuse.

Elle le regarda en souriant.

– Il fut un temps où tu aurais évoqué cette possibilité sur un autre ton, remarqua-t-elle.

– Ce temps est révolu. Alors ? Des exercices ?

– Non, une visite à un ami.

– Aoro ?

– Oui. Edwin et Ewilan sont à Al-Jeit pour quelques jours et l'auberge du Monde me manque. Tu n'as rien contre ?

– Non, au contraire. Oûl est le meilleur cuisinier de Gwendalavir et les caresses de la rivière m'ont donné faim.

– Les caresses de la rivière ?

La peau sombre de Salim ne suffit pas à masquer le rouge qui empourpra ses joues. Feignant de n'avoir rien remarqué, Ellana poursuivit :

– C'est drôle, lorsque je plonge, j'ai l'impression que c'est moi qui caresse la rivière et non le contraire. Cela dit, tes mots sonnent juste. Il faudra que je prête attention à qui caresse qui.

Salim s'empourpra de plus belle. De plaisir cette fois.

L'auberge du Monde n'était plus très loin et ils venaient de traverser un village niché dans une combe resserrée lorsque Ellana tira sur les rênes de Murmure.

– Des hommes sont embusqués là-bas, indiqua-t-elle à Salim en désignant un coude que formait la piste devant eux et la végétation dense qui le bordait.

– Comment le sais-tu ?

– Les oiseaux qui se sont envolés à l'instant et un reflet sur du métal. Une lame ou une pièce d'armure.

– Des voleurs ?

– Je doute que ce soit le boulanger du coin.

– Sil' Afian n'a-t-il pas éliminé de la région les bandits qui y pullulaient ?

– La mauvaise herbe repousse toujours.

– Depuis l'épisode de la Grande Dévoreuse, j'ai un peu de mal avec la mauvaise herbe, déclara Salim. Qu'est-ce qu'on fait ?

– Je t'attends ici.

– Ce qui signifie ?

– Ce qui signifie que tu vas à la rencontre des hommes qui se cachent là-bas. Je n'avais pas prévu de leçon pour ce soir mais puisque l'occasion se présente…

– Et si je me fais tuer ?

– C'est que tu es un maladroit qui a mérité ce qui lui arrive. Allez ne traîne pas, Aoro n'aime pas quand je suis en retard.

2

Renonçant à discuter, Salim fit avancer son cheval d'un claquement de langue. Le soleil venait de basculer derrière les collines et l'obscurité était en passe de ravir le paysage à la lumière.

– Avec un peu de chance, marmonna-t-il, ces fichus oiseaux se seront envolés pour rien et le reflet métallique... eh bien, n'aura pas été un reflet métallique.

Le virage était proche. En se retournant, Salim constata qu'Ellana avait fait demi-tour et avait disparu.

Il hésita un instant à l'imiter puis renonça. S'il la contrariait, elle pouvait s'avérer plus redoutable qu'une poignée de bandits.

– Sauf qu'ils ne sont peut-être pas une poignée mais une bande entière, reprit-il à voix basse, et qu'il ne s'agit peut-être pas de bandits mais de tueurs assoiffés de sang.

Malgré l'adrénaline qui commençait à envahir son organisme, il sourit devant son imagination.

– Du calme, dit-il, et arrête de parler seul, les marchombres ne font pas ce genre de chose.

Les taillis se déchirèrent et deux hommes bondirent au milieu de la piste. Ils étaient armés de courtes lances que terminaient de larges pointes barbelées et si la nuit tombante empêchait de discerner le détail de leurs traits, leur attitude était clairement belliqueuse.

– Ton cheval, ordonna l'un d'eux. Ton cheval ou tu es mort.

Salim se laissa glisser à terre.

– C'est bien, renchérit le second bandit, tu es raisonnable.

– Raisonnable ? répéta Salim. C'est bien la première fois que quelqu'un me trouve raisonnable. Tu es sûr d'utiliser le mot adéquat ?

Surpris, les deux hommes se concertèrent du regard.

– Qu'est-ce que tu racontes ? cracha le premier.

– Je suis descendu de cheval non pour vous l'offrir, mais afin de poursuivre mon apprentissage dans de bonnes conditions, expliqua Salim avec affabilité.

Tout en parlant, il scrutait les fourrés pour déceler la présence d'un éventuel troisième lascar.

– Je suis en effet un apprenti, poursuivit-il, convaincu que les deux hommes étaient seuls. On pourrait presque dire un apprenti jardinier.

– Un jardinier?

– Oui, un jardinier. Le type qui s'occupe de la mauvaise herbe.

– Ça suffit! vociféra un des hommes. Tu la fermes, tu recules sans mouvement brusque et tu dégages! On est chargés de récupérer ton cheval, pas de te tuer, mais si tu insistes...

– Justement, lança Salim, j'insiste.

Il avait beau plaisanter, il prenait sa situation très au sérieux. Un combat n'est jamais gagné d'avance lui avait enseigné Ellana et sur ce point, comme sur tant d'autres, il savait que la marchombre avait raison.

En outre, et cela l'incitait à la prudence, les deux hommes qui lui faisaient face étaient subtilement différents des bandits qu'il avait eu l'occasion de croiser jusqu'ici.

Leurs armes d'abord, ces lances habituellement réservées aux gardes d'Al-Vor. Neuves et identiques, ce n'étaient pas des armes de bandits de grand chemin. Leurs vêtements ensuite. Des tuniques propres, taillées dans le même tissu blanc, presque des uniformes. Leurs déclarations enfin. Que signifiait « chargés de récupérer ton cheval »?

Autant de questions qui auraient mérité des réponses mais Salim ignorait comment les obtenir.

– Est-ce que... commença-t-il.

Une lance fusa vers sa gorge, signe que le temps des paroles avait cédé la place à celui du combat.

Salim évita souplement la lame barbelée, empoigna la hampe de la lance et tira d'un coup sec.

Surpris, l'homme qui la tenait fit un pas en avant. Le coude de Salim le cueillit au plexus solaire avant de s'abattre sur sa nuque lorsqu'il se plia en deux.

« *Un combat est un seul geste. Qu'il dure une seconde ou une heure. Qu'il t'oppose à un ennemi ou à dix. Un seul geste, un seul souffle.* »

Son adversaire n'était pas encore à terre que Salim bondissait. Son talon percuta le nez du deuxième bandit avant qu'il ait pu brandir son arme. Sous l'impact, l'homme partit en arrière, lâcha sa lance et s'effondra dans les taillis.

Il se releva presque aussitôt et, sans demander son reste, s'enfuit dans la nuit.

Les yeux de Salim se posèrent sur son comparse qui se redressait péniblement. Un instant, il envisagea de le questionner pour assouvir sa curiosité mais son estomac se rappela à son souvenir en gargouillant. Discuter ne servirait qu'à lui faire perdre du temps alors qu'il mourait de faim.

– C'est par là, fit-il en désignant la forêt.

Le bandit, qui peinait à conserver son équilibre, lui jeta un regard effaré.

– Dépêche-toi, insista Salim. Je n'ai pas que ça à faire.

Les fourrés bruissèrent et Salim se retrouva seul au milieu de la piste.

Il ramassa les lances abandonnées sur le sol et les attacha derrière sa selle. Il mettait le pied à l'étrier lorsque Ellana revint vers lui.

– Pas mal, lui lança-t-elle.

– Tu as déjà qualifié ainsi mes plongeons dans la rivière, lui rétorqua-t-il avec une pointe d'agacement. Est-il envisageable qu'un jour tu montres davantage d'enthousiasme devant mes performances ? Sans aller jusqu'à t'extasier, bien sûr.

– De l'enthousiasme ? releva-t-elle.

– Oui, que pour une fois tu m'offres un avis du genre : Bravo, Salim, tu t'es vraiment bien débrouillé.

– Ce n'est pas ce que j'ai dit ? fit-elle mine de s'étonner.

– Non. Tu as dit pas mal.

– Tu chipotes. Allez, accélère le mouvement, j'ai faim.

– Est-ce que tu as au moins regardé de quelle façon j'ai éliminé ces types ? s'enquit Salim alors qu'il se hissait en selle.

– De loin.

Il écarta les bras pour montrer son incompréhension.

– Te rends-tu compte à quel point ton attitude est frustrante ? s'exclama-t-il. Je peux comprendre que, pour mon entraînement, tu m'aies laissé les affronter seul, même si tu n'avais aucun moyen de savoir s'ils n'étaient pas vingt, armés de sabres et d'arcs. En revanche, tu aurais pu faire l'effort de t'approcher, non ? Juste pour être en mesure de me livrer des commentaires pertinents après le combat ou, on ne sait jamais, pour intervenir pendant le combat.

– Pas eu envie de prendre des risques.

– Quoi ?

Elle le regarda, un sourire énigmatique sur les lèvres, puis répéta en articulant chaque mot :

– Pas eu envie de prendre des risques.

Alors qu'il écarquillait les yeux de stupéfaction, elle lui adressa un clin d'œil et talonna Murmure.

– En route, lança-t-elle, je t'ai dit que j'avais faim !

3

L'auberge du Monde était construite à l'extrémité d'une langue de roche blanche s'enfonçant dans les eaux limpides d'un lac que cernaient d'épaisses forêts. La nuit, tombée depuis longtemps, aurait dû noyer le paysage dans l'ombre mais des sphères lumineuses avaient été judicieusement disposées autour de l'auberge de façon à mettre en valeur son élégante architecture et la beauté du site où elle se dressait.

Profitant de la température clémente de ce début d'automne, des convives s'étaient installés sur la terrasse de bois rouge construite au-dessus de l'eau. Des serveurs souriants circulaient entre les tables tandis qu'un joueur de flûte assis sur les rochers livrait ses trilles à la nuit.

– Chaque fois que j'arrive ici, j'ai l'impression de changer de monde, murmura Salim en arrêtant son cheval au sommet d'une éminence surplombant le lac.

– Peut-être est-ce le cas, fit Ellana.

Il se tourna vers elle pour la dévisager.

– Tu crois vraiment ce que tu dis ?

– Pourquoi pas, jeune apprenti... Pourquoi pas...

Salim réfléchit un instant.

– J'aime l'idée d'un monde constitué d'une multitude de lieux distincts simplement juxtaposés, certains accessibles, d'autres pas ou alors uniquement à certains moments. Les voyageurs effectuent sans le savoir des pas sur le côté et ne prennent conscience de la réalité que lorsqu'ils arrivent dans un endroit à la différence plus marquée. Un endroit comme celui-ci.

– Jolie théorie. Il faudra la soumettre à Ewilan.

– Je n'y manquerai pas. Est-ce pour cette raison que l'auberge s'appelle ainsi ?

Ellana secoua la tête.

– Non, mais je ne doute pas qu'Aoro t'explique pourquoi il lui a donné ce nom.

– Vois-tu, dans ma jeunesse, je rêvais de devenir le maître du monde. Mieux, j'étais persuadé qu'il s'agissait de mon destin. Je n'étais qu'un gamin pas très futé mais j'y croyais. J'y croyais dur comme fer. Un jour...

Aoro se pencha pour attraper son verre sur la table basse. Il en but une gorgée, appréciant la saveur du vieil alcool, puis reprit :

– Un jour je suis entré dans cette auberge et ma vie a basculé.

– Tu as renoncé à devenir le maître du monde ? demanda Salim, un grand sourire sur le visage.

– Un tel raccourci fait frémir d'effroi l'amoureux des belles phrases et le bâtisseur d'histoires que je suis.

– Je te demande pardon. Raconte-moi ton histoire comme tu l'entends. D'après Ellana, elle est remarquable.

– Apparemment pas assez pour qu'elle se donne la peine de l'écouter une nouvelle fois, remarqua Aoro en désignant un fauteuil vide près d'eux.

Salim s'empressa de voler au secours de la marchombre.

– Il est tard et elle était fatiguée.

– Tu as raison, opina Aoro. Je dois veiller à ce que cette détestable tendance à l'acrimonie léguée en héritage par le frère adoptif de mon arrière-grand-mère n'empiète pas indûment sur les qualités humaines que je m'efforce de cultiver. T'ai-je déjà parlé de lui ?

Salim, abasourdi, passa une main dans ses cheveux.

– Euh... Lui se rapporte au frère de ton arrière-grand-mère, n'est-ce pas ? Non, tu ne l'as jamais évoqué devant moi. Euh... Aoro ?

– Oui, mon ami ?

– Cet ancêtre a sans doute eu une vie passionnante mais je t'avoue que ce soir je préférerais découvrir l'origine de cette auberge plutôt que la forme de ton arbre généalogique.

Aoro éclata de rire.

– Joliment tourné, jeune homme. L'auberge du Monde donc. Vois-tu, Ellana Caldin a joué un rôle essentiel dans la transformation de ma destinée et, par conséquent, dans la métamorphose d'une simple auberge en ce lieu paradisiaque qui nous accueille ce soir.

– Ellana ? Elle ne m'en a jamais parlé.

– Avec tout le respect que je te dois, mon cher ami, tu es loin de connaître Ellana Caldin à moitié aussi bien que ce que tu crois. Elle fait partie de ces êtres rares dont la flamboyante richesse intérieure est à l'aune du mystère qui les entoure. Immense. Les simples mortels que nous sommes peuvent se réjouir de les côtoyer, jamais se targuer de les comprendre.

Salim poussa un sifflement surpris.

– Euh… Aoro ? Tu es sûr qu'Edwin apprécierait de t'entendre parler ainsi ?

– Parce qu'il devinerait que je suis amoureux de celle qui partage sa vie ? Pourquoi s'offusquerait-il ? Mes sentiments m'appartiennent, Salim. Trop purs et forts pour interférer avec l'amitié qui nous lie, Ellana Caldin et moi. Je dénie à quiconque le droit d'y trouver à redire.

– Mais tu…

– À quiconque, Salim.

Le jeune marchombre approuva d'un hochement de tête. Quelques mois plus tôt, il aurait trouvé ridicule l'idée qu'Aoro, frêle et banal petit homme, soit amoureux d'Ellana.

Ce n'était plus le cas.

Le monde des sentiments était trop complexe pour que lui, qui le découvrait à peine, s'arroge le rôle de donneur de leçons.

Sans compter qu'Aoro était tout sauf banal !

Un nouveau maître-mot se fraya un passage dans son esprit.

Respect.

– C'est une belle histoire, conclut Salim lorsque Aoro eut fini de parler, et je comprends maintenant d'où provient le nom étonnant de ton auberge. Crois-tu que les brigands auxquels nous avons eu affaire en venant sont les mêmes que ceux dont Ellana t'a aidé à te débarrasser ?

Aoro secoua la tête.

– Non. Les miens, si je puis m'exprimer ainsi, les miens étaient un ramassis de misérables profitant des problèmes de l'Empire pour se livrer aux pires exactions. Ceux qui vous ont attaqués sont différents.

– Tu les connais ?

– J'entends parler d'eux depuis quelque temps. Ils sévissent en bandes organisées, un peu partout en Gwendalavir. Bien armés, rompus à la discipline, ils disparaissent dès que les soldats impériaux arrivent, sans qu'il soit possible de découvrir où ils se terrent. Étrangement, leur objectif semble être l'établissement d'un climat de peur et de suspicion plutôt que l'enrichissement par la rapine.

– En tout cas, j'en connais deux qui se sont pris leur climat de peur et de suspicion à travers la figure, déclara Salim.

Il n'avait pu s'empêcher de se rengorger en prononçant cette dernière phrase et Aoro lui lança un regard moqueur.

– Deux malheureux brigands face à deux marchombres accomplis, précisa-t-il, le combat était-il équitable ?

– Plus que tu ne le crois, se défendit Salim. D'abord, je ne suis pas un marchombre accompli mais un simple apprenti, ensuite Ellana n'a pas jugé bon de me prêter main-forte.

– Parce que tu n'en avais pas besoin. Tu sais comme moi qu'elle serait intervenue si tu t'étais trouvé en danger.

– Détrompe-toi ! Elle s'est tenue trop loin de l'affrontement pour pouvoir agir en cas de nécessité et lorsque je lui en ai fait la remarque, elle a répliqué qu'elle ne souhaitait pas prendre de risques. Je la connais, Aoro. Elle pensait exactement ce qu'elle a dit. Elle ne souhaitait pas prendre de risques. Elle... Pourquoi souris-tu ?

Bouleversé, Aoro contemplait le fauteuil vide qu'avait occupé Ellana avant qu'elle ne bâille, ne s'étire avec volupté et ne se retire pour la nuit.

Bien plus tôt qu'à son habitude.

Le regard de son amie, lorsqu'elle était entrée dans l'auberge avec Salim, lui revint alors en mémoire. Plus lumineux qu'il n'avait jamais été. Une lumière qui, à elle seule, aurait dû suffire pour qu'il comprenne.

« *Pas eu envie de prendre des risques.* »

Le sourire d'Aoro s'élargit.

– Qu'est-ce qu'il se passe ? insista Salim. J'ai raté quelque chose ?

Son cœur battant la chamade, Aoro demeura silencieux, écoutant la clameur des sentiments qui se percutaient en lui.

Étonnement joyeux.

Émotion intense.

Bonheur rayonnant.

Détresse infinie.

4

Ellana et Salim quittèrent l'auberge au petit matin, alors que le soleil perçait à peine.

Des écharpes de brume flottaient au-dessus du lac, parant les lieux d'un irréel reflet de mélancolie argentée. Sur la berge, un oiseau invisible lança un appel déchirant auquel répondit le coassement sonore d'une grenouille matinale.

Salim frissonna.

– Était-il vraiment nécessaire que nous nous levions aussi tôt ? demanda-t-il en remontant le capuchon de sa cape.

– Indispensable si nous voulons arriver avant la nuit, répondit Ellana.

Il haussa les sourcils.

– Avant la nuit ? Notre maison se trouve à moins de deux heures d'ici !

– Ce n'est pas notre maison, Salim.

– Ça ne fait pas grande différence. L'homme à qui elle appartenait est mort lors d'une bataille contre les Raïs dans les Marches du Nord. Il l'a léguée à ton ami Sayanel qui n'en a aucune utilité, vu qu'il a décidé de vivre en ermite dans je ne sais quel trou perdu. Il s'est heureusement débrouillé pour que tu l'utilises à ta guise, ce qui...

– Salim ?

– Oui ?

– La prochaine fois que tu évoques Sayanel avec autant de légèreté, je t'assomme.

Salim tressaillit.

La voix d'Ellana avait résonné avec la force tranquille d'une promesse inflexible et derrière le calme qui rendait ses propos presque anodins, il avait perçu une tension extrême.

– Je suis désolé, fit-il. Je... je ne connais pas Sayanel et...

– Cela rend la stupidité de tes paroles encore plus impardonnable.

Salim tressaillit une deuxième fois.

Il n'était pas rare qu'Ellana lui fasse une remontrance mais, ses mots touchant aussi juste que ses lames, elle se contentait la plupart du temps d'un unique assaut verbal.

Unique et suffisant.

Le sujet devait être particulièrement sensible et...

– Outre que Sayanel est un de mes plus vieux amis, aucun marchombre ne peut prétendre aujourd'hui lui arriver ne serait-ce qu'à la cheville. Deux raisons qui justifient le respect, ne crois-tu pas ?

La voix d'Ellana avait retrouvé son intonation habituelle. Décontraction et pointe d'humour.

Salim soupira.

Il avait toujours un temps de retard sur elle. Ou elle un temps d'avance sur lui.

– Oui, murmura-t-il. Ce n'était toutefois qu'un trait…

– Nous ne rentrons pas à la maison.

Nouveau soupir.

– D'accord. Cela explique le lever aux aurores. Aurais-tu l'amabilité de me révéler quelle est notre destination ?

– Al-Jeit.

– C'est ce qu'on appelle une réponse laconique. La présence d'Edwin ayant été requise par l'Empereur et Ewilan travaillant d'arrache-pied à l'Académie, je suppose que ce n'est pas à eux que nous rendons visite.

– En effet.

– Très bien. Serait-ce trop te demander de…

– Salim ?

– Oui ?

Du bras, elle désigna l'auberge, minuscule, à l'extrémité de la langue de rocher blanc, la forêt sombre qui cernait le lac en contrebas, les falaises qui se découpaient derrière la cime des arbres, les montagnes au loin…

– J'adore cet endroit.

Il sourit et se tut.

Le trajet jusqu'à Al-Jeit fut marqué par une unique péripétie.

Alors qu'Ellana et Salim traversaient un bourg blotti sur les rives, leur attention fut attirée par un attroupement près d'une taverne. Une vingtaine d'hommes et de femmes discutaient avec véhémence en désignant la vitrine brisée de l'établissement et les décombres entassés devant sa porte.

Les deux marchombres s'approchèrent.

– Que se passe-t-il ? demanda Ellana à une villageoise.

– Ces maudits Blancs sont entrés cette nuit chez Plink. Ils ont tout dévasté, répondit la femme, et quand il a voulu les en empêcher, il a été roué de coups. C'est un miracle qu'il soit encore en vie.

– Il avait déjà eu des problèmes avec ces bandits ? s'enquit Salim.

– Penses-tu ! Pas besoin de raison pour que les Blancs s'en prennent à quelqu'un. Ils font ce qu'ils veulent, à qui ils veulent, quand ils veulent. Une véritable plaie.

– Il n'y a pas de gardes impériaux dans un bourg comme le vôtre ? s'étonna Ellana.

– Si, une escouade entière, mais ils sont partis en opération hier. À croire que les Blancs étaient au courant et qu'ils... C'est quoi ces trucs-là ?

La femme avait haussé le ton, presque crié, en désignant d'un doigt accusateur les deux courtes lances attachées à la selle de Salim.

– Des armes que nous avons récupérées après avoir repoussé une attaque de bandits, expliqua Salim d'une voix posée. Sans doute des Blancs.

– Et qu'est-ce qui nous prouve que vous n'êtes pas des espions travaillant pour eux ? vitupéra la femme.

– C'est ridicule, riposta Salim. Si nous étions des tuniques blanches nous ne...

– Et moi je pense que ce n'est pas ridicule du tout, le coupa un homme qui s'était approché. Qu'est-ce que vous en dites, vous autres ?

Il ne fallut qu'un bref instant pour que Salim et Ellana se retrouvent au centre d'un cercle de regards menaçants.

– Des fichus espions ! grogna un villageois en se baissant pour ramasser une planche parmi les décombres.

Comme si la culpabilité des deux étrangers n'avait fait aucun doute, ses voisins l'imitèrent. Des poignards apparurent, quelques gourdins, une hache, tandis que des imprécations fusaient.

Salim se tourna vers Ellana. Ils possédaient l'avantage de se trouver en selle mais cet avantage ne durerait pas si les villageois passaient aux actes. Ce qui n'était plus qu'une question de secondes.

– On fait quoi ? demanda-t-il sans pouvoir masquer son inquiétude.

– Je crois que nous n'allons pas nous attarder dans ce charmant village, lui répondit-elle.

Elle se pencha sur l'encolure de Murmure pour lui souffler un ordre à l'oreille. Le petit cheval noir renâcla puis, soudain, se cabra en hennissant.

Surpris, les villageois reculèrent d'un pas. Ce qui suffit.

– On fonce ! cria Ellana.

Déjà Murmure s'élançait, suivi par l'étalon de Salim.

Les deux hommes qui tentèrent de leur barrer le passage furent renversés sans ménagement et, en un instant, la voie fut libre. Les deux marchombres quittèrent le bourg au grand galop.

Ils conservèrent ce rythme quelques minutes puis, comprenant que personne n'avait l'intention de les poursuivre, ils mirent leurs montures au pas.

– Tu devrais te débarrasser de ces cure-dents, conseilla Ellana. Ils ne serviront qu'à nous attirer des ennuis. Ce sont en outre des armes ridicules, indignes d'un marchombre.

– Ces gens sont fous ! fit Salim en jetant les lances dans un fossé.

– Non, ils sont foule.

Salim sourit.

– Cela revient au même, non ?

Ellana secoua la tête.

– Pas tout à fait, jeune apprenti. Tu peux toujours faire entendre raison à un fou.

5

Al-Jeit.

Perle de Gwendalavir.

La capitale de l'Empire était une cité féerique érigée au sommet d'un inexpugnable plateau rocheux jaillissant de la prairie. La vision de ce plateau, prodigieuse merveille minérale, aurait comblé le plus exigeant des esthètes si son imposante beauté n'avait été éclipsée par le faste de la cité qu'il supportait.

Tours graciles partant à l'assaut de l'azur, coupoles audacieuses, entrelacs de passerelles vertigineuses, flèches de jade ou d'argent, dômes de verre, Al-Jeit était un miracle de finesse et de force, de hardiesse et de légèreté qui liait le génie de ses créateurs à la beauté de l'absolu.

Arrivant du nord, Salim et Ellana pénétrèrent dans la cité par la porte d'Améthyste, une rampe brillant de mille feux violets qui filait, droite et pure, vers une brèche dans le plateau. Avant de l'atteindre, elle passait sous un rideau liquide tombant en cascade depuis les hauteurs de la ville. Un dôme translucide protégeait les voyageurs et teintait l'eau qui y rebondissait d'une myriade de nuances oscillant du mauve à l'indigo.

Les deux marchombres s'arrêtèrent un instant pour goûter la magie colorée qui baignait les lieux.

– Crois-tu qu'on puisse se lasser d'une pareille beauté ? demanda Salim.

– Et toi ? répondit simplement Ellana.

Salim prit le temps de réfléchir avant de parler.

– Je ne sais pas, dit-il finalement. L'habitude est une route qui conduit droit à l'indifférence. D'un autre côté...

– D'un autre côté ?

– Notre faculté à nous émerveiller est liée à notre état d'esprit plus qu'au renouvellement de ce qui s'offre à nos sens.

Il se tut.

– Alors ? le relança Ellana.

– Alors, je dirais qu'il est essentiel de ne jamais cesser de découvrir. En voyageant ou en restant immobile, en échangeant ou en se taisant, en réfléchissant ou en innovant. Quel est ton avis ?

Elle le gratifia d'un sourire lumineux.

– Que tu es sans nul doute le plus étonnant des apprentis qu'un maître marchombre ait eu l'occasion de former.

– C'est un compliment ? s'inquiéta Salim.

– Oui.

Ils laissèrent leurs chevaux aux bons soins du gardien des écuries d'Al-Jeit et pénétrèrent à pied dans la cité alors que le soleil approchait de l'horizon, noyant les ruelles dans l'ombre, tout en teintant d'or et de cuivre les larges artères qui rayonnaient au cœur de la ville.

Une à une les sphères lumineuses créées par les élèves dessinateurs de l'Académie s'éclairèrent, doux contrepoints de nacre à la débauche flamboyante qui envahissait le ciel.

– Où va-t-on ? s'enquit Salim. Ce n'est pas l'heure de manger ?

– Non.

– Tu es sûre ?

– Oui.

– Je suppose qu'il est inutile de te révéler que je meurs de faim ?

– Inutile en effet.

Il désigna la porte ouverte d'une taverne d'où jaillissaient des éclats de voix, de la musique et un appétissant fumet de viande rôtie.

– Même en m'appuyant sur de pareils arguments ?

– Même.

Il haussa les épaules.

– D'accord. Je te signale néanmoins que...

– Ce soir, je te présente au Conseil de la guilde.

Salim s'immobilisa, bouche bée.

– Ce soir tu quoi ? articula-t-il enfin.

– Ce soir, je te présente au Conseil de la guilde. Tu devrais d'ailleurs éviter de rester planté bras ballants au milieu de la rue. Si un membre du Conseil venait à passer, il concevrait des doutes légitimes sur ta santé mentale.

Salim se frotta les yeux comme s'il cherchait à s'extirper d'un mauvais rêve.

– Mais c'est… c'est impossible, balbutia-t-il.

– Quoi donc ? Que tu te remettes à marcher ?

– Que tu me présentes au Conseil !

– Pourquoi donc, jeune apprenti ?

– Parce que je… je…

Ellana posa une main apaisante sur son épaule.

– Suis-moi, je vais t'expliquer.

Quittant l'avenue où ils se trouvaient, les deux marchombres empruntèrent un escalier s'enroulant autour d'une vaste bâtisse de marbre rose puis une série de passerelles surplombant la foule. Ils reprirent contact avec le sol dans un quartier plus calme et se glissèrent dans une ruelle déserte.

Salim avait renoncé à interroger Ellana. Il se contentait de la suivre tandis qu'une myriade de questions sans réponse se bousculaient sous son crâne.

Il la suivit quand elle s'enfonça dans une impasse obscure.

Les questions se bousculaient encore.

Il la suivit quand elle grimpa sur un mur, la suivit quand elle sauta dans le jardin qu'il ceinturait, la suivit quand elle le traversa, aussi silencieuse qu'une ombre, la suivit quand elle se lança dans l'escalade de la tour vertigineuse qui se dressait à son extrémité.

Les questions se bousculaient toujours.

Le contact de la pierre sous ses doigts et la rassurante verticalité de leur progression l'apaisèrent. Les questions cessèrent de se bousculer et lorsqu'il atteignit le sommet et s'accroupit près d'Ellana, il avait retrouvé sa sérénité.

– Mon maître avait coutume de m'emmener ici, murmura la marchombre en contemplant la nuit.

– Je trouve étrange de t'entendre évoquer ton maître, fit Salim.

– Pourquoi ?

– Peut-être parce que tu ne parles jamais de lui. Et puis tu donnes l'impression d'être si forte, si libre qu'il semble impossible que tu aies eu un jour besoin d'un maître pour te guider.

Un sourire triste se dessina sur les lèvres d'Ellana.

– Si tu savais pourtant combien je lui dois.

– Plus que je ne te suis redevable ?

Elle le dévisagea avec attention.

– Je l'ignore. Chacun de nous est unique, ma vie n'a rien à voir avec la tienne et Jilano ne fut pas pour moi le maître que j'incarne pour toi. Nous devons juste nous efforcer de progresser. En réfléchissant à ce qui nous entoure, en acceptant de changer, tout en demeurant nous-mêmes. Toujours.

Un silence dense se déploya entre eux, les liant au sein d'un tranquille équilibre.

Un silence que Salim finit par rompre.

À regret.

– Parle-moi du Conseil.

– Le départ de Riburn Alqin a marqué sa renaissance. Les maîtres marchombres qui s'étaient éloignés sont revenus, l'harmonie vibre à nouveau dans les sous-sols d'Al-Jeit et au sommet de ses tours.

– La guilde va donc mieux ?

– Il est trop tôt pour l'affirmer, mais j'ai bon espoir.

– Ellana ?

– Oui ?

– Tu désires vraiment me présenter ?

– Oui.

– Je...

– Fais-moi confiance, Salim. Jamais je ne t'aurais exposé à la médiocrité de Riburn et de sa clique pitoyable. Le Conseil a changé. Et il est indispensable que tu vives ce que tu vas vivre ce soir.

– Tu en es sûre ?

– Oui.

6

– **A**s-tu compris ce que je viens de t'expliquer ?

– Oui, ce n'est pas très compliqué. Un maître marchombre est libre de choisir son élève mais il doit le présenter au Conseil qui avalise son choix ou, parfois, le désapprouve. C'est la présentation. Au cours des trois années d'apprentissage qui les lient, le maître a également la possibilité de proposer son élève à l'Ahn-Ju.

– Quelle est la différence entre la présentation et l'Ahn-Ju ?

– La présentation est obligatoire, l'Ahn-Ju non.

– C'est tout ?

– Non. La présentation consiste en une rencontre avec les membres du Conseil. L'Ahn-Ju est constitué d'épreuves, souvent délicates, qui vérifient les capacités de l'élève. S'il les réussit, il pourra prétendre, après son apprentissage, au rang de maître marchombre et, à son tour, enseigner la voie.

– Quelles sont les trois règles de l'Ahn-Ju ?

– La première est qu'un maître n'est pas autorisé à tester son élève. La deuxième est que ceux qui testent le candidat sont libres de choisir le contenu des épreuves et ne rendent de comptes à personne, même si le candidat meurt pendant l'épreuve. La troisième est que le candidat a le droit d'abandonner à tout moment.

– Qu'arrive-t-il à celui qui abandonne ?

– L'Ahn-Ju lui devient à jamais inaccessible.

– Et à celui qui réussit ?

– Si son maître en décide ainsi, il se voit confier le secret de la greffe.

– Cela signifie-t-il qu'il obtient la greffe ?

– Non, uniquement qu'il a le droit de la solliciter. J'ai bien compris, je te dis. Enfin… hormis un détail.

– Lequel ?

Salim leva les yeux vers le croissant de lune réduit à une simple virgule dans le ciel étoilé.

– Dans moins d'une heure, calcula-t-il, je serai devant le Conseil. Pourquoi ne pas m'avoir parlé plus tôt de ton projet ?

– Parce que ce n'était pas nécessaire.

– C'est toi qui le dis. Averti, j'aurais pu me préparer, me débrouiller pour…

– Tu es prêt.

– Mais…

– La présentation et l'Ahn-Ju ne sont pas des examens qui nécessitent des révisions, et avancer sur la voie constitue le seul objectif digne d'un marchombre. Si je t'avais prévenu, tu aurais considéré les événements que tu vas vivre cette nuit comme un aboutissement alors qu'ils ne sont que des jalons.

– Les événements ? Les jalons ? Pourquoi ce pluriel ?

– Présentation et Ahn-Ju. Cela fait deux, non ?

Alors qu'ils s'enfonçaient dans les sous-sols de la cité, Salim se remémora les dramatiques conditions dans lesquelles il avait découvert leur existence.

À cette époque, Ellana était brouillée avec le Conseil. Après une haletante course-poursuite dans les rues d'Al-Jeit, Salim et elle avaient été capturés par des marchombres à la solde de Riburn Alqin et jetés dans une geôle en attendant d'être jugés. Le pire était à redouter mais une alliée inespérée était venue à leur secours.

Ellundril Chariakin !

La légendaire marchombre considérée par la plupart comme un mythe et que les rares à croire en son existence pensaient morte depuis longtemps.

Elle avait libéré Ellana et Salim avant de les suivre de l'autre côté de la mer des Brumes pour, finalement, sauver la vie d'Ewilan en se sacrifiant à sa place.

– Nous a-t-elle réellement légué son pouvoir lorsqu'elle nous a quittés ?

Les pensées de la marchombre devaient suivre le fil de celles de son élève car elle ne lui demanda pas à qui il faisait allusion.

– Un pouvoir, quel qu'il soit, se découvre, s'apprivoise, se cultive mais il ne se lègue pas.

– Lorsqu'elle a posé les mains sur mon front, juste avant de monter sur le dos du Dragon, j'ai pourtant senti quelque chose qui passait d'elle en moi.

– Elle a ouvert une fenêtre et t'a permis d'apercevoir une partie de la voie que tu ignorais encore. C'est tout, même si c'est déjà beaucoup.

Salim réfléchit un instant.

– C'est sans doute mieux ainsi. Je ne serai jamais l'égal d'Ellundril Chariakin, mais ce que je serai je ne veux le devoir qu'à moi.

Ellana sourit.

– Quand je te dis que tu es prêt !

Une succession de couloirs sombres, de portes dissimulées et d'escaliers dérobés les conduisit jusqu'à une porte massive bardée de clous et de ferrures. Ellana l'ouvrit et ils débouchèrent dans une immense salle taillée dans la roche. Des sphères pendues au plafond dispensaient une lumière tamisée, tandis que les feux brûlant dans trois cheminées réchauffaient l'atmosphère sans parvenir à en chasser l'humidité.

Une centaine d'hommes et de femmes se trouvaient là, discutant devant l'estrade dressée contre un mur. Lorsque Salim et Ellana pénétrèrent dans la pièce, les regards se tournèrent vers eux, les conversations s'éteignirent, remplacées par un souffle de commentaires chuchotés à voix basse.

– C'est elle !

– L'élève de Jilano Alhuïn.

– J'étais là quand elle a chassé Riburn.

– On dit qu'Ellundril Chariakin est revenue des ombres pour veiller sur elle.

Salim sur ses talons, Ellana s'avança dans la salle, saluant les marchombres qu'elle connaissait, échangeant quelques phrases avec certains d'entre eux, leur présentant Salim quand leurs yeux se posaient sur lui avec insistance.

Un Salim qui n'en revenait pas.

Une centaine de marchombres !

Plus qu'il n'en avait jamais vu.

Plus qu'il croyait en exister en Gwendalavir.

De tous âges, de toutes tailles, de toutes corpulences, hommes ou femmes, ils avaient en commun un indéfinissable signe de famille, une même façon de se tenir, de se mouvoir... et d'observer Ellana.

Comme insensible à l'intensité de leurs regards, la jeune femme traversa la foule avec un remarquable naturel pour s'arrêter devant l'estrade. Salim se campa près d'elle, tentant en vain d'imiter sa décontraction. Il se demandait combien de temps il résisterait lorsqu'une porte proche s'ouvrit.

Six marchombres pénétrèrent dans la salle.

Les six membres du Conseil.

Salim sentit sa gorge se nouer, tandis que son cœur accélérait brusquement.

Les six nouveaux arrivants dégageaient une aura qu'il n'avait encore perçue qu'à de très rares occasions, lorsque Ellana abandonnait sa désinvolture de façade pour une de ces explosions de brillance dont elle avait le secret.

L'aura de l'exceptionnel.

Le reste de la salle ne s'y trompait pas non plus et un profond silence s'était installé sur l'assemblée. Les membres du Conseil s'alignèrent face à leurs pairs puis l'un d'eux fit un pas en avant.

Salim se mit à trembler. Le regard de l'homme s'était posé sur lui et, un bref instant, il avait eu l'impression de devenir aussi transparent qu'une plaque de verre. Le marchombre lisait en lui. Lisait ses doutes, ses peurs, ses secrets et ses faiblesses. Ses forces aussi. Peut-être.

Âgé d'une cinquantaine d'années, le visage fin et pointu, les yeux noisette, les cheveux gris coupés très court, il était de taille moyenne et aurait paru insignifiant si son regard n'avait dégagé un tel magnétisme et si son maintien n'avait indiqué une maîtrise de son corps dépassant l'entendement.

Alors que Salim peinait à garder une contenance, le maître marchombre prit la parole d'une voix posée.

– Je m'appelle Sayanel Lyyant et, aujourd'hui, je serai la voix du Conseil.

7

– **A**ujourd'hui est un jour particulier, poursuivit Sayanel, aujourd'hui est le jour de l'Ahn-Ju. Trois maîtres marchombres proposent leurs apprentis. Trois apprentis vont suivre la cérémonie.

Ellana inspira profondément.

Au moment où Sayanel était entré dans la salle, une paix prodigieuse était descendue sur elle.

Elle savait pourtant qu'il serait là, ils en avaient parlé à plusieurs reprises, mais le voir lui donnait le sentiment que le dernier élément d'un puzzle se mettait en place, qu'un cycle s'achevait.

Ce qu'elle avait vécu depuis sa naissance, ce que la voie du marchombre lui avait permis de découvrir, ses certitudes et ses choix, prenaient tout à coup un sens qui étendait ses ramifications au-delà de son être.

Elle eut soudain l'impression que Jilano se tenait près d'elle.

Qu'aux côtés de Jilano se tenait Esîl qui avait guidé ses pas.

Qu'aux côtés d'Esîl se tenait le maître marchombre qui lui avait enseigné la voie.

Qu'une chaîne ininterrompue de marchombres à la fois maîtres et élèves la liait aux origines du monde.

L'impression que, devenue elle-même maillon de cette chaîne, elle contribuait à un dessein qui, en les dépassant, leur permettait de se surpasser.

Sayanel avait marqué une pause pour balayer l'assemblée du regard.

– Toutefois, reprit-il, nul ne peut prétendre à la cérémonie de l'Ahn-Ju s'il n'a pas été auparavant autorisé par le Conseil à suivre la voie des marchombres. Aujourd'hui est un jour particulier, aujourd'hui est le jour de l'Ahn-Ju mais aujourd'hui est aussi le jour de la présentation. Un maître marchombre propose son apprenti. Un apprenti se présente devant le Conseil. Maintenant.

Ellana effleura de la main le dos de Salim qui frissonna.

Le souffle court, il avança.

8

Salim cessa soudain de trembler.

Le regard de Sayanel s'était posé sur lui, si intense qu'il en oublia instantanément celui des spectateurs brûlant sa nuque.

– Offre ton identité au Conseil, jeune apprenti.

Comment une simple phrase pouvait-elle contenir un tel mélange de force et de paix ?

– Je m'appelle Salim Condo.

– Ton âge.

– J'ai dix-sept ans.

Salim Condo. Dix-sept ans. Son nom, son âge. Lui, réduit à sa plus simple expression. Les fondations de son être.

– Offre-nous le nom de ton maître.

– Ellana Caldin.

Il faillit se retourner pour la désigner mais les yeux de Sayanel le retinrent prisonnier avec l'effica-

cité de chaînes d'acier. Alors qu'il imaginait le sourire sibyllin qui, à cet instant, devait flotter sur les
lèvres de la marchombre, Salim sentit diminuer la
pression des regards dans son dos.

« Ils l'observent, elle », songea-t-il, tandis que des
murmures s'élevaient derrière lui.

Sayanel attendit qu'ils se soient apaisés pour
continuer.

– Jeune Salim, je vais te poser une série de questions. À ces questions tu devras répondre dans l'instant, sans réfléchir, en laissant les mots jaillir de toi
comme une cascade vive. Les mots sont un cours
d'eau, la source est ton âme. C'est en remontant tes
mots jusqu'à ton âme que je saurai discerner si tu
peux avancer sur la voie des marchombres. Es-tu
prêt ?

– Oui.

– Crains-tu mon jugement ?

– Non.

– Pourquoi ?

– Parce que je m'offre à lui.

– Crains-tu le jugement des autres ?

– Non.

– Pourquoi ?

– Parce que je dénie aux autres le droit de me
juger.

Les mots sont un cours d'eau. Salim les percevait
qui coulaient en lui, vifs et forts.

Vrais.

Ellana avait raison, aucune révision n'était nécessaire, il suffisait de laisser couler les mots. D'ouvrir
les écluses de son âme.

– Pourquoi cours-tu ?

– Pour sentir la fraîcheur du vent sur mon visage.

– Mais encore ?

– Pour le chemin qui défile devant moi et celui qui s'étire derrière.

– À quoi sert un mur ?

– À être franchi.

– Qu'y a-t-il de l'autre côté du mur ?

– Je suis de l'autre côté.

Il n'y avait plus de crainte en Salim. Jusqu'au souvenir de sa crainte s'était dissipé, remplacé par une sérénité sans faille. Répondre aux questions de Sayanel se révélait plus que facile, plus que naturel.

Vital.

En s'offrant à la sagacité du maître marchombre, il refaisait connaissance avec lui-même, gravant dans le marbre des certitudes les fondements de son être.

– Que dit l'étoile du matin au soleil qui se lève ?

– La douceur de la nuit et l'importance du doute.

– Que répond le soleil ?

– La puissance des convictions et la beauté de la lumière.

– Es-tu étoile ou soleil ?

– Ni l'un ni l'autre.

– Es-tu étoile ou soleil ?

– Les deux.

Les yeux de Sayanel s'étaient mis à briller.

– Que deviennent les rêves qui se brisent ?

– Les rêves ne se brisent pas.

– Que deviennent les rêves qui se brisent ?

– Le terreau des rêves à venir.

– Combien possèdes-tu de maîtres-mots ?
– Quatre. Pour l'instant.
– Offre-les-moi.
– Harmonie, ouverture, plénitude et respect.
– L'homme et le loup se disputent un territoire. Qui a raison ?
– Le loup.
– De combien de maîtres-mots est pavée la voie ?
– Je l'ignore.
– Pourquoi le loup ?
– Parce qu'il tutoie la lune et joue avec le vent.
– Et toi ?
– Homme et loup. Étoile et soleil. Lune et vent.
– Six mots. Choisis-en un.
– Marchombre.

Sayanel se tut et le silence s'installa sur la grande salle.

Silence approbation.

Silence acclamation.

Silence légitimation.

Silence marchombre.

Sayanel laissa Salim en découvrir les multiples facettes puis il s'inclina.

– Sois le bienvenu, jeune Salim. Puisses-tu longtemps arpenter la voie des marchombres.

9

Ellana guette l'inconscience qui s'approche, la mort marchant sur ses pas.

Quand l'une la touchera, l'autre l'emportera.

Inéluctable.

Ne pas cesser de guetter.

Les empêcher d'approcher.

Trouver des prises pour s'accrocher à la vie.

Quelques minutes encore.

Présentation.

Ahn-Ju…

10

Des vibrations.

Joyeuses et totalement incongrues en ce lieu.

Sayanel les percevait depuis un moment sans en déceler l'origine et cela l'intriguait. Il balaya une nouvelle fois l'assemblée du regard avant de renoncer à chercher pour s'approcher d'Ellana.

– Tu es inquiète ?

– Pourquoi le serais-je ?

– Parce que Salim passe en ce moment les épreuves de l'Ahn-Ju et que même un apprenti aussi doué que lui peut y laisser la vie.

– Aucun risque.

Sayanel fut incapable de dissimuler le sourire que lui tira l'impudence de la répartie.

Ellana avait treize ans lorsqu'il l'avait rencontrée pour la première fois. Incroyable gamine au potentiel fabuleux, elle avait filé sur la voie comme une flèche d'énergie pure, guidée certes par le plus grand des marchombres, mais surtout par une volonté d'acier et un sens inné de l'équilibre et de l'harmonie.

Elle n'avait trahi aucune des attentes, pourtant démesurées, de son maître et elle était en passe d'entrer de son vivant dans le grand livre des légendes.

Derrière l'éblouissante jeune femme qui en imposait aux plus aguerris des marchombres, Sayanel continuait toutefois à voir la fillette qu'elle avait été. Fraîche et effrontée, étonnante et étonnée, douce et acide, intense et libre. Et il savait qu'il était pour elle plus qu'un pair, celui qui, le premier, lui avait parlé de la voie.

En cela et par la présence invisible de Jilano à leurs côtés, leur relation était unique. Ils s'étaient retrouvés deux mois plus tôt pour constater que rien n'avait changé entre eux.

– Aucun risque ? répéta le maître marchombre. Ne te montres-tu pas excessive ? S'il y a, je te l'accorde, peu de risques qu'un des trois marchombres qui le testent cherche à le tuer, comme ce fut le cas pour toi, un accident peut toujours survenir.

Elle balaya l'argument d'un revers de main, avant de prendre un air pensif.

– Un problème ? s'enquit Sayanel.

– Je n'ai finalement jamais su qui de Salvarode ou de Jorune avait tenté de m'assassiner lors de mon Ahn-Ju.

– Tu oublies Ryanda. Elle était là elle aussi et ne te portait guère dans son cœur.

– C'était le cas de la plupart des marchombres présents ce jour-là, me semble-t-il. Non, je doute que ce soit elle. Salvarode ou Jorune ? J'y ai réfléchi des dizaines de fois sans parvenir à trancher.

– Si tu veux le savoir, il te faudra le demander à Jorune.

Le visage d'Ellana se tendit.

– Où est-il ? s'enquit-elle.

– Je l'ignore, répondit Sayanel. Je me suis longtemps tenu loin de la guilde et des remous qui l'ont agitée. J'ai seulement appris que tu avais épargné Jorune alors que tu le savais coupable d'avoir tué Jilano et que sa vie se trouvait entre tes mains…

Ellana plongea ses yeux noirs dans ceux de son ami.

– Me reproches-tu cela ?

– Non. Le laisser vivre a dû te coûter beaucoup et, si j'ignore ce qui t'a poussée à ce choix, je le respecte.

– Je te parlerai de cela plus tard, fit-elle. Lorsque nous serons seuls.

Elle jeta un coup d'œil autour d'elle. Les marchombres qui avaient assisté à la présentation de Salim s'étaient dispersés dans la grande salle et devisaient par petits groupes en attendant les résultats de l'Ahn-Ju.

Si seuls trois maîtres avaient proposé leur apprenti, le renouvellement du Conseil et la présence de marchombres mythiques comme Sayanel avaient attiré de nombreux curieux. Ellana en connaissait beaucoup et savait que la plupart avaient suivi Riburn Alqin lorsqu'il était à la tête de la guilde. Ils feignaient de se réjouir du changement mais accordaient en réalité une importance relative à ce qui ne touchait pas de près leurs intérêts propres.

– Crois-tu que la guilde a un avenir ? demanda-t-elle à Sayanel.

– Si je ne le croyais pas, je ne serais pas ici, répondit-il.

– Mais encore ?

– La guilde peut retrouver son équilibre, mais il lui faudra du temps. C'est là que réside le problème.

– Pourquoi ?

– Même si de nombreux marchombres l'ignorent, Jilano le savait et je ne doute pas qu'il te l'ait enseigné. Au-delà des apparences, la guilde est la garante de l'Harmonie face au Chaos. Or, pendant que nous nous déchirions en querelles intestines aussi vaines que stupides, le Chaos a développé ses forces.

– Voilà pourtant des mois que je n'ai plus entendu parler des mercenaires, fit Ellana. Et plus longtemps encore que Nillem a disparu.

Le visage de Sayanel s'assombrit. Nillem, le plus doué des apprentis qu'il ait formés, avait trahi le Pacte des marchombres pour devenir un mercenaire du Chaos. La blessure qui avait résulté de cette trahison avait mis des années à se cicatriser et personne ne se serait risqué à évoquer le renégat devant lui.

Personne à l'exception d'Ellana.

Elle avait souffert autant que lui et cette souffrance commune avait contribué à la solidité du lien qui les unissait.

– Ce n'est pas parce qu'un danger est invisible qu'il est moins dangereux, rétorqua le maître marchombre. Au contraire. Et je préfère avoir la certitude que le serpent est dans mon jardin plutôt que juger possible qu'il soit dans mon lit.

– Jilano m'a en effet parlé de l'équilibre entre l'Harmonie et le Chaos et si j'ai compris le déséquilibre qu'il redoutait, je n'ai jamais saisi de quelle façon il percevait l'avancée du Chaos.

– Une multitude d'indices permettent d'en juger, fit Sayanel. Certains lisibles par quiconque s'en donne la peine, d'autres requérant pour être perçus une expérience que seul offre l'âge.

– C'est-à-dire ?

– Jilano ne cachait pas l'admiration qu'il éprouvait envers toi et il est évident pour celui qui est familier de la voie que tu t'y es engagée bien plus loin que beaucoup. Pourtant...

– Pourtant ?

– Certaines facultés nécessitent du temps pour se développer. Un temps incompressible. Un jour, alors que tu te tiendras accroupie au sommet d'une tour, tu percevras la voix du vent et cette voix soufflera en toi un savoir nouveau. Un jour. Pas maintenant. Même si tu es Ellana Caldin, l'héritière d'Ellundril Chariakin en personne.

Il sourit puis poursuivit :

– Te parler ainsi me rassure. Je me dis que le temps me réserve des surprises à moi aussi, comme par exemple découvrir ce que sont ces étranges vibrations que je ressens depuis un moment.

Ellana acquiesça en silence. Si elle ne saisissait pas ce que Sayanel entendait par vibrations, le reste de ses paroles était limpide. C'était cela être marchombre. Avancer sur la voie en sachant que ce qui restait à apprendre était plus vaste que ce qu'on avait déjà appris. Quoi qu'on ait appris !

– Si je n'ai pas encore l'expérience requise pour comprendre le vent, n'ai-je pas droit aux indices lisibles par tout un chacun ? ironisa-t-elle. Comment évalues-tu l'avancée du Chaos ?

– Les Blancs.

Ellana écarquilla les yeux.

– Ils sont liés aux mercenaires ?

– Aux mercenaires je n'en sais rien, mais au Chaos, cela ne fait aucun doute. Leur façon de s'en prendre aux voyageurs, aux villages isolés, leur manière de disparaître sans que personne ne soit capable de retrouver leur trace, leur recherche du désordre plus que des richesses... L'esprit du Chaos les guide, c'est évident, et je crains que leurs exactions ne s'inscrivent dans un dessein plus vaste. Et bien plus sombre.

Il adressa un signe de la main à un membre du Conseil qui sollicitait sa présence.

– Je dois y aller, déclara-t-il. Nous nous reverrons après l'Ahn-Ju comme prévu.

Il se détournait lorsque ses sens prodigieusement aiguisés décelèrent enfin l'origine des vibrations qu'il ressentait depuis qu'il était entré dans la salle.

Un sourire aux lèvres, il se pencha à l'oreille d'Ellana.

– Félicitations, murmura-t-il.

11

Salim s'élança au-dessus du vide.

L'autre bord était trop loin pour qu'il ait une chance de l'atteindre, mais l'extrémité étroite d'une stalagmite tronquée pointait du gouffre, à mi-saut. Fragile, érodée, fendue même. Se fier à sa solidité aurait été suicidaire, tenter de s'y percher tout autant... Le pied de Salim ne fit que l'effleurer.

« *L'énergie est partout. Dans le déferlement de la vague comme dans la caresse d'une goutte d'eau, dans la puissance de la foudre comme dans la lueur d'une bougie, dans la clameur de la tempête comme dans le murmure de la brise. Le marchombre perçoit toutes ces énergies et sait les utiliser. Toutes.* »

La stalagmite craqua sinistrement, déjà Salim rebondissait. Aussi vif que s'il avait touché la toile d'un trampoline.

Il ne se réjouit qu'une fraction de seconde.

Trop court. Il allait tomber dans le gouffre.

Alors qu'il s'était ramassé pour atterrir sur ses pieds, il bascula son centre de gravité, se transforma en flèche humaine, mains tendues devant lui. Au terme d'une incroyable trajectoire, ses doigts crochetèrent une prise sur le bord opposé.

À l'instant précis où la gravité retrouvait ses droits sur son corps, il tracta sur ses bras, rentra la tête, s'arrachant au gouffre qui l'appelait. Il roula en sécurité avant de se remettre sur ses pieds d'un bond.

Les trois marchombres qui le testaient se tenaient devant lui, bras croisés, les traits indéchiffrables.

– Épreuve réussie, déclara l'un d'eux, un certain Arguro.

Salim porta à sa bouche le bout de ses doigts ensanglantés sans déceler la moindre marque de compassion dans leur regard. C'était la quatrième épreuve qu'il réussissait, la dixième fois qu'il risquait sa vie. Quand donc ses examinateurs s'estimeraient-ils satisfaits ?

Comme s'ils avaient lu dans ses pensées, les trois marchombres se concertèrent du regard puis Arguro reprit la parole :

– Tu as fait preuve d'indéniables qualités et nous sommes prêts à déclarer que tu as passé l'Ahn-Ju avec succès. Nous souhaiterions toutefois obtenir la certitude que tu as compris l'essentiel.

Il observa Salim un instant avant de poursuivre :

– Les capacités physiques ne sont rien sans la finesse de l'âme. Ce sera le fil de ta dernière épreuve. Suis-nous.

Les trois marchombres tournèrent les talons et Salim leur emboîta le pas.

L'immense caverne dans laquelle ils se trouvaient faisait partie du labyrinthique monde souterrain qui s'étendait sous Al-Jeit. Des kilomètres de galeries, des salles aussi vastes que des cathédrales, des puits sans fond, des rivières, des cascades de roches cristallines, des boyaux tortueux, des cheminées luisantes d'humidité... S'y perdre n'était pas un risque mais une certitude pour quiconque n'était pas guidé.

D'autant que le noir régnait en maître dans cet univers minéral.

Les sphères lumineuses enchâssées à l'extrémité des bâtons que portaient deux des trois marchombres le repoussaient, mais Salim le sentait qui guettait à proximité, n'attendant qu'une opportunité pour fondre sur eux et les engloutir.

Ils quittèrent la caverne et s'engagèrent dans un étroit passage serpentant entre des concrétions à l'allure de joyaux taillés pour des titans. Ils y progressèrent en silence une vingtaine de minutes avant d'emprunter une cheminée qui les conduisit à une plate-forme surplombant le vide.

Hulinfa, une des deux femmes qui testaient Salim, proféra un mot unique aux consonances gutturales et une dizaine de sphères s'illuminèrent devant eux comme autant de soleils miniatures.

« Une dessinatrice, s'étonna Salim. Certains marchombres possèdent donc le pouvoir de gagner les Spires. Mais pourquoi a-t-elle prononcé cette formule magique à la noix ? Ne sait-elle pas que... »

Il cessa soudain de s'interroger sur le don d'Hulinfa.

La lumière des sphères dévoilait un spectacle si grandiose que plus rien d'autre ne comptait.

Un lac d'abord. Loin en contrebas. Vaste et profond. La beauté sereine de ses eaux limpides et de son fond rocheux mise en relief par quatre sphères immergées. Large de cent mètres, il voyait sa longueur dévorée par l'obscurité.

La voûte de la caverne qui l'abritait, ensuite. Une forêt de stalactites opalescentes pointant leurs dards effilés vers la surface étale du lac. Leur inoffensive agressivité en parfait contrepoint de la paisible horizontalité du miroir dans lequel elles se reflétaient.

L'îlot émergeant au centre du lac. Douce courbe lissée par la caresse de l'eau, pierre polie jusqu'à se confondre avec du verre ou carapace lustrée d'un gigantesque animal aquatique.

La plage de sable blanc sur l'autre rive. Et la draperie de cristal qui, tombant du plafond, s'y fichait en scintillant de mille feux.

Les ombres et la lumière, enfin. Amies, amantes, joueuses, taquines et mystérieuses. Bouleversante touche finale apportée à un spectacle qui ramenait l'homme à son statut d'insecte.

Salim fut tiré de sa contemplation par la main d'Arguro sur son épaule. Le visage du marchombre témoignait de son émotion mais lorsqu'il prit la parole, sa voix était exempte de sentiment.

– Corps et âme. Action et réflexion. Plonge, traverse, appose ta marque sur la paroi opposée et reviens.

Salim s'approcha du vide. La muraille rocheuse était verticale à ses pieds et le lac la léchait quinze mètres plus bas. Si la perspective faussait les proportions, sa limpidité ne laissait aucun doute sur sa profondeur. Dix mètres au moins. Certainement plus.

Salim fronça les sourcils. Le plongeon était facile, la traversée plus encore et remonter la paroi jusqu'à la plate-forme où il se tenait ne présentait aucune difficulté. Où était le piège ? Il s'agissait de son ultime épreuve. Elle aurait dû être plus délicate que celles qu'il avait réussies jusqu'à présent.

– Que dois-je faire pour apposer ma marque ? demanda-t-il à Arguro.

Certes, les apprentis n'étaient pas censés poser de questions mais plus que d'une véritable règle, il s'agissait là d'une simple coutume. Arguro hésita à peine avant de répondre :

– Laisser une trace, celle que tu voudras.

Il n'avait, de toute évidence, aucune intention d'en révéler davantage.

Salim ôta sa tunique, observa une dernière fois le lac puis, incapable de déceler une quelconque menace dans ce qui l'attendait, il se lança dans le vide.

Simple, efficace et réalisé à la perfection.

Tel fut son plongeon.

Au terme d'une courbe harmonieuse, il entra dans l'eau sans provoquer de remous, arqua les reins pour regagner la surface et se mit à nager à grandes brasses pour lutter contre le froid. Le lac était plus profond qu'il ne l'avait estimé et son fond beaucoup plus chaotique qu'il ne l'avait cru. Vingt ou trente mètres sous lui, des rochers énormes aux formes tourmentées délimitaient un dédale de canyons abrupts, tandis que d'inquiétantes zones d'ombre jouxtaient les flaques de lumière dispensées par les sphères.

Salim frôlait l'îlot qui émergeait du lac lorsqu'un mouvement attira son attention sur sa droite.

Une forme longue et puissante fendait l'eau dans sa direction.

Toute de dents et d'écailles.

Crocodile.

12

Crocodile.

Pendant une folle seconde, Salim cessa de nager.

Crocodile.

Le monstre qui régnait sur les marécages de son monde d'origine et hantait les cauchemars de son enfance. Prédateur si terrible qu'il n'avait pas éprouvé le besoin d'évoluer depuis l'aube des temps.

Crocodile.

L'îlot était là. Salim pouvait l'atteindre sans difficulté. Ses rives étaient basses mais abruptes. Il doutait que le crocodile soit capable de l'y suivre, il y serait en sécurité.

En poussant un grognement, il se remit à nager.

Dans la direction opposée.

L'îlot n'était pas un refuge mais un piège.

Comment le quitterait-il si le monstre décidait de se poster à proximité ?

Il avait échangé sa brasse pour un crawl vigoureux et fonçait vers la plage de sable blanc de l'autre côté du lac. Étrangement, le crocodile ne semblait pas vouloir accélérer et Salim atteignit la rive avec une confortable avance.

Il sortit de l'eau en courant et fila vers la paroi de la caverne, distante de quelques mètres à peine. Au contraire de l'îlot, la plage émergeait en pente douce. Le crocodile n'éprouverait aucune difficulté à la gravir et Salim devait avant tout s'assurer qu'il pouvait escalader la paroi pour se placer hors d'atteinte.

C'était le cas.

La paroi qu'il avait devant les yeux était l'éblouissante draperie rocheuse qu'il avait aperçue depuis la plate-forme. Constituée, siècle après siècle, par le calcaire qui s'était déposé là, elle était lisse et humide mais présentait des cannelures qui autoriseraient l'escalade.

Une escalade risquée, certes, mais réalisable.

Salim pivota avec vivacité, prêt à réagir si le crocodile sortait de l'eau.

Ce n'était pas le cas.

La silhouette fuselée du prédateur décrivait des boucles à une faible distance de la rive mais ne s'en approchait pas. Rassuré, Salim put observer le monstre auquel il avait échappé.

Long de trois bons mètres, l'animal n'avait qu'un lointain rapport avec les crocodiles que connaissait Salim. Plus fin, le corps revêtu d'écailles pâles presque blanches, un museau très allongé se terminant par deux canines proéminentes, il était plus proche du gavial que de son cousin. Il n'en demeurait pas moins impressionnant. Et mortellement dangereux.

Tout en gardant un œil sur lui, Salim reporta son attention sur la paroi. Elle était couverte de signes, d'initiales, parfois de petits dessins prouvant qu'il n'était pas le premier à passer cette épreuve.

– Une épreuve qui aurait été bien trop facile sans toi, hein mon gros ? lança Salim en direction du lac.

Il tira son poignard, envisagea un instant de graver une poésie marchombre dans le calcaire avant de renoncer. La pierre était trop dure, il manquait de temps et, surtout, le cœur n'y était pas. Tandis qu'il dessinait la forme stylisée d'un loup, son esprit travaillait à toute vitesse pour trouver un moyen de se tirer du piège dans lequel il était coincé.

– Je suppose que tu n'as pas prévu d'aller te promener ailleurs le temps que je traverse, n'est-ce pas ?

Le crocodile, imperturbable, poursuivit ses boucles dans le lac.

– Très bien, maugréa Salim. Si j'échoue à l'Ahn-Ju ce sera ta faute et ça, mon gros, je ne te le pardonnerai jamais. D'autant qu'à cause de toi, je me remets à parler seul et à voix haute, alors que j'ai eu un mal fou à arrêter !

Il se tut pour observer pensivement la lame de son poignard. Forgée dans le meilleur acier, affûtée à la perfection elle mesurait plus de vingt centimètres pourtant il doutait qu'elle lui soit utile face au monstre qui l'attendait dans l'eau.

Il la rengaina avec une grimace et regarda autour de lui.

Contourner le lac n'était pas envisageable. Il n'avait aucune idée de sa longueur et l'obscurité qui régnait sur ses rives était plus infranchissable qu'une muraille.

Grimper ?

Il leva les yeux.

Si escalader la paroi promettait d'être ardu, traverser la salle en s'accrochant aux stalactites qui pendaient du plafond représentait un exploit dont il doutait être capable.

Certes, mais avait-il le choix ?

Il attendit quelques minutes puis, convaincu que le crocodile se montrerait plus patient que lui, il attrapa une première prise et commença à s'élever.

Le plafond de la salle surplombait le lac de trente mètres. Quand il l'atteignit, Salim était épuisé. Il avait utilisé toute son énergie à se hisser le long de cannelures humides qui ne présentaient aucune anfractuosité où il aurait pu glisser une main ou simplement un doigt. Il se cala tant bien que mal, le dos appuyé à la paroi, les pieds contre une stalactite et observa le parcours qui l'attendait.

Une vague de découragement déferla sur lui.

Il n'y arriverait jamais.

La plate-forme était distante de plus de cent mètres et, au-dessus de l'îlot, le plafond était aussi lisse que du verre. Il devrait contourner cette zone, ce qui rallongerait d'autant la distance qu'il avait à parcourir.

Les pensées de Salim se tournèrent vers Ellana. Comment la marchombre agirait-elle si elle se trouvait à sa place ?

Il secoua la tête. Mauvaise idée la comparaison avec Ellana ! Elle était capable de franchir pareille distance en s'accrochant au plafond et sans doute de liquider ce maudit crocodile.

Elle, pas lui.

« *Nous devons juste nous efforcer de progresser. En réfléchissant à ce qui nous entoure, en acceptant de changer, tout en demeurant nous-mêmes. Toujours.* »

Les mots de la marchombre éclatèrent dans son esprit au moment où, pour éviter la crampe qu'il sentait poindre, il s'apprêtait à avancer en sachant qu'il allait à sa perte. Ils se lièrent à ceux qu'avait prononcés Arguro un peu plus tôt :

« Les capacités physiques ne sont rien sans la finesse de l'âme. Ce sera le fil de ta dernière épreuve. »

Pourquoi n'avait-il pas écouté ? Vraiment écouté !

Surtout qu'Arguro avait insisté :

« Corps et âme. Action et réflexion », avait-il dit avant que Salim plonge.

S'il échouait, ce ne serait pas à cause du crocodile, mais parce qu'il n'avait pas pris le temps de réfléchir.

Il s'obligea à oublier sa position précaire et à respirer profondément.

Un, le crocodile était aveugle. Comme tous les animaux vivant dans l'obscurité totale des cavernes.

Deux. Comme tous les animaux vivant dans l'obscurité des cavernes ? Quels animaux ? Pas d'antilopes à traquer ici, ni de zèbres à surprendre, ni de gros poissons bien gras à croquer mais des alevins translucides, des batraciens blanchâtres, des vers… De quoi se nourrissait le crocodile ?

Trois. Le crocodile se nourrissait de ce qui vivait dans le lac.

Quatre. Lui, Salim, ne faisait pas partie du régime alimentaire du crocodile qui n'était d'ailleurs pas un crocodile ! Il pouvait traverser à la nage.

Le cri de joie qu'il s'apprêtait à lancer fut coupé net par la crampe qui tordit sa cuisse.

Obligé de changer ses appuis en catastrophe, il dérapa, se rattrapa in extremis en crochetant l'extrémité d'une stalactite, dérapa à nouveau, parvint à bloquer son pied dans une des cannelures qui filaient jusqu'au sol, s'immobilisa un bref instant…

Juste le temps de prendre une décision.

Risquée, certes, mais, une fois encore, avait-il le choix ?

Il plaça son autre pied dans la cannelure voisine, les mains à plat sur la roche humide, et se laissa glisser.

À son grand étonnement, si sa descente fut rapide et quelque peu incontrôlée, il atterrit sans mal sur le sable.

Il s'offrit le temps de retrouver son souffle puis, lentement, entra dans l'eau. Commença à nager.

Corps et âme. Action et réflexion.

Il avait réfléchi.

La silhouette puissante du crocodile – ce n'était pas un crocodile – pivota dans sa direction...

Il avait réfléchi.

... avança vers lui. Fonça vers lui. Fusa...

Il avait réfléchi.

... vers lui.

Il cessa de nager, posa la main sur le manche de son poignard... déjà le crocodile était là. Salim se pétrifia, ne s'autorisant que de petits battements de pieds pour ne pas couler. Le monstre – ce n'était peut-être pas un crocodile mais c'était un monstre – glissa le long de ses jambes pendant une éternité, revint pour un deuxième passage, plus lent encore...

S'éloigna.

Salim se remit à nager.

Cent mètres peuvent parfois paraître bien longs, et quand il atteignit l'extrémité du lac il était exténué. Grimper jusqu'à la plate-forme lui demanda une énergie qu'il ignorait encore posséder et lorsqu'il se campa devant ses trois juges, ses jambes tremblaient et il était proche de l'évanouissement.

Les marchombres le contemplèrent avec, pour la première fois, une lueur d'estime dans les yeux.

– Épreuve réussie, déclara Arguro.

– Et Ahn-Ju réussi, ajouta Hulinfa.

13

– Mais il fait encore nuit, protesta Salim.

– Erreur, rétorqua Ellana en désignant la lueur rosée qui, en filtrant par la fenêtre, annonçait le lever du jour. Le soleil se lève et toi aussi.

– Je n'ai dormi que deux heures !

– Amplement suffisant.

Salim poussa un gémissement.

Après les épreuves de l'Ahn-Ju, il avait rejoint Ellana dans la grande salle. Le sourire lumineux qui avait éclairé le visage de la marchombre quand elle l'avait aperçu avait gommé comme par magie la fatigue qui nouait ses muscles. Il avait couru vers elle.

– Je suis heureuse, lui avait-elle dit avant même qu'il lui annonce son succès.

Puis, comportement inaccoutumé, elle l'avait pris dans ses bras pour le serrer très fort contre elle.

La plupart des marchombres qui avaient assisté à la présentation étaient encore là. Ils s'étaient avancés pour féliciter Salim et, pendant un moment, ce dernier avait eu le sentiment d'être au cœur d'une bruyante tempête de louanges factices.

Les hommes et les femmes qui s'adressaient à lui s'exprimaient pourtant avec retenue et leurs phrases étaient sans nul doute guidées par la sincérité mais il y avait un tel fossé entre l'intensité de ce qu'il venait de vivre et la superficialité des félicitations qu'il recevait que Salim, rapidement, avait manqué d'air.

Il avait cherché le regard d'Ellana pour quêter de l'aide et avait trouvé celui de Sayanel. Le maître marchombre se tenait à l'écart et observait la cohue avec intérêt. Non, il l'observait lui avec intérêt.

« Il cherche à savoir si je suis sensible à ces compliments, avait deviné Salim. Eh bien j'y suis sensible mais ça suffit maintenant. »

L'arrivée d'un autre candidat à l'Ahn-Ju avait heureusement détourné l'attention. L'élève, une jeune et jolie fille brune aux cheveux très courts, avait réussi elle aussi et elle rayonnait de bonheur.

– Le troisième a échoué, avait soufflé Ellana à l'oreille de Salim. Il est tombé d'une paroi et s'est brisé une cheville.

– Pourra-t-il à nouveau tenter sa chance lorsqu'il sera guéri ?

– Non.

La sécheresse de la réponse avait surpris Salim mais au moment où il s'apprêtait à questionner Ellana, la fatigue que l'adrénaline circulant dans son corps avait tenue à l'écart durant les épreuves avait soudain déferlé sur lui.

– Et si on allait se coucher? avait-il proposé.

Ils avaient gagné un appartement au sommet d'une des plus hautes tours de la ville. Cet appartement, qui se transmettait de maître marchombre à élève depuis des générations, avait appartenu à Jilano et, avant lui, à Esîl qui l'avait guidé sur la voie.

Ellana et Salim s'y installaient lorsqu'ils étaient de passage à Al-Jeit. Salim goûtait particulièrement la vue splendide qu'offrait la terrasse et les bains chauds que l'art des dessinateurs rendait possibles.

Ce soir-là pourtant il n'avait pas mis un pied sur la terrasse ni même songé à un bain chaud. Il s'était effondré sur son lit, endormi avant d'avoir fermé les yeux.

– Tu es un monstre! déclara Salim. Pourquoi te montrer aussi cruelle?

– Ce n'est pas de la cruauté, jeune apprenti, mais de la rigueur. Te prélasser toute la journée dans un lit ne te permettra pas d'avancer sur la voie.

Salim se prit la tête entre les mains.

– Deux heures de sommeil et un lever aux aurores ! On est loin de la journée passée à se prélasser que tu évoques ou alors nous ne parlons pas la
même langue.

– Cesse de discuter, veux-tu, et lève-toi. Une longue route nous attend.

– Quoi ?

– Fainéant et sourd. Les trois marchombres qui
t'ont testé devaient être ivres pour considérer que
tu méritais l'Ahn-Ju.

– Quelle longue route, Ellana ?

– Celle qui nous conduira jusqu'à la maison.

– Mais... ne devait-on pas voir Sayanel ?

– Il a quitté Al-Jeit.

– Je... J'avais prévu de... Je pensais que...

Ellana secoua la tête.

– Aux dernières nouvelles, Ewilan et les Sentinelles ont effectué un pas sur le côté vers Al-Poll
afin de vérifier s'il ne reste pas là-bas des sphères
graphes qui pourraient être utiles à l'Empire.

Une mine étonnée se peignit sur le visage de
Salim.

– Comment es-tu au courant ?

– Un maître marchombre se doit de savoir certaines choses.

– Mais...

Une lueur mauvaise s'alluma dans les yeux d'Ellana.

– Debout, Salim. Nous partons.

Le vent avait tourné et charriait de lourds nuages gris en provenance du sud.

En milieu de journée, une pluie fine se mit à tomber, noyant le paysage sous un rideau liquide. Salim et Ellana avaient rabattu le capuchon de leur cape et chevauchaient en silence, la tête rentrée dans les épaules.

Salim maugréait.

Ellana était aux anges.

Les grommellements furibonds de son élève la ravissaient. Ils avaient redoublé depuis qu'il pleuvait et constituaient un parfait écho à ce qu'elle avait éprouvé des années plus tôt lorsque Jilano l'entraînait dans de longs périples hivernaux sans accorder la moindre importance aux conditions climatiques. Ni à ses jérémiades.

Elle ronchonnait comme Salim. Peut-être plus que lui.

Pourtant, comme Salim, elle se régalait et, comme Salim, elle ne l'aurait admis pour rien au monde.

Comme Salim.

Maître et élève.

« L'acte d'apprendre n'a de valeur que s'il s'ouvre sur l'acte d'enseigner, jeune apprentie. »

Elle leva la tête pour offrir son visage à la pluie.

Le temps passant, elle percevait avec davantage de force la présence de Jilano autour d'elle.

Aujourd'hui plus que jamais.

Dans les gouttes qui s'écrasaient sur ses joues, les feuilles détrempées qui jonchaient le sol, les nuées qui s'enroulaient dans le ciel, la brume qui s'élevait au-dessus des forêts…

En elle aussi.

Dans la fluidité de ses gestes, l'acuité de son regard et le rythme paisible de son cœur.

Et plus profond encore.

Dans la vie nouvelle qui palpitait au creux de son ventre.

Une rafale de vent frais s'engouffra sous son capuchon, le rejetant en arrière. Devenue brise chaude, elle se glissa au creux de son oreille :

« *Même la mort ne nous séparera pas. Je continuerai à marcher sur la voie à tes côtés. Je ne t'oublierai jamais.* »

– Moi non plus, murmura-t-elle, je ne vous oublierai jamais.

14

– **N**ous nous arrêterons chez Aoro, décida Ellana alors que le soir approchait.

L'annonce eut pour effet de rendre son sourire à Salim.

– C'est la chose la plus sensée que tu aies décidée depuis longtemps! s'exclama-t-il.

– Tiens, tu parles?

Il haussa les épaules pour montrer le peu de cas qu'il faisait de son ironie et entreprit de lui expliquer qu'étant parvenu à dormir sur sa selle, il avait récupéré et se sentait en pleine forme pour déguster la cuisine d'Oûl.

Ellana le laissa parler jusqu'à ce qu'il lui lance un regard suspicieux.

– Je n'aime pas quand tu arbores ce rictus carnassier, fit-il. Que mijotes-tu?

– Je ne mijote rien, je me disais simplement que j'avais tort de m'obstiner à m'adresser à ton cerveau alors que ton estomac a beaucoup plus de présence d'esprit que lui. Preuve en est le vocabulaire que tu utilises.

– Hein ?

Elle haussa les yeux au ciel.

– Pauvre de moi, gémit-elle. Et dire qu'il me reste un an de formation à assurer.

– Et moi un an d'apprentissage à supporter !

Ils s'observèrent un instant en tâchant de conserver leur sérieux avant de renoncer dans un éclat de rire.

L'auberge du Monde était étrangement calme.

Aucun mouvement sur la grande terrasse de bois rouge, ce que la pluie incessante expliquait sans mal, mais aucun mouvement non plus derrière les baies vitrées. Aucun bruit de voix, aucune musique, et si de la fumée s'échappait des cheminées, les sphères lumineuses qui décoraient l'extérieur n'étaient pas en service.

– Ce n'est pas normal, non ? fit Salim en portant la main à son poignard.

– Curieux pour le moins, répondit Ellana en l'imitant. On continue à pied.

Ils mirent pied à terre, attachèrent leurs chevaux à un arbre et se fondirent dans la nuit. Aussi silencieux l'un que l'autre, invisibles aux yeux de la plus attentive des sentinelles, ils atteignirent l'auberge en quelques minutes.

Aucun signe de vie n'était perceptible à l'intérieur.

– Entre par ici, chuchota Ellana à l'oreille de Salim en lui désignant la porte principale. Je fais le tour.

– Ne vaudrait-il pas mieux rester ensemble ? souffla-t-il en réponse. Nous…

Il se tut. Ellana avait disparu.

Aux aguets, prêt à réagir avec la vivacité d'un chat, Salim s'approcha de la porte.

Posa la main sur la poignée. Elle tourna sans bruit.

Lame basse, genoux fléchis, il poussa l'huis qui pivota lentement.

La grande salle aurait dû être illuminée et retentir du bruit de dizaines de convives attablés. Elle était plongée dans le noir le plus total.

Et dans un silence parfait.

Salim se figea.

L'enseignement d'Ellana avait développé ses capacités physiques mais aussi ses sens. Son ouïe, notamment, avait acquis une prodigieuse acuité.

Le silence n'était pas parfait. Un bruit ténu s'élevait dans le fond de la salle. Le bruit d'une respiration.

Non. Le bruit de plusieurs respirations.

Tout en se maudissant d'avoir laissé son arc accroché à sa selle, Salim fit un pas à l'intérieur. Il aurait sans doute été plus prudent de quitter l'auberge. C'était impossible sans savoir ce qui s'y passait. Aoro et Oûl se trouvaient peut-être en danger. Étaient-ce eux qu'il entendait respirer ? Étaient-ils inconscients ? Blessés ?

Un deuxième pas.

À cet instant précis, la salle explosa sous une salve de lumières vives tandis que des hurlements s'élevaient.

Des hurlements de joie !

Salim n'avait pu retenir un cri de frayeur. Ses réflexes avaient toutefois joué à la perfection et il avait bondi sur le côté, prêt à défendre chèrement sa vie.

Il se plaça en garde, lame tendue devant lui…

Se pétrifia.

Mise en valeur par un éclairage multicolore, une table couverte de victuailles trônait au milieu de la salle.

Devant la table se tenaient Aoro et Oûl, un sourire hilare sur le visage.

Et autour d'eux…

– Qu'est-ce que vous fichez ici ? s'écria Salim dont le cœur battait encore la chamade.

– Nous sommes là pour te féliciter, bonhomme ! tonitrua Bjorn.

– Te complimenter, renchérit Mathieu.

– Mais aussi pour partager avec toi ce succulent repas, précisa Sayanel.

– T'apprendre, si tu l'ignorais, que nous avons pensé à toi et à ton épreuve, lança Liven.

– Faire la fête ! cria Illian.

– Te dire que nous sommes fiers de ta réussite, déclara Edwin.

– Découvrir enfin le fameux Salim, ajouta une jeune et jolie inconnue aux yeux gris.

– T'offrir quelques précieux conseils, précisa maître Duom.

– Et notre affection, conclurent ensemble Altan et Élicia.

Seule Ewilan ne dit rien.

Ses yeux parlaient pour elle.

Salim sentit une énorme boule d'émotion se former dans son ventre tandis que sa gorge se nouait et que ses yeux s'embuaient.

– Vous… vous êtes là… pour moi, balbutia-t-il. Mais… mais pourquoi ?

Ellana, sourire aux lèvres, s'était glissée dans son dos. Elle posa une main douce sur son épaule.

– Parce que tu le mérites, Salim.

15

La soirée tirait à sa fin.

Altan et Élicia s'étaient retirés, Illian assoupi dans les bras d'Altan, non sans avoir auparavant chaleureusement embrassé leur fille.

Salim s'en était réjoui.

Les révélations d'Éléa Ril' Morienval sur sa relation amoureuse avec Altan avaient blessé Ewilan et l'avaient écartée de sa famille. La blessure paraissait désormais cicatrisée et, si oublier était impossible, le pardon semblait avoir apaisé les âmes.

Maître Duom s'était endormi sur une chaise et ronflait, la tête posée sur la table. Il avait vieilli depuis ses dernières aventures de l'autre côté de la mer des Brumes. Moins acerbe que par le passé, l'esprit moins vif, il ressemblait enfin à ce qu'il était : un vieillard serein s'éteignant doucement.

Un éclat de voix attira l'attention de Salim. Bjorn était en train de raconter à Aoro, Oûl et Sayanel une des péripéties qui avaient marqué son trajet vers l'auberge du Monde.

– Et voilà qu'au détour de la piste surgissent une dizaine de ces misérables qui pensent pouvoir impunément écumer l'Empire.

– Des Blancs ? demanda Oûl.

– Oui, mon brave, des Blancs !

– Qu'avez-vous fait ?

– Ils étaient à pied, moi à cheval, j'aurais pu fuir mais la lâcheté n'est pas inscrite dans les gènes de Bjorn Wil' Wayard. N'écoutant que mon courage et la colère qui pulsait en moi, j'ai fondu sur ces gueux. Ma vaillante hache en a proprement décapité quatre, mon destrier a brisé quelques côtes et, comme par magie, le passage s'est retrouvé libre, les survivants ayant détalé comme des lapins.

Il but une longue rasade de bière avant de continuer.

– Si je n'avais pas été attendu, je les aurais poursuivis pour les occire jusqu'au dernier. Ce n'est toutefois que partie remise. En tant que général en chef des armées impériales, il m'incombe de nettoyer Gwendalavir de cette vile engeance. Comptez sur moi pour que l'affaire soit promptement réglée.

– L'affaire en question a débuté il y a quelques mois déjà, noble chevalier, observa Aoro.

La remarque fit naître une lueur amusée dans les yeux de Sayanel, mais Bjorn se contenta de hausser ses épaules massives et d'écarter l'argument d'un revers de main.

– Taratata, fit-il de sa grosse voix. Je m'en occupe personnellement, vous dis-je. Tout rentrera bientôt dans l'ordre.

Salim sourit.

Quelques mois plus tôt, il n'aurait pu résister au plaisir de donner la réplique à Bjorn. Il se serait amusé à le provoquer, Bjorn aurait fait semblant de s'offusquer et la scène se serait achevée sur une bagarre factice et un monumental éclat de rire général.

Quelques mois plus tôt.

Il éprouvait toujours les mêmes sentiments fraternels pour le colosse, sa gentillesse le touchait presque autant que la maladroite prétention de ses prises de parole retentissantes, mais il avait changé – évolué – et le rôle de trublion irrévérencieux ne l'attirait plus.

Ewilan se glissa près de lui pour appuyer la tête sur son épaule. Elle déposa un baiser sur sa joue, puis désigna Mathieu en grande conversation avec Liven et Kamil puisque c'était ainsi que se prénommait la jeune inconnue aux yeux gris.

– Siam a repris son sabre et sa liberté, souffla Ewilan à l'oreille de Salim.

Siam était la sœur d'Edwin, Mathieu le frère d'Ewilan. Redoutable guerrière des Marches du Nord, Siam avait placé sa vie au service de l'escrime et du combat tandis que Mathieu vibrait pour l'art sous toutes ses formes. Tombés amoureux l'un de l'autre, ils avaient effectué un bout de chemin ensemble, partageant l'espoir que leurs différences s'estomperaient. Espoir vain.

– Il n'a pas l'air très malheureux, constata Salim en notant le regard brillant que Mathieu portait sur Kamil.

– Il n'a aucune raison de l'être. Siam avait abandonné son sabre pour lui mais, sans son sabre, Siam n'était plus Siam. C'est Mathieu qui s'est éloigné.

– Et Kamil ? Liven risque de ne pas apprécier que ton frère la dévore ainsi des yeux.

– Il n'y a rien de plus entre Liven et Kamil qu'une jolie amitié.

– Ah.

Salim s'était renfrogné, ce qui tira un sourire à Ewilan.

– Et il n'y a rien de plus entre Liven et moi qu'une autre jolie amitié, ajouta-t-elle. Quand te décideras-tu à l'admettre ?

– Je n'aime guère les amis au physique de séducteur qui débordent de qualités plus extraordinaires les unes que les autres, marmonna Salim.

Ewilan l'attira vers un canapé et s'assit près de lui.

– Salim…

– Oui, je sais, ma jalousie est ridicule mais je te promets que je fais des efforts. Avoue néanmoins que…

– Salim, le coupa-t-elle, ce n'est pas de Liven que je veux te parler.

Sa voix s'était tendue. Une tension douloureuse. Identique à celle que Salim découvrait tout à coup dans son regard violet et ses épaules raidies.

– Qu'est-ce qu'il y a ? s'inquiéta-t-il.

– Je n'arrive plus à dessiner.

– Quoi?

Il avait crié, comme si elle venait de lui annoncer la fin du monde. Elle posa une main rassurante sur son genou.

– Non, j'exagère. L'Imagination m'est toujours accessible mais bien moins facilement qu'avant et de façon aléatoire.

– Que... pourquoi?

– Je l'ignore. Tout a commencé quand j'ai utilisé mon pouvoir pour soulever le bateau des Haïnouks et l'arracher à la Grande Dévoreuse. En toute logique, je n'aurais pas dû y parvenir et j'ai perçu quelque chose se tordre en moi. Depuis, les hautes Spires me sont interdites.

Salim sentit son cœur se serrer.

– Pourquoi ne m'en as-tu rien dit?

– Je pensais que cela passerait et je ne voulais pas t'inquiéter alors qu'Ellana avait repris ta formation et que tu avais besoin de te concentrer.

– Je... j'aurais pu t'aider.

Elle lui caressa la joue.

– Pas davantage que tu ne m'aides en étant toi. Ma situation n'est toutefois pas désespérée. D'abord parce que, malgré cette façon dramatique de t'annoncer la nouvelle, je peux encore dessiner, ensuite parce que si j'ai senti mon pouvoir se tordre, il y a une autre cause possible à mon problème.

– Laquelle?

– La plupart des dessinateurs voient leur pouvoir éclore lorsqu'ils ont entre seize et vingt ans. Le mien est apparu beaucoup plus tôt. Tu t'en souviens, n'est-ce pas ? Peut-être les troubles que je ressens sont-ils dus au fait que j'atteins l'âge où le don du dessin se met normalement en place. Il s'agirait alors d'une simple fluctuation et tout rentrera bientôt dans l'ordre. Liven, Kamil et des professeurs de l'Académie travaillent sur cette possibilité. Salim ?

– Oui ?

– Les recherches qu'ils mènent sont complexes et nécessitent ma totale participation.

– Que veux-tu dire ?

– Je vais m'installer à l'Académie afin de les aider de mon mieux.

Salim déglutit péniblement.

– Longtemps ?

Elle lui adressa un sourire las.

– Je l'ignore. Plusieurs semaines au moins. Sans doute plusieurs mois. L'Art du Dessin représente pour moi ce que la voie du marchombre est pour toi. Il m'est impossible d'agir autrement.

Salim se força à chasser la tristesse de ses traits.

– Tu viendras quand même me voir de temps en temps, non ?

Elle secoua la tête.

– Depuis une semaine, je ne suis plus capable d'effectuer le pas sur le côté.

– Mais… ce soir ? Comment êtes-vous arrivés jusqu'ici ?

– Bjorn et Sayanel à cheval, Kamil a emmené maître Duom avec elle, Liven s'est occupé de moi et les autres se sont débrouillés. Tous maîtrisent le pas sur le côté.

Elle se tenait bien droite mais elle n'avait pu empêcher sa voix de se briser sur sa dernière phrase. Salim tressaillit. Il savait combien dessiner était important pour elle et combien il devait lui être difficile de garder son calme.

Sans parler de garder l'espoir.

Il ne pouvait faire moins que s'oublier pour la soutenir.

– Tant pis pour le pas sur le côté, lança-t-il. Je ferai les trajets à cheval.

Les yeux embués de larmes, elle secoua la tête.

– Non, Salim.

– Non ?

– Je veux être totalement disponible pour mes recherches. Leur résultat est vital pour moi.

– Ce qui veut dire ?

– Nous ne nous reverrons que lorsque je serai remise ou que j'aurai la certitude que je ne peux guérir.

16

Ellana et Edwin se tenaient accoudés à la balustrade surplombant le lac.

La pluie avait cessé. Bousculés par le vent qui avait tourné au nord, les nuages s'étaient enfuis, abandonnant le ciel lavé à une myriade d'étoiles scintillantes.

Un rapace nocturne décrivit une large et silencieuse boucle au-dessus de l'auberge avant de filer vers la forêt où il disparut sans daigner battre une seule fois des ailes.

La température avait fraîchi et, lorsque Ellana frissonna, Edwin la prit dans ses bras. Il effleura sa nuque d'un baiser, passa une main douce sur son ventre...

– Depuis combien de temps ? lui murmura-t-il à l'oreille.

Elle sourit à la nuit.

– Comment le sais-tu ?

– La lumière dans tes yeux quand je t'ai vue ce soir. Juste avant que la beauté de ton corps ne le clame à l'univers entier.

Elle se pelotonna contre lui.

– Tu es devenu poète pendant mon absence ?

– C'est ta présence qui me transforme. Ton absence, elle, me ronge. Alors ?

– Il arrivera au printemps.

– Il ?

– Je le sens ainsi.

Il la serra un peu plus contre lui et, tandis qu'elle fermait les yeux, savourant le goût de la plénitude, il s'abandonna au bonheur qui déferlait.

Doucement, il se mit à pleurer.

17

Ellana hoquette.

Du sang coule de sa bouche, goutte sur sa poitrine.

Y a-t-il donc autant de sang dans un corps et le sien n'a-t-il pas achevé de se répandre dans l'herbe ?

Elle a renoncé à ses sens.

Déjà morts.

Seule reste la mémoire. Les souvenirs.

Tenir bon. Encore quelques secondes. Le temps de le voir naître.

Et puis lâcher prise.

18

Le poignard de Salim rebondit sur le madrier et tomba à terre.

Il poussa un grognement rageur et alla le ramasser. Il revint ensuite se placer à la distance voulue, dix mètres, tourna le dos au madrier, prit le temps de se concentrer, balança le bras en arrière...

« Un marchombre ne jette pas son arme, il l'accompagne. Son lancer ne prend fin que lorsque la lame s'est fichée à l'endroit voulu. »

Le poignard tournoya dans l'air clair du petit matin et percuta la cible.

Pommeau en premier.

Nouveau grognement de rage.

Ellana, assise en tailleur sur un muret de pierres sèches, avait placé son menton sur ses mains jointes en coupe et observait pensivement son élève.

La distance était raisonnable, l'exercice facile, un simple échauffement avant de passer aux choses sérieuses. Salim aurait dû le réussir avec son aisance habituelle.

Au troisième échec, elle se décida à descendre du muret.

Mouvement précis, coulé.

Un chat.

Ou de l'eau.

Elle songea aux transformations que connaîtrait bientôt son corps. Si elle avait intimement conscience de la nouvelle vie qui palpitait en elle, aucun signe extérieur n'était encore visible, sa taille était toujours aussi fine, sa poitrine menue, ses déplacements fluides. Elle sourit en s'imaginant ventre arrondi et démarche pesante. Une métamorphose qu'elle avait hâte de...

– Je ne trouve pas ça comique, lança Salim.

Elle le regarda, étonnée.

– De quoi parles-tu ?

– De mon incapacité à planter ce maudit poignard dans ce fichu madrier et du sourire que cela te tire !

Ellana le gratifia d'un regard réprobateur.

– Mauvaise humeur et agressivité pour dissimuler ta maladresse ? Réaction médiocre, indigne d'un marchombre.

Salim s'empourpra.

– Je suis désolé. Depuis notre retour d'Al-Jeit, je... je suis préoccupé.

– Je le sais.

– Mais...

– Tu accordes à tes tracas une place qu'ils ne méritent pas.

– Qu'ils ne méritent pas ? explosa Salim. Ewilan ne parvient plus à dessiner, elle s'est claquemurée avec Liven, ne sortira de l'Académie que dans plusieurs mois, refuse que j'aille la voir et toi, tu ne trouves rien de mieux à me conseiller qu'oublier mes problèmes ?

– T'ai-je conseillé cela ? s'étonna Ellana.

– Cela revient au…

– Je t'ai dit que tu accordais à tes tracas une place qu'ils ne méritaient pas, et si tu cessais de vociférer, je t'expliquerais volontiers ce que j'entends par là.

– Je… je t'écoute.

– Tu ne peux rien pour aider Ewilan à affronter ses difficultés. Elle te l'a dit et tu es supposé l'avoir compris.

– Cela ne m'empêche pas d'être inquiet !

– N'es-tu pas censé m'écouter ? Bien, je continue. Puisque, dans l'immédiat, tu ne peux rien pour elle, pourquoi ne pas utiliser de façon positive le temps et l'énergie que tu gaspilles à ressasser ses malheurs ? Tu es inquiet ? C'est normal et le contraire ne te ressemblerait guère. Tu te lamentes, tu oublies de manger, tu ne dors plus ? C'est stupide d'égoïsme.

– Elle…

– Ewilan a effectué un choix qui est loin d'être aisé, seule façon pour elle de régler son problème. Jolie façon de l'encourager que de te transformer en serpillière geignarde.

Salim s'assit dans l'herbe et se passa les mains dans les cheveux.

– Je sais que tu as raison, murmura-t-il, mais il y a un monde entre la théorie que tu exposes et la réalité. Je m'inquiète pour elle et, serpillière ou pas, je n'y peux rien.

Ellana marcha jusqu'au madrier et se baissa pour ramasser le poignard. Elle joua un instant à le faire virevolter entre ses doigts puis un air décidé se peignit sur son visage. Elle jeta l'arme à Salim qui la rattrapa avec adresse.

– Très bien, lança-t-elle. Boucle ton sac.

Il lui retourna une mine surprise.

– Mais... Elle ne souhaite pas que j'aille la voir.

– Qui ça, elle ?

– Ewilan.

– Il n'est pas question d'Ewilan, jeune apprenti. Dans quelques jours, une caravane quitte Al-Jeit pour Al-Chen puis les Marches du Nord. Le maître convoyeur qui la dirige est une vieille connaissance qui a demandé mon aide. Les Blancs sont de plus en plus audacieux et s'en prennent désormais aux convois, même escortés. J'avais prévu que nous l'accompagnerions, j'ai changé d'avis.

– Je ne comprends rien, fit Salim en se levant. Si tu as changé d'avis, pourquoi dois-je faire mes bagages ?

– Parce que je reste ici mais que toi, tu accompagnes la caravane.

– Moi ?

– Oui.

– Mais pourquoi moi et pourquoi seul ?

– Parce que tu es apte à ce travail et parce que j'ai bon espoir que lorsque la vie d'une cinquantaine de personnes reposera sur ton sens de l'observation, tes facultés d'analyse et la rapidité de tes décisions, tu discerneras l'essentiel du futile.

Salim déglutit péniblement.

– Tu veux que j'escorte une caravane ?

– C'est en effet ce que je viens de te demander.

Il ferma les yeux une seconde, expira profondément, les rouvrit, bomba le torse.

– D'accord. En quoi consistera ma tâche ?

– À toi de le découvrir.

– Hein ?

– Dans une caravane, chacun, du simple charretier au chef d'escorte en passant par l'intendant et le commis, occupe une place bien définie avec ses prérogatives et ses obligations. Chacun sauf le marchombre. Le marchombre est l'élément libre qui, en marge de l'organisation du convoi, agit comme bon lui semble et n'obéit à aucune règle.

– À quoi sert-il alors ?

– À voir l'invisible et prévoir l'imprévisible.

Le visage de Salim s'illumina.

– Ça marche. Combien de temps est censé durer le voyage ?

– Tout dépendra du trajet qu'aura prévu Jars Bil' Ryan, le maître convoyeur, et du nombre d'arrêts. Il se peut aussi qu'après les Marches du Nord, Jars décide de traverser Gwendalavir pour rallier Al-Far puis de descendre jusqu'à Al-Vor avant de rentrer. Si c'est le cas, tu ne seras pas de retour avant le printemps.

– Tant que ça ?

– Une caravane ne se déplace pas à la vitesse d'un cavalier.

– Ellana ?

– Oui ?

– Tu es sûre que j'en suis capable ?

– Tu as réussi les épreuves de l'Ahn-Ju, jeune apprenti, cela devrait te tranquilliser, non ? Je doute en outre que tu rencontres aussi dangereux qu'un crocodile aveugle entre Al-Jeit et les Marches du Nord.

– Je suis sérieux !

– Moi aussi, Salim. Dans quelques mois, ta formation sera achevée, tu deviendras de droit maître marchombre avec la possibilité d'enseigner à ton tour la voie. Le temps de l'incertitude et des questions s'achève aujourd'hui.

Il hocha la tête avec gravité.

– Je comprends.

Puis il planta ses yeux dans ceux de la marchombre.

– Et toi, ça va aller ? s'inquiéta-t-il. Je veux dire, Ewilan est à l'Académie, je pars sur les routes, Edwin épaule son père à la Citadelle des Frontaliers... Que vas-tu faire ?

Ellana sourit.

– La même chose que le nageur qui s'apprête à une longue plongée.

– Le nageur ?

– Oui, il fait provision d'oxygène.

– Quel rapport avec toi ?

– Je vais faire provision de solitude.

19

Le ciel était bleu marine.

Ce bleu marine qui flirte avec le violet et n'existe qu'en hiver loin des hommes et de leurs cités. L'air était piquant, mares et étangs s'étaient parés durant la nuit d'une fine carapace de glace brillante et si des empreintes éloquentes parlaient à l'œil averti d'Ellana, aucun animal n'était visible.

La marchombre resserra autour d'elle son épaisse cape de laine bordée de fourrure et désigna l'horizon à Murmure.

– C'est là que nous allons, annonça-t-elle au petit cheval noir. J'espère que les bûcherons seront encore là pour te surveiller. La contrée n'est pas sûre.

La contrée n'est pas sûre.

Les mots exacts qu'avait utilisés Aoro trois jours plus tôt.

Ellana sourit en se rappelant leur dernière conversation. Lorsqu'elle lui avait confié ses intentions, le patron de l'auberge du Monde avait bondi.

– Avec tout le respect que je vous dois, madame, votre idée mérite d'être qualifiée de stupide ! Vos compagnons sont absents alors que l'hiver, lui, est là. Les premières neiges ne tarderont pas, les Blancs écument Gwendalavir, la contrée n'est pas sûre, vous lancer sur les routes est une entreprise inepte. Pourquoi ne pas rester tranquillement chez vous, au coin du feu ou, mieux, vous installer ici dans la chambre que vous aimez tant ?

Il avait désigné du doigt le ventre de son amie et son doux galbe désormais bien visible.

– Dans votre état, c'est la seule décision raisonnable à...

Il s'était tu en apercevant la flamme inquiétante que sa tirade avait allumée dans les yeux d'Ellana.

– Tu te fourvoies, avait-elle déclaré d'une voix dure. Mon état ne regarde que moi et si tes mots sont guidés par l'affection que tu me portes, ils n'en restent pas moins déplacés !

Un silence aussi pesant que bref s'était étendu sur la pièce, puis Ellana avait repris sur un ton adouci par l'air contrit de son ami :

– Je suis libre, Aoro. Libre. Je suis née libre, j'ai grandi libre, avancé libre, sans jamais laisser personne entraver ma liberté. Une liberté si profondément ancrée en moi que je ne peux pas plus y renoncer que je peux cesser de respirer.

– Je n'envisageais pas de vous priver de votre liberté, je...

– Je sais, Aoro, mais les bonnes intentions d'un ami précieux s'avèrent parfois aussi dangereuses que les desseins retors d'un ennemi acharné.

– Moi, dangereux ? s'était étonné Aoro. C'est bien la première fois que quelqu'un affirme cela !

– Et c'est bien la première fois que quelqu'un m'engage à m'installer dans un fauteuil, devant une cheminée pour…

Elle avait caressé son ventre.

– … au moins quatre mois.

Ils avaient éclaté de rire ensemble et l'incident avait été oublié.

Il n'y avait pas de bûcherons dans la forêt de rougeoyeurs et leur camp, si Ellana se fiait à l'absence de traces récentes, était désert depuis longtemps. La marchombre n'hésita qu'un bref instant avant de pousser la porte d'une cabane de rondins et d'y faire entrer Murmure.

– Ce n'est pas grand, lui souffla-t-elle à l'oreille lorsqu'il renâcla, mais tu seras à l'abri. Tu es beaucoup trop appétissant pour que je te laisse à la merci des loups et des ours. Ne t'inquiète pas, je ne serai pas longue.

Elle barricada soigneusement l'entrée de la cabane et s'éloigna entre les arbres.

Comme chaque fois qu'elle se retrouvait seule dans une forêt, une formidable sérénité s'installa en elle. Le monde, dans cette région reculée au pied des montagnes de l'Est, était beau, juste, équilibré et elle y avait sa place.

Peut-être chargé par la forêt d'attester cette certitude, un siffleur surgit d'un taillis juste devant elle. Surpris, il se figea et, pendant un bref instant, le gracile animal et la marchombre s'observèrent. Puis le hurlement lointain d'un loup en chasse s'éleva et le siffleur disparut en quelques bonds gracieux. Ellana reprit son chemin.

Ainsi qu'elle s'y attendait, elle trouva la neige peu avant d'atteindre son but. D'abord en clins d'œil discrets à l'ombre des rochers puis en plaques plus étendues jusqu'au moment où le blanc devint la couleur dominante autour d'elle.

Une fois au pied de la falaise, elle tira de son sac les crampons métalliques que Jilano lui avait confiés lorsqu'il l'avait entraînée au sommet de la montagne pour lui annoncer que sa formation était achevée. Elle les fixa sous ses bottes et débuta son ascension.

Ses gestes étaient puissants et précis, les crampons mordaient la glace sans difficulté et ses griffes lui permettaient de progresser à un rythme soutenu. Il lui fallut à peine plus de deux heures pour qu'au-dessus d'elle il n'y ait plus que le ciel.

Elle déposa son sac dans la neige, inspira profondément et s'immergea en douceur dans la gestuelle marchombre.

Lorsqu'elle en sortit, le soleil était haut dans le ciel. Ellana s'abandonna un moment à la caresse de ses rayons sur ses épaules puis elle s'accroupit et ferma les yeux.

« *Le forgeron utilise le vent pour attiser son feu,* *le marin pour gonfler ses voiles, le fermier pour* *ensemencer ses champs, mais seul le marchombre* *l'écoute. Le marchombre écoute le vent et le vent parle* *au marchombre.* »

Ellana laissa ses questions s'envoler.

Où était Edwin ? Il était parti depuis deux mois. Son père, Hander Til' Illan, que d'aucuns pensaient indestructible, était tombé gravement malade au moment où les Raïs montraient des velléités de franchir à nouveau les Frontières de Glace. Héritier des Marches du Nord, Edwin avait dû gagner la Citadelle, prêter main-forte à sa sœur Siam et nul ne savait quand il reviendrait.

Où était Salim ? Le relais des dessinateurs avait transmis un message de la caravane alors qu'elle quittait la Citadelle pour longer la chaîne du Poll en direction de l'ouest. Ainsi Jars Bil' Ryan avait opté pour la grande boucle. C'était bon signe. Jars était un maître convoyeur confirmé. Il n'aurait pas entériné un périple aussi dangereux s'il n'avait pas eu entière confiance envers le marchombre qui l'accompagnait.

Où était Ewilan ? Peu de nouvelles filtraient de l'Académie, mais il semblait que les difficultés qu'elle éprouvait à dessiner étaient liées à son âge et non à une quelconque atrophie de son don.

Les questions d'Ellana se mêlèrent à la brise, jouèrent un instant autour d'elle avec les rayons du soleil, puis se dissipèrent sans qu'elle soit parvenue à déchiffrer les réponses que le vent lui murmurait à l'oreille.

Elle ouvrit les yeux sans ressentir la moindre déception.

Juste heureuse d'avoir essayé.

« *Un jour, alors que tu te tiendras accroupie au sommet d'une tour, tu percevras la voix du vent et cette voix soufflera en toi un savoir nouveau. Un jour. Pas maintenant. Même si tu es Ellana Caldin, l'héritière d'Ellundril Chariakin en personne.* »

Dans son esprit la voix de Sayanel avait remplacé celle de Jilano, pourtant ce fut à ce dernier qu'elle s'adressa en traçant du bout du doigt quelques mots dans la neige :

Une direction, tracée par un maître pour son élève
Un souffle liant l'élève à son maître
Le Vent et la Voie.

20

Le trajet vers Al-Chen dura trois jours. Ellana chevauchait au pas, admirant le paysage hivernal et goûtant sa solitude, s'arrêtant parfois pour le simple plaisir de contempler des fleurs de givre ou les ébats d'un couple de belettes dans la neige.

Elle se sentait parfaitement détendue, en harmonie avec l'univers qui l'entourait et celui qui grandissait en elle.

Elle avait prévu de passer quelques jours à Al-Chen mais, à peine les portes de la cité franchies, l'agitation régnant dans les rues la fit changer d'avis.

– Il ne faudrait quand même pas te transformer en sauvage ! se lança-t-elle à haute voix alors qu'elle rebroussait chemin.

Elle prit la direction du nord, scrutant l'immensité du lac dans l'espoir de discerner une dame. Les prodigieux cétacés remontaient parfois le Pollimage jusqu'au lac Chen. C'était d'ailleurs dans ses eaux qu'Ellana avait, pour la première fois, aperçu une dame.

Se remémorer la vision fugitive de la gigantesque silhouette fuselée crevant la surface pour jaillir vers le ciel rappela à la marchombre son périple sur la rive ouest du lac, les doutes qui l'étreignaient alors et la succession de rencontres étonnantes qui les avaient gommés.

Eejil, mystérieuse gardienne de la non moins mystérieuse Sérénissime, Andorel, le vieux marchombre qui avait choisi de vivre entre les murs de la cité éternelle, Doudou, le troll indestructible, et sa surprenante sagesse...

Et, flottant au-dessus de ces incroyables personnages, le parfum d'une âme disparue et pourtant plus présente que bien des vivants.

Isaya.

La mère d'Ellana.

– Pourquoi pas ? murmura la marchombre. Il fait beau, personne ne m'attend et j'ai la vie devant moi.

Elle caressa l'encolure de son cheval.

– Tu as déjà vu un troll ? lui demanda-t-elle.

Murmure ne répondit pas mais se mit en marche.

Atteindre la rive opposée du lac prit encore trois jours à Ellana. Trois jours durant lesquels elle ne rencontra que de rares voyageurs et traversa une poignée de villages. Voyageurs et villageois lui recommandèrent de se méfier des Blancs, particulièrement virulents dans la région, certains allant jusqu'à lui conseiller de faire demi-tour pour regagner Al-Chen.

Ellana les remercia et poursuivit son chemin.

Elle avait conscience qu'elle aurait dû s'inquiéter davantage, non de sa sécurité mais de l'alarmante prolifération des Blancs, de leurs véritables objectifs et de leur aptitude à disparaître lorsque les soldats impériaux arrivaient. Elle n'y parvenait pas.

Le voyage qui s'était imposé à elle était trop essentiel pour qu'elle songe à autre chose.

La rive ouest du lac était telle que dans ses souvenirs. Sauvage, marécageuse, couverte d'une roselière impénétrable où serpentaient de minuscules layons formant un inextricable labyrinthe.

Dans un petit village de pêcheurs, Ellana dénicha une taverne exiguë, sombre mais presque propre. Lorsqu'elle s'enquit de la possibilité d'y passer une nuit ou deux, la tenancière, une femme au verbe haut et à la carrure de portefaix, commença par lui affirmer qu'elle ne disposait d'aucune chambre puis ses yeux tombèrent sur le ventre de la marchombre et un grand sourire remplaça son air revêche.

– Viens par là, ma belle, je vais m'occuper de toi !

Ellana passait ses journées à explorer la région, à cheval lorsque c'était possible, ou sur une barque à fond plat identique à celles dont se servaient les pêcheurs et que Dalmya, la tenancière, lui avait prêtée.

Le soir, elle rentrait trempée à la taverne et, une fois réchauffée, prenait son repas en compagnie des villageois. Elle se sentait bien avec ces hommes et ces femmes simples qui, s'ils buvaient volontiers un verre de trop, n'en venaient que rarement aux insultes et jamais aux mains.

Dalmya comptait pour beaucoup dans la tranquillité régnant dans son établissement et le plus robuste des pêcheurs se méfiait de son caractère irascible et de ses énormes poings.

– Fiche-lui la paix ! lança-t-elle un soir à un homme qui riait des explorations d'Ellana.

– Mais sa cité sur pilotis n'existe pas ! s'écria-t-il. Tout le monde le sait.

– Et alors ? rétorqua la tenancière. Est-ce que quelque chose doit exister pour qu'on le recherche ?

– Je prends le pari que...

– Si tu ne la fermes pas, c'est pas un pari que tu vas prendre, maigrichon, mais mon poing dans la figure ! Compris ?

L'affaire fut close et plus personne n'évoqua les mystérieuses recherches de la jeune femme.

Eejil lui avait dit la vérité. La Sérénissime ne se montrait qu'à ceux et celles qui le méritaient et uniquement lorsqu'elle le jugeait nécessaire. Il était inutile d'insister.

Quinze jours plus tard, convaincue qu'elle ne la trouverait pas, Ellana fit ses adieux à Dalmya. La tenancière la serra contre son opulente poitrine.

– Je suis triste de te voir partir, s'exclama-t-elle, mais soulagée que tu te décides à construire le nid qui accueillera ton bébé.

– Mon nid est prêt, lui répondit Ellana.

– Soulagée alors que tu le rejoignes.

– Je le rejoindrai, ne t'inquiète pas, mais rien ne presse. Adieu, Dalmya, te rencontrer fut un bonheur.

– Adieu, ma belle, sois prudente.

Alors que le village disparaissait derrière les roseaux, un rugissement effroyable s'éleva dans le lointain.

Un rugissement de troll.

Elle ne se retourna pas. Doudou était lié à Eejil et à la Sérénissime. Ils se reverraient, c'était certain.

Un jour.

Ombreuse se dressait à moins d'un jour de cheval à l'ouest.

Ombreuse.

La forêt maléfique. Un des rares endroits qu'Ellana ne connaissait pas en Gwendalavir.

La tentation était forte de s'y aventurer mais la marchombre y résista. Elle ignorait ce qu'elle trouverait derrière la sombre lisière et, si l'inconnu constituait un attrait supplémentaire, il induisait aussi des risques qu'elle ne souhaitait pas faire courir à l'enfant qu'elle portait.

Elle poursuivit donc son chemin vers le sud. Elle traversa les Dentelles Vives en empruntant le gouffre du Fou puis reprit la direction du sud et atteignit les falaises qui surplombaient le Grand Océan.

Tandis que Murmure, heureux d'enfin s'arrêter, broutait l'herbe rase entre les rochers, Ellana emprunta un sentier escarpé qui descendait jusqu'à la grève. Le soleil brillait avec enthousiasme et, quand elle fut en bas, son visage luisait de transpiration.

Elle s'assit sur les galets, genoux remontés contre sa poitrine, et se perdit dans la contemplation de l'océan. Le sort des vagues qui déferlaient depuis le sud inconnu l'émouvait. Tant de force, de courage, d'obstination, tant de chemin parcouru, pour se briser contre une falaise ou se coucher sur une plage. N'était-ce pas injustice ?

Elle s'allongea sur le dos et ferma les yeux pour profiter de la tendresse du soleil.

Peu à peu, la respiration de l'océan se calqua sur la sienne.

À moins que ce ne fût le contraire.

Le sort des vagues n'était pas si terrible après tout.

Elle fut réveillée par un mouvement.
Aussi imperceptible que la respiration d'une fée.

Aussi évident qu'un sursaut de l'univers.

Au creux de son ventre.

Sans ouvrir les yeux, elle passa la main sous sa tunique pour caresser le doux galbe de son avenir.

– Bonjour, murmura-t-elle.

Ellana demeura trois jours au bord de l'océan.

Trois jours durant lesquels elle parla beaucoup.

En silence.

À Destan, en route pour la vie.

À Isaya qui n'était plus.

Elle n'avait jamais douté de l'amour de sa mère, même lorsque, jeune orpheline, elle cherchait en vain un sommeil qui la fuyait. Alors que son monde s'organisait autour de l'enfant à naître, elle prit conscience de ce qu'elle avait incarné pour Isaya. Et de ce qu'Isaya incarnait toujours pour elle.

Près de l'océan, elle lui présenta son fils.

Murmure avait attendu patiemment.

Il perçut le pas d'Ellana avant que sa silhouette n'apparaisse au sommet de la falaise et s'avança vers elle.

La marchombre lui flatta l'encolure.

– Allez, mon beau, il est temps de rentrer à la maison.

Le soir approchait.

Depuis deux heures la neige tombait, drue et épaisse, enchâssant le paysage dans une gangue blanche de froid et de courbes.

Alors qu'il avait jusqu'à présent économisé son pas, Murmure accéléra l'allure, dépassa un énorme rougeoyeur et, soudain, la grande bâtisse de pierre blonde se dressa devant eux.

La grande bâtisse qu'ils avaient quittée exactement un mois plus tôt.

Ellana sourit sous sa capuche de laine en apercevant la volute de fumée bleutée qui sortait de la cheminée.

Déjà une silhouette se découpait sur le seuil.

– Tu m'as manqué, dit Edwin en la prenant dans ses bras.

21

Ça y est.

La mort est là.

Elle la sent. Elle peut presque la voir.

Proche.

Si proche.

Son souffle glacial balaie son visage, se glisse dans ses veines vides, pénètre son cœur...

Edwin, Salim, Ewilan, où êtes-vous ?

Destan...

22

Destan naquit avec le printemps.

Explosion de joie, épanouissement de certitudes, plénitude.

« L'amour est une voie au même titre que la voie des marchombres », avait dit un jour Jilano. Ellana découvrit, émerveillée, à quel point son maître était dans le vrai.

En rencontrant Edwin, elle s'était engagée sur cette voie, la découvrant pas à pas, jour après jour. La naissance de leur fils l'illuminait tout à coup, lui offrant une profondeur aussi belle qu'inattendue. Savoir qu'Edwin, tôt ou tard, serait amené à assumer son rôle d'héritier des Marches du Nord rendait encore plus précieuse la liberté dont ils jouissaient tant qu'Hander Til' Illan, remis des fièvres qui avaient failli l'emporter, régnait sur la Citadelle.

Un bonheur arrivant rarement seul, Salim revint peu après de sa longue expédition alavirienne.

Edwin et Ellana eurent du mal à le reconnaître tant il avait changé.

Porteur d'une tranquille assurance, il avait franchi la frontière invisible qui sépare l'adolescence de l'âge adulte et irradiait la force paisible de ceux qui ont traversé le feu et en sont ressortis grandis.

– Pas facile mais fichtrement intéressant, qualifia-t-il son périple, lorsqu'il eut embrassé ses amis et se fut extasié devant Destan. Des Blancs un peu partout, des Raïs dans la plaine de Shaal, quelques bandes de pillards autour des villes et une goule en traversant les plateaux d'Astariul. En ce qui concerne cette dernière, j'ai été heureux que Chiam Vite m'ait un jour expliqué comment l'éliminer !

– Tu n'as quand même pas passé tout ce temps à te battre ? s'enquit Edwin, un sourire aux lèvres.

– Non, j'ai aussi vu des endroits magnifiques, certains que je connaissais déjà, d'autres que je découvrais, et j'ai rencontré des gens étonnants. Nous avons notamment commercé avec des Thüls. De sacrés guerriers, n'en déplaise aux Frontaliers.

Edwin haussa les épaules.

– Je n'ai jamais remis en question les qualités des Thüls et je suis le premier à regretter l'animosité qui les oppose à mon peuple. On ne peut toutefois nier qu'ils soient belliqueux et intransigeants.

– C'est également le cas des Frontaliers, intervint Ellana. J'ai plusieurs fois entendu Siam évoquer le plaisir qu'elle éprouverait à découper un guerrier thül en morceaux.

Edwin ne put retenir un sourire.

– Ma sœur manque parfois de discernement, c'est vrai. Dis-moi, Salim, tu n'as pas rencontré que des Thüls?

– Non, mais si vous n'y voyez pas d'inconvénient je vous raconterai la suite à table. Parler l'estomac vide est contre-indiqué et je meurs de faim. Pourquoi riez-vous?

– Parce que nous sommes heureux de constater que tu n'as pas totalement changé, lui expliqua Ellana en le prenant par le bras et en l'entraînant vers la cuisine.

Quelques jours plus tard, alors que Salim se rafraîchissait dans le bassin après un entraînement particulièrement intense, Ewilan se matérialisa dans la cour devant lui. Il bondit hors du bassin et se précipita vers elle.

Il la prit dans ses bras et la fit tournoyer avant de l'embrasser fougueusement.

Lorsque la joie de leurs retrouvailles se fut un peu apaisée et que Salim eut accepté de la lâcher un instant pour qu'elle salue Ellana et Edwin et embrasse Destan, ce fut au tour d'Ewilan de raconter :

– De bonnes nouvelles! Les difficultés que j'éprouvais, et que j'éprouve encore, à dessiner sont bien liées à mon âge. L'effort que j'ai dû déployer pour arracher le navire à la Grande Dévoreuse les a aggravées, et non causées. Liven et Kamil ont effectué un travail formidable et, ensemble, nous avons exploré des pans entiers de l'Imagination dont ni eux ni moi n'avions connaissance. Mon don est encore un peu aléatoire et les Spires les plus hautes me sont interdites, mais je ne doute plus désormais que ce soit provisoire.

– Vu la façon dont tu es arrivée, je remarque que tu es à nouveau capable d'effectuer le pas sur le côté, fit Salim.

– Oui, c'était bien un pas sur le côté, le premier depuis des mois et j'avoue que je n'étais pas certaine qu'il me conduirait ici. Je pense d'ailleurs que pour repartir je vous emprunterai un cheval.

– Pour repartir ? s'alarma Salim. Quand ?

Ewilan lui caressa la joue du bout des doigts.

– Demain matin, lui répondit-elle. Je dois encore travailler pour retrouver mes facultés, mais je reviendrai, c'est promis.

Elle réfléchit une seconde avant de poursuivre :

– Lorsque je serai guérie, si guérie est le mot qui convient, je me joindrai à Liven, Kamil et les autres dans leurs travaux sur l'Imagination.

– Tu prévois de devenir Sentinelle ? s'étonna Salim. Je croyais que c'était hors de question.

– Serais-tu le seul à pouvoir changer ? sourit-elle.

Trois mois s'écoulèrent.

Trois mois d'un bonheur si parfait qu'Ellana avait le sentiment de vivre un rêve.

Destan se transformait de jour en jour, s'éveillant aux couleurs, à la lumière, à la musique, à la douceur des mots et celle des caresses.

Ellana, émerveillée, profitait du moindre instant de bonheur que lui offrait son fils et de l'extraordinaire complicité que sa naissance avait créée entre Edwin et elle.

Elle s'entraînait quotidiennement avec Salim, davantage pour retrouver sa forme que pour parfaire l'instruction d'un élève auquel elle savait n'avoir plus grand-chose à apprendre.

Ce fut d'ailleurs ce constat qui la poussa, un soir où Ewilan leur annonçait son intention de passer quelques jours avec eux, à se tourner vers Salim.

– Il est temps pour toi de gagner le Rentaï, lui annonça-t-elle d'une voix tranquille.

– Le quoi ?

– Le Rentaï. La montagne qui décidera si tu peux bénéficier de la greffe.

Salim sentit sa gorge se nouer. La greffe. Il attendait depuis des semaines qu'Ellana l'évoque et avait fini par se convaincre qu'elle ne l'en estimait pas digne. Le cœur battant la chamade, il parvint de justesse à contenir un cri de joie.

– Ne m'as-tu pas dit que le Conseil réprouvait la greffe ? lui demanda-t-il.

– Non, pas du tout. Le Conseil recommande la plus grande prudence. Les mercenaires du Chaos connaissent l'emplacement du Rentaï, sans doute parce que Salvarode, un marchombre renégat, le leur a révélé. Gagner la montagne est devenu si périlleux que les maîtres marchombres ont décidé de ne plus faire courir ce risque à leurs élèves.

– Les maîtres marchombres à l'exception d'Ellana Caldin, remarqua Salim avec un sourire moqueur.

– En effet. On n'obtient rien sans risque et la greffe mérite qu'on se dépasse. En outre…

– En outre ?

– Si un guerrier de légende et la plus douée des dessinatrices alaviriennes acceptaient de t'accompagner, je doute que quelques mercenaires représentent pour toi un véritable danger.

Elle s'était tournée vers Edwin et Ewilan qui, ensemble, hochèrent la tête.

– Je croyais que le candidat à la greffe devait effectuer seul le voyage ? fit Salim.

– Son maître n'a pas le droit de l'accompagner, c'est différent. Edwin et Ewilan garantiront ta sécurité mais, au moment décisif, tu seras seul, fais-moi confiance.

– Très bien. Je suppose qu'à ton habitude tu ne me révéleras rien de plus ?

– Exact.

– Peut-être le jour du départ, non ?

Ellana fit mine de réfléchir.

– Rien ne presse, dit-elle enfin. Je propose que vous vous mettiez en route demain, à la première heure.

23

Destan s'était endormi.

Ellana remonta le drap qu'il avait repoussé durant sa dernière bataille contre le sommeil puis se pencha pour déposer un baiser sur son front.

Elle frémit au contact de sa peau si douce, frémit en humant l'odeur sucrée de son corps chaud, frémit en ne le sentant pas frémir, plongé qu'il était déjà dans d'inaccessibles rêves de lumière.

Elle frémit en réalisant que sa vie ne lui appartenait plus.

Frémit en réalisant qu'elle avait déjà réalisé cela.

Plus de mille fois.

Toujours avec le même bonheur.

En quatre mois.

Ignorant que la clarté qui vivait en elle aurait suffi à illuminer la nuit, le soleil matinal glissa un rayon indiscret entre les volets mi-clos. Prudent, il se garda toutefois d'atteindre le berceau et se contenta de jouer avec les fées impalpables virevoltant devant la fenêtre, avant de déposer une brume dorée sur le plancher de la chambre.

Ellana aurait passé des heures à regarder son fils dormir.

Elle passait des heures à le regarder dormir.

Aoro avait toutefois annoncé sa visite pour la soirée et comme elle tenait à le recevoir dignement sans avoir à sacrifier une seule seconde du temps d'absolu que lui offrait Destan entre deux sommes, elle devait se mettre au travail sans tarder.

Sur une dernière caresse des yeux, elle quitta la pièce.

Alors qu'elle empruntait le long couloir de pierre blonde qui conduisait à la cuisine, elle se surprit à se frotter les mains avec satisfaction.

Presque jubilation.

Elle, marchombre solitaire et intransigeante, s'était coulée avec une déconcertante facilité dans sa nouvelle vie! Alors que quelques années plus tôt, l'idée de cuisiner pour le plaisir ou celle de dorloter un bébé l'aurait fait frissonner d'effroi, elle s'apprêtait à mitonner, ou plutôt carboniser, un petit repas à un vieil ami tout en tendant l'oreille pour guetter le moment béni où son fils s'éveillerait.

Le changement, radical, s'était amorcé un an et demi plus tôt lorsque, de retour de leur long périple auprès des Fils du Vent, ils…

Ellana s'immobilisa.

Un bruit de chevaux à l'extérieur…

24

Le dos toujours appuyé au petit bouleau, Ellana ferme les yeux.

Edwin mort.

Salim mort.

Ewilan morte.

Destan…

Destan disparu.

Pour la première fois de sa vie, Ellana s'avoue vaincue.

Abandonne.

S'abandonne.

Après ses sens, sa mémoire la quitte. Elle n'est plus rien qu'une enveloppe vide abritant un cœur moribond.

Un cœur qui, lui aussi, renonce, faiblit, rate une pulsation, une deuxième…

Un cœur qui, pour se faire pardonner son abdication, offre un dernier écho de sa force passée. Un battement stable, puissant, rassurant. Éternel.

Un écho ?

L'ultime lueur de conscience dans l'esprit d'Ellana s'accroche à ce détail.

Un écho ?

Ce n'est pas de son cœur que monte le battement sourd qui l'emporte, mais de l'arbre lui-même. Du bouleau auquel elle est adossée. Le bouleau malingre près du bassin. Le bouleau qu'elle connaît bien pour l'avoir vu des centaines de fois sans jamais le regarder.

Non. Pas un bouleau.

Bien plus qu'un bouleau.

Un arbre passeur.

Comme celui qui lui a permis, il y a si longtemps, de quitter la Forêt Maison des Petits pour rallier Gwendalavir.

Un arbre passeur.

Oukilip et Pilipip lui ont enseigné comment l'utiliser.

Il y a une éternité.

Elle n'a jamais oublié.

« *Pose ta main sur son écorce. Écoute-le. Si tu es attentive, tu percevras le battement de son cœur. Il suffit de calquer le rythme de ta respiration sur ce battement et d'avancer d'un pas. C'est simple, non ?* »

– Oui, murmure Ellana dans le brouillard qui l'envahit. Très simple.

Elle bascule en arrière et disparaît dans l'arbre.

SABLE

1

Parmi les différents itinéraires qui s'offraient à eux, Salim avait opté pour celui qui traversait les montagnes de l'Est à la hauteur d'Al-Jeit. Ce choix impliquait un important détour vers le sud, mais leur évitait de franchir le profond canyon de la Voleuse, la rivière qui serpentait sur l'autre versant des montagnes.

Seul, Salim aurait coupé au plus court pour le plaisir de se mesurer aux falaises dont lui avait parlé Ellana, mais ni Ewilan ni Edwin n'étaient de vrais grimpeurs et la sécurité avait prévalu.

– Vous pourrez passer les montagnes avec vos chevaux, avait argumenté Ellana, ce qui vous avantagera pour traverser le désert des Murmures. Au final, vous gagnerez peut-être du temps.

– Plus facile, plus rapide, pourquoi alors n'as-tu pas emprunté cet itinéraire lorsque tu as rallié le Rentaï ? s'était étonné Salim.

– Parce qu'un des marchombres qui m'a testée lors de mon Ahn-Ju avait tenté de me tuer et tout prêtait à croire qu'il recommencerait. Je devais brouiller les pistes.

– Salvarode ?

– Ou Jorune. Je ne l'ai jamais su.

La voix d'Ellana s'était durcie lorsqu'elle avait mentionné Jorune, le marchombre responsable de la mort de Jilano. Si, par respect pour son maître, elle avait renoncé à exercer sa vengeance, la haine palpitait encore en elle, brûlante, lorsqu'elle l'évoquait.

– Des deux, c'est pourtant Salvarode qui a trahi la guilde au profit des mercenaires du Chaos, avait remarqué Salim.

– Certes, mais celui qui m'a poignardée lors de mon Ahn-Ju voyait parfaitement dans le noir, or la greffe de Salvarode n'avait aucune relation avec les yeux.

– Dis, Ellana, si le Rentaï m'accepte, quelle sera ma greffe ?

– Nul ne peut le prédire, jeune apprenti !

C'était à cette réponse laconique que songeait Salim alors qu'il chevauchait à travers les dunes du désert des Murmures en compagnie d'Edwin et Ewilan.

La greffe.

Le Rentaï l'en jugerait-il digne et, si ce n'était pas le cas, la déception qu'il ressentirait n'aurait-elle pas sur lui l'effet qu'elle avait eu sur Nillem, l'ancien élève de Sayanel dont Ellana ne parlait qu'à contrecœur?

Lorsqu'il était parvenu à reconstituer l'histoire de Nillem et à comprendre les effets pernicieux de son orgueil, Salim s'était juré de ne jamais suivre son exemple. Il avait toutefois acquis suffisamment de maturité pour deviner que le piège dans lequel était tombé Nillem n'était pas de ceux qu'il était facile d'éviter, tant la frontière se montrait ténue entre confiance en soi et prétention.

La voix d'Ewilan tira Salim de ses pensées.

– Ellana était-elle censée nous en révéler autant sur la greffe?

– De quoi parles-tu?

– La greffe et le moyen de l'obtenir sont parmi les secrets les mieux gardés de la guilde. Ne risque-t-elle pas d'avoir des problèmes avec le Conseil pour en avoir parlé à des non-marchombres?

Salim secoua la tête.

– Je ne pense pas qu'elle se soit posé la question et non, je ne pense pas qu'elle aura des problèmes. Pour tout dire je ne vois pas un marchombre se risquer à lui en faire le reproche. Sayanel est sans doute le seul qui le pourrait mais cela ne correspond pas avec ce que je sais de lui.

– D'autres que les marchombres connaissent le Rentaï, intervint Edwin.

– Les mercenaires du Chaos?

– Pas seulement. Les rêveurs du septième cercle le connaissent depuis bien plus longtemps qu'eux, tout comme l'Empereur et son entourage proche, ainsi que certains seigneurs tels que Saï Hil' Muran ou mon père Hander Til' Illan.

Salim poussa un sifflement surpris.

– Eh bien ! Cela fait du monde…

– Oui, et puisque nous en sommes aux révélations, je peux te dévoiler que des Alaviriens n'arpentant pas la voie des marchombres ont même tenté l'escalade du Rentaï afin de comprendre ce qui s'y déroulait.

– Et ?

– Très peu s'y sont risqués, très peu parmi ceux-là sont redescendus et aucun n'a rien appris.

Salim et Ewilan tournèrent ensemble la tête vers le maître d'armes.

– Fais-tu partie du nombre ? demanda Salim.

Edwin laissa filer la question comme si elle avait été tissée de vent et non de mots. Le visage impassible, il désigna la direction de l'est d'un doigt sûr.

– Nous devrions atteindre le Rentaï demain dans la matinée.

Ocre et bleu.

Ocre, une succession de dunes aux courbes douces et aux arêtes aussi vives que fragiles que le vent avait gravées de mystérieux messages ondulés.

Bleu, un ciel intense que le soleil implacable, malgré ses efforts, ne parvenait pas à adoucir.

Le désert incitait au silence. Les trois compagnons n'échangeaient guère plus d'une dizaine de phrases par jour et, pourtant, ils se sentaient plus proches qu'ils ne l'avaient jamais été. Le désert liait les âmes.

Lorsque la chaleur devenait trop écrasante, Ewilan tentait de dessiner une pluie rafraîchissante. Lorsqu'elle y parvenait, la rigueur du voyage se voyait atténuée, mais l'effet ne durait pas et il était vain de compter sur cette eau pour se désaltérer.

– C'est un des paradoxes du dessin, expliqua-t-elle un matin à ses amis. Boire l'eau que je crée étanchera votre soif le temps, limité, que durera mon dessin, ce qui a une utilité très relative. En revanche, si j'utilise les plus hautes Spires pour imaginer une eau éternelle, vos corps ne seront pas capables de l'assimiler et elle ne vous soulagera même pas de la chaleur.

– Où se trouve le paradoxe dans ce que tu expliques ? demanda Edwin.

– Mon eau ne peut pas te désaltérer mais tu peux t'y noyer, et dans ce cas l'effet est… permanent.

– Je vois, fit Edwin en scrutant le paysage depuis le sommet de la dune qu'ils venaient d'atteindre.

Plongé depuis des mois dans une relation quasi exclusive avec Ellana, Salim avait oublié à quel point le maître d'armes était impressionnant. De stature moyenne, sans une once de graisse sur une musculature fine taillée pour l'efficacité, il portait sur les gens et les choses un regard gris acier auquel rien n'échappait. Outre son physique, sa manière de se mouvoir tout en puissance contenue, sa voix calme et posée et la certitude irradiant de lui qu'il était prêt à réagir en une fraction de seconde à n'importe quel événement en faisaient un personnage hors du commun.

Et c'était compter sans sa maîtrise absolue des arts du combat.

De tous les arts du combat.

Malgré ses indéniables compétences de chef, Edwin veillait à ne pas prendre le commandement de leur petite équipe et, sans émettre le moindre commentaire, se conformait aux décisions de Salim.

Ainsi mis en valeur, Salim sentait les dernières bribes de son adolescence s'effilocher derrière lui et ce fut d'un geste plein d'assurance qu'il désigna l'horizon empourpré par le soleil levant.

– Le Rentaï, annonça-t-il.

2

Le Rentaï n'était pas une montagne isolée mais un impressionnant et chaotique massif composé de falaises abruptes, d'éperons rocheux surplombant des éboulis vertigineux, de gorges étroites s'enfonçant dans l'obscurité, de pics escarpés, de dalles en dévers et de vires inaccessibles. D'un ton plus sombre que le désert environnant, l'ocre de ses flancs était parsemé de rares taches de végétation témoignant de la présence d'eau.

– Ellana m'a dit que nous trouverions à boire au pied de la première falaise, indiqua Salim alors qu'ils s'approchaient. Et là où il y a à boire, nous découvrirons aussi les mercenaires, si mercenaires il y a...

Sur le qui-vive depuis que le Rentaï était apparu, les trois amis scrutaient le sable à la recherche d'éventuelles traces mais aucune empreinte, aucune silhouette, n'était visible. Salim et Edwin conservaient néanmoins leur arc à la main, une flèche encochée, tandis qu'Ewilan se tenait prête à investir l'Imagination.

Une éternité plus tôt, de gigantesques rochers avaient dévalé les flancs du Rentaï pour s'écraser au pied de la falaise formant sa base. Il en avait résulté un labyrinthe, impressionnant par la dimension des blocs qui le constituaient plus que par sa complexité et, entre les blocs, les premières zones d'ombre véritable que les voyageurs rencontraient depuis qu'ils avaient franchi la Voleuse.

Les sabots de leurs chevaux ne faisaient aucun bruit dans le sable et, attentifs à ce qui les environnait, ils ne parlaient pas.

Ce fut sans doute ce qui leur sauva la vie. Dans le profond silence du désert, le sifflement des flèches fut nettement perceptible.

Salim plongea sur Ewilan et roula dans le sable avec elle. En sécurité.

Edwin aussi avait plongé.

Une fraction de seconde après Salim.

Une fraction de seconde utilisée pour repérer les tireurs embusqués au sommet d'un rocher proche.

Alors qu'il n'avait pas encore touché le sol, il banda son arc et lâcha la flèche qu'il tenait prête. Elle se ficha dans la poitrine d'un des hommes qui poussa un cri et bascula dans le vide.

Déjà Edwin effectuait un roulé-boulé, se relevait, posait un genou à terre, décochait un nouveau trait.

Il fila, presque invisible, accompagné de son jumeau décoché, lui, par Salim.

Deux mercenaires du Chaos – ce ne pouvaient être que des mercenaires du Chaos – dégringolèrent du rocher.

– Je m'occupe de leurs flèches ! cria Ewilan en se jetant dans l'Imagination.

Un dôme scintillant se matérialisa au-dessus d'eux. Une dizaine de traits mercenaires y rebondirent alors que les flèches de Salim et Edwin le traversaient sans mal. Deux nouveaux archers s'écrasèrent sur le sable. Les survivants, quatre ou cinq hommes, disparurent.

– Ils abandonnent ? s'étonna Salim.

– Ça m'étonnerait, répondit Edwin. L'effet de surprise n'ayant pas joué, ils vont...

Cinq mercenaires surgirent en courant de derrière un rocher et, sabre au clair, se ruèrent sur eux, si rapides que Salim et Edwin n'eurent que le temps de lâcher leur arc pour saisir leur lame et se porter à leur rencontre. Ce fut le choc.

Ewilan s'était tapie dans une excavation et attendait le moment propice pour agir. Un moment qui tardait. Les combattants étaient trop proches, la mêlée trop confuse. Elle se mordit le poing et se résigna à regarder.

Confronté à deux mercenaires décidés à le tuer, Salim évitait les coups avec l'extraordinaire vivacité que lui avait enseignée Ellana. Pareil à un feu follet, il plongeait, roulait, bondissait, insaisissable.

*« Parade et attaque sont l'inspiration et l'expira-
tion du marchombre. Son combat est un seul souffle,
qu'il dure une seconde ou une heure. »*

Salim laissa la lame de son adversaire frôler son
bras, tournoya, frappa, se remit en garde.

Gorge ouverte, un mercenaire s'effondra.

Escrimeurs pourtant confirmés, les trois hommes
qui avaient attaqué Edwin réalisaient, stupéfaits,
que celui qui leur faisait face était plus dangereux
qu'eux trois réunis.

Incapables de percer ses défenses, ils éprouvaient
de plus en plus de difficultés à résister à la pression
qu'il leur imposait, commençaient à commettre des
erreurs, ne parvenaient plus à...

Le sabre d'Edwin glissa sous une garde relâchée, se
ficha dans un cœur, ressortit, écarlate, fouetta l'air.

Deux fois.

Le maître d'armes se tourna vers Salim qui affrontait le dernier mercenaire. Il n'eut pas le temps d'intervenir.

*« L'erreur est de croire que le marchombre a besoin
d'une arme. Le marchombre est une arme. »*

De son sabre, le mercenaire contra le poignard,
estima qu'il tenait un avantage, se décala...

Le coude de Salim percuta son menton avec une
telle violence que sa tête partit en arrière, ses vertèbres cervicales se brisèrent net, entraînant une
mort instantanée.

Jambes fléchies, prêt à réagir, Salim pivota pour
observer les environs puis il se détendit imperceptiblement. Edwin approuva d'une moue satisfaite.

– Tu as fait des progrès, constata-t-il. Ces hommes n'étaient pas d'excellents combattants, mais tu n'as commis aucune erreur.

– Je considérerai cela comme un compliment, décida Salim. Crois-tu qu'il y en ait d'autres ?

– Si c'est le cas, nous ne tarderons pas à le savoir.

Les chevaux s'étaient égaillés. Lorsque Ewilan siffla Aquarelle, la petite jument revint au galop vers sa maîtresse, suivie des chevaux d'Edwin et Salim. Les trois amis se mirent en selle et, attentifs au moindre bruit, au moindre mouvement, reprirent leur chemin.

Ils parvinrent très vite au pied d'une falaise, premier véritable bastion du Rentaï. Quelques buissons épineux poussaient sur le sable et, derrière un rocher, Edwin découvrit une vasque naturelle creusée dans la pierre qui recueillait l'eau d'une source discrète.

– Ce doit être l'endroit dont nous a parlé Ellana, dit-il en parcourant les alentours du regard. Nous pourrions nous y...

Il se tut.

Un air extatique s'était peint sur le visage de Salim. Les mains posées à plat contre la falaise, les yeux levés, il semblait écouter une musique qu'il était le seul à entendre.

– Salim ? s'inquiéta Ewilan. Ça va ?

Il s'ébroua comme s'il sortait d'un rêve.

– Oui, oui, ça va. Incroyablement bien. Vous pensez-vous en sécurité ici ?

– C'est un lieu qui en vaut un autre, répondit Edwin. Nous ne serons pas attaqués par le haut et si Ewilan dessine un de ces écrans scintillants dont elle a le secret, je ne vois pas ce qui...

Il se tut à nouveau.

Sans plus leur accorder la moindre attention, Salim avait commencé à escalader la falaise.

3

Salim perçut le murmure en atteignant le sommet de la falaise.

Un étrange et doux murmure, improbable mariage des arpèges d'un instrument à cordes, du vent et d'une voix cristalline. Il ne provenait de nulle part en particulier et, jouant avec les échos du Rentaï, il se déploya autour de Salim, caressant ses oreilles avant de se glisser en lui, intime et apaisant.

Salim l'écouta sans bouger, insensible au vide béant dans son dos et à la beauté du désert qui s'étirait jusqu'à l'horizon.

Il l'écouta longtemps.

Replié sur lui-même et ouvert sur l'univers.

Lorsque le murmure se tut, il n'éprouva aucune déception, aucune crainte. Il se mit en marche.

Il aborda une étendue caillouteuse formée de galets ronds qui roulaient sous ses pas. Le soleil matinal avait entrepris la conquête du Rentaï et tentait de l'écraser de ses rayons, mais Salim ne sentait pas leur morsure sur ses épaules et sa nuque. Il avançait, confiant, sans éprouver le moindre doute sur l'itinéraire qu'il devait suivre.

« *Il n'y a pas de bon ou de mauvais chemin dans le Rentaï. Il y a juste ton chemin.* »

Au sortir de l'étendue caillouteuse, et alors que des dizaines d'aiguilles rocheuses le regardaient de haut, il pénétra dans une gorge si étroite qu'il pouvait toucher ses parois en écartant les bras. La fraîcheur qui y régnait le surprit le temps d'un sourire puis il l'oublia pour ne plus penser qu'à son chemin.

Son chemin.

La gorge se rétrécit encore. Il dut se placer de profil pour se faufiler entre ses mâchoires, se baisser, ramper…

La gorge débouchait sur le vide. Un gouffre de plusieurs centaines de mètres dont le fond était garni de roches acérées. Une arche de pierre le traversait de part en part, si aérienne, si fine, si fragile d'aspect qu'elle paraissait incapable de soutenir le poids d'un oiseau.

Salim s'y engagea sans la moindre crainte.

Le murmure revint à cet instant précis. Plus fort, plus prégnant, encore plus harmonieux.

Son chemin.

Bras écartés pour disputer son équilibre au vent, Salim traversa le pont, atteignit la paroi opposée, la gravit. Ses mouvements étaient en accord parfait avec son esprit. Le murmure l'accompagnait.

Il l'accompagnait toujours lorsque, après avoir dévalé un éboulis et escaladé une nouvelle falaise, Salim arriva devant une dalle bleutée à la surface aussi lisse qu'un miroir. Un hoquet du Rentaï avait jeté cette improbable passerelle au-dessus d'un large canyon et, comme la paroi opposée était bien plus basse que celle où se tenait Salim, la dalle s'en trouvait transformée en toboggan pour titan.

Son chemin.

La pierre était glissante. Qu'à cela ne tienne. Jambes fléchies, pieds perpendiculaires à la pente, Salim la descendit comme une flèche, achevant sa glissade folle par un bond sur le côté qui lui permit de se jucher sur un rocher. De là il sauta sur une étroite vire saillant d'une paroi grêlée de trous minuscules qu'il entreprit de gravir.

Le murmure devint un chant.

Formidable d'exultation.

Il n'y avait plus de prises sur la paroi polie, presque lustrée par le vent du désert.

Salim continuait à grimper.

Porté par le chant.

Le chant du Rentaï.

Son chemin.

Il atteignit le sommet. S'arrêta. Il lui était impossible d'aller plus loin, d'aller plus haut.

Peu importait. Il était arrivé.

Il se tenait sur une dalle plate, à la pointe d'un piton qui dépassait d'une tête les autres aiguilles du

Rentaï et, où qu'il se tournât, sa position lui offrait une vue aussi inouïe qu'imprenable sur le désert des Murmures.

Le désert des Murmures.

Tirait-il son nom du chant qui désormais vibrait en lui ?

Imitant sans le savoir les gestes qu'avait accomplis Ellana des années plus tôt, Salim déposa son arc et son carquois à ses pieds, dégrafa son ceinturon et le fourreau du poignard qui y était attaché, ôta ses bottes. Il retira ensuite sa tunique et se plaça face à l'est.

Inspiration. Profonde. Mains qui montent, s'écartent, paumes tournées vers le haut.

Expiration. Longue. Mains qui reviennent vers le centre.

Inspiration.

Expiration.

Le chant du Rentaï accompagnait chacun de ses gestes, les auréolant d'une lumière d'absolu.

Son chemin.

Salim s'immergea quatre fois dans la gestuelle marchombre.

En direction des quatre points cardinaux.

Lorsque son cœur battit au rythme de celui du Rentaï, lorsque le murmure devenu chant jaillit de chacune de ses cellules, lorsque le soleil se trouva juste au-dessus de lui, il s'avança vers le centre de la dalle.

Une forme y était creusée. Douce, les contours arrondis. Salim s'y allongea, remarquant sans surprise qu'elle paraissait avoir été moulée sur son corps.

Il ferma les yeux.

La pierre, chauffée par le soleil, palpitait contre lui comme si elle avait été vivante.

L'extraordinaire sérénité dans laquelle baignait Salim se para d'une certitude.

La pierre était vivante.

Le chant du Rentaï prit de l'ampleur, devint une voix. Aussi brûlante que le soleil. Aussi dense que la nuit. Aussi grave que l'éternité.

– Qui es-tu ?

– Bonjour, répondit Salim sans ouvrir les yeux.

La roche fléchit sous son poids. Se referma au-dessus de lui.

Doucement.

Les yeux toujours fermés, l'âme tranquille, Salim s'enfonça dans le Rentaï.

4

Il flotte dans l'obscurité et le silence.

Absolus.

Non. Si l'obscurité est absolue, le silence ne l'est pas. Ne l'est plus.

Des voix s'élèvent, chuchotements à peine perceptibles tissant autour de lui une étrange mélodie dont il ne parvient pas à capter le sens.

Dont il ne cherche pas à capter le sens.

– *Peau d'ébène.*

– *Loup noir.*

– *Regard sombre, danseur d'ombre, sculpteur de ténèbres.*

Bras largement écartés, il dérive dans l'obscurité.

Absolue.

Non. L'obscurité n'est pas absolue.

– *Peau d'ébène.*

– *Loup noir.*

– *Regard sombre, danseur d'ombre, sculpteur de ténèbres.*

– *Âme de nuit, âme de lumière.*

Une lueur palpite. Claire et vive.

À une éternité de lui.

Toute proche.

– *Âme de nuit, âme de lumière.*

Il tend son âme vers la lueur.

Ce n'est pas une lueur mais un soleil qui résiste sans broncher à l'univers de noirceur qui l'entoure.

– *Âme de nuit, âme de lumière.*

Après son âme, il tend les mains. Les referme sur le soleil.

Avec un cri, la nuit se fend.

5

Salim ouvrit les yeux.

Il était couché sur le dos dans le sable. L'écrasant de sa masse et de sa hauteur, le Rentaï dissimulait à sa vue la moitié des étoiles.

Il se leva d'un bond... Regarda autour de lui... Se regarda...

La nuit était tombée. Il se trouvait au pied de la première falaise. Nu.

Un bref instant, il crut qu'il rêvait, endormi au sommet de la montagne, puis jaillit le souvenir des sensations qu'il avait éprouvées lorsqu'il s'était enfoncé dans la pierre. Sensations à la fois intenses et limpides. Trop pour qu'il les ait imaginées.

Comme pour le conforter dans cette certitude, un murmure surgi de nulle part caressa sa joue...

Âme de nuit, âme de lumière.

… avant de filer vers le ciel pour se dissiper.

La greffe.

Le Rentaï lui avait-il accordé la greffe ?

Salim palpa son corps, examina ses mains, ses bras, ferma les yeux, les rouvrit… Il ne vit rien de particulier, ne ressentit rien de particulier. Cela signifiait-il que la greffe lui avait été refusée ?

Il se força à expirer longuement.

Il avait tant attendu l'instant où il se retrouverait face au Rentaï qu'il n'avait rien imaginé de ce qui se passerait ensuite. Surtout dans l'éventualité où il n'obtiendrait pas la greffe.

Malgré ses efforts, son cœur accéléra.

Il n'avait pas obtenu la greffe.

– Du calme, se morigéna-t-il à voix haute. Tu es Salim, tu es marchombre et tu te retrouves à poil dans un coin qui grouille de mercenaires du Chaos. Bon d'accord, qui grouille peut-être de mercenaires du Chaos. Tu ne t'occupes pas de la greffe, tu rejoins Edwin et Ewilan et tu réfléchis après.

En observant les étoiles, il parvint à se repérer sans trop de difficultés. Pour peu qu'il ne fasse pas de mauvaise rencontre, il serait vite près de ses amis.

Il se mettait en route lorsqu'une idée lui traversa l'esprit. Nu pour nu, autant qu'il s'assure de la présence de mercenaires du Chaos !

Sans plus hésiter, il se fondit dans sa forme de loup.

Il ne s'était plus métamorphosé depuis des mois et l'intensité des sensations qui déferlèrent en lui le fit tituber. Il se reprit très vite et huma la nuit.

Il ne décela rien d'autre que les effluves des corps des mercenaires tués un peu plus tôt et la présence d'Edwin et Ewilan, plus proches qu'il ne l'avait cru. Rassuré, il s'élança, puissant et parfaitement silencieux.

Salim ignorait pourquoi et comment il se transformait en loup. Il avait découvert ce don alors que, traversant les Marches du Nord, ses compagnons et lui avaient été attaqués par une meute. Cette première métamorphose leur avait sauvé la vie et, s'il avait eu du mal à la maîtriser, son inexplicable aptitude s'était révélée par la suite très utile.

Très utile et hermétique.

Il sentait qu'elle n'avait rien à voir avec l'art des dessinateurs ni, sans doute, avec Gwendalavir mais il ne saisissait rien à son fonctionnement, se montrant même incapable d'expliquer pourquoi et où ses vêtements disparaissaient quand il devenait loup.

Son pelage noir le rendant invisible, il approchait de l'endroit où l'attendaient Ewilan et Edwin lorsqu'une nouvelle odeur s'imposa soudain à lui.

Une seconde plus tôt il n'y avait rien et voilà qu'un, deux, non, trois hommes se trouvaient là, près de ses amis.

Cela ne pouvait avoir qu'un sens : ils étaient arrivés grâce à un pas sur le côté.

Salim accéléra sa course. Seuls quelques mercenaires étaient capables d'effectuer le pas sur le côté.

Des tueurs, sanguinaires et surentraînés, maîtrisant l'Art du Dessin.

Des Mentaïs !

– Crois-tu qu'il soit en danger ? demanda Ewilan.

– Je l'ignore, répondit Edwin. Le Rentaï est aussi mystérieux que l'Œil d'Otolep. Nul ne peut se targuer de savoir ce qui s'y déroule lorsqu'un marchombre sollicite la greffe. Même ceux à qui elle est accordée.

Ils avaient achevé leur repas et se tenaient assis autour du feu qui crépitait encore joyeusement. Ewilan lança une brindille dans les flammes.

– Ellana a pourtant dit un jour que…

Edwin la fit taire d'un geste péremptoire. Il écouta le silence de la nuit puis se leva d'un mouvement coulé, sabre à la main.

À cet instant, une chape de noirceur s'abattit sur le camp. La lumière du feu fut mouchée et la clarté des étoiles disparut.

– Dessine ! cria Edwin. Vite !

Ewilan se jeta dans les Spires.

Créer de la lumière était une tâche aisée, accessible aux débutants. À mille reprises elle avait dessiné des flammes, des lueurs, discrètes ou éclatantes, des illuminations, des embrasements…

Cette fois-ci, elle échoua.

Comme elle l'avait expliqué à ses amis, son don était devenu erratique. Elle le sentait toujours vibrer en elle, mais elle ne le contrôlait plus vraiment.

Alors que sa vie et celle d'Edwin dépendaient de sa capacité à dessiner, l'Imagination lui était aussi inaccessible que la lune.

– Vite ! la pressa le maître d'armes.

L'obscurité était si totale qu'il ne pouvait s'agir que d'un dessin et un dessin impliquait la présence d'un Mentaï !

Difficile d'envisager pire dans leur situation.

Edwin avait déjà affronté un Mentaï. Une seule fois. Et si, de justesse, il avait remporté le combat, celui-ci s'était déroulé en pleine lumière.

– Je… je n'y arrive pas, balbutia Ewilan dans son dos.

– Tais-toi et ne bouge plus ! lui ordonna Edwin.

Sabre pointé, il ferma les yeux, tâchant d'obtenir par son ouïe les renseignements que sa vue lui refusait.

Un glissement devant lui, un souffle à sa droite.

Deux hommes.

Ils convergeaient dans sa direction, si précis, si discrets, qu'Edwin comprit que l'obscurité qui le handicapait ne comptait pas pour eux. Ils voyaient dans le noir !

Ils attaquèrent ensemble, dans un mouvement parfaitement concerté, d'une mortelle rigueur.

Edwin perçut le sifflement des sabres et son prodigieux entraînement prit le relais.

Sa lame repoussa le coup qui aurait dû l'éventrer, décrivit un court arc de cercle pour se porter à la rencontre du deuxième sabre…

Elle arriva une fraction de seconde trop tard.

L'acier du mercenaire avait mordu son flanc. D'un coup de pied, il se dégagea et se remit en garde.

Il n'avait aucune chance.

Sa blessure, superficielle, ne le gênait pas mais il ne se faisait aucune illusion. Il était perdu. Il ne pouvait l'emporter en aveugle face à deux guerriers rompus au maniement du sabre qui, eux, y voyaient comme en plein jour.

Nouveau sifflement. Double.

Edwin para, deux fois, frappa.

Dans le vide.

Le tranchant d'une lame entailla profondément son épaule, revint vers sa gorge. Fulgurant.

À cet instant précis, l'obscurité explosa.

En poussant un cri sauvage, Salim se précipita sur les mercenaires.

Nu.

Les mains nimbées d'un halo de lumière éblouissante.

6

Loup, Salim bénéficiait d'une vision nocturne bien supérieure à celle d'un homme, pourtant la zone d'obscurité qui s'étendait devant lui demeurait impénétrable, comme si elle avait dénié à la lumière jusqu'au droit d'exister.

Son ouïe et son odorat se montraient en revanche formels. Ewilan était recroquevillée près de la falaise, Edwin se tenait debout devant elle tandis que deux hommes s'approchaient de lui. Au bruit de leurs pas, il comprit qu'ils y voyaient parfaitement.

Un troisième homme se trouvait un peu à l'écart, immobile.

Qu'il s'agisse ou non de Mentaïs, la situation était dramatique.

Pendant un court instant, Salim demeura pétri-fié, incapable de prendre une décision. S'il se ruait à l'attaque sous sa forme de loup, ses autres sens compenseraient sa cécité et lui permettraient sans doute de distraire l'attention des mercenaires mais il ne pouvait espérer les vaincre.

S'il choisissait de se retransformer, c'était pire encore. Que pesait un apprenti marchombre nu et aveugle face à des mercenaires armés, peut-être des Mentaïs ?

Âme de nuit, âme de lumière.

Alors qu'il s'apprêtait à un assaut voué à l'échec, les mots qu'avait murmurés le Rentaï s'imposèrent soudain à lui.

Âme de nuit, âme de lumière.

Sa respiration s'apaisa et, sans qu'il s'en rende compte, il reprit sa forme humaine. Une certi-tude brûlait en lui : le Rentaï lui avait octroyé la greffe !

Mieux, à l'image de celle qu'avait obtenue Ellana et qui lui avait sauvé la vie quand elle s'était retrou-vée face aux mercenaires qui la guettaient, la greffe que lui avait accordée la montagne vivante était la clef qui lui permettrait de défendre ses amis.

Le bruit métallique des sabres qui s'entrecho-quaient monta de l'obscurité. Edwin se battait mais sa valeur, pour exceptionnelle qu'elle soit, avait ses limites. Des limites qui s'ouvraient sur la mort.

S'efforçant au calme, Salim se ferma au monde pour descendre en lui-même.

La certitude brûlait toujours en lui : le Rentaï lui avait accordé la greffe.

Oui, mais quelle greffe ?

Il comprit au moment précis où il cessa de chercher. La greffe n'était pas un improbable ajout qu'il devait découvrir avant d'essayer de comprendre son fonctionnement. Non. La greffe faisait partie de lui. Comme ses yeux ou ses jambes. Il devait simplement l'utiliser.

Simplement l'utiliser.

Il ouvrit les mains et ses doigts se nimbèrent de lumière.

D'abord vacillante, la lumière s'accrut lorsqu'il le souhaita, devint éblouissante.

Devant lui l'obscurité reflua.

En poussant un cri sauvage, Salim bondit en avant.

Aucun combattant, aussi concentré soit-il, ne peut rester impassible quand une lumière aveuglante remplace soudain l'obscurité et qu'un adversaire, nu mais déterminé, se rue sur lui en hurlant.

Les mercenaires marquèrent un bref temps d'arrêt qui permit à Edwin de se dégager. Il voulut profiter du répit pour prendre l'avantage, déjà ses adversaires s'étaient ressaisis. L'un d'eux lui porta un coup de pointe vicieux qu'il eut toutes les peines du monde à esquiver tandis que l'autre se précipitait à la rencontre de Salim.

Edwin poussa un grognement de rage impuissante. Salim était désarmé. Il ne tiendrait pas une minute. Puis il aperçut le troisième mercenaire, celui dont il n'avait pas encore discerné la présence, et son sang se glaça.

Vêtu d'une armure de cuir et de métal ouvragé, le visage dissimulé par un masque hideux d'où pointaient des canines d'acier, le mercenaire se tenait immobile, bras croisés. Grand, les épaules larges, il dégageait une sombre assurance qui, plus que son masque ou son attitude, clamait son statut.

Mentaï.

Alors qu'Edwin prenait des risques incroyables pour se débarrasser au plus vite de son adversaire, que Salim plongeait au sol pour éviter le sien, le Mentaï leva lentement le bras.

Il tenait à la main une complexe arbalète de métal qu'il pointa sur Ewilan.

« Il m'a entendu lui crier de dessiner, songea Edwin atterré. Il a compris qu'elle en était incapable mais il va la tuer pour ne courir aucun risque. »

Jouant le tout pour le tout, il tenta une botte audacieuse. S'il parvenait à surprendre le mercenaire qu'il affrontait, il pouvait encore... Non. Son adversaire était un bretteur accompli. Il repoussa l'attaque, plaça un revers virtuose, poussant Edwin à la défensive.

Le Mentaï appuya sur la détente.

Une volée de dards fusèrent vers Ewilan, toujours recroquevillée contre la falaise.

– Non! hurla Edwin.

Son cri rebondit sur les rochers en échos désespérés, pourtant rien ne se déroula comme il le craignait.

Une bourrasque surgit de l'Imagination et balaya les dards avant qu'ils n'atteignent leur cible, Ewilan se dressa, ses yeux violets étincelants de fureur.

« Elle a retrouvé l'accès à l'Imagination », réalisa Edwin alors que, créée par le pouvoir de la jeune dessinatrice, une langue de feu se tendait vers le Mentaï.

Ce dernier réagit avec une rapidité inouïe.

Une vague jaillit du sable et happa la langue de feu, l'éteignant dans un nuage de fumée. Poursuivant sa route, la vague déferla sur Ewilan qui n'eut que le temps de dessiner devant elle un écran translucide sur lequel elle s'écrasa.

Edwin s'obligea à détourner les yeux. À nouveau capable de dessiner, Ewilan était de taille à défier le Mentaï, c'était une certitude. Salim courait un danger plus pressant mais il ne pourrait rien pour lui tant qu'il ne se serait pas débarrassé de son assaillant. Il oublia ses amis pour se consacrer à son propre combat.

Le mercenaire qui affrontait Edwin était confiant. Son adversaire n'était-il pas blessé, affaibli ? Et sa façon de regarder sans cesse autour de lui ne prouvait-elle pas qu'il se savait perdu ?

Alors qu'il s'apprêtait à porter un coup de pointe qu'il affectionnait particulièrement, il dut parer dans la précipitation un revers qui lui aurait tranché la gorge, puis un deuxième qui menaçait son ventre. Il tressaillit. Le guerrier qu'il voyait déjà abattu s'était repris et dans ses yeux gris acier, en lieu et place de la crainte qu'il attendait, il lut une détermination effrayante de froideur.

Il commença à reculer.

Salim était en très mauvaise posture.

Ellana lui avait enseigné à se battre à mains nues contre un adversaire armé d'un sabre ; cela ne suffisait pas. Le mercenaire était un véritable guerrier et sa garde était impénétrable. Salim en était réduit à virevolter pour éviter sa lame, à plonger, rouler, bondir, tentant en vain de porter des coups efficaces.

Ses doigts brillaient toujours mais, si la lumière qu'ils dégageaient avait l'avantage d'éclairer le combat, elle ne lui était d'aucune utilité pour le remporter.

L'acier du mercenaire traça une ligne rouge sur sa cuisse. Une estafilade sans gravité qui convainquit pourtant Salim que la fin était proche. Il ne verrait pas le soleil se lever. La pression de son adversaire allait croissant, Edwin ferraillait de son côté et Ewilan semblait éprouver les plus grandes difficultés à résister au pouvoir du Mentaï qu'elle affrontait.

« *Âme de nuit, lame de lumière.* »

Salim poussa un grognement de colère. Ce n'était pas le moment de prêter l'oreille aux murmures d'une montagne, fût-elle le Rentaï.

Son grognement s'éteignit.

Lame de lumière et non âme de lumière !

Qu'est-ce que cela pouvait…

La lumière au bout de ses doigts changea de nature, devint plus vive, se contracta, se déplaça vers ses paumes…

Salim se jeta à terre pour éviter un coup de taille, se releva d'un bond.

Ses doigts ne brillaient plus. En revanche, une lame de lumière brillait au creux de chacune de ses mains. Pure et blanche, si dense qu'elle en paraissait solide. Trente centimètres d'énergie palpitante.

Le mercenaire avait décidé d'en finir.

Sabre en avant, il fondit sur Salim.

Se figea.

Le garçon avait bougé.

Avec son incroyable rapidité.

Et il avait frappé.

Incrédule, le mercenaire contempla un instant les deux lames brillantes enfoncées dans sa poitrine puis, doucement, il s'effondra.

Salim ouvrit les mains, les lames disparurent, plongeant la scène dans le noir.

Il ferma les poings, elles réapparurent, aussi vives que des soleils miniatures.

Il ouvrit les mains. Noir.

Les ferma. Lumière.

Se rappelant soudain où il se trouvait, il se tourna d'un bond.

Juste à temps pour voir tomber le mercenaire qui s'était cru capable de vaincre Edwin.

À trois pas de lui, Ewilan projeta une boule de feu sur le Mentaï qui la repoussa vers le ciel d'une chiquenaude méprisante.

Dans le même temps, ayant constaté la mort de ses compagnons, il dessina autour de lui un globe de protection chatoyant.

Une deuxième boule de feu s'y écrasa, puis une troisième et une quatrième.

En vain.

Comme s'il avait été certain que nulle force au monde ne pouvait entamer son écran, le Mentaï croisa les bras.

– Sors de ta cage, lui lança Edwin, et viens défendre ta vie.

D'un geste lent, le Mentaï ôta son masque, dévoilant un visage jeune et délicat, encadré par de courtes boucles brunes.

– Je n'ai rien à défendre, déclara-t-il, puisque ma vie n'est pas en danger.

Si ses traits étaient doux, sa voix était aussi froide que la mort et, lorsque ses yeux se posèrent sur les corps de ses compagnons étendus sur le sable, son visage ne marqua pas la moindre émotion.

– Me penser aussi fragile que ces deux envoleurs serait une erreur, ajouta-t-il. Une grossière erreur.

Il se tourna vers Ewilan.

– Nous nous retrouverons, lui jeta-t-il, afin d'achever ce que nous avons si bien commencé. Je m'appelle Azan. Souviens-toi de mon nom car bientôt je serai ton maître et toi mon esclave.

– Pas tant que je me dresserai sur ton chemin, riposta Edwin.

Contre toute attente, Azan éclata de rire. Un rire frais, presque sympathique, qui fit frissonner Ewilan.

– Tu n'as plus de chemin, Edwin Til' Illan, rétorqua le Mentaï. À l'heure où nous devisons toi et moi, celui que tu t'étais tracé appartient au Chaos.

– Qu'est-ce que…

– Bientôt… susurra Azan. Le Chaos et la mort.

Il disparut.

7

– Je ne comprends pas comment ce Mentaï connaît ton nom.

– Moi non plus, Salim, et cela m'inquiète. De toute évidence, les mercenaires que nous avons affrontés en arrivant près du Rentaï se trouvaient là pour assassiner les apprentis marchombres sollicitant la greffe. En revanche, le Mentaï et les deux mercenaires qui nous ont attaqués plus tard nous cherchaient.

– Azan a utilisé le mot envoleurs pour parler de ses hommes, rappela Salim. Qu'est-ce que ça veut dire ?

– Aucune idée et leur nom n'explique pas leur arrivée, maugréa Edwin.

– Peut-être le premier groupe a-t-il utilisé l'Imagination pour demander de l'aide, intervint Ewilan.

Edwin réfléchit un instant.

– Non. Nous les avons éliminés trop facilement. Il n'y avait pas de véritables guerriers parmi eux et encore moins de Mentaï.

– Un mercenaire qui dessine est obligatoirement un Mentaï ?

– Oui.

Salim jeta un coup d'œil derrière eux. Le soleil s'était levé depuis peu mais la brume accompagnait son apparition et le Rentaï était invisible.

– Tu crois qu'Azan va nous suivre ? Ou plutôt tenter de nous intercepter ?

– Aucune idée.

Ils avaient quitté le campement aussitôt qu'Azan avait disparu et chevauché toute la nuit. Comme ressourcé par son passage dans les entrailles de la montagne, Salim était en pleine forme et si Edwin semblait, à son habitude, insensible à l'idée même de fatigue, Ewilan dodelinait de la tête et paraissait épuisée.

– J'ai l'impression d'être redevenue une débutante, confia-t-elle à ses amis lorsqu'elle perçut le regard inquiet qu'ils portaient sur elle. Incapable de maîtriser son don et que le moindre dessin vide de son énergie.

– Ta bagarre avec Azan n'a pas été anodine, remarqua Salim.

Elle lui retourna un sourire las.

– Ni ta propre prestation. Je t'ai trouvé... lumineux !

Salim acquiesça en silence. Il était reconnaissant à ses amis de n'avoir pas abordé le sujet de sa greffe. Il avait besoin de temps pour admettre l'idée que de ses mains jaillissait de la lumière. Une lumière qui pouvait, selon ses désirs, prendre la forme de redoutables lames d'énergie.

Besoin de temps et, pour l'instant, aucune envie d'en parler.

En milieu de journée, le vent se leva, entraînant des tourbillons de sable qui dissimulaient le soleil, limitaient la vue à quelques mètres et meurtrissaient la moindre parcelle de peau non protégée. Ewilan pesta en s'enroulant dans sa cape. Salim, lui, se rasséréna.

– Nos traces seront bientôt effacées, se réjouit-il. Si des mercenaires nous ont pris en chasse, ils en seront pour leurs frais.

Le vent forcissant, les trois compagnons décidèrent une halte à l'abri d'une dune, si abri était bien le mot qui convenait. Ils se pelotonnèrent derrière leurs chevaux allongés et attendirent que le calme revienne. Malgré l'inconfort de leur situation, Ewilan ne tarda pas à s'endormir.

Salim remonta sur son visage sa cape qui avait glissé puis reporta son attention sur Edwin. Le maître d'armes se tenait accroupi, les bras serrés autour de ses genoux, le regard perdu dans le vide.

– Tu es inquiet, n'est-ce pas ?

– Oui, admit Edwin. Tu as beau être l'élève d'El-lana, je ne vois pas ce qui justifie l'intervention d'un Mentaï comme Azan, d'autant que son but n'était pas de te rallier au Chaos mais de te tuer.

– Es-tu sûr que c'est moi qu'il cherchait à tuer ?

Edwin tourna vers Salim un visage surpris.

– Que veux-tu dire ?

– Depuis leur création, la guilde des marchombres et celle des mercenaires s'affrontent. Les mercenaires cherchent à empêcher les apprentis marchombres d'accéder à la greffe et ainsi à limiter la valeur de leurs adversaires. Ceux qui se tenaient en embuscade dans les rochers étaient sans doute là pour moi, pas Azan et ses deux sbires !

– Je ne vois pas où tu veux en venir.

– Ils ont attaqué quand je n'étais pas là et, vu leur efficacité au combat, je doute que ce soit parce qu'ils avaient peur de moi. Reste donc Ewilan et toi. Or, lorsque je suis arrivé, tu étais le seul à te trouver en danger, Azan ne s'est attaqué qu'après à Ewilan, plus par précaution que par réelle volonté de l'éliminer. Et comme il n'a cité que ton nom…

– Tu penses que c'est moi qu'ils cherchaient ?

– Ce n'est pas une certitude mais il y a de grandes chances que ce soit le cas. Que fais-tu ?

Edwin s'était levé pour observer le désert et la tempête de sable qui ne faiblissait pas. Il se baissa pour secouer Ewilan.

– Laisse-la dormir, s'insurgea Salim, elle est épuisée.

Edwin n'accorda aucune importance à ses paroles et continua à secouer Ewilan jusqu'à ce qu'elle se réveille, l'air hagard.

– Un pas sur le côté, la pressa-t-il. Es-tu capable d'effectuer un pas sur le côté ?

– Mais… Qu'est-ce que…

– Par le roi des Raïs, réponds !

En colère, Edwin était effrayant. Ewilan recula jusqu'à buter contre Aquarelle couchée à ses côtés.

– Je... je...

Elle se tut, tenta de gagner l'Imagination...

– Non, avoua-t-elle. Je suis à nouveau incapable de dessiner.

Edwin se calma comme par magie.

– Le vent s'apaise, décida-t-il. Mettons-nous en route.

Plaqué sur l'encolure de son cheval, Edwin galopait vers le nord.

Après avoir bravé la tempête de sable, il avait imposé un train d'enfer à ses amis, chevauchant jour et nuit, ne leur accordant que de brèves haltes, dans le simple but de permettre aux chevaux de souffler, refusant de répondre à leurs questions et s'inquiétant simplement à intervalles réguliers de savoir si Ewilan était à nouveau capable d'effectuer le pas sur le côté.

Une fois la Voleuse traversée et les montagnes de l'Est franchies, Edwin s'était tourné vers Salim.

– File à Al-Jeit avec Ewilan. Raconte tout ce que tu sais à Sayanel puis rejoins-moi.

– Où vas-tu ?

– Retrouver Ellana !

Sans plus d'explications, il avait piqué des deux.

« Tu n'as plus de chemin, Edwin Til' Illan. À l'heure où nous devisons toi et moi, celui que tu t'étais tracé appartient au Chaos. »

Edwin filait, encourageant sa monture afin qu'elle se surpasse.

Les mots d'Azan brûlaient son esprit.

Pour Ellana, il avait renoncé à son poste de général des armées impériales, abandonné la cour, tranché l'avenir glorieux qui s'offrait à lui.

Avec Ellana, il avait tracé un nouveau chemin. Un chemin qu'ils étaient désormais trois à arpenter. Le chemin de l'amour.

« *Tu n'as plus de chemin, Edwin Til' Illan. À l'heure où nous devisions toi et moi, celui que tu t'étais tracé appartient au Chaos.* »

8

– **R**aconte tout ce que tu sais !

Aoro se mit à trembler.

Lorsqu'il avait entendu le galop d'un cheval, il était sorti de la maison en courant, juste à temps pour voir Edwin bondir à terre et s'élancer sur lui.

– Où sont-ils ?

Il y avait une telle angoisse dans la voix du maître d'armes, mêlée à une telle détermination, qu'Aoro avait tressailli, perdant ses mots et le peu de repères qui lui restait.

– Ils… ils ont disparu, avait-il balbutié.

Edwin l'avait écarté pour se précipiter à l'intérieur. Il était ressorti très vite, avait filé jusqu'à l'écurie puis était revenu vers Aoro, les mâchoires serrées.

– Raconte tout ce que tu sais.

– Je ne sais malheureusement rien. En arrivant ici, il y a quatre jours, et alors que je devais passer la soirée avec Ellana, je n'ai trouvé personne. Si elle avait été seule, je ne me serais pas inquiété, j'aurais pensé qu'elle avait oublié notre rendez-vous, mais je l'imaginais mal courir les routes avec le petit. Il y avait en outre à la cuisine ce repas qu'elle s'apprêtait à lancer, le lit défait de Destan, Murmure à l'écurie... Autant de signes prouvant que quelque chose n'allait pas.

– Quatre jours! souffla Edwin entre ses dents serrées. Quelque chose n'allait pas et tu as attendu quatre jours sans rien faire! Sans prévenir personne!

– Je... je... Qui aurais-je pu prévenir? Je... je...

Les yeux brillants d'émotion, Aoro était proche des larmes. Le regard d'Edwin se durcit encore.

– Tu n'as quand même pas passé tout ce temps assis à pleurnicher? s'enquit-il d'une voix effrayante de froideur.

– Non. Non. Je... j'ai attendu toute la nuit et au lever du soleil, j'ai fouillé les environs. Je n'ai rien découvert d'autre qu'une flèche, ce qui ne...

– Montre-moi cette flèche!

Aoro s'empressa d'obéir. Il n'avait rien à se reprocher, était au contraire si inquiet qu'il avait abandonné l'auberge du Monde pour attendre un éventuel retour d'Ellana, mais le calme du maître d'armes dégageait une telle violence qu'on ne pouvait que se sentir menacé.

294

Edwin observa la flèche en détail. Elle ne présentait aucun signe distinctif, n'était-ce la qualité de sa fabrication.

Et elle n'appartenait pas à Ellana.

– Où l'as-tu trouvée ?

– Elle était plantée dans un volet. Celui-ci.

Edwin s'avança jusqu'au volet que lui désignait Aoro, se pencha sur l'entaille laissée par la flèche puis se retourna pour scruter les environs.

– Pensez-vous que ce soit elle qui ait tiré ? lui demanda Aoro.

Sans daigner lui répondre, Edwin traversa la cour et s'engagea dans le pré qui la jouxtait. Celui qui avait décoché la flèche trouvée par Aoro s'y était embusqué, la trajectoire de son tir le démontrait.

Edwin s'agenouilla soudain devant une zone où l'herbe était écrasée. Quelqu'un s'était couché là. Il posa les doigts sur une feuille tachée de brun, les porta à son nez puis à sa bouche.

Du sang.

Celui de l'archer ?

Un éclat métallique attira son regard. Un poignard, lui aussi taché de sang. Un poignard qu'Edwin reconnut dès qu'il s'en saisit. Le poignard d'Ellana.

Il poussa un juron étouffé, tentant fébrilement de reconstituer les événements.

L'archer avait raté son tir alors que, de toute évidence, Ellana avait réussi le sien. L'avait-elle tué ou simplement blessé ? Avait-il pu ajuster une autre flèche ?

Le souffle court, Edwin se mit en quête d'indices supplémentaires.

Près du bassin, il découvrit la hampe brisée d'une deuxième flèche et des traces de combat. En examinant les empreintes, il arriva à la conclusion qu'Ellana – elle avait donc échappé aux tirs de l'archer – avait affronté au moins quatre hommes.

Qui étaient-ils?

Que lui voulaient-ils?

Et, surtout, comment s'était achevé le combat?

La gorge nouée par l'appréhension, Edwin poursuivit ses recherches.

Elles l'entraînèrent jusqu'à un petit bouleau qui poussait, malingre et solitaire, à quelques mètres du bassin.

Un homme avait rampé jusque-là et s'était adossé au tronc.

Un homme grièvement blessé, sa façon de ramper l'attestait.

Un homme qui était demeuré là longtemps. Son sang avait imbibé la terre et maculé l'écorce.

Un homme qui avait dû finir par mourir.

Un homme.

Ou une femme.

Sayanel examina minutieusement la cour devant la maison et le pré où Edwin avait découvert le poignard d'Ellana. Il confirma les déductions du maître d'armes, ajoutant simplement qu'à son avis ceux qui avaient assailli la marchombre étaient plus nombreux que ne l'estimait Edwin.

– Le sol a été foulé par Aoro puis par toi, expliqua-t-il, et les traces sont confuses mais regarde. Là. Et là. S'ils n'ont pas combattu, d'autres se sont tenus à proximité. Ces empreintes appartiennent à un homme qui pèse plus de cent kilos et celles-ci, différentes de celles d'Ellana, sont celles d'une femme. Je doute en revanche qu'Ellana soit morte.

– Je n'ai jamais prétendu qu'elle l'était ! cracha Edwin.

– Si elle avait été tuée, tu aurais découvert son corps, poursuivit Sayanel sans se démonter. Qu'elle ait été attaquée par des mercenaires du Chaos ou par une bande de Blancs.

Edwin serra les poings.

– Destan et Ellana auraient donc été enlevés ? C'est ridicule.

– Les Blancs sont responsables de nombreux enlèvements dans la région, intervint timidement Aoro.

– Sans doute, répliqua Salim, mais Azan n'est pas un Blanc et les menaces qu'il a proférées à l'encontre d'Edwin étaient claires.

– Des mercenaires les auraient tués, insista Aoro, et les traces de sang s'arrêtent au bouleau.

Il se tourna vers Edwin.

– Je suis certain que les Blancs sont responsables de ce méfait. Ils ont déjà agi ainsi.

– Nous serons bientôt fixés, répondit le maître d'armes d'une voix sans âme. Je n'ai aucun moyen de mettre la main sur un mercenaire du Chaos mais débusquer un Blanc ne doit pas être très difficile. Le débusquer et le faire parler.

Ewilan désigna le soleil qui disparaissait à l'horizon.

– Demain nous…

Edwin secoua la tête.

– Non, pas demain. Maintenant.

– Tu n'as pas dormi depuis des jours, s'inquiéta Ewilan. Tu devrais…

Elle se tut.

Les yeux gris acier du maître d'armes s'étaient teintés d'un éclat inquiétant qui dissuadait de le contredire.

– Maintenant, répéta-t-il doucement.

9

Aoro était demeuré à la maison.

– Je ne suis pas un guerrier, avait-il déclaré, un soupçon de regret dans la voix, je ne servirais pas à grand-chose, si ce n'est à vous encombrer. J'attends ici. Au cas où elle reviendrait.

Ewilan avait hésité un instant. Épuisée, elle aurait donné cher pour dormir et, comme Aoro, elle doutait de son utilité en cas de combat, mais l'idée de rester en arrière lui était insupportable. Elle était donc remontée sur le dos d'Aquarelle, tandis qu'Edwin sellait Murmure afin de ménager son cheval mis à mal par sa dernière chevauchée.

– Te rends-tu compte que nos chances de trouver des Blancs sont infimes ? s'était enquis Sayanel en enfourchant sa propre monture.

Edwin n'avait rien répondu. Aoro s'était alors avancé avec circonspection.

– Essayez la piste qui conduit au lac d'Om, leur avait-il conseillé. Des mouvements suspects ont été rapportés à proximité d'Har-Nour, la petite cité qui se dresse sur ses berges.

Après un bref salut, les quatre compagnons s'étaient élancés.

Edwin chevauchait en tête en compagnie de Sayanel. Salim et Ewilan fermaient la marche quelques mètres derrière eux.

Comme convenu, ils avançaient à une allure modérée et discutaient à haute voix afin d'attirer l'attention d'éventuels observateurs embusqués. Toutefois, la nuit était profonde, la campagne déserte et, ainsi que l'avait estimé Sayanel, leurs chances d'être attaqués par des Blancs quasiment nulles.

Ils traversèrent trois villages endormis dans l'obscurité puis quittèrent la route pavée conduisant à Al-Chen pour une large piste filant vers l'ouest et le lac d'Om. Si Ewilan et Salim conversaient toujours, leurs aînés s'étaient tus pour s'enfoncer dans leurs pensées.

Edwin ressassait les paroles d'Azan, tentant de leur arracher un sens qui lui aurait échappé. C'était le seul moyen à sa disposition pour fuir l'intolérable image d'Ellana agonisant contre le bouleau. Bien qu'aucun indice ne soit venu étayer son intuition, il était habité par la certitude que le sang qu'il avait découvert au pied de l'arbre lui appartenait. Ignorer si elle était morte ou pas, ignorer ce qu'était devenu son fils ne faisait que le torturer davantage. Il lui fallait agir, sous peine d'exploser.

Sayanel, lui, essayait de comprendre. Non pas le combat – les traces qu'il avait déchiffrées étaient suffisamment explicites pour qu'il s'en fasse une idée précise – mais les motivations de ceux qui avaient attaqué Ellana.

Leurs motivations et leur identité.

Les mercenaires du Chaos avaient de bonnes raisons d'en vouloir à la marchombre. Elle était redoutable et nombre d'entre eux avaient trouvé la mort sous sa lame. La localiser était à leur portée d'autant que Nillem connaissait l'existence de la maison, et cette idée le fit grincer des dents. Ils n'avaient en revanche aucune raison de l'épargner et s'ils l'avaient tuée – nouveau grincement de dents – ils auraient laissé son corps sur place.

Les Blancs ne formaient pas non plus les coupables idéaux. Leurs agissements visaient à établir un sentiment de crainte en Gwendalavir, à favoriser la méfiance et à discréditer l'Empereur. En cela, ils faisaient l'affaire du Chaos et Sayanel n'aurait pas été étonné que l'avenir lui confirme qu'ils étaient son bras armé. S'en prendre à Ellana et à son fils n'entrait pas dans ce processus de déstabilisation de l'Empire.

En outre, s'il savait les mercenaires du Chaos redoutables, Sayanel ne concevait pas que des Blancs aient pu surprendre une marchombre comme Ellana, encore moins la tuer.

Il ne comprenait pas et commençait à prêter une oreille attentive à la petite voix intérieure lui remémorant la prophétie.

La prophétie. Ce tissu d'absurdités qui avait habillé la seule divergence importante entre Jilano et lui, l'un soutenant que la prophétie était tissée avec des fils de vérité sur une trame de certitudes à venir, l'autre assurant qu'il ne s'agissait que de mensonges brodés par des êtres malfaisants sur des haillons de folie.

Sayanel n'avait jamais éprouvé le moindre doute sur la prévalence de son point de vue.

Jusqu'à ce soir.

Et si la nécessité de changer d'avis ne s'imposait pas encore, la litanie que lui avait si souvent soufflée son ami se parait peu à peu d'un inquiétant écho.

« *Lorsque les douze disparaîtront et que l'élève dépassera le maître, le chevaucheur de brume le libérera de ses chaînes. Six passeront et le collier du un sera brisé. Les douze reviendront alors, d'abord dix puis deux qui ouvriront le passage vers la Grande Dévoreuse. L'élève s'y risquera et son enfant tiendra dans ses mains le sort des fils du Chaos et l'avenir des hommes.* »

Au contraire des villages qu'ils avaient traversés, Har-Nour bouillonnait d'une intense vie nocturne. Joyeux fêtards et aventuriers de tous poils se bousculaient dans les rues de la petite cité, créant une allègre pagaille qui surprit les quatre compagnons jusqu'à ce qu'un quidam éméché les éclaire.

Mariant sa fille, le seigneur des lieux avait décrété trois jours de liesse et abreuvait gratuitement la population.

– Pas étonnant que nous n'ayons croisé personne en chemin ! s'exclama Salim. Ils sont tous ici !

– Rentrons, déclara Edwin. Nous n'avons rien à faire au milieu de ces gens.

Sayanel jeta un coup d'œil à Ewilan qui tentait en vain de dissimuler sa fatigue.

– Prenons le temps de manger un morceau, proposa-t-il. Nos chevaux ont besoin de repos et nous aussi.

Edwin opina et ils s'installèrent à la terrasse d'une taverne.

Pendant qu'une serveuse s'occupait de leurs commandes, Salim observa le maître d'armes. Jamais il ne l'avait vu ainsi.

Réputé pour son extraordinaire sang-froid, faisant preuve d'un calme hallucinant au cœur des batailles les plus féroces, capable de demeurer impassible face à une horde de Raïs écumant de rage, Edwin ne tenait pas en place. Il scrutait la foule comme pour y trouver les Blancs qu'il avait vainement cherchés en chemin, portait la main à la poignée de son sabre, se balançait sur sa chaise... Il exsudait l'angoisse.

« Il se comporte de cette façon parce qu'il est inquiet mais surtout parce qu'il n'a aucune piste à suivre, réalisa Salim. Mais il finira par en trouver une, et lorsqu'il la trouvera, fous seront ceux qui se dresseront sur son chemin. »

Rester assis représentait pour Edwin un supplice trop flagrant pour que ses compagnons s'attardent. Dès qu'ils eurent bu, ils remontèrent en selle et quittèrent la ville.

Alors que les murs d'Har-Nour disparaissaient derrière eux, Salim se porta à la hauteur d'Edwin qui avait repris la tête de leur petite troupe. La respiration de son ami était rauque, hachée et un tic fébrile agitait le coin de sa bouche.

– Où allons-nous ? lui demanda Salim.

Edwin s'apprêtait à répondre. Il demeura silencieux. Son attention focalisée sur la douzaine d'hommes qui, surgissant des taillis proches, s'étaient déployés sur la piste afin de leur interdire le passage.

La lune gibbeuse se reflétait sur leurs tuniques blanches.

Le tressaillement qui agitait les lèvres du maître d'armes disparut, ses épaules se relâchèrent...

Salim perçut distinctement sa respiration s'apaiser.

Puis il ne l'entendit plus.

Trop profonde et mesurée pour qu'il en soit autrement.

« Aïe, songea-t-il, ça va faire mal ! »

10

– Holà, voyageurs ! Vous descendez de cheval, vous déposez armes, bijoux et argent et vous reprenez la direction de la ville. À pied. Montrez-vous raisonnables et vous resterez en vie.

Celui qui avait parlé était un colosse au cou de taureau. Il s'était exprimé sans agressivité mais en balançant de façon ostentatoire une solide hache de combat. Salim lui dénombra treize comparses, six armés de haches comme lui, sept d'épées affûtées.

On était loin de l'hétéroclite équipement de fortune des bandes de pillards qu'ils avaient affrontées par le passé.

Salim scruta ensuite les taillis proches et les arbres qui les surplombaient.

Un mouvement furtif.

Un craquement de branche.

Au moins deux archers.

Il se pencha vers Sayanel.

– Je prends celui de gauche, toi celui de droite, lui souffla-t-il.

Sayanel acquiesça d'un hochement de tête.

– Nous allons devoir laisser Edwin et Ewilan seuls un instant, murmura-t-il. Comment vont-ils se débrouiller face à ces hommes ?

Un sourire dur étira les lèvres de Salim.

– Demande-toi plutôt comment ces hommes vont se débrouiller face à Edwin.

Puis il se tourna vers Ewilan.

– N'interviens qu'en cas de nécessité absolue. J'ignore ce qu'a prévu Edwin mais je doute qu'il apprécie un bouleversement de ses plans.

La patience du colosse s'amenuisait à vue d'œil.

– Je me lasse, les prévint-il. Je vous conseille de cesser vos chuchotements et de m'obéir.

Comme s'il admettait la nécessité de plier, Edwin mit pied à terre.

Ses trois compagnons l'imitèrent avec un temps de retard qui offrit à Edwin l'opportunité de s'approcher seul du colosse.

– Es-tu le chef ? demanda-t-il d'une voix tranquille.

– Oui, et tu as intérêt à...

La phrase du colosse se perdit dans l'explosion de son nez et le geyser de sang qui en jaillit. Le poing d'Edwin frappa une deuxième fois, à la tempe, avec la même violence.

Le colosse s'écroula.

Il n'avait pas touché terre qu'Edwin se mettait en mouvement.

Son sabre – comment avait-il pu le dégainer aussi vite ? – fouetta l'air à deux reprises, s'enfonça dans une poitrine, en ressortit pour fendre un crâne.

Quatre hommes tombèrent avant que les autres aient réalisé ce qui se passait.

Salim et Sayanel bondirent, chacun d'un côté de la piste. Il s'agissait de ne pas traîner. Pour efficace qu'il soit, Edwin ne pouvait à la fois combattre autant d'ennemis et éviter les flèches dont les archers n'allaient pas manquer de le cribler.

En pénétrant dans le sous-bois, Salim poussa un juron étouffé. Autant la piste était éclairée par la lune, autant ses abords étaient obscurs. Il envisagea une fraction de seconde d'invoquer la lumière au bout de ses doigts puis renonça en réalisant qu'elle permettrait surtout de le repérer lui.

Un mouvement dans l'ombre à moins de deux mètres. Un homme accroupi, vêtu d'une tunique blanche. Mauvaise idée que de se vêtir ainsi s'il voulait être discret.

Alors que le Blanc s'apprêtait à tirer, Salim plongea et roula dans les buissons avec lui.

Le combat ne dura qu'un bref instant.

Salim n'était pas un guerrier endurci et il avait tout d'abord envisagé d'assommer son adversaire mais celui-ci était trop puissant. Lorsqu'il tira son poignard, Salim dut se résoudre à frapper avec le sien.

Il abandonna le corps inerte du Blanc et courut vers la piste.

Sayanel se glissa entre les arbres avec la légèreté d'un rêve.

Le Blanc qu'il avait repéré se tenait debout à la fourche d'un arbre, arc bandé.

Le bras de Sayanel décrivit un court arc de cercle que son poignet amplifia. Un croissant de métal jaillit du néant, fila dans un tourbillon de silence vers sa cible.

Gorge ouverte, le Blanc s'écrasa au sol.

Le croissant métallique incurva sa course, revint en tournoyant vers Sayanel.

Au dernier instant, le maître marchombre leva la main.

Il y eut un bref éclat bleuté.

Le croissant se fondit dans sa chair.

Sur la piste, Ewilan sentait poindre la nausée.

Ce n'était pas à un combat que se livrait Edwin mais à une exécution. Sur les quatorze Blancs qui avaient tenté de les agresser, huit gisaient à terre. Neuf si on comptait le chef, et ce dernier était le seul à respirer encore.

Le maître d'armes avançait. Frappait.

Implacable.

Chacun de ses coups portait, alors que ses adversaires se montraient incapables d'en ajuster un seul avec précision. Si les Blancs étaient, de toute évidence, des guerriers expérimentés, ils affrontaient une légende et ne possédaient pas la moindre

308

chance de l'emporter. Seules la nuit et la confusion, en leur dissimulant l'étendue du désastre, leur avaient jusqu'à présent permis de conserver un semblant de cohésion.

Ewilan vit Edwin repousser le coup maladroit d'un Blanc, prolonger son avantage par une attaque éblouissante, retirer sa lame ruisselante de sang, frapper du revers...

Deux hommes s'écroulèrent.

Elle n'y tint plus et tendit son esprit vers l'Imagination.

Elle poussa un soupir de soulagement en comprenant que les Spires lui étaient accessibles, puis très vite, avant qu'il ne reste plus devant Edwin que des corps sans vie, elle dessina.

Un dessin simple, efficace.

Un filet se matérialisa au-dessus des Blancs survivants et s'abattit sur eux. Ils roulèrent à terre et le filet se resserra, les emprisonnant sans qu'ils aient la moindre chance de s'en extirper.

Edwin tourna vers Ewilan un visage irrité.

– Je n'avais pas besoin que tu t'en mêles, lança-t-il.

– Tu n'avais surtout pas besoin de les massacrer! rétorqua-t-elle sans se démonter.

Le maître d'armes essuya soigneusement sa lame avant de la rengainer d'un geste souple.

– Tu as raison, admit-il en haussant les épaules. Je n'ai besoin que des révélations de celui-ci.

Il désignait le chef des Blancs qui reprenait conscience.

À cet instant, Salim et Sayanel regagnèrent la piste. Le maître marchombre, stupéfait, se figea devant l'hallucinante scène de carnage.

– En moins d'une minute ! murmura-t-il entre ses dents à Salim qui s'approchait. Ellana m'avait parlé de lui mais je pensais qu'elle exagérait.

– Elle n'exagérait pas, confirma Salim sur le même ton. Et tu sais quoi ? Quelque chose me souffle que ça ne fait que commencer...

11

– **S**alim et Ewilan, attendez-moi un peu plus loin. Je n'en aurai pas pour longtemps.

Le ton paisible d'Edwin dissimulait mal le fait que sa demande était en réalité un ordre et que cet ordre s'adressait également à Sayanel.

Ewilan et Salim se concertèrent du regard, incertains de l'attitude à adopter. Ils ne désiraient pas s'opposer à Edwin mais craignaient qu'il se livre aux pires extrémités sur son prisonnier.

Sayanel, lui, n'hésita pas.

– Tu devrais me laisser m'occuper de lui, conseilla-t-il à Edwin. Je le contraindrai à parler plus vite que toi et en l'abîmant moins.

– Je peux me débrouiller, répliqua Edwin sur la défensive.

– Je n'en doute pas. Tu...

– Je peux me débrouiller te dis-je !

– Sauf que le temps presse. Quand on se trouve dans l'urgence, refuser l'aide de plus compétent que toi comme tu t'entêtes à le faire est une attitude stupide.

Salim retint un juron inquiet.

Sayanel n'avait pas mâché ses mots et, dans l'état où se trouvait Edwin, sa réaction risquait d'être explosive.

– Tiens-toi prête, souffla-t-il à Ewilan.

Si Edwin et Sayanel s'affrontaient, elle seule serait en mesure d'intervenir. Et encore…

– As-tu une si haute estime de ton intelligence que tu me considères comme stupide ? s'enquit Edwin d'une voix dure. Et une si haute idée de ta valeur que tu prends le risque de m'insulter ?

Il n'avait pas bougé mais son corps tout entier vibrait d'une énergie sombre qui ne demandait qu'à jaillir. Une énergie qui brûlait à l'état pur dans le gris acier de son regard.

Salim vit Sayanel modifier imperceptiblement ses appuis, fléchir les genoux… Le marchombre se tenait prêt au combat.

Pendant une folle seconde, Salim tenta d'imaginer l'issue d'un affrontement qui opposerait Edwin et Sayanel. Pour avoir vu Edwin à l'œuvre à de nombreuses reprises, il savait qu'armé ou à mains nues, il ne se connaissait pas de rival. Il savait aussi qu'Ellana considérait Sayanel comme le dernier des maîtres mythiques de la guilde. Un maître dont les compétences, à l'instar de celles de Jilano, dépassaient de loin les siennes. Est-ce que…

Il se secoua. Ce combat n'avait pas lieu d'être, et songer à l'identité d'un hypothétique vainqueur était aussi vain que puéril.

– Ellana est la mère de ton fils, fit Sayanel, et je n'ose imaginer ce que tu peux ressentir. Rappelle-toi simplement à quel point elle compte pour nous aussi et combien, tout autant que toi, nous désirons découvrir ce qui s'est passé. Ensemble nous serons plus forts.

Il s'était exprimé sur un ton calme et conciliant, sans montrer la moindre crainte. Edwin expira longuement puis hocha la tête.

– Tu as raison, déclara-t-il, mon attitude est stupide. J'accepte ton aide avec d'autant plus de reconnaissance que je l'ai sollicitée. Pardonne mes mots, veux-tu.

– Je les ai déjà oubliés, affirma Sayanel en se tournant vers le chef des Blancs qui s'asseyait, hébété.

Lorsqu'il s'agenouilla près de lui et le saisit avec douceur par les épaules, le colosse voulut se débattre. Les pouces de Sayanel se fichèrent dans son cou, le réduisant à l'immobilité. Puis il se pencha et distilla un long murmure dans l'oreille de celui qui était désormais à sa merci.

L'homme écouta, comme en transe, puis, soudain, se mit à parler. À cracher des phrases plutôt. À toute vitesse. Sayanel le laissa s'épancher, posa une nouvelle série de questions, attendit les réponses, demanda une précision. Qu'il obtint.

Il accentua la pression de ses pouces et les yeux du colosse se révulsèrent. Inconscient, il bascula en arrière.

Sayanel se redressa.

– Alors ? s'enquit Edwin sans parvenir à masquer la tension nichée dans sa voix.

Le chef des Blancs s'était exprimé trop bas pour que ses paroles aient été intelligibles pour un autre que Sayanel.

– Il ne sait rien, répondit Sayanel.

– Quoi ?

– Ses hommes ne sont pas responsables de ce qui s'est déroulé et il n'a pas connaissance qu'un autre groupe de Blancs se soit attaqué à une femme et son enfant.

Edwin serra les poings.

– Il nous faut donc suivre la piste des mercenaires du Chaos.

– Pas sûr, temporisa Sayanel. Cet homme n'est qu'un chef de bande sans envergure mais il m'a révélé un fait important. Comme nous le pensions, les Blancs forment une organisation parfaitement structurée. Une structure à l'échelle de l'Empire. Chaque bande reçoit ordres et équipements d'un Blanc de haut grade qui les visite régulièrement. C'est cet homme, sans doute un dessinateur, qui est chargé de masquer leur présence si des soldats impériaux approchent.

– Cela est, certes, intéressant, réagit Edwin, et je ne manquerai pas d'en informer Bjorn. Quel est le rapport avec ce qui nous préoccupe ?

– Le rendez-vous avec ce supérieur est fixé à demain soir, à proximité du lac d'Om. Si les Blancs ont quelque chose à voir avec ce qui est arrivé à Ellana, cet homme le saura.

Edwin évalua la portée des révélations de Sayanel puis, à son habitude, prit une série de décisions rapides et précises.

– Salim, nous repartons pour Har-Nour avertir les gardes impériaux qu'un cadeau les attend. Ewilan et Sayanel, vous restez ici afin d'intervenir si un de ces hommes parvenait à se libérer avant que nous soyons de retour. Ewilan, ton dessin persistera-t-il encore longtemps ?

– Je l'ignore, répondit-elle. Mon pouvoir se montre trop fluctuant pour que je puisse l'affirmer.

– D'accord. Nous serons aussi rapides que possible. Soyez prudents.

Il monta en selle tandis que Salim jetait un coup d'œil inquiet à Sayanel. Le maître marchombre n'était pas homme à accepter facilement ordres ou conseils. Il fut rassuré de le voir acquiescer en silence.

Sayanel souhaitait découvrir ce qu'était devenue Ellana. Libre et indépendant, il se plierait à l'autorité d'Edwin tant qu'elle serait tournée vers l'efficacité.

Salim réalisa soudain quelle formidable association formaient Edwin et le maître marchombre. Rien au monde n'empêcherait ces deux-là de retrouver Ellana.

Puis une ombre s'étendit sur ses pensées.

De retrouver Ellana...

... si elle était vivante.

12

Les quatre compagnons passèrent le restant de la nuit dans une auberge d'Har-Nour. Le brouhaha qui montait de la rue ne les empêcha pas de dormir profondément et le matin les trouva assez reposés pour qu'ils envisagent de façon positive la journée qui les attendait.

Ils décidèrent de rallier au plus tôt l'endroit indiqué par le Blanc qu'ils avaient interrogé, de s'y embusquer et de patienter le temps qu'il faudrait que le chef arrive. Edwin avait décrit la suite de façon laconique : le capturer et le faire parler. Il n'avait pas évoqué le sort qu'il réservait aux Blancs qui, sans nul doute, chercheraient à défendre leur chef et personne ne lui avait posé la question. La réponse était évidente.

Ewilan avait renoncé à effectuer un pas sur le côté afin de rassurer Aoro sur leur sort. Elle savait que leur ami, ne les voyant pas revenir, s'inquiéterait mais elle craignait trop que les fluctuations de son pouvoir ne lui interdisent de rejoindre Salim, Edwin et Sayanel pour courir le risque de les quitter.

– J'aimerais partir en éclaireur avec Salim, fit Sayanel lorsqu'ils eurent franchi les portes de la ville. Il est possible que les Blancs surveillent le lieu de rendez-vous, probable même, et si c'est le cas, il nous faut repérer leurs sentinelles.

– Excellente idée, répondit Edwin.

– Le rendez-vous a été fixé dans une clairière proche du lac, à une heure de cheval de la ville. Si nous ne sommes pas revenus quand vous atteindrez l'orée de la forêt, attendez-nous, d'accord ?

– D'accord.

Tandis qu'Edwin et Ewilan poursuivaient leur chemin au pas, Sayanel et Salim talonnèrent leurs montures qui partirent au galop.

– Je t'ai trouvé particulièrement conciliant, remarqua Ewilan, une pointe d'ironie dans la voix.

Edwin lui retourna un regard glacial.

– Quoi que tu penses, je sais reconnaître mes erreurs, lança-t-il, surtout lorsqu'elles font barrage au but que je me suis fixé. J'ai en revanche plus de difficultés à accepter l'humour quand il est déplacé.

Ewilan s'empourpra et demeura coite, honteuse de s'être laissée aller à plaisanter, aux dépens d'Edwin qui plus est, alors que la situation s'avérait aussi dramatique.

Le lac d'Om était un plan d'eau presque circulaire, bordé sur les trois quarts de son pourtour par une épaisse forêt de charmes bleus et d'yeuses millénaires.

Réputé dans la région pour les délicieuses crevettes qui y pullulaient, il offrait des eaux calmes et limpides, peu profondes, et des dizaines d'îlots couverts d'une végétation dense émaillaient la partie occidentale de sa surface.

La piste sur laquelle avançaient Edwin et Ewilan était étroite, peu fréquentée et disparaissait régulièrement sous la végétation. Ils traversaient une de ces portions redevenues sauvages lorsqu'une bande de coureurs colorés détala en piaillant sous les jambes de leurs chevaux. Ewilan sursauta et retint de justesse un cri apeuré.

– Tu n'as pas à t'en vouloir, déclara Edwin.

– Je ne m'en veux pas, répondit Ewilan. J'ai été surprise, c'est tout.

– Je ne parlais pas des coureurs.

Elle comprit au moment où les yeux du maître d'armes se posaient sur elle, dénués de la moindre rancune.

– Merci, dit-elle. Ma tentative d'humour était stupide, je suis désolée.

– Nous sommes tous désolés, répliqua-t-il d'une voix grave. Et inquiets, angoissés, perdus. Ils me manquent, tu sais. Tous les deux. Ils me manquent terriblement.

Ewilan guida Aquarelle jusqu'à ce qu'elle se colle au flanc de Murmure, puis elle se pencha pour saisir la main d'Edwin qui la lui abandonna.

Elle voulait parler.

Préféra se taire.

Le maître d'armes s'était claquemuré dans ses pensées.

Il n'y avait rien à dire.

– Trois sentinelles, annonça Salim lorsqu'il revint en compagnie de Sayanel. Elles ne sont guère vigilantes et il nous sera aisé de les contourner. Nous devrons en revanche entraver nos chevaux à l'écart.

Sur les berges du lac, loin de la piste, une cabane de pêcheur abandonnée se transforma en écurie de fortune et ils poursuivirent leur chemin à pied.

Après l'ardeur du soleil matinal, la forêt leur parut un havre de fraîcheur. L'épaisse frondaison d'yeuses laissait filtrer une lumière tamisée et les rochers qui sortaient du sol entre leurs énormes troncs étaient couverts de mousse.

Les quatre compagnons suivirent un layon ouvert dans les buissons par les animaux sauvages et s'enfoncèrent au cœur de la forêt. Ils avançaient en file indienne, Sayanel en tête, Salim fermant la marche. Bien que le risque d'être surpris soit minime, ils ne parlaient pas et veillaient à ce qu'aucune branche ne craque sous leurs pas.

Ils décrivirent ainsi une large boucle avant que Sayanel ne leur fasse reprendre la direction du lac.

– Nous avons évité deux des sentinelles, leur souffla-t-il et la troisième se tient plus loin, de l'autre côté. La clairière se trouve juste derrière ce rocher. Nous nous dissimulerons à son sommet.

Le rocher en question était un bloc massif de pierre grise, haut de quatre ou cinq mètres, que lierres et buissons avaient entrepris avec bonheur de coloniser. Ils l'escaladèrent et se tapirent dans la végétation, parfaitement invisibles depuis la clairière qui s'ouvrait à leurs pieds et pourtant placés de façon idéale pour espionner ce qui s'y déroulait.

Ils mangèrent en silence le pain et la viande froide qu'ils avaient emportés, se désaltérèrent puis la longue attente débuta.

La nuit ne tomberait pas avant des heures et le rendez-vous était fixé bien après le coucher du soleil. Peu importait.

Chacun d'eux aurait attendu des jours s'il l'avait fallu. Et Edwin une vie entière.

13

Les heures s'égrenèrent avec lenteur, les quatre compagnons ne bougeaient pas.

La lumière finit par décroître et les oiseaux qui, toute la journée, avaient chanté dans les arbres alentour se turent. Seul un rossignol opiniâtre s'évertua à pousser ses trilles audacieux jusqu'à ce que l'obscurité soit complète. D'autres bruits s'élevèrent alors, le crissement des insectes nocturnes, l'appel rauque d'un chat-huant et, du lac proche, la sérénade de batraciens énamourés.

La lune glissa dans le ciel. Elle avait continué à grossir et, fière d'elle bien qu'il s'en fallût de plusieurs jours qu'elle ne soit pleine, nimbait la clairière d'une clarté argentée propice à l'observation. Les quatre compagnons ne bougeaient toujours pas.

Ewilan sut que quelqu'un approchait en sentant Salim se tendre à côté d'elle.

Un homme à cheval.

Il attacha sa monture à l'orée de la clairière et s'assit sur un tronc pour attendre. Il avait enfilé une cape sombre qui ne dissimulait pas entièrement sa tunique blanche.

Un deuxième cavalier ne tarda pas à apparaître. Il rejoignit le premier et ils se mirent à deviser, leurs mots montant jusqu'aux guetteurs qui n'en perdaient pas une miette.

– Les lames qui nous ont été fournies récemment sont d'une remarquable qualité, déclara le premier Blanc. Si on considère le nombre, il y en a pour une fortune.

– Je suis moins satisfait des chevaux qu'a obtenus mon groupe, rétorqua son comparse. Plus de la moitié d'entre eux n'ont jamais connu le combat et s'affolent à la moindre escarmouche.

Le premier Blanc éclata de rire.

– Les épées ont été forgées pour nous mais tu connais le dicton : « À cheval donné, ou volé, on ne regarde pas les dents. »

– Certes, mais un tel accroissement des moyens qui nous sont offerts ne peut signifier qu'une chose : nous allons passer à la vitesse supérieure. Si c'est le cas, je préférerais que mes hommes soient bien assis sur leur selle.

– À la vitesse supérieure ?

– Es-tu à ce point naïf que tu imagines tout cet argent dépensé juste pour nous permettre de vivre une tranquille existence de bandits de campagne ?

Crois-tu que la protection qui nous permet d'échapper aux soldats impériaux a été mise en place uniquement pour notre confort? Nous nous sommes engagés à obéir sans discuter aux règles édictées par nos chefs mais également à leurs ordres et si, pour l'instant, ces ordres ont été rares, cela ne saurait durer.

– Je... je n'avais pas pensé à ça.

– Donc tu n'avais pas pensé à grand-chose.

– Et que sera, selon toi, la vitesse supérieure que tu évoques?

– Aucune idée. Mais une chose est sûre, nos nouvelles épées serviront bientôt. Et pas seulement pour détrousser un fermier ou effrayer une tenancière.

D'autres hommes étaient arrivés pendant leur conversation. Après avoir entravé leurs chevaux, ils s'étaient installés par petits groupes dans la clairière et discutaient à voix basse.

Edwin en compta dix-huit. Bien qu'il fût tout entier habité par l'image d'Ellana et de Destan, l'ancien général en chef des armées impériales qui vivait toujours en lui s'effrayait du nombre de Blancs que cela impliquait. Si chacun de ces chefs de bande, à l'instar de celui qu'avait fait parler Sayanel, commandait une dizaine d'hommes, on totalisait plus de deux cent cinquante Blancs.

Alors qu'Har-Nour n'était qu'une petite cité alavirienne, pareille à des centaines d'autres!

Edwin comprit tout à coup que l'Empereur avait sous-estimé le péril que représentaient les Blancs. Pour en avoir parlé à Bjorn, il savait Sil' Afian irrité par leurs exactions et plus encore par l'incapacité de ses troupes à régler le problème mais il ne semblait pas comprendre que ce problème était bien plus critique qu'il ne l'envisageait. Edwin ne pouvait lui en tenir grief, lui-même ne le comprenait que maintenant.

Tout à ses pensées, il faillit ne pas remarquer que les conversations s'étaient tues. Un nouvel homme venait de pénétrer dans la clairière.

Petit, vêtu d'une cape blanche dont la capuche dissimulait son visage, ne portant aucune arme visible, il dégageait l'aura de pouvoir caractéristique de ceux qui ont l'habitude de commander et d'être obéis. Pas une seconde Edwin ne douta qu'il s'agissait du chef qu'ils traquaient.

Le petit homme se jucha d'un bond souple sur un rocher. Il attendit que les spectateurs se soient approchés pour prendre la parole.

– Groum Tamir est mort, lança-t-il d'une voix forte.

Un murmure s'éleva de l'assemblée. Le petit homme leva le bras et il se calma.

– La nuit dernière, Groum Tamir et les siens ont attaqué des voyageurs près d'Har-Nour. Des voyageurs qui se sont avérés plus coriaces que prévu. Trop coriaces pour nos camarades de toute évidence. Dix des nôtres ont été tués, les autres se trouvent dans une geôle impériale.

– De simples voyageurs auraient liquidé Groum ? s'exclama quelqu'un. Je n'arrive pas à y croire !

– J'ai évoqué des voyageurs, je n'ai pas employé le mot simple et, compte tenu des dégâts qu'ils ont occasionnés, une chose est sûre, ces voyageurs n'avaient rien d'anodin. Pour finir de te répondre, sache que Groum Tamir n'a pas trouvé la mort pendant l'affrontement mais derrière ses barreaux. C'est moi qui l'ai éliminé.

L'effet d'annonce avait été calculé à la perfection. La nouvelle écrasa l'auditoire. L'orateur poursuivit en appuyant sur chacun de ses mots :

– Groum Tamir a cumulé les erreurs : aucun homme en soutien, pas de dessinateur dans son groupe, seulement deux archers embusqués à proximité, mauvaise évaluation de sa cible, gestion déplorable du combat. Cela encore serait excusable si Groum Tamir n'avait pas enfreint la première des règles : il a parlé. Il ne savait rien de très important mais ce qu'il savait il l'a révélé aux soldats impériaux en échange de leur mansuétude. Il n'y a qu'une sentence applicable à cette faute et je l'ai appliquée.

Des exclamations fusèrent.

Devinrent des cris.

De surprise. De colère. D'approbation aussi.

– Taisez-vous !

Le petit homme n'avait pas haussé le ton. Sa voix éteignit pourtant celles des Blancs comme une vague éteint des flammèches s'imaginant incendie.

– Taisez-vous, répéta-t-il. Vous n'existez que parce que nous vous offrons puissance, protection et légitimité. Sans nous, vous ne seriez qu'un ramassis de pillards tout juste bons pour la potence. Groum Tamir l'a oublié, il est mort. Il n'y a rien à ajouter.

– S'il a parlé, n'a-t-il pas révélé aux impériaux notre rendez-vous de ce soir ? demanda un des Blancs. Ne courons-nous pas un risque en demeurant ici ?

La question souleva un nouveau brouhaha et nombreux furent les Blancs à observer les environs avec inquiétude.

– Ne soyez pas stupides, les tança leur chef. Croyez-vous que j'aurais maintenu le rendez-vous s'il y avait eu la moindre possibilité que les impériaux soient au courant ? Le contact que j'ai parmi eux a été formel sur ce point, Groum Tamir n'a pas eu l'opportunité de négocier ce renseignement-là.

D'un geste péremptoire, il signifia que le sujet était clos.

– J'ai d'autres rencontres à effectuer cette nuit, poursuivit-il, et nous avons suffisamment perdu de temps avec cet imbécile de Tamir. À compter de ce soir, votre travail change de nature. Finis les embuscades visant les voyageurs et les raids contre les fermes isolées. Désormais, vous ne choisirez plus vos cibles, elles vous seront indiquées.

– Vous n'êtes donc pas satisfait de nous ? s'enquit quelqu'un.

– La question n'est pas là. Vous deviez agiter l'Empire et en cela vous avez réussi à merveille. Nous allons maintenant le faire vaciller et cela requiert d'autres méthodes.

– Le faire vaciller pour finir par l'abattre ?

– Tout viendra en son temps. Je vais remettre à chacun de vous une enveloppe contenant ses objectifs. Objectifs que vous garderez secrets afin de ne pas compromettre vos compagnons et donc l'ensemble de notre plan si vous veniez à être capturés. Sachez que la réaction des impériaux risque d'être vive. Tenez-vous donc prêts à rallier le point de disparition avec encore plus de célérité que par le passé. Une nouvelle date et un nouveau lieu de rendez-vous vous seront communiqués dans une dizaine de jours par le canal habituel.

Il sauta au sol avec une étonnante souplesse, tira de sa poche une liasse d'enveloppes brunes qu'il entreprit de distribuer.

Chaque Blanc, dès qu'il recevait la sienne, saluait puis quittait la clairière. Bientôt, le chef à la cape se retrouva seul.

Tapi au sommet du rocher, Salim pestait en silence. La voix de l'inconnu lui était étrangement familière, pourtant même en fouillant ses souvenirs, il ne parvenait pas à l'identifier. Il n'était plus temps désormais, il fallait agir.

Edwin devait en être arrivé aux mêmes conclusions car, du coin de l'œil, Salim le vit se ramasser pour bondir. Il tourna la tête vers Sayanel afin de quêter son avis...

Sursauta.

Le maître marchombre avait disparu.

14

Edwin avait également remarqué la disparition de Sayanel mais, au contraire de Salim, cela n'eut aucun effet sur sa résolution. Il se laissa tomber du haut du rocher, atterrit souplement sur ses jambes fléchies, se redressa, tira son sabre dans le même mouvement et se précipita sur l'homme à la cape.

L'action avait été fulgurante, pourtant le chef des Blancs ne marqua pas le moindre temps de surprise. Lorsque Edwin arriva sur lui, il se tenait prêt au combat, un poignard dans chaque main.

Alors qu'Edwin attaquait, il se baissa, passa sous la lame du maître d'armes et frappa du pied, si vif que la réalité explosa aux yeux de Salim.

Marchombre!

L'homme à la cape, le chef des Blancs, était un marchombre!

La gorge nouée par l'appréhension, Salim bondit dans le vide, effectua un saut périlleux, toucha le sol avec l'agilité d'un chat, se précipita en avant...

Conscient qu'il arriverait trop tard.

Le coup de talon qui aurait dû briser la rotule d'Edwin n'avait fait que l'effleurer. Tout comme le tranchant du poignard qui avait fusé vers sa gorge.

« *La rapidité ne sert qu'à ouvrir la porte vers le temps, l'agilité à s'y engager, la souplesse à y rester. Le temps est tout. Se trouver au bon endroit au bon moment, frapper ni trop tôt ni trop tard. Vivre son temps et voler celui de son adversaire, en totale harmonie avec la pulsation de l'univers.* »

Edwin était moins rapide que son adversaire, moins agile, moins souple, mais il était dans le temps.

Totalement.

Tandis qu'il évitait d'un simple mouvement du buste un nouveau coup de poignard, Salim le revit dans la cour d'Ondiane entraîner Ellana, Maniel et Bjorn au combat à mains nues, il se souvint des mots d'Ellana alors qu'il venait d'abattre quatre Ts'liches : « Edwin est phénoménal. Je n'ai jamais rencontré quelqu'un qui lui arrive à la cheville. » Salim comprit que, marchombre ou pas, l'homme à la cape n'avait pas une chance.

Edwin se décala de quelques centimètres et, laissant son adversaire se focaliser sur son sabre, frappa du coude. Une fois. Au plexus solaire.

Souffle coupé, le chef des Blancs lâcha ses poignards et tomba à genoux.

Du pied, Edwin le fit basculer en arrière avant d'appliquer la pointe de son sabre sur sa gorge. La capuche de l'inconnu avait glissé et un rayon de lune éclairait son visage. Salim se figea.

Jorune !

Jorune, le marchombre qui avait trahi Ellana et assassiné Jilano son maître, le marchombre qui avait soutenu Riburn Alqin dans son projet de mainmise sur la guilde, le marchombre qu'Ellana et lui, Salim, avaient fini par confondre et qu'elle avait décidé d'épargner par respect pour la mémoire de Jilano. Il avait disparu juste après leur dernière rencontre et personne ne savait ce qu'il était devenu.

Pas étonnant. Il avait quitté la voie pour devenir un Blanc !

– Je vais te poser quelques questions. Si tes réponses me satisfont, il se peut que tu restes en vie.

Edwin s'était exprimé d'une voix que sa douceur rendait effrayante. Jorune blêmit.

– Qui êtes-vous ? balbutia-t-il. Que…

– Je pose les questions, le coupa Edwin en insistant sur le je. Toi, tu te contentes d'y répondre. Connais-tu Ellana Caldin ?

– Jamais entendu parler d'elle.

– Il ment ! s'exclama Salim en s'approchant. Cet homme s'appelle Jorune. Dans le passé il était marchombre. Il connaît parfaitement Ellana !

Jorune avait sursauté en reconnaissant Salim. Il voulut bouger, le sabre d'Edwin traça une ligne rouge sur son cou, le contraignant à l'immobilité.

– Dernière chance, articula le maître d'armes. Connais-tu Ellana Caldin?

– Je... je... oui.

Un bref silence puis :

– Elle est morte.

Edwin ne broncha pas. Seule la contraction de ses mâchoires témoignait de la tempête qui faisait rage en lui.

– Raconte!

Jorune prit une profonde inspiration.

– Je... je ne suis pas responsable de sa mort. Si... si je vous dis tout, me promettez-vous la vie sauve?

La pointe du sabre s'enfonça de quelques millimètres dans sa chair. Un filet de sang coula le long de son cou.

– D'accord, bafouilla-t-il. Elle a été tuée par les mercenaires du Chaos.

Edwin tressaillit.

– Comment sais-tu cela?

– Les mercenaires du Chaos vont renverser l'Empereur et prendre le contrôle de Gwendalavir. Leur plan de conquête s'est étalé sur des centaines d'années et touche aujourd'hui au but. Plus personne ne peut rien contre eux. Non, attendez!

Il avait crié en sentant la lame d'Edwin se ficher un peu plus profondément.

– Attendez! répéta-t-il. Avant de lancer l'assaut final, les mercenaires du Chaos avaient besoin que l'Empire soit affaibli. Ils ont donc pris contact avec les rois raïs afin que les guerriers cochons repartent en guerre et harcèlent nos frontières. Ils ont également engagé et équipé les Blancs avec pour mission de faire régner un climat de peur sur Gwendalavir. Je suis chargé de transmettre leurs ordres aux chefs de bandes, c'est ainsi que j'ai appris ce qui est arrivé.

– Où est mon fils ?

La voix d'Edwin, plus acérée encore que son sabre, transperça l'ultime résistance de Jorune. L'ancien marchombre se mit à haleter.

– Les mercenaires du Chaos l'ont enlevé. Je... j'ignore pourquoi. Il... il semble être essentiel pour eux. C'est en tentant de s'interposer qu'Ellana a été... tuée.

– Si elle est morte, où est son corps ?

– Ils... ils s'en sont... débarrassés.

– Et mon fils ?

– Ils l'ont emmené avec eux.

– Où ?

– Dans leur cité. Non, arrêtez ! Je ne sais pas où se trouve cette cité. Personne ne le sait. Ils... ils la dissimulent avec des sphères graphes. Les mêmes sphères graphes qui permettent aux Blancs, lorsqu'ils sont poursuivis, d'échapper aux soldats impériaux.

– Comment prends-tu tes ordres si tu ignores où aller les chercher ?

– Ce... ce sont les mercenaires qui me contactent quand... quand ils le désirent.

Edwin ferma les yeux un instant sans que Jorune ne trouve le courage de bouger puis il les rouvrit pour poser une dernière question :

– As-tu autre chose à me révéler ?

– Je... Non. Je... je ne suis qu'un intermédiaire. Je... je ne sais rien de plus que ce que je vous ai dit. Allez-vous... me... tuer ?

– Oui.

Les tremblements de Jorune s'accentuèrent.

– Vous aviez promis que...

– Je n'ai rien promis. En te tuant je ne fais qu'appliquer la règle que tu as toi-même édictée. La première règle. Celui qui parle meurt.

Salim avait assisté à l'échange sans bouger. Il avait à peine senti Ewilan le rejoindre et lui prendre la main pour la serrer de toutes ses forces lorsque Jorune avait annoncé la mort d'Ellana. Il avait froid et un tremblement incoercible agitait la commissure de ses lèvres.

Ellana était morte.

Il le redoutait depuis le début, avait trouvé mille raisons d'espérer, mille raisons d'expliquer sa disparition. Mille raisons qui venaient de partir en fumée.

Ellana était morte.

Il chancela devant le vide qui s'était soudain ouvert en lui. Hébété, déchiré, meurtri, cœur et raison déchiquetés.

Ellana était morte.

Il fut tout à coup submergé par l'irrépressible envie de voir le sang de Jorune couler, d'entendre ce maudit renégat crier de douleur, de le voir agoniser...

Il fut donc le premier surpris, lorsque Edwin leva son sabre, de s'entendre s'exclamer :

– Ne le tue pas !

Edwin lui lança un regard sombre.

– Pourquoi ? Pourquoi l'épargnerais-je ?

– Parce que si cet homme est un félon doublé d'un assassin, Ellana, lorsqu'elle tenait sa vie entre ses mains, a choisi de ne pas la lui prendre. Elle a renoncé à la vengeance alors qu'il a tué Jilano, son maître. Quelle que soit notre envie d'éliminer ce cancrelat, nous ne pouvons faire moins qu'elle.

Après une brève hésitation, Edwin laissa échapper un grognement puis, d'un geste lent, rengaina son sabre.

– Partons, lança-t-il en se détournant.

Salim et Ewilan lui emboîtèrent le pas, abandonnant un Jorune stupéfait d'être encore en vie.

L'ancien marchombre attendit d'être seul dans la clairière pour se lever. Du revers de la main, il brossa sa cape, réajusta sa capuche, ramassa ses poignards puis, méfiant, se dirigea vers son cheval.

– Pauvres imbéciles, marmonna-t-il. Votre mansuétude m'arrange mais elle signe votre arrêt de mort. Lorsque je serai…

Une main douce se posa sur son épaule, lui tirant un cri de frayeur. Il se retourna d'un bond.

– Bonjour, Jorune, murmura Sayanel.

15

Jorune abandonna l'idée de saisir ses poignards avant même qu'elle ait pris forme dans son esprit.

Sayanel était un maître marchombre à l'aune de Jilano. Un maître marchombre qui s'était avancé sur la voie bien plus loin que lui, Jorune, n'avait jamais rêvé de s'avancer. Un de ces maîtres marchombres, rares heureusement, qui, de tout temps, lui avaient inspiré une jalousie dévorante. À l'image de la crainte qui l'avait si souvent empêché de transformer sa haine en actes.

Il n'avait aucune chance face à Sayanel. Il n'en avait jamais eu et aujourd'hui, alors que ses choix avaient estompé la voie sous ses pieds, il ne se faisait plus aucune illusion.

Se contraignant à une sérénité de façade, il tenta d'instiller dans son regard un mélange de surprise et de lassitude.

– Sayanel, fit-il mine de s'étonner. Qu'est-ce qui t'amène dans ces bois ?

– J'ai quelques questions à ajouter à celles que t'a posées mon ami Edwin. La première...

Un rictus tordit les lèvres de Jorune.

– Ce rustre, ami d'un marchombre comme toi ? le coupa-t-il. Tu me déçois, Sayanel.

Sayanel tendit la main pour, du bout du doigt, cueillir une perle de transpiration sur la tempe de Jorune. Il la contempla un instant à la lumière de la lune puis reprit comme s'il n'avait pas été interrompu :

– La première de mes questions concerne Ellana. Où se trouve son corps ?

Le fragile rempart d'assurance que s'était bâti Jorune s'effondra. Il jouait sa vie. S'il persistait à prendre Sayanel de haut, ses chances de s'en tirer vivant, d'infimes deviendraient nulles.

– Je l'ignore, avoua-t-il d'une voix dont il ne cherchait plus à masquer les chevrotements. Je... ils s'en sont débarrassés.

Puis une idée traversa son esprit et il reprit contenance, une flamme mauvaise dans les yeux.

– Ce que je sais, en revanche, persifla-t-il, c'est le nom de celui qui l'a tuée. Un jeune mercenaire du Chaos que son ambition et sa cruauté promettent au plus bel avenir. Tu le connais, je crois, il s'agit de...

– Nillem, mon ancien élève, et si tu t'avises une nouvelle fois de jouer avec ce que tu crois être mes émotions je te coupe une main. Ma deuxième question concerne la prophétie.

– Comment es-tu au courant pour Nillem ? s'étouffa Jorune. Nul ne sait qui il est et d'où il vient !

– Tu es aussi lisible qu'un livre ouvert, répondit paisiblement Sayanel. Et aussi prévisible qu'un ours qui a senti du miel. Tu pensais me blesser, tu n'as fait que m'offrir les renseignements qui me manquaient sur Nillem.

– Mais...

– Les mots sont des armes, Jorune, des armes que tu utilises de façon pitoyable. Tu n'avais pas plus de chances de m'atteindre avec le venin de tes phrases qu'avec les poignards qui pendent à ta ceinture. La prophétie maintenant !

– Quelle prophétie ?

L'étonnement qui s'était peint sur le visage de Jorune ne pouvait être feint.

– La prophétie dont t'a parlé Jilano avant que tu l'assassines.

Les mots sont des armes !

Jorune le comprit en sentant ceux de Sayanel se ficher dans son cœur. Quelle folie de croire que l'ignominie dont il s'était rendu coupable en trahissant Jilano resterait impunie.

– Cette prétendue prophétie n'était qu'une farce, s'écria-t-il. Je suis sûr que Jilano lui-même n'y croyait pas. Il ne...

– Pourquoi alors les mercenaires du Chaos auraient-ils enlevé le fils d'Ellana ?

– Je... je l'ignore. Cela ne... ne me concerne pas et je... je n'ai pas cherché à le savoir.

– Je vais te l'expliquer, déclara Sayanel d'une voix qui avait encore gagné en douceur. La prophétie dit exactement ceci : « Lorsque les douze disparaîtront et que l'élève dépassera le maître, le chevaucheur de brume le libérera de ses chaînes. Six passeront et le collier du un sera brisé. Les douze reviendront alors, d'abord dix puis deux qui ouvriront le passage vers la Grande Dévoreuse. L'élève s'y risquera et son enfant tiendra dans ses mains le sort des fils du Chaos et l'avenir des hommes. »

Sayanel planta ses yeux dans ceux de Jorune avant de poursuivre :

– L'enfant est Destan, le fils d'Ellana et, prophétie ou pas, nous allons le reprendre aux mercenaires du Chaos même s'il nous faut pour cela tuer tous ceux qui se dresseront sur notre route. À commencer par toi.

Le sang quitta brusquement les joues de Jorune.

– Tu... tu ne peux pas me tuer, balbutia-t-il. Ellana m'a pardonné. Elle...

– Ellana ne t'a pas pardonné, elle t'a épargné mais cela ne change rien au sort qui t'attend. T'aurait-elle pardonné, sa décision ne m'engagerait pas. Jilano était plus qu'un frère pour moi. Savoir que tu respires alors qu'il est mort me donne la nausée. Je...

Sayanel se tut.

Jorune venait de bondir en arrière, effectuant une pirouette aérienne qui lui avait permis d'atteindre l'orée de la clairière. Un plongeon acrobatique et il disparut dans les buissons.

Un sourire triste étira les lèvres de Sayanel. Jorune s'était montré très rapide. Il devait se croire en sécurité. Avait-il seulement conscience que lui, Sayanel, aurait eu le temps de le tuer trois fois avant qu'il ne se trouve à l'abri ?

Sans prendre la peine de tirer ses lames, il se glissa à sa suite dans la forêt.

La clarté de la lune ne traversait pas les frondaisons et l'obscurité était presque complète. Le sourire de Sayanel s'élargit.

La greffe d'un marchombre ne concernait que lui et nul n'était en droit de poser des questions à son sujet. Cependant lorsqu'un marchombre se voyait octroyer une greffe par le Rentaï, ses pairs en apprenaient souvent la nature tant arpenter la voie développait le sens de l'observation. Sayanel était sans doute un des seuls à avoir su conserver le secret sur la greffe que la montagne lui avait offerte.

Il savait que ce n'était pas un hasard si Jorune s'était réfugié dans la forêt. Le Rentaï l'avait doté d'une vision nocturne parfaite, ce qui augmentait sensiblement ses chances de survie.

Sensiblement.

Pas suffisamment.

Sayanel fit encore quelques pas entre les arbres puis s'immobilisa et ferma les yeux.

« Nos sens sont des fenêtres qui s'ouvrent sur le monde. Avancer sur la voie revient à agrandir ces fenêtres, jusqu'à ce qu'elles prennent la place des murs qui nous enferment. Cinq sens, cinq fenêtres que le marchombre utilise pour percevoir ce qui l'entoure. Tout ce qui l'entoure. »

L'ouïe prodigieusement aiguisée d'un maître marchombre contre la vision nocturne d'un renégat.

Sayanel ne bougeait plus. C'est à peine s'il respirait.

Il écoutait.

D'abord isoler les bruits naturels de la forêt, chuchotement de la brise, impact feutré d'une baie tombant dans l'herbe, chuintement ouaté des rémiges d'une effraie puis, une fois isolés, les oublier.

Entendre le reste.

Le battement de son propre cœur, calme, lent, profond, avec, en contrepoint, un autre battement, saccadé, douloureux, rapide.

À quinze mètres.

Jorune.

Accroupi derrière un buisson.

Le poignet de Sayanel fouetta l'air, un sifflement ouvrit la nuit tandis qu'un rêve d'acier tourbillonnant captait brièvement la clarté de la lune avant de filer vers sa cible.

Infaillible et létal.

Sayanel leva le bras. Le croissant métallique qui revenait vers lui acheva sa courbe parfaite en se fondant dans sa chair.

Sayanel écoutait toujours.

Rythmant le silence de la forêt, il n'y avait plus qu'un battement de cœur.

Calme, lent, profond.

L'autre s'était tu à jamais.

16

Ewilan tendit un mouchoir à Bjorn afin qu'il s'essuie les yeux.

Le chevalier s'était effondré en apprenant la mort d'Ellana et si l'idée d'arracher Destan aux mains des mercenaires du Chaos lui avait permis de redresser les épaules, trois jours plus tard, de violents sanglots secouaient encore par intermittence sa lourde carcasse.

– À supposer que nous localisions cette fichue cité… commença-t-il.

– Nous la localiserons, l'interrompit Liven. Maintenant que nous savons comment elle est protégée, ce n'est qu'une question de temps.

– L'Empereur sait depuis longtemps que la cité des mercenaires est protégée par des sphères graphes, intervint Sayanel.

– Sans doute mais jusqu'à aujourd'hui nous ne nous étions jamais réellement attaqués au problème de sa localisation. Fais-moi confiance, nous allons la trouver !

– Cela ne règle pas notre problème, rétorqua Bjorn. Éliminer les mercenaires du Chaos n'est plus une priorité pour l'Empereur depuis que les Raïs ont repris leurs intrusions au nord. Sil' Afian a ordonné que la totalité des troupes impériales se porte à leur rencontre, il n'acceptera jamais qu'une partie de nos forces se consacre à autre chose qu'à empêcher les guerriers cochons de pénétrer en Gwendalavir.

– Edwin est pourtant son ami, remarqua Kamil.

– Oui, un ami d'enfance, mais l'empereur est trop intègre pour laisser l'amitié interférer avec ce qu'il pense être son devoir.

À cet instant, Oûl pénétra dans la grande salle et déposa sur la table un cuissot de siffleur garni de pousses de bambous et de champignons grillés. Aoro le remercia et entreprit de découper la viande.

Lui aussi avait les yeux rougis par les larmes et s'il avait sans hésiter fermé l'auberge du Monde devenue quartier général, pris en charge hébergement et restauration de ses amis et contribué activement à la réflexion sur les moyens de sauver Destan, il menaçait à tout moment de s'effondrer tant la mort d'Ellana l'avait atteint.

– Combien de temps vous faudra-t-il pour localiser la cité des mercenaires du Chaos ? demanda-t-il à Liven.

Ce dernier échangea un regard entendu avec Kamil et Ewilan puis soupira.

– Difficile à évaluer avec précision. Les sphères graphes sont de formidables objets de pouvoir et les mercenaires doivent en posséder un bon nombre pour que jamais personne n'ait découvert leur secret. Il est peu probable que nos recherches s'avèrent fructueuses avant que s'écoule le délai qu'Ewilan a annoncé hier à Edwin.

– C'est-à-dire ?

– Trois mois.

Bjorn abattit son énorme poing sur la table.

– Par le roi des Raïs, trois mois ? Trois mois avant de délivrer Destan et réduire en purée sanglante ceux qui ont tué Ellana ? C'est trop long !

– C'est long en effet, répondit Liven sans se départir de son calme, mais il nous est impossible de faire mieux. Quant à réduire les mercenaires du Chaos en purée, n'oublie pas que dans trois mois, tu seras à la tête des armées impériales en train d'affronter les Raïs, pas de délivrer Destan.

Bjorn poussa un nouveau juron.

– Pourquoi diable ai-je accepté ce poste de général en chef, s'exclama-t-il, si cela m'empêche d'aider mes amis ?

– Sil' Afian n'a-t-il pas compris que les Raïs, comme les Blancs, étaient manipulés par les mercenaires du Chaos ? s'enquit Salim.

– Bien sûr que si, répondit Bjorn. Je lui ai rapporté ce que vous a révélé Jorune, cet infâme traître, et il ne fait aucun doute qu'une fois matées

les ardeurs belliqueuses des guerriers cochons, Sil'
Afian mettra tout en œuvre pour éradiquer les mercenaires du Chaos. Il refuse juste de courir le moindre risque de voir Gwendalavir envahi.

– Il serait pourtant plus judicieux de traiter les
causes du mal et non ses symptômes, remarqua
Sayanel.

– J'ai fait mon possible pour l'en convaincre, se
défendit Bjorn. J'ai prêché dans le vide. Sil' Afian a
pris sa décision et s'y tiendra. Personne ne se lan-
cera au secours de Destan.

– Vous dites n'importe quoi ! s'emporta Aoro.

Le petit aubergiste s'était levé et, furibond,
fusillait du regard l'imposant chevalier assis devant
lui.

– Je me fiche de l'Empereur, de ses priorités et
de ses légions, poursuivit-il en serrant les poings.
Ellana avait une âme de princesse et sa mort troue
l'univers. Son fils ne peut rester aux mains des
monstres qui l'ont tuée ! Prétendre que personne
ne volera à son secours est plus qu'une absurdité,
c'est une trahison ! Dès que nous saurons où se
terrent les mercenaires du Chaos, je me mettrai en
route !

Aoro n'avait rien d'un guerrier et les seules lames
qu'il savait manier étaient celles qui lui servaient
à cuisiner, pourtant sa tirade ne provoqua aucun
sourire.

– Tu es dans le vrai, mon ami, déclara Sayanel
avec le plus grand respect, et tu ne seras pas seul à
partir en chasse, je te l'assure. Lorsqu'il saura où se

trouve son fils, je vois mal qui pourrait empêcher Edwin d'aller le chercher, ni qui nous empêchera de lui prêter main-forte.

Mathieu, qui jusqu'alors n'avait rien dit, prit la parole :

– Nous l'accompagnerons tous pourtant je crains que cela ne suffise pas. Si ce qu'a avoué Jorune s'avère exact, ce ne sera pas sur un simple repaire de brigands que nous tomberons mais sur une redoutable place forte et une armée de mercenaires prête à conquérir Gwendalavir. Aussi résolus que nous soyons, nous ne sommes pas assez nombreux pour avoir une chance raisonnable de délivrer Destan.

– Que proposes-tu ? s'enquit Kamil de sa voix posée.

– Nous devons obtenir de l'aide.

Bjorn poussa un rugissement de colère.

– N'as-tu rien écouté de ce que j'ai dit ? s'emporta-t-il. Même si Edwin est son ami, ou peut-être parce que Edwin est son ami, l'Empereur ne nous accordera pas la moindre unité. Je serai au loin alors que mon cœur brûle d'être des vôtres.

– Il n'y a pas que les soldats impériaux qui sachent se battre, répliqua Mathieu. Ellana connaissait énormément de monde, des guerriers valeureux qui, lorsqu'ils apprendront que son fils est en danger, n'hésiteront pas à se joindre à nous, surtout si cela leur offre la possibilité de la venger.

– Comment les joindre ? demanda Aoro, un espoir nouveau dans la voix.

– Nous sommes quatre dans cette pièce à pouvoir effectuer le pas sur le côté. Faisons la liste de ceux que nous devons contacter, constituons des groupes, répartissons-nous les tâches et mettons-nous au travail. Nous avons trois mois devant nous. C'est largement suffisant pour que ce ne soit pas une dizaine de combattants mais une armée entière qui déferle sur la cité des mercenaires du Chaos.

Mathieu s'était levé, une flamme vive brûlant dans son regard.

– Ellana était notre amie. Nous ne laisserons pas sa mort impunie, nous ne laisserons pas son fils aux mains de ses meurtriers, nous ne laisserons pas Edwin affronter seul les mercenaires du Chaos !

Sa déclaration enflammée fut suivie d'un concert d'approbations sonores. Lorsqu'elles se furent éteintes, la voix de Sayanel s'éleva, douce et précise.

– Qui se charge d'annoncer cela à Edwin ?

Ewilan repoussa sa chaise.

– Moi.

Le cœur serré par l'appréhension, elle rejoignit la grande terrasse de bois rouge qui s'étendait au-dessus du lac.

Edwin se tenait là, appuyé à la balustrade, les yeux perdus dans le lointain. Il dégageait un tel mélange de force et de détresse qu'Ewilan sentit sa gorge se nouer. Elle passa un bras hésitant autour de sa taille.

– Edwin, je…

– Je vous ai entendus, la coupa-t-il dans un murmure. Vous êtes de vrais amis et je sais qu'ensemble nous délivrerons Destan.

Il se dégagea avec douceur de son bras.

– Laisse-moi maintenant, souffla-t-il.

Il n'avait pas tourné la tête mais elle n'avait pas besoin qu'il la regarde pour voir les larmes qui coulaient sur son visage et sentir la plaie béante dans son cœur. Elle aurait voulu l'aider, lui insuffler vie et courage, le soutenir, l'épauler…

Elle recula à pas lents et quitta la terrasse.

Edwin n'avait pas bougé.

On ne bouge pas quand on est mort, et une part de lui était morte.

BRUME

1

– Hé, Pil, regarde !

– Ouh là, c'est moche ! Qu'est-ce que c'est ?

– Un coureur crevé ?

– Un coureur avec des cheveux et des habits ? Tu as encore bu trop de liqueur de framboise !

Oukilip haussa les épaules avant de se boucher le nez.

– D'accord, c'est pas un coureur mais c'est quand même crevé et ça pue. C'est mort de quoi d'après toi ? Une indigestion de champignons ?

Pilipip envoya une bourrade à son frère.

– Stupide Petit, une indigestion de champignons ne fait pas saigner. Moi je dirais que ça a dû manger des tas et des tas de cailloux pointus qui lui ont fait exploser le ventre.

– Ben alors c'est normal que ça soit mort. Moi j'en ai mangé un une fois, un tout petit, brillant et très joli et très très pointu. J'ai eu mal au ventre jusqu'à ce que je m'accroupisse derrière un buisson et que j'arrive à...

– Ouk! s'emporta Pilipip. Tes histoires dégoûtantes ne m'intéressent pas!

– Pff, tu ne t'intéresses à rien!

– Si, monsieur, je m'intéresse à des choses.

– Et à quoi?

– Euh...

Pilipip souleva son chapeau d'écorce et de feuilles pour se gratter le crâne.

– Tu vois! s'exclama Oukilip, radieux. J'ai raison, tu ne t'intéresses à rien. Tu crois que les framboises qui poussent près de la mare d'Humph le trodd sont mûres?

– Pas sûr mais possible. On va voir?

– Bonne idée!

– Euh... Ouk?

– Quoi?

– On laisse ça au milieu du chemin?

– D'abord c'est pas au milieu du chemin mais roulé en boule au pied de notre arbre passeur, et puis un ours élastique nous en débarrassera très vite. En plus ça doit être très lourd et compliqué à bouger.

– C'est quoi d'après toi?

Les deux Petits s'approchèrent avec circonspection.

– Un coureur crevé? proposa Ouk.

Pilipip poussa un long soupir.

– Je t'ai expliqué qu'un coureur avec des habits et des cheveux, ça n'existait pas.

– C'est vrai.

Oukilip se gratta le ventre.

– Ça pourrait être un Humain.

– Les Humains sont grands mais ils ne sont pas morts et pleins de sang.

– Les Humains ne sont pas tous pareils ni chacun d'eux pareil tout le temps.

Pilipip hocha la tête, admiratif.

– Jolie phrase.

Puis :

– Qu'est-ce que ça veut dire ?

– Ipiutiminelle était petite, non ? se rengorgea Oukilip. Pourtant après elle a un peu grandi. Et une fois, quand elle est tombée de l'arbre, elle a saigné et après elle ne saignait plus.

– D'accord mais elle a toujours été vivante.

– D'accord toi-même, elle avait les mêmes cheveux que ça !

– Stupide Petit, les cheveux ne…

Pilipip s'interrompit pour observer la forme ensanglantée étendue au pied de l'arbre. Son cœur rata un battement. Puis un deuxième. Presque malgré lui, il avança d'un pas.

– Ouk ? murmura-t-il. Tu crois que…

– Non, Pil, répondit son frère d'une voix tremblante, je n'ai pas envie que tu m'annonces ça. Je n'ai même pas envie que tu penses que tu peux m'annoncer ça. Viens, allons cueillir des framboises.

Il ferma les yeux.

La gorge nouée par l'appréhension, Pilipip fit un nouveau pas. S'accroupit.

C'était bien un Humain qui gisait près de lui.

Une Humaine.

Le visage dissimulé par un épais rideau de cheveux noirs.

D'une main tremblante, le Petit les repoussa...

2

Au cœur de la Forêt Maison des Petits s'élève un long cri de détresse.

Deux Petits découvrent la réalité de la mort.

Impuissance.

Douleur.

Désespoir.

– Ipiu !

3

– **P**il!

Pilipip lève vers son frère un visage ravagé par les larmes.

– Pil, je… elle… regarde !

Oukilip désigne la minuscule bulle qui s'est formée dans l'écume rouge baignant les lèvres d'Ipiuti-minelle. Il veut murmurer, dire, crier, hurler qu'elle n'est pas morte, les mots restent bloqués dans sa gorge.

Peu importe. Pilipip a compris. Il lui saisit le bras. Serre. À le faire hurler de douleur.

Sauf qu'il n'a pas mal.

Ipiu est vivante.

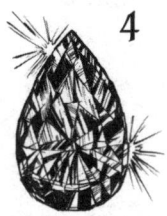

4

Le sort de la mort patiente qui attend patiemment.

Un sort puissant et ardu. Nul autre que le grand Boulouakoulouzek n'est habilité à le jeter et il a menacé du pire des châtiments quiconque l'utiliserait sans son autorisation.

Ouk et Pil s'en moquent.

S'il ne la chasse pas, ce sort peut faire hésiter la mort.

Un moment.

Le sort de la mort patiente qui attend patiemment.

Les deux Petits le lancent ensemble.

De toutes leurs forces.
De tout leur cœur.
De toute leur âme.

Quelque part dans l'univers, la page d'un livre, presque tournée, s'immobilise à mi-course.

5

Elle ouvre les yeux.

« Est-ce cela la mort ? songe-t-elle étonnée. Être allongée sur le dos, incapable du moindre mouvement ? Ne rien entendre, ne rien ressentir, simplement observer de petits nuages blancs filant dans un ciel bleu marine ? »

Pointe de déception.

Elle referme les yeux.

Étrange sensation d'être en mouvement alors qu'elle ne bouge pas, de percevoir bruits et odeurs alors que son cœur a cessé de battre, de sentir la caresse du vent sur son visage alors que le sang ne coule plus dans ses veines, de se croire en vie alors qu'elle est morte…

Ne pas ouvrir les yeux.

Continuer à ne pas penser.

La mort est éternité, bien trop longue pour qu'elle coure le risque de se souvenir.

Une douleur fulgurante quelque part dans son ventre. Des voix.

Souffre-t-on quand on est mort ?

Entend-on quand on est mort ?

La douleur disparaît. Aussi vite qu'elle est venue. N'a jamais existé.

Les voix s'estompent avant qu'elle ait pu s'y accrocher.

Ellana se coule dans l'oubli.

La mort.

Douce et confortable mort.

Mort paisible qui vole en éclats sous l'irrésistible assaut de la mémoire.

Elle ouvre les yeux, s'assoit, chancelle… Achève de ne pas être morte.

Crie.

– Destan !

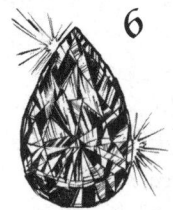

6

– **D**estan !

Oukilip qui dormait dans un fauteuil se réveilla en sursaut, se leva d'un bond, trébucha, s'étala de tout son long, se redressa avec vivacité, se précipita…

Ipiutiminelle était assise sur son lit, livide, le visage emperlé de sueur, les yeux écarquillés par l'effroi.

– Ipiu ! s'écria-t-il en lui saisissant la main. Que se passe-t-il ? Où as-tu mal ?

Le regard égaré, elle lui posa en haletant une question dans une langue qu'il ne comprit pas. La langue des Humains.

– Tout va bien, lui murmura-t-il pour la rassurer tout en lui caressant le bras. Nous t'avons portée jusqu'à l'arbre Talisman, le grand Boulouakoulouzek t'a soignée. Tu ne risques plus rien.

– Destan, gémit-elle. Edwin…

Elle se mit à trembler. À trembler si fort que, cédant à l'affolement, Oukilip se précipita hors de la chambre en appelant à l'aide. Alors qu'il franchissait le seuil, il percuta Pilipip qui arrivait en sens contraire accompagné du grand Boulouakoulouzek en personne et de quelques membres du conseil. Les deux Petits roulèrent à terre, entraînant le grand Boulouakoulouzek avec eux et, pendant un instant, la chambre fut le théâtre de la confusion la plus totale.

Lorsque chacun eut enfin retrouvé la position verticale, Ellana s'était reprise. Elle avait cessé de trembler et contemplait, stupéfaite, le large bandage qui ceignait son ventre, sa peau pâle et ses bras amaigris.

Le grand Boulouakoulouzek saisit l'épaule de Pilipip.

– Réveillée, elle est encore plus grande que morte, lui chuchota-t-il à l'oreille. Tu es sûr que c'est bien Ipiutiminelle ?

Ellana ne laissa pas à son père adoptif le temps de répondre.

– Salut Boulou, fit-elle d'une voix rauque.

Le grand Boulouakoulouzek poussa un long soupir résigné.

– C'est bien elle, déclara-t-il avec lassitude.

– Voilà, vous savez tout.

Ignorant les avertissements du grand Boulouakoulouzek qui lui recommandait le repos, Ellana avait insisté pour marcher jusqu'à la plate-forme surplombant le village et la forêt. À mi-chemin, sa tête s'était mise à tourner, ses jambes à trembler et elle avait dû regagner son lit en s'appuyant sur Ouk et Pil. Alors qu'elle s'allongeait, elle avait perdu connaissance pour ne rouvrir les yeux qu'un long moment plus tard.

Les deux Petits lui avaient alors fait boire une décoction sucrée qui lui avait redonné suffisamment de forces pour qu'elle leur offre un résumé succinct de ce qu'elle avait vécu depuis qu'elle les avait quittés et des événements qui l'avaient conduite, mourante, dans la Forêt Maison.

– Vous savez tout, répéta-t-elle. Grâce à vous je suis vivante alors que je devrais être morte.

– Personne ne devrait jamais être mort, la contredit Pilipip. La vie serait bien plus simple.

Elle les contempla avec émotion. Près de quinze ans s'étaient écoulés et ils n'avaient pas changé. Hauts d'un mètre à peine, le visage rubicond, un nez rond et écarlate, des vêtements tissés d'herbe et d'écorce, une bourse à la ceinture qui, elle le savait, contenait des framboises, il ne leur manquait que...

– Où sont vos chapeaux ? s'étonna-t-elle.

Les habitants de la Forêt Maison étaient particulièrement fiers de leurs chapeaux, étonnants couvre-chefs qu'ils fabriquaient eux-mêmes avec tout ce que la nature pouvait leur offrir de surprenant, et il était aussi rare de rencontrer l'un d'eux tête nue qu'un Thül sans ses armes.

Les deux Petits s'empourprèrent, passèrent une main dans leurs cheveux, échangèrent un regard gêné, puis Oukilip se lança.

– Lorsque nous t'avons trouvée, tu étais si près de mourir que nous n'avons pas eu d'autre solution que de lancer le sort de la mort patiente qui attend patiemment.

– Or ce sort est réservé au grand Bouloua-koulouzek, poursuivit Pilipip en jetant un coup d'œil autour de lui pour vérifier que personne ne l'entendait. Tu es restée inconsciente neuf jours, ce qui a donné largement le temps au conseil de statuer sur notre sort.

– Tu utilises le mot sort à tort et à travers, le rabroua son frère. Lancer un sort, statuer sur notre sort, comment veux-tu qu'Ipiu te comprenne ?

– Elle n'est pas aussi stupide que toi, rétorqua Pilipip, et elle me comprend parfaitement ! N'est-ce pas Ipiu ?

– Vous avez été jugés ? s'indigna Ellana. Pour m'avoir sauvé la vie ?

Ouk et Pil acquiescèrent d'un même hochement de tête.

– Jugés et condamnés, déclara Oukilip. À la peine maximale !

– Une peine qui n'avait plus été appliquée depuis cinquante ans, renchérit Pilipip.

– Deux mois sans nos chapeaux !

– Heureusement, le grand Boulouakoulouzek a admis que nous ne pouvions pas agir autrement et comme, en plus, il t'aime bien, il a adouci la

décision du conseil. Nous retrouverons nos chapeaux demain.

Oukilip plissa le nez.

– C'est terrible, mais ce qui t'est arrivé est quand
même plus grave que nos problèmes de chapeaux.

Le visage d'Ellana se rembrunit tandis qu'une
onde froide se répandait dans ses veines.

Pendant quelques secondes, elle avait oublié les
causes de sa présence dans la Forêt Maison. En
entendant ses pères adoptifs se disputer, elle était
redevenue Ipiutiminelle, l'enfant sauvage et insou-
ciante qui n'avait d'autre souci que de cueillir des
framboises et de surprendre les clochinettes.

Elle passa une main lasse sur son front, rageant
de sentir l'un brûlant, l'autre tremblante, rageant
de se découvrir atteinte bien au-delà de la blessure
que lui avait infligée Nillem.

Malgré ce qu'elle avait affirmé à Oukilip et Pilipip,
était-elle encore en vie ?

7

Il fallut une semaine entière de repos à Ellana avant qu'elle soit capable de marcher à pas lents jusqu'à la plate-forme.

La première fois qu'elle y parvint, elle fut prise de vertige en apercevant, loin en contrebas, le village niché dans les fourches des arbres voisins, les passerelles de cordes permettant de passer d'une hutte à l'autre et les Petits courant avec agilité de branche en branche.

Elle ferma les yeux et s'appuya au tronc de l'arbre Talisman pour retrouver son équilibre.

– Tu veux t'asseoir ? lui proposa Oukilip, un frisson d'inquiétude dans la voix.

Elle rouvrit les yeux.

– Non, ça va aller, merci, répondit-elle, s'obligeant à respirer le plus profondément possible.

Elle regarda à nouveau autour d'elle.

L'arbre Talisman, si vieux et colossal qu'il était devenu impossible de deviner à quelle espèce il appartenait, écrasait de sa masse et de sa hauteur ses voisins pourtant imposants et son feuillage s'étendait sur des centaines de mètres à la ronde.

Lorsque Ellana était petite, il ne supportait qu'une plate-forme, celle qui donnait accès à la salle du joyau et aux appartements du grand Boulouakoulouzek. Le village avait dû s'agrandir puisque deux nouvelles plates-formes avaient été bâties dont celle où se tenaient Ellana, Ouk et Pil.

– Elles permettent de desservir les salles basses creusées dans l'arbre, lui expliqua Pilipip en suivant ses yeux, notamment les chambres réservées aux hôtes de marque en visite, c'est-à-dire à tous les Petits qui en font la demande. C'est dans l'une d'entre elles que tu es installée.

– Jusqu'à quand puis-je rester ? s'inquiéta Ellana. Je repartirai dès que je serai en état de voyager mais je crains que ce ne soit pas de sitôt.

– Tu veux repartir ? s'affola Ouk. Chez les Humains ?

– Oui.

– Mais pourquoi ? intervint Pil. Tu as vu de quoi ils sont capables, ce sont des fous sanguinaires, plus dangereux qu'Humph le trodd quand il a mal aux dents.

– Je dois retrouver mon fils.

Elle s'était exprimée avec une sécheresse qu'elle regretta aussitôt et qu'elle tenta maladroitement d'adoucir par un sourire. Les deux Petits échangèrent un regard penaud tandis que le rouge de leurs joues rebondies virait à l'écarlate.

– Pardon, fit Pilipip, on avait oublié.

– Le petit Destan, ajouta Ouk, tu ne peux pas l'abandonner aux mains de ce... comment tu l'appelles déjà?

– Nillem.

– C'est ça, Nillem.

– Mais quand tu l'auras retrouvé, tu reviendras avec lui, n'est-ce pas? Est-ce qu'il est aussi petit que toi quand nous t'avons rencontrée?

– Beaucoup plus petit, Pil. J'avais cinq ans quand les Raïs ont tué mes parents et que vous m'avez recueillie. Destan, lui, n'a que quatre mois.

– Petit comment?

– Comme ça.

Pilipip poussa un sifflement surpris.

– C'est vrai que ça ne fait pas grand-chose. Est-ce que... Pourquoi tu pleures?

Ellana essuya du bout des doigts la larme qui avait roulé sur sa joue.

– La fatigue, Pil. J'ai encore du mal à tenir debout.

– Alors retourne te coucher! s'exclama Oukilip l'air ravi. Tu es fatiguée? Il faut dormir! C'est malin comme idée, non? J'adore trouver des solutions aux problèmes des gens que j'aime. Fais une bonne sieste, Ipiu, et pendant ce temps, moi et Pil on ira te cueillir des framboises.

– On dit Pil et moi, maugréa son frère.

– Et pourquoi toi en premier? s'emporta Ouk.

– Parce que!

– Parce que tout seul n'est pas une réponse!

– Si, monsieur, puisque je t'ai répondu en te disant parce que, c'est que parce que est une réponse.

– Une réponse à quoi ?
– À ta question, stupide Petit !
– Et quelle question, monsieur le…

Abandonnant les deux frères à leur dispute, Ellana se détourna pour pénétrer dans l'arbre.

Son souffle était court et sa démarche vacillante. La terrible blessure que lui avait infligée Nillem était en bonne voie de cicatrisation mais ses muscles avaient fondu, ses mouvements avaient perdu souplesse et précision, le moindre effort la laissait pantelante d'épuisement.

Serrant les mâchoires, elle atteignit sa chambre, une pièce circulaire creusée dans le duramen de l'arbre Talisman, suffisamment près de l'aubier pour que la lumière de l'extérieur pénètre par le couloir qu'elle venait d'emprunter.

Elle grimaça en s'asseyant sur son lit, allongea une jambe et dut attendre d'avoir recouvré ses forces pour allonger l'autre.

Alors qu'elle fermait les yeux, une phrase surgit de sa jeunesse et bascula sur la réalité de son présent :

« *Est-ce raisonnable de s'attacher aux gens alors qu'à tout moment ils pouvaient vous être arrachés ?* »

La question, alimentée par les épreuves qui avaient jalonné sa route, avait hanté ses nuits de solitude, façonnant sa personnalité et sculptant son indépendance.

Lorsqu'elle avait rencontré Edwin, Salim, Ewilan et les autres, elle avait cru tenir une réponse. Oui, cela en valait la peine !

La naissance de Destan avait transformé cette réponse en certitude. Lumineuse.

Cela en valait la peine !

La respiration d'Ellana se fit sifflante.

Edwin était mort. Salim était mort. Ewilan était morte.

Et Destan...

« *Est-ce raisonnable de s'attacher aux gens alors qu'à tout moment ils pouvaient vous être arrachés ?* »

Dans un sursaut de farouche volonté, elle dénia à la question le droit de la torturer davantage. La mort lui avait certes arraché Edwin, elle était incapable de lui arracher le bonheur qu'elle avait partagé avec lui. Ce bonheur lui appartenait, l'avait construite, faisait désormais partie d'elle. Jamais elle ne le regretterait.

Quant à Destan...

Cela prendrait le temps qu'il faudrait mais elle retrouverait ses capacités physiques, toutes ses capacités physiques, et elle irait chercher son fils.

Elle tuerait Essindra, Ankil Thurn et quiconque se mettrait en travers de sa route.

Et surtout, elle tuerait Nillem.

Elle s'endormit, le sourire aux lèvres.

Un sourire en forme de promesse.

8

L'été s'écoula.

Un été rythmé pour les Petits par la cueillette des baies, les bains dans les ruisseaux et les pépiements des clochinettes, pour Ellana par de longues promenades dans la forêt, d'infinies séries d'exercices d'assouplissement et d'éreintantes séances de musculation.

La volonté inflexible qui la poussait à ne s'accorder aucun répit, à traquer le moindre signe de faiblesse, à travailler jusqu'à l'épuisement, l'éloignait peu à peu de ses pères adoptifs. Malgré l'immense affection qu'elle leur portait, elle éprouvait les plus grandes difficultés à accepter leur insouciance, leur incapacité à comprendre la véritable nature du monde, leur mémoire défaillante et leur totale absence d'intérêt pour un quelconque futur.

Et elle ne supportait plus le goût des framboises.

Lorsqu'elle fut suffisamment remise pour se passer de soins quotidiens, elle se lança dans des randonnées solitaires de plusieurs jours. Si on faisait abstraction des ours élastiques, finalement peu agressifs, et des trodds qui se cantonnaient à leurs mares, la Forêt Maison n'était guère périlleuse et Ellana puisait dans ces bains de solitude l'énergie mentale que ses entraînements physiques ne pouvaient lui apporter.

Elle en profitait également pour réfléchir aux moyens qui s'offraient à elle de localiser la cité des mercenaires du Chaos. Sans succès et, alors que force et souplesse regagnaient lentement son corps, son inquiétude allait croissant.

Elle s'en ouvrit un soir à Ouk et Pil alors qu'ils partageaient un poisson grillé que les Petits avaient pêché dans une rivière proche.

– Et si tu attrapais un de ces mercenaires du Chaos pour lui demander où se trouve sa cité ? lui proposa Pilipip.

– Et s'il ne veut pas te renseigner, ajouta Oukilip, l'obliger à te répondre en l'attachant et en lui faisant des chatouilles.

– Ou en le menaçant de lui voler son chapeau, renchérit Pil.

Ouk approuva d'un grave hochement de tête.

– Ce serait terrible mais mérité, affirma-t-il.

Ellana ne put retenir un sourire.

– Ça ne marchera pas, leur expliqua-t-elle. Les juges impériaux ont souvent tenté d'obtenir ce renseignement en interrogeant des prisonniers. En vain. Les mercenaires capturés n'ont jamais révélé la moindre information utile. C'est comme si un verrou intégré à leur esprit les empêchait de parler.

– Je sais! s'exclama Oukilip. Il te faut aller de partout dans la Forêt Maison des Humains et regarder dans tous les coins.

– Les Humains vivent dans un Empire bien plus vaste que la Forêt Maison des Petits. En explorer tous les recoins est impossible. Sans oublier que la cité des mercenaires du Chaos est certainement protégée par des sphères graphes.

– Des quoi?

– Des sphères graphes. Des pierres qui recèlent un important pouvoir. Elles peuvent rendre une cité indiscernable, même aux yeux de quelqu'un qui passerait juste à côté de ses murailles.

– Comme Ilfasidrel? demanda Oukilip.

Ellana se figea.

Se méprenant sur son soudain silence, Pilipip entreprit de lui rafraîchir la mémoire.

– Mais si, Ipiu, Ilfasidrel, le joyau aux mille facettes! La pierre magique qui nous permet de lancer nos sorts et qui protège la Forêt Maison des Raïs. Ilfasidrel! C'est toi qui l'as récupéré lorsque cette bande d'Humains nous l'a volé. Tu ne te rappelles pas? Leur chef avait réussi à berner le grand Boulouakoulouzek et les vieux chnoques du conseil. Comment il s'appelait déjà cet humain aussi grand qu'un géant et aussi mauvais qu'une goule?

– Ankil Thurn, répondit Oukilip.

Ellana tressaillit.

Ankil Thurn.

L'homme de main d'Essindra. La brute épaisse qui tuait à la moindre sollicitation de sa maîtresse. Comment n'avait-elle pas fait le rapprochement avec le colosse qui avait volé Ilfasidrel quand elle était petite ?

Ilfasidrel.

Le joyau aux mille facettes.

Elle l'avait admiré plusieurs fois, l'avait tenu dans ses mains quand, par ruse, elle l'avait repris aux voleurs.

Ilfasidrel.

Une sphère graphe.

Vingt fois plus grosse que la plus grosse d'entre elles.

Est-ce que...

– Ipiu ? Tu dors ?

Pilipip la secouait par l'épaule, tandis qu'Oukilip l'observait avec inquiétude.

Elle secoua la tête.

– Non, je ne dors pas, je réfléchissais.

– À quoi ?

– Plus tard, répondit-elle. Pour l'instant, je dois m'entraîner.

– T'entraîner ? s'exclama Pilipip. Mais tu t'es entraînée toute la journée. Il faut te reposer maintenant.

– Et prendre le temps de manger ton dessert, ajouta Ouk. Une tarte aux...

Il se tut.

Ellana s'était levée d'un bond et, en quelques mouvements souples, avait disparu dans l'arbre qui les surplombait.

– Elle a fait des progrès, constata Oukilip. Tu ne trouves pas ?

– C'est vrai, acquiesça Pilipip. C'est moi qui prends sa part de tarte.

– Et pourquoi donc, monsieur ? s'indigna Ouk.

– Parce que !

Accrochée par les genoux à la plus haute branche d'un rougeoyeur, Ellana se laissa pendre dans le vide, bras ballants.

Elle remonta à la force des abdominaux.

Redescendit.

Remonta.

Redescendit.

Jusqu'à ce que ses muscles crient grâce.

Alors elle remonta.

Redescendit.

Remonta.

Redescendit.

Et son esprit tournait à toute vitesse. Ilfasidrel, Ankil Thurn, les sphères graphes, Essindra, la cité des mercenaires du Chaos...

Nillem.

Elle remonta.

Redescendit.

Encore et encore.

9

– **P**ourquoi est-ce toi qui es venu ?

– Parce que nous nous sommes réparti les tâches et qu'il m'incombait de rallier les Frontaliers à notre cause.

Les yeux bleu-gris de Siam étincelèrent.

– Je n'ai pas le souvenir que nous nous soyons quittés en de très bons termes, Mathieu, et je ne suis pas certaine d'être heureuse de te revoir aujourd'hui.

La jeune sœur d'Edwin dégageait une aura de dangereuse sauvagerie que sa silhouette fine, ses tresses blondes et son minois avenant ne parvenaient pas à masquer. Mathieu savait qu'elle avait de sérieuses raisons de lui en vouloir et que si elle décidait de lui faire payer son inconstance, ses chances de survie étaient plus que maigres. Pourtant il ne se démonta pas.

– Il ne s'agit pas de nous, Siam, mais de ton frère et de son fils.

– Sans doute, mais je trouve curieux que tu aies été choisi pour solliciter mon aide. Pourquoi d'ailleurs t'adresser à moi et non à mon père ? C'est lui le seigneur des Marches du Nord. Lui seul peut décider d'envoyer des Frontaliers à l'attaque de ton hypothétique cité.

– Les armées impériales convergent vers les Frontières de Glace et Sil' Afian a requis l'aide de ton peuple pour stopper les Raïs. Tu sais aussi bien que moi que ton père fera passer son devoir et son honneur avant son fils, ce dernier dût-il en mourir.

– Tu me demandes donc de désobéir à mon seigneur et père ? Tu me demandes de trahir les miens ?

– Tu ne peux...

– Ça suffit !

La voix d'Aoro avait claqué, si forte que Siam et Mathieu sursautèrent.

– Ça suffit ! répéta le petit aubergiste en se dressant devant la Frontalière, mains sur les hanches, regard étincelant. J'ai beaucoup entendu parler de vous, de votre bravoure, de votre maîtrise de l'art du combat et de l'amitié indéfectible qui vous liait à Ellana. Je m'étais fait de vous un tableau flatteur, empreint de noblesse et de courage, un tableau qui vole en éclats sous l'impact de vos mots. Nous ne sollicitons pas votre aide, nous sommes écrasés par une peine qui devrait être la vôtre. Nous ne vous demandons pas de trahir quiconque mais, au contraire, d'obéir à votre cœur. Nous sommes venus en amis, vous nous recevez comme de vils mendiants. Ma déception est à la mesure de votre iniquité. Infinie.

Siam avait écouté la diatribe sans bouger, la tête légèrement penchée sur le côté, une esquisse de sourire flottant sur ses lèvres.

– Sais-tu que tu as de la chance ? fit-elle lorsque Aoro se fut tu. Alors que j'aurais été en droit de te trancher le cou dès ta première phrase, je t'ai laissé finir ton discours.

Elle tira son sabre d'un mouvement si vif que l'acier chanta.

Aoro croisa les bras et releva le menton, la défiant du regard.

– Siam, attends ! s'écria Mathieu. Tu...

Il se tut.

La jeune Frontalière avait éclaté de rire. Un rire frais et sauvage, dépourvu de la moindre trace d'animosité.

– Tu me plais, lança-t-elle à Aoro lorsque son rire se fut éteint. Tu as du courage et ton discours était touchant, même s'il faudra que tu m'expliques quelques-uns des mots que tu as employés.

Aoro fronça les sourcils, peinant à comprendre ce revirement d'attitude.

– Est-ce que vous...

Elle l'interrompit d'un geste.

– Il faut savoir que le garçon qui se tient à tes côtés a eu l'audace de repousser mon... affection. J'ai beau m'être consolée depuis longtemps, je ne pouvais quand même pas l'accueillir à bras ouverts, non ?

Elle redevint brusquement sérieuse.

– Je n'ai qu'un frère, déclara-t-elle d'une voix sourde, et Ellana était mon amie. Mon honneur me dicte d'épauler l'un et de venger l'autre. Je serai des vôtres lorsque l'assaut sera donné et je ne serai pas seule des Marches du Nord. Nombreux seront les Frontaliers à me suivre, je vous en fais le serment !

– Mathieu ?
– Oui ?
– Tu ne lui as pas parlé des Thüls, n'est-ce pas ?
– Non.

10

Kamil saisit le bras de Liven.

– Laisse-moi leur parler.

– Mais…

Déjà un guerrier thül se dressait devant les deux jeunes dessinateurs. Grand, épais, tout en biceps et deltoïdes.

– Qu'est-ce que vous fichez ici?

Liven s'apprêtait à répondre lorsque Kamil enfonça un index belliqueux entre ses côtes, le contraignant au silence.

– Conduis-nous à Rhous Ingan, déclara-t-elle à la place de son ami.

– Rhous Ingan n'a pas de temps à perdre avec deux pâlichons des villes comme vous, cracha le Thül. Quittez les terres du clan ou il vous en cuira.

– Nous sommes ici pour une dette d'honneur, rétorqua Kamil en plantant ses yeux dans ceux du guerrier. Empêche-nous de passer et Rhous Ingan en personne t'arrachera les testicules et les donnera en pâture aux corbeaux.

Ignorant le regard stupéfait de Liven, elle poursuivit en martelant ses mots :

– Tes fils te maudiront, ta mère oubliera ton nom et, quand tu mourras, ton bûcher sera constitué d'excréments de siffleurs. Conduis-nous à Rhous Ingan !

Le Thül avait pâli. Il porta la main à la poignée de son sabre, hésita une seconde puis lâcha son arme.

– Suivez-moi, lança-t-il en tournant les talons.

Rhous Ingan se tenait au centre du village, en grande conversation avec un Thül qui, pour impressionnant qu'il fût, lui rendait trente centimètres et vingt kilos de muscles. Il jeta un regard surpris à la frêle jeune fille qui se campait fièrement devant lui.

– Que veux-tu, microbe ? lui jeta-t-il.

– Ellana Caldin est morte, annonça Kamil.

Rhous Ingan se figea.

– C'est une triste nouvelle, j'aimais bien cette petite. Certes elle n'était pas thüle mais elle aurait pu l'être et j'avais une dette d'honneur envers elle !

– Je sais et suis ici pour te permettre de la régler.

– Kamil ?

– Oui ?

– Tu ne lui as pas parlé des Frontaliers.

– Je sais.

11

– **N**on, Ewilan. Mon cœur saigne et une note manquera à jamais au chant du Vent mais les Haïnouks ne se battront pas. Pas pour venger une amie, fût-elle aussi chère qu'Ellana.

– Oyoel, je...

– Non, Ewilan. Cette décision est sans appel. Je ne sacrifierai pas la vie de mon peuple au souvenir d'une morte.

– Et à son fils ?

Oyoel désigna la ribambelle d'enfants qui jouaient avec insouciance sur le pont du navire.

– Si le fils d'Ellana a perdu sa mère, ceux-là n'en sont pas responsables. Ils ne méritent pas d'être plongés dans un tourment identique. C'est à eux, avant tout, que va ma loyauté.

– Je...

– Mes pensées t'accompagnent, Ewilan. Je ne peux faire davantage.

12

L'immense salle aux trois cheminées était comble.

Deux ou trois cents personnes, peut-être davantage, hommes et femmes, attentifs et silencieux.

Marchombres.

Certains avaient juste achevé leur apprentissage, d'autres arpentaient la voie depuis longtemps, beaucoup retrouvaient les lieux après les avoir quittés des dizaines d'années plus tôt.

Marchombres.

Certains cultivant l'anonymat, d'autres dont la renommée n'était plus à faire.

Marchombres.

Vêtements de cuir, souplesse des corps et des esprits.

Marchombres.

Tous avaient répondu à l'appel du plus illustre d'entre eux. Sans hésiter. Conscients que cet appel venait en réponse au bouleversement qui agitait l'univers et que tous ressentaient à différents degrés.

Sayanel se dressa devant eux.

Il n'eut pas besoin de réclamer l'attention. La force qu'il irradiait aurait réduit au silence une foule en colère.

– Chaos ou Harmonie, commença-t-il en promenant son regard calme sur les siens. L'heure du choix a sonné.

13

– Je me souviens parfaitement d'elle, petit, et la leçon qu'elle m'a donnée m'a permis, comme elle le prévoyait, de continuer à progresser.

– Les Astariotes seront-ils alors des nôtres ?

– Non, petit. Nos chemins se sont croisés avec bonheur mais aujourd'hui ils ont divergé et si je suis triste qu'elle soit morte, ma route et celle des miens n'aborderont pas les terres ingrates d'une vengeance qui ne nous appartient pas.

14

Sil' Afian, Empereur de Gwendalavir, ne parvenait pas à trouver le sommeil.

Il tournait et retournait dans son lit, ressassant
la multitude de problèmes qui encombraient son
esprit. Les Raïs qui déferlaient en vagues serrées
sur les Marches du Nord par les Frontières de
Glace comme à l'époque sombre où les Ts'liches les
manipulaient, les Blancs qui, après avoir terrorisé
les campagnes, s'en prenaient désormais aux repré-
sentants de l'autorité impériale, les mercenaires du
Chaos qui tiraient les ficelles à l'abri de leur maudite cité…

Sil' Afian poussa un soupir excédé et se leva. Il
ne devait pas se leurrer, ce n'étaient pas les difficultés que traversait l'Empire qui l'empêchaient de
dormir. Gwendalavir était certes menacé mais ce

n'était pas nouveau et il ne s'était jamais torturé ainsi l'esprit, même lorsque la situation semblait désespérée.

Non, c'était autre chose.

Un visage.

Celui d'un ami. Un ami très cher. Un ami d'enfance.

Dévoré par la douleur et l'anxiété.

Un visage et un appel.

Un appel à l'aide qui n'avait jamais été formulé et qui pourtant hurlait dans son esprit comme une malédiction.

Sil' Afian poussa une imprécation. Il avait passé sa vie à privilégier la raison au détriment du cœur, le devoir à l'amitié. Il en avait assez.

Il activa l'ingénieux dessin qui appelait son aide de camp, lança l'ordre avant que ce dernier ait fait trois pas dans la chambre :

– Convoquez immédiatement le général Bjorn Wil' Wayard !

15

Ewilan et Salim courbèrent la tête pour entrer dans la minuscule taverne.

– Où pourrais-je trouver Dalmya ? demanda Ewilan à la poignée de clients qui s'étaient tournés pour les observer d'un air suspicieux.

– C'est moi ! lança de l'autre côté du comptoir une femme entre deux âges à l'impressionnante carrure. Que me veux-tu, mignonne ?

La barque à fond plat glissait depuis deux heures entre les roseaux.

– Avons-nous une chance véritable de les trouver ? s'enquit Salim en appuyant sur la longue perche servant à manœuvrer l'embarcation.

– Je l'ignore, répondit Ewilan. Ellana nous a rapporté un jour que la Sérénissime se révélait quand elle le jugeait nécessaire. J'espère que ses gardiens font de même. Et qu'ils jugent nécessaire de nous rencontrer.

La roselière qui semblait infinie s'ouvrit soudain sur l'immensité du lac Chen.

À cet instant, Salim et Ewilan découvrirent le ponton de bois qui s'y enfonçait, et la silhouette vêtue de blanc assise en tailleur à son extrémité.

Ils amarrèrent la barque, se hissèrent sur le ponton et s'approchèrent de la petite fille – c'était une petite fille – sans qu'elle daigne lever les yeux du cahier sur lequel elle dessinait avec application.

Lorsqu'ils se tinrent devant elle, Ewilan se racla la gorge.

– Eejil, appela-t-elle doucement.

La petite fille leva vers eux un visage rond, mangé par deux yeux d'un bleu lumineux.

– Bonjour Ewilan, bonjour Salim, fit-elle d'une voix grave et posée qui tranchait avec son âge apparent. Je vous attendais. J'ai préparé ça pour vous.

Elle tourna son cahier et ils découvrirent un croquis tracé avec une incroyable précision. Eejil s'y était représentée, assise en tailleur à l'extrémité d'un ponton, tendant son cahier à un Salim et une Ewilan dessinés à la perfection, tandis que debout derrière eux se tenait un être humanoïde aussi large que haut, portant un pagne de peau noué autour des reins et un collier de coquillages autour du cou. Bras croisés, il souriait largement, laissant entrevoir une quantité impressionnante de dents acérées.

La gorge nouée par l'appréhension, Salim et Ewilan se retournèrent avec lenteur...

16

Le repos, les soins des Petits et l'entraînement draconien auquel Ellana s'était soumise avaient porté leurs fruits.

À nouveau entière, elle courait de longues heures sans se fatiguer, ses mouvements avaient retrouvé souplesse et rapidité, tandis que sa musculature s'était reconstruite, aussi fine et efficace que par le passé.

Les dégâts occasionnés par Nillem ne se limitaient toutefois pas au coup de poignard qu'il lui avait porté et, si son corps ne conservait de la blessure qui avait failli l'emporter qu'une longue cicatrice blanche, elle était trop profondément marchombre pour négliger de soigner son âme.

Elle s'immergeait donc aussi souvent que possible dans la gestuelle que lui avait enseignée Jilano, travaillait sa sérénité comme elle aurait travaillé un membre affaibli et si la haine brûlait toujours en elle, lorsque les premières feuilles se teintèrent d'or, elle l'avait transformée en force.

Depuis des semaines, Ellana ne dormait plus dans la chambre de l'arbre Talisman mais dans un hamac qu'elle suspendait, au gré de ses pérégrinations, dans les branches de la Forêt Maison, puisant son énergie dans la solitude, posant ses questions aux étoiles et cherchant à comprendre les réponses que lui apportait le vent.

Le vent.

Ce serait lui qui lui indiquerait quand se mettre en route, elle le savait au plus profond d'elle-même, et si l'envie de serrer Destan dans ses bras noyait ses nuits et faisait pleurer ses matins, elle patientait.

Et écoutait.

Le vent.

« *Certaines facultés ont besoin de temps pour se développer. Un temps incompressible. Un jour, alors que tu te tiendras accroupie au sommet d'une tour, tu percevras la voix du vent et cette voix soufflera en toi un savoir nouveau. Un jour. Pas maintenant. Même si tu es Ellana Caldin, l'héritière d'Ellundril Chariakin en personne.* »

Les mots de Sayanel devinrent musique lorsqu'une nuit elle comprit que le moment était venu.

Le village des Petits était endormi et si les gardes chargés de veiller sur Ilfasidrel s'efforçaient à la vigilance, aucun d'eux ne la vit passer quand, après avoir pris pied sur la plus haute plate-forme de l'arbre Talisman, elle poursuivit son ascension.

À compter de là, plus de marche taillée dans le tronc, aucune trace sur l'écorce, comme si les Petits n'avaient jamais eu la curiosité d'escalader jusqu'à son sommet le géant qui les abritait. C'était sans doute le cas et Ellana sourit en songeant à quel point, malgré leurs ressemblances, Petits et Humains étaient différents.

L'arbre Talisman était si démesuré que, pendant un long moment, Ellana eut l'impression de gravir une falaise. Son écorce, épaisse et rugueuse, offrait les mêmes prises que du rocher, des fissures y serpentaient et des plantes avaient réussi à s'enraciner dans ses anfractuosités les plus marquées. Une falaise verticale et tourmentée. Vertigineuse et peut-être infinie.

Ellana ne retrouva la sensation de grimper dans un arbre que lorsqu'elle eut dépassé d'une centaine de mètres les plus hauts sommets environnants. Le tronc commençait à s'affiner et, autour d'elle, les branches, toujours énormes, ne paraissaient plus capables de soutenir le poids d'une ville entière.

Elle montait toujours, heureuse de sentir ses muscles obéir à la moindre de ses sollicitations et son corps vibrer au rythme de son ascension. Elle montait, ignorant avec précision ce qu'elle allait chercher, juste convaincue qu'elle le trouverait là-haut.

Parvenir au faîte de l'arbre Talisman lui fit l'effet d'un plongeon dans l'infini.

Elle avait atteint le ciel et si elle tendait le bras, elle caresserait les étoiles. La Forêt Maison ondulait, non devant ses yeux mais sous elle, les plus hautes aiguilles de la chaîne du Poll la considéraient comme leur égale et, si elle sautait suffisamment loin, elle était sûre de plonger dans l'océan des Nimurdes qu'elle n'avait jusqu'alors vu qu'en rêve.

Bercée par le balancement de la cime où elle s'était juchée, elle accorda à son cœur le temps nécessaire pour se calmer et à ses yeux celui d'assouvir leur soif de beauté, puis elle s'immergea dans la gestuelle marchombre.

Elle en ressortit lavée. Prête à écouter.

« *Ce que chante le vent ne prend jamais la forme de mots, Ellana. Ni même d'idées. Sensations fugaces, perceptions éphémères de ce qui peut être mais n'est pas forcément, émotions et non certitudes. Le vent ne chante pas le savoir, il chante l'harmonie et ce qu'il t'apprend a la consistance des nuages.* »

Une brise espiègle caressa sa joue, s'éloigna, revint, chargée de tendresse, pour s'écarter à nouveau, boudeuse.

Ellana ne bougeait pas, son âme battant de lentes et paisibles pulsations.

Elle ne cherchait pas à comprendre, saisir, analyser.

Elle écoutait.

La brise revint, plus grave, frôla son oreille puis, soudain, l'envahit.

« *Souffle vert d'inquiétude imprégné par la sinis-tre réputation des troncs torturés chant des pistes oubliées fendant la sombre entité contes de la sylve malmenée par le nom immérité lisière poignante et refermée pour cœur qui paraît et pourtant n'est.* »

Ellana avait fermé les yeux.

Elle les rouvrit au moment où la brise se retirait lui offrant une ultime salve de mots bruissants.

« *Ce qui est est, et ce qui n'est pas ici est ailleurs. Ce qui est est, et ce qui est et semble ne pas être est là où l'on ne croit pas que ce qui est est. Ce qui est est, et ce qui est et ne se trouve pas est là où ce qui est n'a pas été cherché.* »

Ellana frissonna.

Tant de choses se bousculaient dans le simple souffle d'une brise fugitive... Était-il possible qu'elle ait été à ce point aveugle qu'elle n'ait jamais perçu les limites de sa perception du monde ? Limites si étouffantes, perception si parcellaire qu'une simple brise lui ouvrait l'univers...

Elle débuta sa descente. Lentement pour marquer son respect pour l'arbre Talisman, le vent, la nuit et toutes ces forces qui la dépassaient.

Lentement pour savourer l'espoir sauvage qui palpitait en elle.

Elle savait où se trouvait la cité des mercenaires du Chaos.

Elle savait où se trouvait son fils.

17

Creuset de légendes ayant, au fil des siècles, transformé les jours en nuits et les nuits en cauchemars.

Oubliée des hommes mais lisière de leurs peurs.

Lisière chimérique.

Lisière végétale.

Lisière infranchissable.

Et derrière la lisière.

La forêt d'Ombreuse.

18

En repassant devant eux, Ellana constata que les factionnaires – elle ne parvenait pas à les considérer comme des gardes – chargés de surveiller Ilfasidrel s'étaient assoupis. Elle ne put retenir un sourire attendri.

Après la tentative d'Ankil Thurn de dérober le joyau aux mille facettes, le grand Boulouakoulouzek avait ordonné qu'Ilfasidrel soit surveillé jour et nuit. Que l'ordre ait été respecté plus de dix ans tenait du miracle, il était difficile d'attendre plus des Petits.

Elle atteignit le sol et se dirigea vers la hutte que Pilipip et Oukilip s'étaient bâtie à proximité lorsqu'ils avaient compris qu'elle n'avait pas l'intention de les suivre jusqu'à la maison de son enfance.

C'était une hutte sommaire, juchée à la fourche d'une yeuse débonnaire, que les deux pères adoptifs d'Ellana avaient réussi, au fil des semaines, à doter du confort élémentaire et d'une touche d'originalité qui flattait leur sens, étrange, de la décoration. Ouk et Pil envisageaient d'ailleurs d'en faire leur résidence secondaire et, quand ils ne pêchaient pas, ne cueillaient pas de baies, n'espionnaient pas les clochinettes et ne faisaient pas la sieste, l'essentiel de leurs journées était occupé à l'aménager.

En une série de mouvements précis, Ellana escalada le tronc de la yeuse et gagna la minuscule porte d'entrée. Ce qu'elle projetait percutait douloureusement ses principes, s'y risquer sans en avertir Ouk et Pil était au-dessus de ses moyens.

Elle s'attendait, tâche toujours difficile, à devoir réveiller les deux Petits mais un bruit de conversation et un rai de lumière filtrant par un interstice entre les branchages l'avertirent qu'ils ne dormaient pas. Surprise, elle se baissa pour pénétrer dans la hutte.

Assis sur un banc couvert de mousse, Ouk et Pil sirotaient une liqueur de framboise sans paraître pour une fois se disputer.

– Ipiu ! s'exclamèrent-ils ensemble.

– Bonsoir Ouk, bonsoir Pil. Vous… vous ne dormez pas ?

– Ben… non, répondit Pilipip. On…

– T'attendait, acheva Oukilip.

– Vous m'attendiez ? Au milieu de la nuit ?

– Oui, pour te dire au revoir.

– On ne pouvait quand même pas te laisser partir sans te dire au revoir, non ?

– Même si tu ne pars pas vraiment.

Ellana s'assit devant eux.

– Je ne suis pas certaine de bien vous comprendre, fit-elle.

– Tu n'es pas vraiment revenue, expliqua Pil, tu ne peux donc pas vraiment repartir.

– D'un autre côté, ajouta Ouk, même si tu n'es pas vraiment revenue quand tu ne repartiras pas vraiment, tu ne seras plus du tout là et nous, on sera complètement sans toi.

– Je... je...

– Ça c'est ce qu'on se dit quand on est tristes, précisa Pilipip. Le reste du temps, on se dit que repartir est le seul moyen que tu as de revenir un jour pour de bon.

Malgré elle, Ellana sentit ses yeux s'embuer.

– Je dois retrouver mon fils, murmura-t-elle.

– C'est sûr ! s'écria Ouk. Comme ça, tu pourras nous le présenter.

– Nous lui préparerons du bon jus de framboise.

– De la confiture d'églantines.

– Du sirop de myrtille.

– De la marmelade de fraises.

– Et on lui montrera des clochinettes.

– Mais pas la mare d'Humph le trodd !

– Ah ça non ! Pas la mare d'Humph le trodd !

Les deux Petits se turent soudain, la mine embarrassée.

– Dis, Ipiu ? reprit Ouk après avoir rassemblé son courage.

– Oui ?

– Tout à l'heure, tu es montée tout en haut de l'arbre Talisman, n'est-ce pas ?

– Oui.

– Il est vraiment aussi grand que ce qu'on raconte ?

– Oui.

– Et de là-haut, tu as réussi à découvrir la cachette où ton fils est prisonnier ?

– Oui.

Les deux Petits échangèrent un regard entendu.

– On en était sûrs, déclara Pil. Maintenant que tu sais où il est, tu ne peux pas attendre qu'il fasse jour pour te mettre en route. Alors tu es redescendue pour nous dire au revoir.

– C'est ça.

– Mais pas uniquement pour nous dire au revoir, ajouta Ouk.

Ellana lança un regard stupéfait à ses pères adoptifs.

– C'est vrai, admit-elle. Je sais où se trouve la prison de Destan mais cette prison est protégée par... de la magie. J'ai besoin... J'aurais besoin...

Elle se tut, incapable de formuler ce qu'elle savait être une demande démesurée. Inacceptable.

– D'Ilfasidrel, conclut Pil à sa place.

– Pour contrer la magie des voleurs d'enfants, précisa Ouk.

Pilipip secoua sa tête ronde.

– Tu ne peux pas t'emparer d'Ilfasidrel, affirma-t-il. Ce serait du vol !

– Mais...

– Attends, la coupa Oukilip. Pil a raison, t'emparer d'Ilfasidrel serait du vol. En revanche si c'est nous qui nous en occupons...

– Ce n'est alors qu'un emprunt, acheva Pil.

Il tira un sac de cuir de sous le banc et le tendit à Ellana. Les mains tremblantes, elle le saisit, dénoua le lacet qui le fermait...

Ilfasidrel était un incroyable joyau bleuté, gros comme le poing. La gorge nouée par l'émotion, Ellana caressa des yeux ses facettes ciselées qui transformaient la modeste lueur de la lampe posée sur la table en une poignante symphonie lumineuse puis elle secoua la tête.

– Je ne peux pas accepter.

Un air surpris se peignit sur le visage des deux Petits.

– Tu ne peux pas accepter ce dont tu as besoin et que tu es venue nous demander ? s'étonna Pilipip. Tu étais plus logique quand tu étais petite.

– Comment vivrez-vous sans Ilfasidrel ? Je veux dire comment jetterez-vous vos sorts pour vous protéger des Raïs ?

– En ce moment, les Raïs sont occupés à attaquer les Humains, répondit Ouk. Ils ne s'occupent pas de nous.

– Puisque tu parles de sort, intervint Pil, ça me fait penser qu'on en a jeté un sur Ilfasidrel.

– C'est rigolo, non ? remarqua Ouk. Jeter un sort sur le joyau qui sert à jeter des sorts !

– C'est le sort qui permet de trouver ce qui n'a pas envie d'être trouvé mais qui doit être trouvé quand même. Un sort fastoche qui t'aidera. Enfin, on espère.

– De toute façon, il ne s'agit que d'un emprunt. Dès que tu auras retrouvé ton fils, tu nous rendras Ilfasidrel.

– Vous allez avoir de gros problèmes, s'inquiéta Ellana.

– Ça c'est sûr, admit Ouk. Le grand Boulou et les vieux chnoques du conseil vont être en pétard.

– D'un autre côté, on s'en fiche, précisa Pil. On a presque hâte d'être à demain pour voir la tête qu'ils feront en découvrant les gardes endormis et l'écrin vide. Le grand Boulou va peut-être s'arracher la barbe !

– Et manger son chapeau !

Les deux Petits éclatèrent de rire. Un rire tonitruant et joyeux qui les fit presque basculer de leur banc.

– Tu devrais partir, conseilla Ouk lorsqu'ils eurent fini de se taper sur le ventre.

– Maintenant ?

– Ben oui. Tu nous embrasses, tu promets de bientôt revenir, on te conduit jusqu'à l'arbre passeur le plus proche, tu vas délivrer ton fils, tu reviens et on fait la fête. Simple, non ?

Ellana ferma les yeux une seconde pour juguler son émotion puis hocha doucement la tête.

– Tu as raison, murmura-t-elle. C'est… simple.

19

– Tu crois qu'elle reviendra cette fois ?
– Tu veux dire reviendra pour de bon ?
– Oui, qu'elle reviendra pour de bon.
– Euh… ça je ne sais pas, en revanche je sais autre chose. Quelque chose que toi aussi tu sais.
– Et c'est quoi que tu sais et que je sais aussi ?
– Elle ne nous a jamais quittés.

20

En entrant dans le chêne passeur que lui avaient indiqué Ouk et Pil, Ellana découvrit, comme elle s'y attendait, des milliers de routes filant vers des arbres inconnus.

Inconnus à l'exception du bouleau qui se dressait près de la maison de ses pères adoptifs et de cet autre bouleau, malingre, à l'écorce tachée de sang, poussant près d'un joli bassin devant une maison familière.

Une maison de pierre blonde aux volets fermés.

Aucun des deux ne convenait à ce qu'elle proje-tait de faire et le temps pressait.

« Il ne faut que passer par les arbres passeurs, avait insisté Oukilip. Et il faut se dépêcher. Celui qui traîne court le risque de rester coincé à jamais dans un tronc. »

Le temps pressait mais les chemins possibles étaient trop nombreux pour qu'elle se lance au hasard.

Observer.

Réfléchir.

Vite.

Ne pas tenir compte des arbres poussant à un endroit où il faisait jour. Il faisait nuit sur Ombreuse comme sur la Forêt Maison.

Ne pas tenir compte des arbres dont la variété lui était inconnue. Trop de risques qu'ils l'entraînent à des milliers de kilomètres de Gwendalavir.

Ne pas tenir compte des arbres des cités, des arbres des côtes, des arbres du nord, des...

Il en restait encore des milliers.

Ellana s'apprêtait à confier son sort à la chance lorsqu'un charme bleu attira son attention. Planté à l'orée d'un bois, il était tourné vers une prairie éclaboussée de fleurs qui, par la magie de la lune, avaient troqué leurs couleurs contre une robe argentée. Une prairie semblable à des centaines d'autres, paisible, un ruisseau jouant à se perdre dans son herbe drue que caressait la brise nocturne...

Anodine pour tous.

Unique pour Ellana.

Elle fit un pas en avant et sortit du charme bleu.

Juste devant un tertre doux et arrondi, couvert d'une herbe plus verte que partout ailleurs.

Tout ce que le temps avait conservé du bûcher d'Hurj Ingan.

Ombreuse était proche, l'envie de s'y enfoncer à la recherche de la cité des mercenaires brûlait ses veines, pourtant Ellana se tint un long moment immobile devant le tertre. Il n'y avait plus aucune trace de la plaque d'écorce sur laquelle, en épitaphe, elle avait gravé pour Hurj une poésie marchombre, mais les mots vivaient toujours en elle.

La douleur infinie de celui qui reste,
Comme un pâle reflet de l'infini voyage
Qui attend celui qui part.

Tant d'êtres chers étaient partis. Lui avaient été arrachés. Elle tenta d'imaginer un lieu féerique où Hurj, Jilano, Edwin, devisaient tranquillement en l'attendant. Près d'eux, Salim, Ewilan, Nahis, Entora, Maniel, Chiam, Erylis, Artis et, un peu plus loin, Isaya et Homaël, main dans la main...

La vision explosa avant d'avoir quitté les limbes des chimères.

Il n'y avait rien.

Que la douleur infinie de celui qui reste.

Elle se détourna et s'éloigna à pas lents.

Le jour pointait lorsqu'elle atteignit la lisière d'Ombreuse.

Plus qu'une lisière, c'était une muraille. Une muraille végétale constituée de troncs noueux et entrelacés, de buissons denses, de taillis impénétrables et de lianes agressives aux épines redoutables.

Sans marquer la moindre hésitation, Ellana se glissa dans la forêt.

Ce fut comme si le soleil ne s'était jamais levé. Sous les épaisses frondaisons d'Ombreuse, l'obscurité était reine et si les fourrés étaient moins touffus qu'à l'orée, y progresser s'avérait complexe et fatigant, même pour Ellana.

L'œil exercé de la marchombre repéra toutefois un étroit layon, sans doute tracé par le passage d'une harde de siffleurs sylvestres, et elle s'y engagea, appréciant sa mobilité retrouvée.

À intervalles réguliers, des cris de bêtes sauvages s'élevaient, certains lointains, d'autres proches, sans qu'elle tressaille.

Au cours de ses nombreuses pérégrinations dans les forêts alaviriennes, Ellana s'était forgé une conviction : le véritable danger est silencieux. Elle accordait en conséquence beaucoup plus d'attention aux craquements des branches et aux bruissements des feuilles qu'aux manifestations bruyantes d'animaux qu'elle savait inoffensifs.

Dans le cas d'Ombreuse, cette conviction était étayée par une certitude : les légendes qui faisaient de la forêt l'antre de créatures assoiffées de sang avaient été inventées et cultivées par les mercenaires du Chaos.

Les voyageurs qui avaient disparu en l'explorant, contribuant ainsi à sa réputation maléfique, avaient, de toute évidence, été tués par ces mêmes mercenaires et non par des bêtes sauvages.

Elle s'immobilisa pourtant lorsque retentit un hurlement lancinant qui monta dans les aigus jusqu'à atteindre une note insoutenable avant de décroître et de s'éteindre sur un gargouillis écœurant.

Un brûleur.

À son cri, il était loin mais elle se souvenait parfaitement de la rapidité du seul brûleur qu'elle ait jamais rencontré.

Loin n'avait aucun sens pour un pareil monstre.

Long de dix mètres reptiliens, il s'était rué sur le groupe dont faisait partie la marchombre, filant à toute allure sur ses huit pattes griffues. Il avait fallu, pour en venir à bout, une cinquantaine de flèches et le courage de douze membres de la Légion noire. Malgré leur habileté et leurs armures de vargelite, deux de ces derniers avaient trouvé la mort dans le combat, l'un électrocuté par les flagelles du brûleur, l'autre broyé par ses effroyables mâchoires.

Un brûleur !

La sinistre réputation d'Ombreuse ne reposait donc pas uniquement sur les légendes entretenues par les mercenaires du Chaos. S'obstiner à croire le contraire risquait de lui être fatal.

C'est en ressassant cette évidence qu'Ellana se remit en route, se coulant avec souplesse entre les arbres, passant au-dessus des taillis quand elle ne pouvait les traverser et se riant des épines acérées qui tentaient de la ralentir.

S'appuyant sur un sens de l'orientation qui ne l'avait jamais trahie, elle se dirigeait vers le cœur de la forêt. Il lui semblait en effet probable que la cité s'y dresse.

Elle avait réfléchi aux moyens qu'employaient les mercenaires afin de l'atteindre. La rivière Ombre était trop tumultueuse pour qu'ils y naviguent sans péril et seuls les Mentaïs étaient capables d'effectuer le pas sur le côté. Sans doute empruntaient-ils, au moins en partie, la vieille piste qui traversait Ombreuse mais Ellana avait préféré l'éviter. Cela aurait nécessité de contourner la forêt, lui faisant gaspiller un temps précieux. Sans compter que si les mercenaires l'utilisaient, la vieille piste était sans doute étroitement surveillée.

Comme en écho au hurlement du brûleur, le feulement d'un félin s'éleva entre les arbres. Un feulement rauque et puissant que reprit un deuxième animal.

« Des tigres, songea Ellana. Ils chassent en couple et, vu le bruit qu'ils font, ce sont des gros ! »

Des tigres, au moins un brûleur, sans doute des ours élastiques...

Un sourire dur étira les lèvres d'Ellana et ses griffes jaillirent presque malgré elle entre ses doigts.

Ombreuse abritait désormais un prédateur de plus.

21

À la mi-journée, le soleil parvint à glisser les plus audacieux de ses rayons au travers des frondaisons et, durant un court instant, Ombreuse fut dépossédée de son nom.

Ellana en profita pour détailler les environs. Les taillis qui avaient gêné sa progression avaient presque disparu, abandonnant le terrain à une essence d'arbres qu'elle n'avait encore jamais rencontrés. Moins hauts que ceux de la Forêt Maison, ils possédaient de petites feuilles vernissées, des troncs épais et noueux, des branches couvertes de mousse qui, parfois, ployaient jusqu'au sol pour s'y enfoncer, et des racines bossues qui évoquaient de vieux et gros serpents endormis.

Le sol spongieux était couvert d'une épaisse couche d'humus d'où pointaient une kyrielle de champignons qui auraient fait les délices d'Ouk et Pil. Des sources glougloutaient un peu partout, se déversant dans de minuscules points d'eau incapables de donner naissance à des ruisseaux, et une multitude d'empreintes s'entrecroisaient à proximité.

Du coin de l'œil, Ellana aperçut un petit singe roux bondir d'arbre en arbre avant de s'engouffrer dans un trou creusé à mi-hauteur d'un tronc. Il en ressortit aussitôt, expulsé par le rapace nocturne qui y avait élu domicile, sautilla un instant sur place puis disparut dans les hauteurs en criaillant de colère.

Un essaim d'abeilles vrombissait autour d'un nid suspendu, un tatua avait inséré sa carapace mordorée sous une souche qu'il mettait en pièces pour déloger insectes et larves, une crissane dorée prit son envol du roncier où elle picorait des baies, un circaète en quête de reptile la remplaça avant de s'envoler à son tour.

Une antique forêt, grouillante de vie.

Comment les mercenaires du Chaos s'y étaient-ils pris pour que, dans l'esprit de la plupart des Alaviriens, s'en approcher équivaille à une mortelle malédiction?

Le soleil, en poursuivant sa course, offrit à Ellana la réponse qu'elle cherchait. Ses rayons se rétractèrent et, tandis que l'astre du jour s'écartait de son zénith, l'obscurité reprit ses droits sur Ombreuse. Par la magie de l'ombre et des chimères qui l'accompagnent, les abeilles devinrent des esprits courroucés, le tatua une goule quittant sa tanière et le circaète une harpie affamée.

Ellana frissonna. Sa formation de marchombre la mettait à l'abri des terreurs que la nuit instille dans l'esprit des hommes, mais elle devait avouer qu'Ombreuse lui paraissait tout à coup presque intimidante.

– Légendes, murmura-t-elle. Simples légendes.

Comme pour lui démontrer qu'elle se leurrait, que si certains dangers de la forêt n'étaient que des légendes, d'autres existaient qu'un esprit fort ne suffisait pas à conjurer, un feulement rauque s'éleva à peu de distance.

– Je ne suis pas comestible, cracha Ellana à l'attention du tigre qui approchait, et je ne suis pas non plus d'humeur à jouer. Tiens-le-toi pour dit !

Elle préféra néanmoins tourner les talons et, optant momentanément pour la voie des airs et des branches, elle poursuivit son chemin.

Depuis le matin, le sol montait avec régularité aussi ne fut-elle pas surprise lorsque, en fin de journée, les arbres cédèrent soudain la place au vide et qu'elle se retrouva au bord d'un impressionnant canyon. Une rivière impétueuse, certainement l'Ombre, coulait loin en contrebas, tandis que de l'autre côté du canyon, la forêt continuait à étaler son impénétrable couvert.

Ellana gagna un promontoire rocheux s'avançant au-dessus du vide et observa le panorama que lui offrait sa position dominante.

Nulle piste n'était visible, non plus qu'une quelconque trace d'activité humaine. Encore moins une cité censée abriter les mercenaires du Chaos.

Elle sortit Ilfasidrel du sac de cuir qu'elle portait à la ceinture.

– Est-ce le moment de t'utiliser ? lui demanda-t-elle à haute voix.

Le joyau aux mille facettes s'embrasa en captant les lumières du couchant et quand Ellana le tendit à bout de bras, il parut se transformer en soleil miniature. Ce fut tout.

Le paysage devant la marchombre demeura aussi farouchement vierge qu'une minute plus tôt.

Dépitée, elle rangeait Ilfasidrel lorsqu'un infime bruissement dans son dos l'alerta. Elle se retourna avec vivacité.

– On peut dire que tu as de la constance, toi !

Le tigre se figea.

C'était un bel animal, certes moins massif que ses cousins des plaines, mais dégageant une confondante impression de vitalité sauvage. Ses yeux orangés brillaient d'une flamme farouche et, s'il avait été surpris par la réaction tranquille d'Ellana, il se reprit très vite et se ramassa pour bondir.

Ellana ne se démonta pas.

Un chant.

Comme un appel hypnotique

Qui tourbillonne.

Elle avait déjà calmé un tigre grâce au chant marchombre. Les félins s'y montraient particulièrement réceptifs et, sans doute parce que leur nature les rendait proches des marchombres, il était rare que leurs rencontres s'achèvent mal.

Elle fut donc stupéfaite lorsque les premiers sons sortirent de ses lèvres de voir l'animal s'agiter puis, alors qu'il aurait dû s'apaiser, exhiber des crocs redoutables, oreilles écrasées sur le crâne, poils hérissés, tandis qu'un grognement sourd montait de sa poitrine.

Elle insuffla une nouvelle force à son chant et le tigre se plaqua au sol.

« Il n'est pas hypnotisé, réalisa-t-elle alors qu'il se mettait à trembler. Il est mort de peur ! »

Prête à reprendre le contrôle de l'animal s'il se montrait vindicatif, elle cessa de chanter.

Aussitôt le tigre se redressa, effectua la volte-face acrobatique d'un chat surpris dans son sommeil et s'enfuit dans la forêt comme si, réellement devenu chat, il était poursuivi par une horde de chiens décidés à le dévorer.

Ellana n'eut pas le temps d'analyser cette curieuse réaction. À trois mètres d'elle, les buissons se déchirèrent. Elle comprit pourquoi le tigre avait fui.

Un tigre, aussi puissant soit-il, n'a aucune chance face à un brûleur !

22

Une fraction de seconde.

C'est ce que dura l'envie d'Ellana d'utiliser le chant marchombre.

Avant de disparaître.

Ridicule.

Le monstre avait marqué un temps d'arrêt en sortant du couvert de la forêt. Il pistait le tigre depuis des heures et, à son habitude, n'envisageait pas de renoncer. Néanmoins, la nouvelle proie qui s'offrait à lui était tentante. Moins dodue que le félin, certes, elle avait l'inestimable qualité d'être à portée de crocs.

Et il avait faim.

Il oublia le tigre pour se concentrer sur son prochain repas.

Griffes sorties, Ellana avait fléchi les genoux.

Gagner l'abri de la forêt était la seule chose sensée à tenter mais elle était trop avancée sur le promontoire pour avoir une chance raisonnable de prendre le brûleur de vitesse. S'efforçant au calme, elle mit en place un stratagème de secours.

Demeurer immobile jusqu'au dernier moment puis feinter, courir, atteindre l'arbre qui se dressait là-bas, sauter, attraper la première branche, s'y hisser.

Elle ignorait si le brûleur la suivrait mais elle doutait qu'une fois perchée il la rattrape.

Le monstre était plus petit que celui qu'elle avait affronté par le passé. Il avait beau ne mesurer que cinq mètres de long, à son goût cela en faisait encore quatre de trop. Il se déplaçait en sinuant sur huit pattes munies de griffes acérées, sa gueule hideuse présentait une triple rangée de dents aussi effilées que des aiguilles, et son corps était couvert d'une fourrure claire et rare d'où jaillissaient de longs flagelles semblables à des fouets.

C'est à ces flagelles qu'allait l'attention d'Ellana et à leur extrémité environnée d'un halo électrique bleuté. Tout contact avec ce halo signifiait une mort immédiate.

Profitant de ce que le brûleur, pour une raison inconnue, tardait à passer à l'attaque, elle jeta un coup d'œil au gouffre qui s'ouvrait dans son dos. Quelques années plus tôt, elle s'était trouvée dans une situation identique, acculée à un précipice par un monstre – en l'occurrence un ours élastique –

contre lequel elle n'avait aucune chance. Elle s'en était tirée en se lançant dans une descente acrobatique au risque de se rompre le cou.

Un seul regard lui suffit pour comprendre que cela ne fonctionnerait pas cette fois. Le promontoire sur lequel elle se tenait était une fine dalle de pierre qui s'avançait au-dessus du vide en formant un surplomb vertigineux. Impossible de passer par là, surtout dans l'urgence.

Si encore elle avait pu...

Un hurlement suraigu la fit sursauter. Le brûleur passait à l'attaque. Si rapide qu'elle faillit être prise au dépourvu.

Alors qu'elle avait prévu de feinter sur la gauche, de se dégager sur la droite et de courir droit sur la forêt, elle n'eut d'autre solution que de plonger sous le brûleur.

Le monstre arqua son corps reptilien pour la saisir, déjà Ellana avait roulé sur le dos et frappé. Ses lames ouvrirent six profonds sillons dans le cuir du brûleur. Le sang nauséabond qui jaillit en éclaboussant la marchombre se tarit presque aussitôt. Le brûleur était bien trop gros et sa peau bien trop épaisse. Les six entailles n'étaient guère plus gênantes pour lui que des égratignures.

Il se retourna avec vivacité et Ellana n'eut d'autre solution que de s'agripper à la fourrure de son ventre pour se plaquer contre lui. Si elle le laissait s'écarter, elle se retrouverait à portée de ses mâchoires, de ses griffes ou, pire, de ses flagelles.

Surpris, le brûleur se cabra sur quatre de ses pattes mais la marchombre ne lâcha pas prise. Là où elle se trouvait, il ne pouvait l'atteindre et si, occupée à se cramponner, elle était dans l'incapacité de frapper, elle pouvait tenir bon.

Après avoir effectué une vaine série de bonds sauvages, le brûleur changea soudain de tactique. Il se coucha de tout son long, tentant d'écraser de sa masse l'insecte qui le provoquait. Broyée entre le rocher et les trois tonnes du monstre, Ellana sentit ses poumons se vider brusquement tandis que ses côtes imploraient grâce. Elle avait toutefois retrouvé l'usage de ses mains. L'acier brillant de ses lames plongea une deuxième fois dans le cuir du monstre, ouvrant six nouvelles blessures.

C'en était trop pour le brûleur. En poussant un hurlement à glacer le sang, il jaillit vers le ciel, retomba sur ses pattes, tenta de…

Avec un monstrueux craquement, la dalle rocheuse formant promontoire se brisa.

Le brûleur, Ellana toujours agrippée à son ventre, bascula dans le vide.

« Lorsque vient le moment des décisions, ce qui compte n'est pas ce qui aurait pu être ni ce qui sera peut-être mais ce qui est. Si les choix du marchombre découlent du passé et s'ouvrent sur l'avenir, ils sont avant tout en accord avec l'instant présent. »

Alors qu'ils tombaient en tournoyant, Ellana repoussa le brûleur d'un violent coup de pied, s'écartant ainsi des pierres qui accompagnaient leur chute. Dans le même temps, elle jeta un regard au-dessous d'elle. L'Ombre se précipitait dans sa direction à la vitesse d'un cheval au galop.

L'Ombre et non sa berge caillouteuse !

Ellana arqua son corps pour pivoter et se placer à la verticale, pieds devant. Elle entra la tête dans les épaules, joignit les mains devant son ventre, serra les mâchoires.

Avec un peu de chance, beaucoup de chance, la rivière serait assez profonde pour...

Dans un impressionnant jaillissement d'écume, elle percuta l'Ombre, s'y enfonça comme une pierre sans toucher le fond, remonta à la surface d'un vigoureux mouvement de jambes, fut entraînée par le courant, tandis que brûleur et débris rocheux pleuvaient autour d'elle.

L'Ombre était une rivière au caractère emporté qui profitait de son passage par ces gorges pour prendre des allures de torrent de montagne. Ballottée par ses remous, happée par ses tourbillons, rejetée par ses lames de fond, Ellana dut batailler ferme et longtemps afin de gagner la berge.

Lorsque enfin elle y parvint, ce fut pour voir passer le corps inerte du brûleur que charriait l'Ombre.

– Tant pis pour toi ! lui lança-t-elle hors d'haleine. Fallait apprendre à voler.

Elle s'accorda un moment pour récupérer ses forces mises à mal par sa rencontre avec le brûleur et sa bataille contre la rivière puis elle regarda autour d'elle.

Elle ne se trouvait plus sur la même rive de l'Ombre, ce qui l'arrangeait, et gravir la falaise afin de sortir du canyon lui poserait moins de problèmes que longer la berge qui, un peu plus loin, disparaissait sous l'eau. Elle devait juste se dépêcher pour prendre la nuit de vitesse.

Alors qu'elle saisissait une première prise, elle réalisa que, pas une fois depuis qu'elle avait quitté la Forêt Maison, elle n'avait douté d'atteindre la cité du Chaos. Même lorsque le tigre l'avait attaquée, même lorsqu'elle s'était retrouvée coincée sous le ventre du brûleur, même lorsqu'elle était tombée du promontoire.

Pas une fois !

– J'arrive, murmura-t-elle.

23

Si la forêt d'Ombreuse était obscure durant la journée, la nuit lui permettait d'offrir au noir ses lettres de noblesse.

Ellana n'avança pas plus de dix mètres entre les arbres avant de le réaliser.

Impossible de prendre le moindre point de repère, d'avancer sans heurter une branche ou un rocher, de marcher sans risquer à tout moment de tomber dans un trou. Avec l'impression d'être devenue aveugle, elle escalada un tronc noueux, se cala sur une fourche, tira de son sac une lamelle de viande séchée et, en la mastiquant, attendit que le jour se lève.

Elle dormit, comme elle en avait l'habitude en de pareilles circonstances : une alternance de veille et d'assoupissements, si légers qu'ils ne la coupaient pas vraiment de la réalité. Un sommeil peu réparateur mais Ombreuse n'aurait pas toléré qu'elle s'accorde davantage.

Au cours de l'un de ses moments de somnolence, elle fit un rêve étrange. Edwin et Nillem, discutant de façon affable, marchaient côte à côte sur une large piste ensoleillée. Elle courait derrière eux sans parvenir à les rattraper et, malgré ses appels, ni l'un ni l'autre ne semblait avoir conscience de sa présence. La piste se scinda soudain en deux. Edwin partit d'un côté, Nillem de l'autre, et Ellana s'arrêta à l'intersection, incapable de choisir sa route. Alors que l'angoisse générée par son indécision atteignait son paroxysme, elle remarqua pour la première fois qu'Edwin et Nillem portaient chacun un bébé dans les bras. Elle ne pouvait le voir mais elle savait qu'il s'agissait du même bébé. Qui ouvrit les yeux. Les braqua sur elle.

– Maman !

Ellana se réveilla en sursaut.

Le cri de l'oiseau nocturne qui l'avait tirée du sommeil retentit à nouveau, tout proche. En poussant un grognement hargneux, la marchombre se déplaça sur la fourche pour trouver une position plus confortable et referma les yeux.

Elle ne dormit plus jusqu'au lever du jour.

En milieu de journée, alors qu'elle estimait avoir traversé la moitié d'Ombreuse, Ellana tomba sur la vieille piste.

Tracée à l'époque où la forêt n'était pas encore considérée comme un lieu maudit, elle partait d'Al-Far, pénétrait dans la forêt par sa lisière nord et en ressortait au sud, à l'orée des collines de Taj. Pendant des siècles elle avait été le moyen le plus pratique de rallier Al-Far à partir d'Al-Vor et de nombreux voyageurs l'utilisaient, puis une nouvelle voie avait été ouverte qui contournait Ombreuse par l'ouest et, tandis que la forêt offrait son ventre aux légendes naissantes, l'ancienne avait été oubliée.

La vieille piste.

Le premier sentiment d'Ellana fut la surprise. Elle se souvenait parfaitement de son état, quand elle l'avait empruntée pour quitter Al-Far, défoncée, envahie par la végétation, pavage disparu...

Rien à voir avec la portion qui s'étendait devant elle. Pour déserte qu'elle fût, ses abords étaient parfaitement nettoyés comme si une armée de bûcherons avaient travaillé dur jusqu'à la veille au soir, et sa surface... La marchombre se baissa pour observer de près la terre durcie et les dalles de pierre brute qui affleuraient. La piste avait été refaite peu de temps auparavant ! Moins d'un mois.

Elle doutait que l'Empereur ait donné l'ordre de la restaurer. Gwendalavir, de nouveau en guerre contre les Raïs, avait d'autres priorités. L'état de la vieille piste ne pouvait donc signifier qu'une chose et elle frémit en le réalisant. Après s'être terrés pendant des années, ne songeant qu'à rendre leur cité indécelable, les mercenaires du Chaos s'apprêtaient à une action d'envergure !

Elle ignorait de quoi il s'agissait mais elle était sûre qu'en suivant la vieille piste vers le sud, elle ne la retrouverait obstruée par la végétation qu'en atteignant la lisière d'Ombreuse. Un obstacle destiné à leurrer d'improbables voyageurs et qui serait sans peine supprimé le jour voulu.

Le jour voulu ?

Ellana observa la piste avec attention. Elle était assez large pour offrir le passage à vingt cavaliers de front. Une armée pouvait l'emprunter sans être ralentie. Une armée de plusieurs milliers d'hommes.

Si une telle armée existait, en sortant d'Ombreuse elle se retrouverait dans une région déserte de Gwendalavir. Personne ne remarquerait sa présence. Il ne lui faudrait alors que quelques jours pour franchir les Dentelles Vives par le gouffre du Fou, passer le Pollimage et atteindre Al-Jeit.

Al-Jeit que la guerre contre les Raïs avait vidé de ses soldats.

Il n'y avait plus de place pour le doute. Les mercenaires du Chaos prévoyaient de renverser l'Empire. Il y avait même fort à parier qu'au moment où ils déferleraient sur Al-Jeit, des groupes d'assassins menés par des Mentaïs tenteraient d'éliminer les principaux seigneurs de Gwendalavir afin de tuer dans l'œuf toute velléité de résistance.

Une seule question demeurait.

Quel rôle jouait Destan dans cette histoire ?

Alors qu'elle longeait la piste vers le nord, ses sens aux aguets, les dernières paroles de Nillem lui revinrent à l'esprit. Elle oublia leur odeur de sang pour se concentrer sur le sens qu'il leur avait donné.

« *Lorsque les douze disparaîtront et que l'élève dépassera le maître, le chevaucheur de brume le libérera de ses chaînes. Six passeront et le collier du un sera brisé. Les douze reviendront alors, d'abord dix puis deux qui ouvriront le passage vers la Grande Dévoreuse. L'élève s'y risquera et son enfant tiendra dans ses mains le sort des fils du Chaos et l'avenir des hommes.* »

La prophétie.

Selon l'interprétation de Nillem, Destan était la clef du Chaos. Les mercenaires avaient attendu son arrivée pour se lancer à l'assaut de l'Empire.

Ellana secoua la tête et se mit à courir.

Destan n'était pas une clef.

C'était son fils et elle allait le chercher.

La piste filait vers le nord en larges courbes épousant le relief du terrain. De chaque côté, s'étendait Ombreuse, obscure et impénétrable. De temps à autre, Ellana, croyant discerner le départ d'un chemin, s'arrêtait pour effectuer quelques pas entre les arbres.

En vain.

La piste était là mais il n'y avait aucune trace des mercenaires du Chaos ou de leur cité.

Toujours courant, Ellana passa un col qui surplombait un immense cratère dû à un effondrement géologique ou la chute d'une météorite. La catastrophe devait remonter à des millénaires car la forêt avait reconquis ses droits et dans le cratère, large d'un kilomètre, poussait une végétation plus dense que partout ailleurs.

Après le col, elle franchit un affluent de l'Ombre par un pont qui menaçait de s'écrouler avant de s'arrêter pour céder le passage à une ourse élastique et son petit qui traversaient la piste. L'ourse lui jeta un regard suspicieux, poussa un grognement d'avertissement puis, constatant qu'Ellana demeurait immobile, poursuivit son chemin. Par une des rares trouées dans la forêt, Ellana aperçut les deux animaux qui traversaient à gué la rivière qu'elle venait de franchir.

– Tu as raison, lança-t-elle à l'intention de l'ourse. Le pont n'est pas fiable et une bonne mère protège toujours son enfant.

Elle reprenait sa course lorsque le sens de ce qu'elle venait de prononcer à haute voix la frappa comme un coup de poing.

Le pont n'est pas fiable !

Pourquoi se donner tant de mal pour restaurer une piste et laisser à l'abandon le seul pont permettant de franchir la rivière ?

Une seconde de réflexion puis l'évidence.

Parce que la cité se trouvait avant le pont !

La réfection de la piste avait été poursuivie afin qu'un éventuel observateur n'en déduise pas l'endroit où elle se situait mais le pont n'avait pas été rebâti parce qu'il ne serait jamais utilisé.

Ellana poussa un juron et fit demi-tour.

Elle gravit le col en courant pour s'immobiliser à l'endroit où il surplombait le cratère distant d'un kilomètre à peine. Était-ce possible que…

Lorsqu'elle tira Ilfasidrel du sac, il lui parut étrangement chaud. Alors qu'elle s'interrogeait sur la façon correcte de l'utiliser, elle n'eut pas besoin, comme elle l'envisageait, de l'élever devant ses yeux.

Le tenir dans sa main suffisait.

La cité du Chaos était là.

Au fond du cratère.

Juste devant elle.

24

Les flancs du cratère, tapissés d'herbe rase, descendaient en pente douce jusqu'à l'enceinte de la cité, une muraille circulaire haute d'une vingtaine de mètres, sans tours ni créneaux.

« Piètre place forte, songea Ellana. Ceux qui l'ont conçue ne sont pas des experts. »

Elle révisa aussitôt son jugement. Des remparts trois fois plus épais et dix fois plus élevés auraient été incapables d'arrêter les armées impériales si celles-ci les avaient pris d'assaut. La force de la cité ne résidait pas dans la taille de ses murs mais dans son invisibilité, et pour garantir cette dernière les mercenaires s'étaient bel et bien montrés experts.

Ellana doutait qu'un guetteur puisse l'apercevoir de si loin mais, afin de ne courir aucun risque, elle s'était tapie derrière un tronc.

De la position qu'elle occupait, elle distinguait parfaitement l'intérieur de la cité. Des bâtiments bas, tous identiques, alignés le long d'artères tracées au cordeau convergeant en étoile vers un palais massif qui se dressait au centre exact de la cité.

Aucune fioriture, aucune décoration, aucune originalité architecturale.

De l'efficacité.

L'agencement de la cité ne correspondait pas à l'idée qu'Ellana se faisait du Chaos mais que savait-elle réellement du Chaos, des mercenaires, de leur organisation et de leurs véritables objectifs ?

Ilfasidrel lui avait révélé la cité ainsi qu'une large route pavée qui, partant de l'unique porte ouverte dans la muraille, effectuait quelques lacets pour sortir du cratère avant de filer droit à travers la forêt jusqu'à la vieille piste. Leur intersection devait être, elle aussi, dissimulée par le pouvoir de sphères graphes, car Ellana ne l'avait pas remarquée lorsqu'elle était passée devant.

La marchombre réalisa soudain que, sans le joyau aux mille facettes, elle errerait encore dans la forêt et elle eut une pensée reconnaissante pour Ouk et Pil qui n'avaient pas hésité à trahir leur peuple afin de lui venir en aide.

C'est en songeant à eux qu'elle remit Ilfasidrel dans son sac puis leva les yeux pour vérifier si, comme elle l'espérait, la cité lui était toujours visible.

C'était le cas et elle sentit un lourd fardeau quitter ses épaules. Elle ignorait encore si elle pourrait tenir sa promesse de rendre le joyau aux Petits mais, comme il était hors de question que les mercenaires du Chaos s'en emparent, lui faire franchir le mur d'enceinte aurait été une grave erreur.

Elle dissimula le petit sac de cuir dans l'anfractuosité d'un tronc. Elle se tourna ensuite en direction du nord et de la Forêt Maison.

– Je ferai de mon mieux pour vous rapporter Ilfasidrel, murmura-t-elle, mais il se peut que j'échoue et que vous deviez apprendre à vous débrouiller sans lui. Dans ce cas, je vous demande pardon. Du fond du cœur.

Elle avait renoncé à emprunter la route pavée, préférant, pour demeurer invisible, couper droit à travers Ombreuse.

La lisière de la forêt se dressait à moins de deux cents mètres du mur d'enceinte et, lorsqu'elle l'atteignit, le soleil basculait derrière l'horizon.

Elle s'allongea dans l'herbe et attendit, en observant la cité, que les dernières lueurs du crépuscule s'éteignent. Si aucun guetteur n'était visible sur les remparts, ni aucun mouvement discernable aux alentours, le bruit d'une activité intense montait des remparts.

Ordres hurlés, hennissement de chevaux, martèlement de bottes, le fracas caractéristique d'une armée se préparant au départ.

Ellana vérifia que son poignard coulissait bien dans sa gaine.

Des années plus tôt, Jilano l'avait avertie qu'elle n'était pas de taille à affronter un mercenaire du Chaos.

Qu'aurait-il dit s'il avait su qu'un jour ce ne serait pas à un mercenaire qu'elle s'attaquerait mais à une armée entière ?

« *Tu as toujours eu les yeux plus gros que le ventre, jeune apprentie !* »

Puis il aurait hoché la tête, ses yeux bleu ciel lui auraient souri et il aurait poursuivi :

« *Une armée entière ? Tu peux le faire.* »

Ellana se mit à ramper en direction de la cité.

Ce n'était pas une cité.

Aucune trace de champs ou de pâtures, pas la moindre maison adossée à la muraille, aucune autre route que celle qui conduisait à la porte, pas de sentiers, de cabanes d'enfants, de poulaillers ou d'enclos pour siffleurs, rien qu'un rempart de pierre claire, ceignant non une cité mais une caserne démesurée.

Ellana se plaqua contre la muraille, écouta un instant le silence qui régnait du côté où elle se trouvait et le bruit qui montait de l'autre, puis elle crocheta une saillie et commença à s'élever.

Il ne lui fallut qu'un instant pour atteindre le sommet. Un rapide coup d'œil pour vérifier que le chemin de ronde était désert et elle bascula à l'intérieur. Elle s'accroupit, risqua un regard par-dessus la rambarde de pierre, retint un grognement de dépit.

L'esplanade qu'elle dominait grouillait de mercenaires en tenue de combat.

Les sphères lumineuses disposées contre les murs ne dissimulaient rien des préparatifs auxquels ils se livraient, fourbissant leurs sabres, brossant leurs chevaux ou astiquant leurs armures. Des officiers montés sur des étalons caparaçonnés circulaient entre leurs hommes, tandis qu'un colosse au crâne rasé, debout sur une estrade, les invectivait pour qu'ils se hâtent.

L'avenue qui partait de l'esplanade voyait passer un incessant va-et-vient de chariots bâchés escortés par des mercenaires équipés d'arbalètes, tandis que d'autres entraient et sortaient des différents bâtiments, les bras chargés de carquois, de lances ou de hallebardes. Où que se portât son regard, Ellana découvrait des hommes armés, des centaines d'hommes armés, s'activant comme des fourmis.

Destan ne pouvait se trouver que dans le palais. Ellana avait prévu de s'y glisser subrepticement mais l'agitation qui régnait dans les rues la contraignit à revoir ce plan. Elle avait besoin d'un mercenaire.

Sur le chemin de ronde s'ouvraient à intervalles réguliers des escaliers permettant de descendre dans le rempart. Accroupie, Ellana gagna l'escalier le plus proche et, rasant les murs, s'y engagea.

Une volée de marches patinées par l'usage la conduisit au seuil d'une petite salle voûtée qu'éclairait une sphère lumineuse. Un bruit de conversation la figea avant qu'elle sorte de l'obscurité.

– J'ai été désigné pour apporter son repas au seigneur Kharx.

La voix de l'homme qui venait de s'exprimer était tout sauf joyeuse.

– Ce ne sont plus les Mentaïs qui s'en occupent ? demanda une deuxième voix.

– Ils ont apparemment achevé leur travail et ont passé la main aux sous-officiers comme toi et moi. Heureusement, le bruit court que le seigneur Kharx est… apaisé.

– Je l'espère pour toi. Je n'ai guère de goût pour les comptes et l'intendance mais j'avoue que, pour rien au monde, je n'échangerais mon boulot contre le tien. J'ai eu l'occasion de voir le seigneur Kharx, tu sais. À ta place, je craindrais qu'il confonde son repas avec celui qui le lui apporte !

Apparemment enchanté de sa boutade, le mercenaire éclata d'un rire sonore.

– Je te remercie pour le réconfort que tu m'apportes ! s'exclama son compagnon. Que les marchombres te mangent le cœur !

– Allez Jourk, ne te fâche pas. Bientôt, nous…

Le bruit d'une porte claquée avec violence apprit à Ellana que le dénommé Jourk était bel et bien fâché. Elle attendit un instant pour s'assurer qu'un troisième mercenaire, silencieux, ne se trouvait pas dans la pièce puis avança d'un pas.

Un homme se tenait assis à un bureau et, lui tournant le dos, écrivait avec application sur un livre de comptes. Il portait l'armure légère des mercenaires du Chaos, cuir et métal, et avait déposé son casque près de lui. Une cape verte était accrochée à la porte et un sabre dans son fourreau pendait au dossier de la chaise.

« Tout ce qu'il me faut », songea Ellana en se glissant derrière sa proie.

25

Ellana détestait le contact du casque sur sa tête, et le sabre pendu à son côté l'encombrait. Seul le poignard qu'elle avait passé à sa ceinture lui convenait.

Elle avait renoncé à revêtir l'armure, trop grande pour elle et qui lui donnait l'impression d'être en prison. La cape suffisait à dissimuler ses vêtements aux regards des mercenaires qu'elle croisait.

Elle avançait d'un pas rapide, de la démarche assurée de celui qui sait où il va et a de bonnes raisons d'y aller.

« *Lorsque l'ombre t'est refusée, choisis la lumière puisque être visible est souvent le meilleur moyen de ne pas être vu.* »

Tout se déroulait pour l'instant de façon idéale.

Le plus pénible avait été de porter le corps de l'homme qu'elle avait supprimé jusqu'au chemin de ronde et de le faire basculer de l'autre côté de la muraille. Elle l'aurait volontiers fourré dans une armoire ou un coffre mais la pièce ne contenait aucun meuble assez grand et elle avait dû se résigner à le charger sur ses épaules.

Lui briser la nuque ne lui avait en revanche posé aucun problème, elle avait juste veillé à ne pas y prendre trop de plaisir.

– Hé, toi!

Feignant de n'avoir pas remarqué que c'était à elle que s'adressait l'officier qui venait de la héler, elle poursuivit son chemin sans ralentir son allure.

– Hé, toi, tu es sourd? Arrête-toi!

L'ordre, péremptoire, avait été jeté suffisamment fort pour qu'Ellana soit contrainte de répondre. Veillant à s'enrouler dans sa cape, elle se retourna.

L'officier avança sur elle sans paraître surpris de se trouver face à une femme.

– Viens nous aider à charger ces caisses, ordonna-t-il.

Ellana refoula l'envie de lui ficher sa lame dans le cœur. La rue fourmillant de mercenaires, un tel acte signerait son arrêt de mort.

– Impossible, rétorqua-t-elle en tentant d'afficher un calme qu'elle était loin de ressentir. Je dois porter son repas au seigneur Kharx.

L'officier tressaillit.

– Ce n'est plus le seigneur Azan qui s'en occupe? demanda-t-il.

Bien qu'il y eût de fortes chances que le seigneur Azan en question soit un des Mentaïs évoqués par Jourk et son compagnon intendant, Ellana préféra rester dans le vague.

– Aucune idée, répondit-elle. On m'a convoquée, j'obéis.

La formule parut plaire à l'officier.

– C'est bien, approuva-t-il. Dans quelle unité es-tu enrôlée ?

Le cœur d'Ellana se serra et elle posa la main sur le manche de son poignard. Ignorant que sa vie ne tenait plus qu'à un fil, l'officier carra les épaules. Mignonne cette petite mercenaire, s'il n'avait pas eu autant de boulot, il lui aurait volontiers proposé une récréation au fond d'un entrepôt.

– Alors, insista-t-il, ton unité ?

Ellana lui décerna un sourire étincelant.

– Celle qui entrera la première dans Al-Jeit, bien sûr ! lança-t-elle avec impudence.

L'officier éclata de rire.

– Jeune prétentieuse ! s'exclama-t-il. Allez, file. J'ai du travail et toi aussi. Je tiens de sources bien informées que le seigneur Kharx déteste avoir faim !

Ellana se détournait lorsqu'il la héla :

– Attends ! Comment t'appelles-tu ?

Réprimant colère et envie de sang, elle se força à répondre d'une voix amène.

– Piu.

– Moi, c'est Aul Rigar. Je commande la huitième section des envoleurs.

Il attendait visiblement une réaction qu'Ellana lui offrit sous la forme d'une mine admirative qui parut flatter son ego.

– Viens me voir lorsque nous serons installés à Al-Jeit, lui proposa-t-il. Je pourrai peut-être te trouver une place parmi mes envoleurs.

– Je n'y manquerai pas, promit-elle. J'en rêve depuis si longtemps...

Sur un dernier sourire, elle se remit en marche.

Aul Rigar la regarda s'éloigner en lissant sa courte barbe. Il appréciait la façon de marcher de cette Piu, souple, décontractée, efficace. Si elle tenait parole et revenait le voir, il essaierait vraiment d'en faire une envoleuse.

Une chasseuse de marchombres.

Le palais était une vaste construction hexagonale de pierre grise bordée de colonnes supportant un toit en terrasse. Les portes étaient grandes ouvertes et de nombreux mercenaires entraient et sortaient sans que quiconque s'inquiète de leur identité ou de leurs desseins.

Ellana marqua un temps d'hésitation. Profiter de la cohue pour se glisser dans le palais ou attendre que l'activité des mercenaires ralentisse ?

Elle jeta un coup d'œil aux alentours. Si l'armée ne paraissait pas encore prête, son départ était tout au plus une question de jours. Il était probable que l'agitation qui le précéderait irait en croissant. Attendre était inutile.

Elle réajusta sa cape et gravit les marches conduisant aux portes du palais.

Elle pénétra dans une immense salle où étaient dressées des dizaines de tables de travail. Derrière chacune d'elles, un homme ou une femme jonglait avec feuilles, dossiers et ordres de mission, les distribuant aux mercenaires qui venaient les chercher ou récupérant ceux qu'on leur apportait. Le vacarme était assourdissant, l'agitation étourdissante mais derrière l'apparente confusion qui régnait dans la salle, Ellana discerna un ordre implacable qui lui glaça le dos.

La scène qui se jouait là puisait ses origines dans un lointain passé et avait été préparée, ajustée, planifiée, dans ses moindres détails, de longue date. Son dénouement risquait fort de sonner le glas de l'Empire.

Pour la première fois depuis qu'elle avait escaladé les remparts de la cité, Ellana envisagea la possibilité de faire demi-tour afin de gagner Al-Jeit pour alerter l'Empereur.

Le plan des mercenaires reposait sur l'effet de surprise. Si la Légion noire se dressait devant eux, il s'effondrerait.

Elle se mordit les lèvres.

Faire demi-tour ? Abandonner Destan à Essindra ? Renoncer à tuer Nillem ?

Il n'en était pas question.

Elle était demeurée immobile trop longtemps. Quelques regards curieux se tournaient vers elle. Il lui fallait bouger.

« Le regard d'un adversaire est pareil à un piège. L'éviter est plus facile que s'en extirper quand il s'est refermé sur toi. Un marchombre ne tombe pas dans un piège. Ni ne se laisse piéger par un regard. »

Trop tard.

Réajustant une nouvelle fois sa cape, elle se dirigea vers une table proche de l'extrémité de la salle, ses sens prodigieusement affûtés focalisés sur l'attention dont elle était l'objet et qu'elle ressentait comme une tension presque palpable. Alors qu'elle atteignait son but, elle sentit cette tension décroître puis disparaître.

« Percevoir le temps n'est que le premier pas. Un pas que le marchombre effectue avant de passer au suivant : utiliser le temps. »

Une porte se dressait à proximité. Ellana s'en approcha, mariant nonchalance et empressement pour les transformer en invisibilité. Elle posa la main sur la poignée.

Ouverte.

Devenue soupir, elle se glissa de l'autre côté.

26

Elle pénétra dans un long corridor désert, chichement éclairé par de petites sphères lumineuses suspendues de loin en loin. Ignorant les portes qui ponctuaient ses murs, Ellana le longea jusqu'à la pièce s'ouvrant à son extrémité.

Elle y parvint au moment où un groupe de mercenaires sortaient d'un bureau pour y pénétrer aussi. Ellana sentit le poids de leur regard sur ses épaules alors qu'elle s'engageait précipitamment dans un nouveau couloir. Sa présence ne devait toutefois pas être assez déplacée pour qu'ils l'interpellent et elle poursuivit son chemin sans que s'élève le concert de cris qu'elle redoutait.

Elle avait le sentiment de foncer tête baissée dans un piège en s'introduisant au cœur du palais alors qu'elle n'avait pas la moindre idée de l'endroit où se trouvait Destan. Chaque minute qui s'écoulait augmentait les risques d'être surprise, diminuant d'autant ses chances de survie.

Elle savait cela.

Mais elle n'avait aucun moyen d'agir autrement.

Elle croisa deux autres groupes de mercenaires sans éveiller leur curiosité, traversa une série de salons meublés de façon austère, gravit un escalier, en descendit un autre pour finalement déboucher sur une coursive métallique qui faisait en hauteur le tour d'un patio ouvert sur le ciel nocturne.

Des sphères placées sur les murs le baignaient d'une lumière écrasante qui ne parvenait toutefois pas à masquer la lueur bleutée du champ de force qui le ceignait.

Ellana s'était figée, son attention braquée non sur le champ de force qui induisait pourtant la présence de Mentaïs, mais sur l'être effroyable qui se tenait au centre du patio.

Haut de trois mètres, incroyablement massif, le corps protégé par des plaques osseuses garnies de pointes redoutables, il se tenait debout sur des jambes musculeuses et cuirassées tandis qu'au bout de ses bras eux aussi caparaçonnés d'os cliquetaient des griffes aussi longues que des sabres.

Sa tête aurait pu être celle d'un ours élastique si un ours élastique avait possédé des cornes et des mâchoires garnies de crocs effrayants capables de broyer sans difficulté le crâne d'un homme. Et si les yeux d'un ours élastique avaient brillé d'un éclat rougeâtre qui témoignait d'une intelligence aussi vive que perverse.

L'être monstrueux déambulait dans le patio, s'approchant parfois du champ de force pour le fixer comme s'il avait voulu l'annihiler par la seule pression de sa volonté.

Un grondement menaçant montait de la vaste poitrine, ses griffes s'agitaient, ses mâchoires claquaient puis il se détournait.

Sa démarche dégageait une telle violence, un tel mélange de puissance, d'agilité et d'agressivité qu'Ellana frissonna. Quelle était cette créature ? D'où provenait-elle ? Les mercenaires du Chaos prévoyaient-ils de...

Elle se plaqua contre un des piliers soutenant la coursive. Un homme venait d'entrer dans le patio. Grand, large d'épaules, vêtu de l'armure de cuir et de métal des mercenaires, il portait un masque hideux d'où pointaient des canines d'acier.

Un nouveau frisson traversa le dos d'Ellana.

Mentaï !

Le Mentaï traversa le champ de force comme s'il n'avait pas existé et, bras croisés, se campa devant le monstre.

Si l'être bardé de pointes, de crocs et de lames qui lui faisait face était de toute évidence capable de l'éviscérer d'une simple pichenette, le Mentaï ne paraissait pas éprouver la moindre crainte. Il irradiait au contraire la confiance, arborait l'attitude calme de celui qui se sait en position de force.

– À genoux, seigneur Kharx, ordonna-t-il d'une voix tranquille.

Le monstre – le seigneur Kharx ? – poussa un grognement sourd. Il leva un bras menaçant, les pointes de sa cuirasse osseuse brillèrent d'un éclat sinistre, ses griffes se...

– À genoux, seigneur Kharx !

Le Mentaï n'avait pas haussé le ton mais sa voix était empreinte d'une telle force que le seigneur Kharx se figea. Lentement, il ploya son corps de tueur jusqu'à se retrouver à genoux sur les dalles du patio.

Le Mentaï s'approcha et posa une main entre ses cornes.

– Je sais que vous me haïssez, seigneur Kharx, déclara-t-il avec douceur, mais comprenez que cette haine est sans issue. La puissance du Chaos coule dans mes veines, vous ne pouvez rien contre moi. Votre rage trouvera néanmoins très bientôt un exutoire. Très bientôt, vous assouvirez votre soif de sang.

Il recula d'un pas et le seigneur Kharx s'ébroua avant de se relever, ses yeux rouges étincelants de fureur.

Le Mentaï éclata de rire.

– Bientôt, susurra-t-il. Le Chaos et la mort.

Rejoindre Destan. Elle devait rejoindre Destan !

Ce qui se tramait ici dépassait ses cauchemars les plus fous et l'idée que son fils y soit mêlé était insoutenable.

Après avoir quitté la coursive et contourné le patio, Ellana pénétra dans une pièce occupée par une table circulaire couverte de cartes et de plans autour de laquelle on avait installé une vingtaine de chaises.

Par une immense baie donnant sur l'extérieur et sa sœur sur le mur opposé, elle aperçut une grande partie de la cité et au-delà des remparts les flancs du cratère, Ombreuse montant la garde à son sommet. Il lui sembla que l'agitation dans les rues avait encore gagné en intensité et son cœur se serra. Lorsque les mercenaires du Chaos se mettraient en route, ils emmèneraient Destan avec eux. Ses chances de le retrouver deviendraient alors infimes.

Elle s'apprêtait à quitter la salle quand un bruit de pas l'alerta. Elle n'eut pas le temps de s'esquiver, un officier des mercenaires apparut.

Il la toisa d'un air surpris avant de l'interpeller :

– Que fiches-tu ici ?

Ellana n'hésita qu'une fraction de seconde.

L'homme était seul. Il représentait une chance inespérée d'apprendre où était Destan.

– Je suis envoyée par Aul Rigar, répondit-elle en s'approchant de l'officier.

– Aul Rigar ? réagit-il. Qui est-ce ?

Elle avança encore.

– Le commandant de la section huit des envoleurs.

L'officier se frotta le menton, la mine stupéfaite.

– Le commandant de la section huit des envoleurs ? répéta-t-il. Que veut-il ? Il n'a aucun…

Sa phrase s'éteignit dans un râle. Ellana avait bondi et lui avait planté son coude dans le plexus solaire avec suffisamment de force pour lui couper la respiration.

Il se plia en deux et elle en profita pour se glisser derrière lui.

Il poussa un gémissement de douleur quand les pouces de la marchombre écrasèrent deux points névralgiques à la base de son cou puis un deuxième, plus marqué, quand les muscles de ses bras, tétanisés, échappèrent à son contrôle.

Ellana se pencha à son oreille.

– Je vais te poser une question, lui souffla-t-elle d'une voix aussi froide que la mort, et tu vas répondre sinon...

Elle attendit une seconde.

– ... j'appuie ici !

Le mercenaire du Chaos poussa un hurlement qu'elle étouffa en plaquant une main sur sa bouche.

– Je veux savoir où...

Elle se tut.

Un bruit de pas. Qui approchait. Un bruit de conversation. Des mercenaires. Nombreux. Une dizaine au moins.

Dans un instant, ils seraient là.

L'inquiétude vrilla le cœur d'Ellana.

« *Une décision est une porte et un marchombre choisit toujours les portes qu'il franchit. Même dans l'urgence. Même quand sa vie est en jeu.* »

La marchombre transforma son inquiétude en réflexion. Intense.

S'enfuir en abandonnant l'officier derrière elle revenait à donner l'alerte. Elle serait capturée en moins de cinq minutes.

Le tuer ne changeait pas grand-chose et l'entraîner avec elle était irréalisable.

Elle jeta un regard éperdu autour d'elle.

Près de la baie, une armoire, haute et massive.

– Zut, cracha Ellana. J'avais besoin de ta réponse.

Devinant ce qu'elle avait décidé, l'officier tenta de se libérer. Elle ne lui en accorda pas la possibilité. Elle resserra sa prise et les vertèbres du mercenaire se brisèrent avec un claquement sec. Il s'affaissa.

Ellana le chargea sur son épaule et se précipita.

Lorsque le groupe de mercenaires pénétra dans la pièce, aucun d'entre eux ne remarqua la porte de l'armoire qui se refermait sans bruit.

27

L'armoire contenait de lourdes capes de pluie suspendues à une tringle qui laissaient une place confortable à Ellana.

Elle repoussa dans un coin le corps de l'officier qu'elle avait tué et jeta un coup d'œil par l'interstice entre les battants de la porte. Les mercenaires s'installaient autour de la table. Ellana en compta seize avant que son cœur ne fasse soudain un bond dans sa poitrine.

Nillem se trouvait là, à trois mètres d'elle, assis à côté d'Essindra !

Alors qu'une flambée de haine pure l'envahissait, elle prit conscience que sa main s'était refermée sur le manche de son poignard et qu'elle le serrait à s'en faire blanchir les phalanges.

Elle s'obligea à le lâcher, détourna les yeux et attendit que sa respiration se soit apaisée pour regarder à nouveau.

Nillem !

Il siégeait à cette table, auprès de ceux qui, de toute évidence, étaient les seigneurs des mercenaires du Chaos, comme si sa place avait toujours été celle-là. Pire, il toisait ses pairs avec la morgue de celui qui s'estime supérieur et envisage à court terme de s'arroger le rôle de chef suprême.

Nillem !

Ellana ne parvenait pas à se rappeler si, un jour, elle l'avait aimé vraiment mais l'aversion qu'elle ressentait aujourd'hui pour lui était, elle, bien réelle. Une aversion aux couleurs de la mort et au goût de sang.

Les griffes de la marchombre jaillirent brièvement, avant de se rétracter avec un doux chuintement.

Promesse.

Essindra, toujours aussi belle et hautaine, posa une main légère sur l'épaule de Nillem, geste qui témoignait de l'intimité de leurs relations. Elle se pencha pour lui souffler quelques mots à l'oreille qu'il approuva d'un hochement de tête. Il reporta son attention sur le mercenaire qui lui faisait face.

– Azan ! l'interpella-t-il. Et si tu ôtais ton masque ? Tu n'as aucune chance d'effrayer quiconque autour de cette table.

L'homme à qui il s'adressait était le Mentaï qui avait forcé le seigneur Kharx à s'agenouiller dans le patio. Le masque hideux dont il s'affublait n'avait rien d'anodin mais, focalisée sur Nillem et Essindra,

Ellana ne l'avait pas remarqué au premier coup d'œil. Près de lui quatre autres mercenaires – quatre Mentaïs ? – portaient les mêmes masques qu'ils avaient repoussés en arrière.

– Tiens donc, le roquet d'Essindra montre les dents ?

Azan accompagna sa tirade d'un rire léger que l'acier de son masque para d'un éclat métallique.

Nillem se leva à demi, repoussa sa chaise et porta la main à la poignée du sabre qui dépassait de ses épaules.

L'échange avait interrompu les conversations autour de la table, remplaçant leur brouhaha feutré par un silence de mort.

– Roquet ? répéta Nillem d'une voix sourde.

Azan et lui se toisèrent un instant puis le Mentaï repoussa son masque, dévoilant un visage jeune et fin, encadré par de courtes boucles brunes.

– Et si nous nous mettions au travail ? proposa-t-il comme s'il poursuivait une conversation captivante avec un ami de longue date. Le départ aura lieu dans trois jours et il nous reste beaucoup de choses importantes à régler. Celles qui le sont moins seront réglées plus tard, d'accord ?

Un rictus tordit la bouche de Nillem.

– D'accord.

Il échangea un regard éloquent avec Essindra et se rassit.

Un mercenaire prit alors la parole. À la différence des autres, son armure de cuir ne comportait aucune partie métallique et il n'était armé que d'un poignard dont la lame, lourde et longue, était courbe.

– Avant que nous évoquions les problèmes d'approvisionnement de notre armée, je voudrais revenir sur un point important. Je persiste à penser que mes envoleurs doivent pénétrer les premiers à Al-Jeit. Avec au moins deux jours d'avance sur nos troupes !

– Nous avons déjà réglé cette question, Chiajink, intervint un mercenaire au teint pâle et aux cheveux blancs. Il a été décidé que les risques découlant d'un tel choix étaient trop importants. Tes envoleurs sont certes discrets mais si la garde impériale décelait leur présence dans les murs d'Al-Jeit, la défense de la cité aurait le temps d'être organisée et notre victoire ne serait plus assurée.

– C'est pourtant en jouant sur l'effet de surprise que nous éliminerons le maximum de marchombres.

– D'après nos informations les plus récentes, il ne reste pas plus de trois cents marchombres en Gwendalavir alors que tu commandes à plus de mille envoleurs. Ces avortons ne représentent plus le moindre danger pour nous.

Chiajink abattit son poing sur la table.

– Ces avortons, comme tu les appelles, nous narguent depuis des siècles et chacun de nos affrontements a toujours tourné en leur faveur. Je dis bien chacun et je te défie de me prouver le contraire. Sais-tu de la mort de combien des nôtres des avortons comme Jilano Alhuïn, Sayanel Lyyant ou Ellana Caldin sont responsables ?

Essindra leva le bras pour réclamer la parole et les regards se tournèrent vers elle.

– Jilano Alhuïn est mort depuis des années, déclara-t-elle, et Nillem a éventré Ellana Caldin sous mes yeux. Quant à Sayanel Lyyant, pour redoutable qu'il soit, je doute que, à lui seul, il nous fasse grand mal. N'oublie pas, en outre, que leur guilde est si désorganisée qu'elle sera incapable de nous opposer un front uni. Je suis d'accord avec l'analyse de notre ami Farff, les marchombres ne sont plus d'actualité.

– Les marchombres n'ont eu qu'une utilité, intervint Nillem, nous offrir l'enfant qu'évoque la prophétie. Pour le reste, ils sont dérisoires.

Un mercenaire qui n'avait encore rien dit leva le bras.

– Parlons un peu de cette prophétie ! Où en est son interprétation ?

Il s'adressait à Azan sur un ton où pointait l'agressivité, pourtant le Mentaï prit le temps de s'adosser confortablement à sa chaise pour répondre. Sans se départir de son sourire.

– Elle progresse.

– Serait-ce envisageable d'obtenir davantage que cette réponse absconse ? se fâcha un mercenaire au nez cassé.

– Le livre du Chaos ne se laisse pas interpréter aussi facilement que tu l'imagines, Dergulin. Il a fallu des générations de Mentaïs et des centaines de milliers d'heures d'études pour parvenir à invoquer le seigneur Kharx et à maîtriser sa remarquable tendance à mettre en pièces ceux qui le dérangent. Il a fallu des générations de Mentaïs et des centaines de milliers d'heures d'études pour extirper la prophétie de la gangue de divagations où elle se dissimulait.

Azan se pencha en avant, posa les coudes sur la table et poursuivit d'une voix qui avait perdu sa légèreté :

– Lorsque les douze disparaîtront et que l'élève dépassera le maître, le chevaucheur de brume le libérera de ses chaînes. Six passeront et le collier du un sera brisé. Les douze reviendront alors, d'abord dix puis deux qui ouvriront le passage vers la Grande Dévoreuse. L'élève s'y risquera et son enfant tiendra dans ses mains le sort des fils du Chaos et l'avenir des hommes. Tu connais la prophétie, Dergulin, n'est-ce pas ? Elle nous guide depuis si longtemps. Nous avons l'enfant et si nous ignorons encore le rôle exact qu'il sera amené à jouer, une chose est sûre : l'heure des fils du Chaos a sonné !

Tapie dans l'armoire, Ellana sentit un frisson d'expectative parcourir son corps.

Lorsqu'il avait évoqué Destan, Azan avait désigné une porte du doigt.

Par ce geste, il lui avait offert le renseignement dont elle avait si terriblement besoin.

Maintenant elle savait.

28

« *Si un marchombre est mouvement, jeune apprentie, il peut aussi être absence de mouvement. Ombre et lumière, action et inaction, jaillissement et immobilité.* »

C'est en songeant à cet enseignement de Jilano et aux exercices qui en avaient découlé qu'Ellana, bloquée dans l'armoire, s'abandonna aux heures qui s'égrenaient.

Les mercenaires ne faisaient pas mine de vouloir bouger.

Penchés sur les cartes qui couvraient la table, ils planifiaient, en tacticiens accomplis, le voyage qui les attendait. Ils discutaient ses moindres détails et envisageaient l'ensemble des problèmes, même improbables, qui pouvaient se poser à eux.

Si Ellana buvait leurs paroles et enregistrait leurs échanges, elle n'en sentait pas moins ses paupières s'alourdir. C'était la deuxième nuit qu'elle passait sans dormir et pour résistante qu'elle soit, elle atteignait ses limites.

Ce fut l'image de Destan l'attendant qui la convainquit de se laisser aller. Lorsqu'elle quitterait cette fichue armoire, il lui faudrait sortir son fils de la cité. La probabilité que cela se déroule sans anicroche était faible et elle devait mettre toutes les chances de son côté.

Se reposer.

Dormir.

Oubliant les mercenaires qui continuaient à débattre, oubliant la présence de Nillem de l'autre côté d'un mince panneau de bois, elle ferma les yeux.

Elle fut réveillée en sursaut par des éclats de voix.

Instantanément sur le qui-vive, elle jeta un regard par l'interstice de la porte.

Le jour se levait, les mercenaires, debout, se pressaient en vitupérant devant les deux baies. Ils désignaient quelque chose à l'extérieur. Quelque chose qu'Ellana ne pouvait voir et qui semblait les émouvoir au plus haut point. Peut-être même les effrayer.

Azan fut le premier à réagir.

– Rien n'est perdu ! cria-t-il. Par le Chaos, rejoignez vos postes !

Il ajusta son masque répugnant et disparut.

« Un pas sur le côté », réalisa Ellana.

Les quatre autres Mentaïs disparurent à leur tour tandis que les mercenaires se précipitaient en courant hors de la pièce.

La marchombre laissa s'écouler une poignée de secondes.

Lorsqu'elle fut certaine qu'aucun d'eux ne faisait demi-tour, elle se glissa hors de l'armoire.

Ses articulations douloureuses et ses muscles ankylosés lui tirèrent une grimace quand elle effectua ses premiers pas puis elle atteignit une des baies et la stupéfaction remplaça en elle tous les autres sentiments.

Une armée se pressait au sommet du cratère. Peu nombreuse mais déployée de façon à encercler totalement la cité. Deux ou trois cents hommes à cheval qui se tenaient immobiles, prêts à se lancer à l'assaut des murailles.

Le cœur battant à tout rompre, Ellana plissa les yeux.

Il ne s'agissait pas de mercenaires, c'était évident, pourtant elle ne discernait aucun étendard impérial. Qui étaient ces guerriers ?

Puis le soleil apparut derrière les arbres et la scène s'illumina.

– La Légion noire ! réalisa Ellana en découvrant les soldats vêtus de la sombre armure de vargelite.

Que faisait ici la troupe d'élite de l'Empire alors que personne ne savait en Gwendalavir où se situait la cité du Chaos ? Et si, par un quelconque miracle, Sil' Afian avait obtenu ce renseignement capital, pourquoi les légionnaires ne brandissaient-ils pas le drapeau alavirien et pourquoi n'étaient-ils pas plus nombreux ?

Elle courut de l'autre côté de la pièce.

Les hommes qui se tenaient au sommet du cratère n'appartenaient pas à la Légion noire. Montés sur de petits chevaux sauvages qui piaffaient d'impatience, ils portaient des vêtements de cuir et la plupart brandissaient des sabres.

Des Frontaliers !

Au moins trois cents Frontaliers. Normal que les mercenaires du Chaos se soient affolés.

Ellana écarquilla les yeux.

Immobiles à côté des Frontaliers, regardant dans la même direction qu'eux, unis dans un même but...

Des Thüls !

Ellana se passa une main sur le visage. C'était impossible. Elle devait rêver. Ou alors elle avait été surprise dans son sommeil, égorgée par Nillem et ce qu'elle croyait voir n'était qu'un mirage engendré par la mort.

Des Thüls et des Frontaliers.

Impossible !

Jamais ces ennemis héréditaires n'accepteraient de...

Le palais entier se mit à trembler. Dans la pièce, les chaises basculèrent, la table s'affaissa, tableaux et tentures se décrochèrent, une lourde statue s'écrasa au sol et, quelque part, une série de vitres se brisèrent dans un fracas assourdissant.

Ellana s'était appuyée au mur pour ne pas tomber. Lorsque le bâtiment cessa enfin de trépider et que le vacarme s'éteignit, un hurlement sauvage monta de l'extérieur.

Par la baie miraculeusement intacte, elle vit les cavaliers presser leurs montures et dévaler au grand galop les flancs du cratère.

Droit sur les murailles de la cité.

Sauf que des pans entiers de remparts s'étaient effondrés et que c'était sur ces immenses brèches que convergeaient légionnaires, Thüls et Frontaliers. Des brèches que déjà une horde de mercenaires franchissait en sens inverse, armes au poing, tandis que des archers se positionnaient sur les portions intactes du chemin de ronde.

Avec un effort, Ellana s'arracha à l'impressionnant spectacle.

Elle ignorait si l'arrivée inopinée de ce surprenant renfort devait être considérée comme un miracle mais il était hors de question qu'elle laisse passer l'avantage inespéré qu'il lui offrait.

Elle se débarrassa du sabre, de la cape et du casque devenus inutiles, tira son poignard de son fourreau et s'approcha de la porte qu'avait désignée Azan.

– J'arrive, Destan, murmura-t-elle.

NUIT

1

– **P**ersonne ne bouge ! Quoi qu'il advienne, personne ne bouge. Relayez le message.

Siam attendit que chacun des Frontaliers qui l'accompagnaient ait pris connaissance de son ordre puis, d'un claquement de langue, elle mit son cheval au pas.

Elle aurait volontiers vérifié que son sabre glissait correctement dans son fourreau mais il était hors de question que le guerrier qu'elle rejoignait s'imagine qu'elle ressentait la moindre appréhension.

Un Thül !

Elle s'apprêtait à discuter avec un Thül. À lui proposer de faire route ensemble. De combattre ensemble.

Elle réprima un juron dégoûté.

Un Thül !

Elle était tombée bien bas. Fallait-il qu'elle aime son frère et que la mort d'Ellana l'ait révoltée pour qu'elle accepte cette écœurante comédie. À sa décharge, elle avait quand même failli trancher le cou d'Aoro quand il lui avait annoncé que Thüls et Frontaliers combattraient ensemble. Puis elle s'était laissé convaincre.

À vue d'œil, les Thüls étaient aussi nombreux qu'eux, ce qui les rendait trois fois moins efficaces puisque, c'était connu, il fallait trois Thüls pour approcher la valeur d'un Frontalier.

Elle devait néanmoins reconnaître qu'ils avaient fière allure ces guerriers massifs qui se tenaient en rangs serrés de l'autre côté de la rivière, reconnaître qu'il irradiait force et confiance ce chef qui avait franchi le gué sans marquer la moindre hésitation et l'attendait, debout à côté de son cheval.

Lorsqu'elle parvint à sa hauteur, elle marqua, malgré elle, un temps d'arrêt.

Le Thül était impressionnant.

Aussi grand que Maniel, le plus grand des hommes qu'elle ait jamais rencontrés, il était bâti comme un titan mais ce n'était pas tout.

Siam était une guerrière trop accomplie pour ne pas reconnaître un combattant chevronné quand elle en rencontrait un et, à l'évidence, ce Thül était un combattant chevronné.

La poignée, patinée par l'usage, d'un sabre gigantesque dépassait de ses épaules et une hache qu'un homme solide aurait peiné à soulever à deux mains pendait à sa ceinture sans qu'il paraisse avoir conscience de leur poids.

Il avait croisé ses bras musculeux sur son impressionnante poitrine et se tenait immobile pourtant Siam sentait qu'il pouvait, le temps d'un clignement de paupière, se mettre en mouvement, tirer ses lames et gare alors à qui se placerait en travers de son chemin.

Elle bondit à terre sans daigner utiliser les étriers et s'approcha de lui.

– Je suis Siam Til' Illan, annonça-t-elle, et je représente les Frontaliers.

– Que personne ne bouge, ordonna Rhous Ingan. Quoi qu'il se passe, que personne ne bouge. Relayez le message.

– Mais tu ne peux pas... commença son aide de camp.

Rhous Ingan le fusilla du regard.

– Que personne ne bouge et que personne ne parle, cracha-t-il. Surtout pas toi et encore moins pour me dire ce que je dois faire ou pas !

Sans plus accorder un regard à son aide de camp qui s'était recroquevillé, il talonna son cheval.

La rivière était peu profonde et il la traversa à gué sans même mouiller ses bottes. Lorsqu'il fut sur l'autre rive, il mit pied à terre et se campa, bras croisés, à côté de sa monture.

Le rendez-vous avait été fixé à cet endroit par la petite dessinatrice qui lui avait appris la mort d'Ellana. Une sacrée maligne cette Kamil. Elle s'était soigneusement abstenue de lui parler des

Frontaliers, attendant qu'il engage son honneur pour lui annoncer la nouvelle et voilà qu'il s'apprêtait à rencontrer le chef de cette maudite engeance, un homme qu'il aurait, il le savait par avance, les plus grandes difficultés du monde à ne pas décapiter quand il ouvrirait la bouche.

Non, pas un homme.

Une femme.

Une gamine.

Rhous Ingan ravala un juron sonore.

Ces maudits Frontaliers étaient-ils à ce point grotesques qu'ils laissaient une gamine les commander ? Ou alors se moquaient-ils de lui ?

Il n'eut pas le temps de chercher la réponse à ses questions, la Frontalière arrivait à sa hauteur. Elle bondit à terre sans daigner utiliser les étriers et, aussitôt, Rhous révisa ses convictions.

S'il détestait ce peuple de couards et n'avait que peu d'estime pour les femmes qui s'estimaient les égales des hommes, il savait reconnaître un guerrier de valeur quand il en rencontrait un. Un guerrier ou une guerrière. Et cette fille, à l'évidence, était une guerrière de valeur.

Menue, deux tresses blondes encadrant un joli minois, elle paraissait avoir à peine vingt ans et sans doute n'avait-elle guère plus, mais ses mouvements possédaient la grâce et la précision d'une danse mortelle, la poignée élimée d'un sabre dépassait de ses minces épaules et ses yeux bleu-gris étaient ceux d'une prédatrice.

Elle se campa fièrement devant lui et Rhous comprit en un éclair fulgurant qu'il n'avait sans doute jamais rencontré une combattante aussi dangereuse que cette gamine-là.

– Je suis Siam Til' Illan, lui annonça-t-elle, et je représente les Frontaliers.

– Je suis Rhous Ingan, répondit-il, et je commande les Thüls.

Il attendit un bref instant puis, sans que ce geste ne lui cause l'embarras qu'il avait pensé ressentir, il tendit son énorme poing devant lui.

– Je suis Rhous Ingan, lui répondit le colosse, et je commande les Thüls.

Sa voix était basse, dépourvue, comme son attitude, de la moindre crainte et, plus important, de la moindre provocation.

Siam se demandait comment amorcer la discussion lorsque, dans un geste plein de force et d'assurance, il lui tendit son poing énorme.

Le poing tendu.

Le pacte d'amitié qui engageait l'honneur des Thüls avec l'inviolabilité des serments sur la vie.

Siam hésita une fraction de seconde puis, avec la conscience d'accomplir un geste qui n'avait jamais été accompli, elle appliqua son poing sur celui du Thül.

Dans le même temps, elle leva son autre main, présentant sa paume à Rhous Ingan.

Lorsque la gamine appliqua son poing minuscule sur le sien, Rhous Ingan sentit une force inconnue déferler en lui. La force qui émane des chemins trop longtemps ignorés quand on se décide enfin à les explorer pour découvrir qu'ils sont ceux que de tout temps on a souhaité suivre.

Il ne fut donc pas étonné de voir la Frontalière lever la main vers lui et lui présenter sa paume. Juste satisfait.

La main ouverte.

Le serment inviolable qui engageait l'honneur des Frontaliers et par là même leur vie.

Sans marquer la moindre hésitation, il plaqua sa large main sur celle de Siam.

– Honneur et courage, articula-t-elle avec force.

– Honneur et courage, répéta-t-il avec sa bouche, son cœur et son âme.

Près d'une rivière paisible, à l'est des plateaux d'Astariul, un Thül et une Frontalière se tiennent face à face.

Poing sur poing.

Paume contre paume.

Deux guerriers promis à la légende que tout sépare et qu'unit pourtant l'essentiel.

L'honneur et le courage.

2

Bjorn avait fière allure dans son armure de vargelite, la tête protégée par le heaume à imposant
cimier écarlate qui marquait son rang.

Il avait chevauché toute la journée et s'il était
fourbu d'avoir suivi un rythme qu'il jugeait démen-
tiel alors qu'il n'était que promenade aux yeux
de ses hommes, il ne l'aurait avoué pour rien au
monde.

Bjorn Wil' Wayard, général en chef des armées
impériales, commandant de la Légion noire, chargé
par l'Empereur en personne d'une mission haute-
ment confidentielle : conduire trois cents de ses
meilleurs hommes jusqu'à Edwin Til' Illan afin de
le soutenir dans ses projets fous.

La gloire, l'amitié, une quête impossible… Bjorn
baignait dans le bonheur.

Il confia les rênes de son cheval à un légionnaire et se hâta vers le feu autour duquel se tenaient déjà la plupart de ses amis.

Salim était là, assis près d'Ewilan, bien sûr, et d'une étrange petite fille vêtue de blanc. Siam leur faisait face, installée entre Sayanel et un colosse si puissamment charpenté que Bjorn crut un instant que Maniel était revenu du pays des morts. Mathieu servait à boire à Liven et Kamil tandis qu'Aoro distribuait de grandes louches d'un appétissant ragoût.

Seul Edwin était invisible ce qui ne surprit pas Bjorn.

Le maître d'armes avait été atteint au cœur par la mort d'Ellana. Il déployait une énergie sidérante pour retrouver son fils mais des années s'écouleraient sans doute avant qu'il redevienne capable de partager un repas convivial avec des amis.

S'il en redevenait un jour capable.

Bjorn salua un à un ses compagnons, s'attardant devant ceux qu'il ne connaissait pas afin qu'on les lui présente.

— Voici Eejil, lui apprit Ewilan en désignant la petite fille en blanc.

— Bonjour, fit Bjorn en tentant en vain de masquer son étonnement. Tu viens… euh… nous prêter main-forte ?

— Non, répondit Eejil d'une voix étonnamment grave, je vous prête Doudou.

— Doudou ?

— Mon compagnon de jeu.

470

– C'est gentil, rétorqua Bjorn de plus en plus surpris. Et… euh… Doudou n'est pas là ?

– Non. Il a entendu quelqu'un dire que des brûleurs vivaient dans la forêt d'Ombreuse et il s'est mis en tête de vérifier s'ils étaient comestibles.

– Ah…

Bjorn interrogea Ewilan et Salim des yeux. Ils se contentèrent, en guise de réponse, d'un sourire mystérieux et le chevalier poursuivit sa tournée de salutations sans en apprendre davantage.

Quand il parvint à leur niveau, Siam posa une main cordiale sur l'épaule du géant qui se tenait assis près d'elle.

– Rhous, je te présente Bjorn, un compagnon de longue date, noble, courageux, gourmand et bavard.

Noble, courageux, gourmand et bavard. Alors que Bjorn analysait encore le sens des qualificatifs dont elle venait de l'affubler, Siam poursuivit :

– Bjorn, je te présente Rhous, un ami thül.

Un ami thül !

Bjorn faillit s'étouffer de stupéfaction.

Une Frontalière amie d'un Thül ? Et pas n'importe quelle Frontalière ! Siam, la propre sœur d'Edwin, qui, aux dires de son frère, était née un sabre à la main et dont la personnalité avait été forgée au feu impitoyable des coutumes de la Citadelle !

Pas n'importe quel Thül non plus. L'attention de Bjorn se braqua sur le colosse et il dut admettre qu'il avait rarement rencontré pareil guerrier. Une montagne de muscles qui paraissait capable à elle seule d'anéantir la totalité des mercenaires du Chaos !

Bjorn en eut confirmation lorsque sa main disparut dans celle de Rhous Ingan. Le chevalier était pourtant plus grand et solide que la moyenne et, surtout, il avait conservé son gant de vargelite, le métal souple plus résistant que l'acier que seuls savaient travailler les forgerons d'Al-Chen.

Un métal qui valait mille fois son poids en or et qui servait à fabriquer les légendaires armures de la Légion noire.

Un métal presque indestructible.

Un métal qui sauva la main de Bjorn.

Le chevalier eut juste l'impression que Rhous lui broyait les os.

– Ravi de faire ta connaissance, grimaça-t-il lorsque le Thül l'eut lâché. Vraiment ravi.

Il s'installa sur un rocher, saisit l'assiette que lui tendait Aoro, le remercia puis contempla le campement. Les hommes de la Légion noire étaient en train de s'installer avec leur efficacité habituelle entre les Frontaliers et les Thüls sur une portion de terrain qui leur avait été réservée.

Un millier de combattants se tenaient là, mangeant, affûtant leurs armes ou entretenant leurs armures.

Un millier. C'était à la fois énorme et très peu si les craintes de Liven se vérifiaient. Briser la protection qu'offraient les sphères graphes avait nécessité les trois mois de délai annoncé et, une fois passé l'écran qu'elles constituaient, le jeune dessinateur et son équipe avaient découvert une inquiétante réalité. Les mercenaires étaient beaucoup plus nombreux que prévu et leur organisation redoutable d'efficacité. Edwin et les siens auraient besoin du moindre de leurs hommes s'ils voulaient avoir une chance de l'emporter.

Bjorn se tourna vers Sayanel.

– Les marchombres ont refusé de te suivre ? Je ne les vois nulle part.

– Ils sont pourtant là, répliqua Sayanel en désignant la nuit. Un peu partout autour de nous. Et ils seront là aussi demain lorsque le combat débutera.

– Demain ? La cité des mercenaires a donc été localisée avec précision ?

– Oui, répondit Ewilan. Elle n'est qu'à une heure de cheval d'ici.

– Et en t'attendant, intervint Salim, nous nous sommes permis de mettre au point un plan d'attaque. Voilà de quoi il s'agit…

Bjorn songeait à ce plan en s'éloignant entre les arbres.

Un plan simple et efficace.

Un plan comme il les aimait.

Ewilan, Liven et Kamil ouvraient une brèche dans les remparts puis s'occupaient des Mentaïs qui ne manqueraient pas d'intervenir. Pendant ce temps, les guerriers déboulaient dans la cité et massacraient les mercenaires.

Tout en réfléchissant, Bjorn se plaça contre un buisson et, le nez levé vers les étoiles, entreprit de soulager sa vessie.

– Ça fait du bien agréable, pas vrai ?

Bjorn sursauta, se rhabilla avec maladresse, se retourna...

... se figea.

... ferma les yeux.

... les rouvrit.

... les referma.

... les rouvrit.

– Je rêve, décida-t-il à haute voix.

L'être humanoïde qui se tenait devant lui et qu'éclairait un malicieux rayon de lune n'existait pas. C'était impossible qu'il existe ! Comment quelque chose – quelqu'un était un mot qui ne convenait pas – comment quelque chose d'aussi monstrueusement large et musclé pouvait-il exister ?

Quelque chose de si monstrueusement large et musclé qu'il en paraissait petit alors qu'il était aussi grand que lui, Bjorn !

Quelque chose qui portait un pagne de tissu noué autour des reins, un collier de coquillages et qui arborait une crinière de cheveux sauvages attachés en catogan sommaire.

Quelque chose de velu, quelque chose qui se déplaçait pieds nus, quelque chose qui sourit soudain, exhibant une terrifiante rangée de dents aussi pointues que des crocs.

– Je rêve, répéta Bjorn en reculant d'un pas.

– Salut, mon poulet, dit le quelque chose. Je m'appelle Doudou. Et toi ?

3

La lune était haute dans le ciel, si lumineuse qu'elle estompait l'éclat des étoiles assez audacieuses pour tenter de briller près d'elle. Une brise légère soufflait sur les cimes d'Ombreuse et si l'automne commençait à s'installer sur le nord de Gwendalavir, la nuit avait décidé de conserver quelques jours encore la douceur de ses cousines estivales.

Edwin franchit un pont branlant jeté sur un modeste affluent de l'Ombre. Les madriers qui le soutenaient auraient eu besoin d'être changés. Qu'ils ne l'aient pas été prouvait que les mercenaires avaient prévu d'attaquer par le sud.

Les mercenaires du Chaos projetaient de s'emparer d'Al-Jeit et de prendre le contrôle de l'Empire.

Pour sidérante que soit cette révélation, elle s'était imposée à lui lorsque, sous les pas de son cheval, la vieille piste d'Ombreuse, défoncée et envahie par la végétation près de la lisière de la forêt, s'était tout à coup transformée en route parfaitement entretenue.

Liven avait aussitôt effectué un pas sur le côté jusqu'au palais impérial afin de prévenir Sil' Afian. Celui-ci, comprenant le danger, avait immédiatement ordonné à la moitié de son armée de quitter les Frontières de Glace pour Ombreuse mais près d'une semaine s'écoulerait avant que les premières troupes arrivent.

Un délai bien trop important.

Le plan initial avait été conservé.

Edwin gravit au pas un col dont le sommet pointait au niveau des plus hautes cimes d'Ombreuse puis tira sur ses rênes pour arrêter sa monture.

Les frondaisons de la forêt, blanchies par la lune, moutonnaient jusqu'à l'horizon et tentaient de se donner l'allure trompeuse d'une inoffensive prairie, allant, pour ce faire, jusqu'à tapisser de vert un immense cratère naturel creusé à moins d'un kilomètre de la piste. Les cris des animaux sauvages, proies apeurées ou prédateurs en chasse, ponctuaient le silence qui régnait sur les lieux tandis qu'un couple de rapaces nocturnes décrivait des courbes amoureuses dans le ciel limpide.

La cité du Chaos se dressait quelque part dans les environs. Ewilan le lui avait annoncé dès que Liven et les Sentinelles étaient parvenus à la localiser.

Sans l'aide des dessinateurs, Edwin n'avait aucune chance de la trouver mais il n'avait pu résister à l'impulsion qui lui commandait de partir en avant pour regarder.

Simplement regarder.

Il se tint un long moment immobile, assis sur sa selle, comme s'il contemplait la forêt alors qu'il était plongé dans ses pensées.

Tout était allé si vite.

Ellana.

Après des années offertes au devoir et à l'Empire, la découverte brutale de l'amour.

Le brasier qui s'était allumé en lui lorsqu'il avait compris à quel point il l'aimait.

L'incroyable vent de bonheur qui s'était mis à souffler sur sa vie quand il avait compris que cet amour prodigieux était réciproque.

Le bonheur, encore, de ces mois partagés. Furieusement intenses. Incroyablement vrais. Si denses.

La naissance de Destan et le bonheur, toujours le bonheur, qui s'était amplifié jusqu'à, parfois, lui donner l'impression de suffoquer.

Et puis.

La déchirure.

Brutale. Totale. Irrémédiable.

Insupportable.

Il était mort avec Ellana.

L'espoir de retrouver son fils actionnait ses poumons, faisait circuler son sang, mouvait ses muscles, mais il était mort.

Il jeta un dernier regard à la forêt et se détourna.

Demain, le combat serait rude, les hommes seraient nombreux à périr et si l'Empereur cautionnait désormais l'expédition, il n'en restait pas moins vrai que ces hommes étaient venus pour lui.

Et pour elle.

Il devait leur parler.

Lorsque Edwin apparut près du feu de camp, les conversations se turent. Le maître d'armes s'approcha de ses amis, serra brièvement l'épaule de Bjorn qui s'était levé pour venir à sa rencontre, avant de s'adresser à Ewilan.

– Peux-tu m'accompagner un instant ? lui demanda-t-il. J'ai besoin de ton aide.

– Bien sûr.

La jeune dessinatrice lui emboîta le pas.

Ils se dirigèrent ensemble vers le terre-plein où étaient installés les soldats puis Edwin se jucha sur un rocher.

– Je voudrais que tu m'éclaires et que, si nécessaire, tu amplifies ma voix. Est-ce possible ?

Ewilan acquiesça et, sans attendre, se glissa dans l'Imagination.

Son don fluctuait encore mais elle faisait de constants progrès et ne doutait plus de recouvrer bientôt l'ensemble de ses capacités.

Ce que requérait Edwin ne présentait aucune difficulté pour elle et, très vite, le maître d'armes se retrouva nimbé d'une lumière vive. Les soldats, assis autour de feux et occupés à manger, se tournèrent dans sa direction.

– Compagnons de combat, frères des Marches du Nord, amis thüls, lança-t-il en regardant tour à tour les hommes de la Légion noire, les Frontaliers et les Thüls, je connais la plupart d'entre vous et la plupart d'entre vous me connaissent. Pour les autres, je suis Edwin Til' Illan et si votre nombre interdit que j'entende vos noms, sachez qu'à chacun de vous j'offre ce soir ma reconnaissance. Une reconnaissance à la hauteur de l'honneur que vous me faites en me rejoignant. Une reconnaissance à la hauteur de la dette que je contracte ainsi envers vous. Une reconnaissance infinie.

Il balaya du regard l'assemblée silencieuse, et poursuivit :

– J'ai la fierté de vous avoir, à de multiples reprises, menés sur les champs de bataille, pour des combats qui nous ont vus offrir sans ciller nos forces et notre sang afin de préserver l'équilibre de l'Empire. Sur ces champs de bataille, nous avons affronté des ennemis plus forts que nous, plus nombreux que nous, plus sauvages que nous, mais toujours nous l'avons emporté. Et savez-vous pourquoi ?

Frontaliers, Thüls et légionnaires s'étaient levés. Les yeux brillants de ferveur, ils buvaient les paroles de celui qui, pour tout guerrier alavirien, était une légende.

– Parce que la vie d'un compagnon de combat a toujours été plus importante que la nôtre, parce que si nous sommes cent à affronter mille ennemis, nos cent cœurs battent sur le même rythme,

479

avec la même passion, portés par le même sens de l'honneur. Nous sommes cent face à mille mais, en réalité, nous ne formons qu'un et ce un-là est invincible !

Edwin leva le poing, stoppant l'ovation avant qu'elle n'éclate.

Puis il poursuivit d'une voix si forte qu'Ewilan cessa de l'amplifier :

– Nous avons tant de fois défié la mort, tant des nôtres sont tombés que c'est un miracle que nous soyons encore vivants. Pourtant, et vous le savez, compagnons, les miracles ne durent pas. Demain, nous serons nombreux à mourir.

Il tendit le doigt vers la foule suspendue à ses lèvres.

– Toi, peut-être, et toi. Et toi. Et toi là-bas. Mais cela n'a aucune importance car demain, vous vous battrez pour l'honneur et pour l'amitié, vous vous battrez parce que vous l'avez choisi. Demain, nous serons nombreux à mourir mais demain, une fois encore, nous serons invincibles.

Il se tut et, pendant un long moment, le silence s'étira sur l'assemblée.

Puis un Frontalier, au dernier rang, leva les bras à la hauteur de son visage et, avec force, claqua ses mains l'une contre l'autre. Il recommença sur un rythme lent et, un à un, ses compagnons se joignirent à lui.

La clameur sauvage de cet hommage se para soudain d'un vibrant écho métallique. Les hommes de la Légion noire avaient tiré leur sabre et, du pommeau, martelaient leur bouclier de vargelite.

Les Thüls entrèrent alors dans la partie, frappant du poing leurs poitrines massives, et la nuit vola en éclats sous la puissance de ce vibrant témoignage de loyauté.

Mille hommes.

Un battement unique.

Comme un cœur démesuré.

Tant qu'il résonna, et il résonna longtemps, Edwin se tint droit, immobile.

Il avait beau être mort, il était bouleversé.

4

– **S**alim, réveille-toi.

La voix n'avait été qu'un murmure mais elle tira le jeune marchombre du sommeil avec l'efficacité d'un hurlement.

– Sayanel ?

– Chut, suis-moi.

Salim se leva sans bruit.

Le camp était silencieux. Près du feu qui achevait de mourir, ses compagnons dormaient, enroulés dans leurs couvertures. Seule la petite Eejil était éveillée.

Elle leva les yeux du cahier sur lequel elle dessinait avec application, observa un instant les deux marchombres, puis reprit son travail comme si de rien n'était.

Salim frissonna. Eejil l'impressionnait. Plus encore que Doudou, le troll monstrueux qui l'accompagnait. Quel âge avait-elle ? Dix ans soufflaient son corps et ses joues rondes, cent ans affirmait sa voix grave et pleine de sagesse, mille assuraient ses yeux bleus, aussi profonds qu'un rêve d'éternité.

Elle parlait peu, passait son temps à dessiner et un seul de ses regards suffisait à jeter le trouble dans le cœur du plus imperturbable des guerriers.

Salim frissonna à nouveau et se hâta de rejoindre Sayanel qui s'éloignait dans la nuit.

– Que veux-tu ? lui murmura-t-il en arrivant à sa hauteur.

– Plus tard.

Ils saluèrent de la tête une sentinelle thüle adossée à un arbre et rejoignirent la piste. Salim crut un instant que son ami projetait une reconnaissance nocturne, jusqu'à ce qu'ils laissent l'enclos des chevaux sur leur gauche et continuent à marcher.

Ils progressèrent un moment en silence puis Sayanel s'arrêta.

Salim fit de même en se demandant ce que l'endroit avait de particulier. La piste, large et dégagée, éclairée par la lune, bordée de chaque côté par l'inextricable Ombreuse, ne présentait aucune particularité.

Il s'apprêtait à questionner Sayanel lorsqu'il remarqua le regard dont le gratifiait le marchombre. Le même regard qu'Ellana posait sur lui quand elle le testait. Il resta donc muet et se concentra sur ce qui l'entourait.

Il découvrit très vite la première silhouette, non-chalamment installée à la fourche d'un arbre, puis une deuxième dissimulée derrière un buisson. Une troisième à sa gauche et une autre, assise dans l'obscurité. Encore une autre plaquée contre un tronc. Et une autre, tout près.

Ils étaient vingt, trente, peut-être davantage, tapis dans l'ombre, non parce qu'ils cherchaient à se cacher mais parce que telle était leur nature.

Discrétion.

Silence.

Efficacité.

– Ils ont donc accepté de te suivre ? demanda Salim.

– Oui, répondit Sayanel. Tous.

– Combien sont-ils ?

– Deux cent quarante-huit.

– Quoi ?

Salim n'avait pu s'empêcher de crier. Sans s'offusquer du sourire moqueur de son ami, il scruta les profondeurs d'Ombreuse.

Deux cent quarante-huit marchombres.

Où diable étaient-ils ?

– Tous ne sont pas à proximité, rassure-toi, lui souffla Sayanel.

– Deux cent quarante-huit marchombres, répéta Salim abasourdi.

– Deux cent cinquante avec nous.

– Comment les as-tu convaincus de venger Ellana ?

Sayanel secoua la tête.

– Ils ne sont pas là pour ça.

– Mais…

– Ce qui va se jouer demain dépasse de loin les enjeux d'une simple vengeance ou même ceux du sauvetage d'un enfant innocent. Demain, notre monde choisira entre l'Harmonie et le Chaos. Les marchombres sont ici pour peser sur ce choix.

– Venger Ellana ou combattre le Chaos. Cela fait-il vraiment une différence ? demanda Salim.

– Une multitude de différences que nous n'avons pas le temps d'évoquer cette nuit et une qui te concerne.

– Laquelle ?

Sayanel désigna la nuit.

– Quelque part là-bas se dresse la cité du Chaos. Entre ses murs se trouvent plusieurs milliers de mercenaires et parmi eux…

– Je sais tout cela, le coupa Salim.

– Et parmi eux, reprit Sayanel comme s'il n'avait pas été interrompu, quelques centaines d'envoleurs.

– Des quoi ?

– Des envoleurs. Des chasseurs de marchombres.

– Des chasseurs… de marchombres. Ellana ne m'a jamais parlé d'eux ! Qui sont-ils ?

– Des mercenaires qui arpentent une voie proche de la nôtre bien que lui étant diamétralement opposée. Ce sont les envoleurs qui ont longtemps prêté à croire que les mercenaires du Chaos étaient des marchombres dévoyés.

– Mais Ellana…

– Ellana n'était peut-être pas au courant de leur existence ou alors avait prévu de t'en parler plus tard. Quoi qu'il en soit, lorsque la Légion noire, les Frontaliers et les Thüls se lanceront à l'assaut de la cité, les envoleurs tenteront de les prendre à revers et s'ils parviennent à se glisser dans leur dos, le cours de la bataille risque fort d'être renversé.

– Comment sais-tu qu'ils agiront ainsi ?

– Des marchombres agiraient ainsi. Les envoleurs feront de même. Ils utiliseront le passage souterrain qui permet de quitter la cité et…

– Quel passage souterrain ?

– Toute cité possède un passage souterrain. Pourquoi celle du Chaos ferait-elle exception ?

– D'accord mais…

– Lorsque les envoleurs s'y seront engagés, ce sera aux marchombres de se débrouiller pour qu'ils n'en sortent pas. Qu'ils n'en sortent jamais.

– Encore faudrait-il que nous sachions où débouche cet hypothétique passage !

– À quoi crois-tu que les deux cent quarante-huit marchombres qui nous entourent ont passé les dix dernières heures ?

– Tu veux dire qu'ils…

– Oui, et c'est là que tu interviens.

– Moi ?

– Lorsque les nôtres entreront dans le passage, il faudra que quelqu'un les guide. Non physiquement, chacun d'eux est parfaitement autonome, ni autoritairement, tu sais ce que les marchombres pensent de l'autorité, mais émotionnellement. Plus que l'ombre, ils affronteront leur ombre. Ils auront besoin d'un éclaireur.

Salim réfléchit un instant puis opina.

– D'accord, je te comprends, mais ma question demeure. Pourquoi moi ?

Sayanel lui renvoya un sourire énigmatique.

– Regard sombre, danseur d'ombre, sculpteur de ténèbres, murmura-t-il. Âme de nuit, lame de lumière.

Salim tressaillit.

– Comment sais-tu ça ? balbutia-t-il.

– Le vent.

– Le vent ?

– Le Rentaï n'accorde jamais de greffe au hasard. Celle que tu as reçue trouvera sa justification demain face aux envoleurs.

Sayanel s'était exprimé d'une voix paisible dispensant une certitude sans faille. Salim se sentit soudain minuscule.

– Je ferai de mon mieux, déclara-t-il dans un souffle, mais...

– Oui ?

– Pourquoi n'est-ce pas toi qui guides les marchombres ?

Le regard de Sayanel se perdit dans le vague.

– Parce qu'une autre voie m'attend et que, pas plus que toi, je ne peux m'y dérober.

5

Derrière la porte s'ouvrait un long corridor qui s'enfonçait en pente douce dans les entrailles du palais.

Ses murs étaient revêtus d'un parement métallique bleu pâle qui distillait une lumière tamisée à peine suffisante pour y voir.

Cette semi-obscurité convenait toutefois parfaitement à Ellana.

Veillant à ne faire aucun bruit, elle s'engagea avec prudence dans le couloir.

Lorsqu'elle atteignit son extrémité, elle découvrit une vaste pièce dont le plafond était soutenu par des statues colossales représentant des créatures répugnantes, mi-hommes mi-bêtes, sculptées dans des positions obscènes.

Elle frissonna en apercevant parmi elles une effigie du seigneur Kharx. Ce qu'en avait dit Azan prouvait que le seigneur Kharx n'était pas originaire de Gwendalavir, ni même de ce monde. Les Mentaïs étaient néanmoins parvenus à l'invoquer et à le forcer à l'obéissance.

Pouvaient-ils également invoquer l'homme à tête de loup dressé à côté de la statue du seigneur Kharx ? Ou ce monstre écumant tout en griffes et en crocs ? Ce chien rouge hideux avec sa crête osseuse dentelée et ses mâchoires de tueur ?

Ellana se détourna.

La salle baignait dans une pénombre identique à celle du couloir et il fallut quelques secondes à la marchombre pour distinguer, derrière un bassin où nageaient de gros poissons indolents, la volée de marches qui permettaient d'atteindre une autre partie de la salle.

Ses sens aux aguets, elle s'en approcha.

Au bas de l'escalier, la lumière était plus vive mais ce ne fut pas ce détail qui figea la marchombre sur la première marche.

Un bruit.

Le soupir contrarié d'un bébé qui s'éveille parce qu'il a faim et qui s'apprête à pleurer pour protester contre cette injustice.

Un soupir contrarié qui avait rythmé ses nuits pendant quatre mois et hanté sa solitude depuis ce maudit matin où...

Sans plus réfléchir, Ellana dévala l'escalier.

La salle, tout en longueur, était tapissée d'une multitude de miroirs dans lesquels se reflétait à l'infini la clarté d'une unique sphère lumineuse. Le sol était couvert d'un immense tapis rouge sang et à l'extrémité de la salle, trônant sur une estrade de marbre...

Un berceau.

Un mouvement.

Un bras nu se glissant entre les barreaux.

Ellana faillit ne pas remarquer les mercenaires qui se précipitaient sur elle.

Ils étaient pourtant quatre et si, somnolant dans de confortables fauteuils, ils avaient été surpris par l'arrivée inopinée de la marchombre, ils avaient réagi avec une confondante rapidité, bondissant sur leurs pieds et se ruant sur elle sabres au clair.

Lancée dans sa course, Ellana n'avait pas le temps de tirer son poignard.

Elle plongea, bras écartés, roula, se retrouva à genoux devant les deux premiers mercenaires.

Ses griffes jaillirent.

Une artère vitale palpite au niveau de l'aine. Sectionnée, elle entraîne la mort en quelques secondes.

Les deux mercenaires s'effondrèrent, tentant vainement de juguler l'hémorragie qui les vidait de leur vie.

Ellana se plaqua au sol. Un sabre siffla à un cheveu de sa joue. Un deuxième fendit sa tunique de cuir, traçant un trait de feu sur son flanc.

Elle bascula sur le dos, lança sa jambe. Son talon percuta une cheville. Craquement sec. D'un coup de reins, elle se retrouva accroupie.

Bondit.

À nouveau le sabre siffla. Sous ses pieds, cette fois.

Elle atterrit avec souplesse.

Entre les deux mercenaires.

Celui qu'elle avait touché à la cheville peinait à conserver son équilibre, l'autre se fendit d'un coup de pointe fulgurant.

Ellana pivota sur ses hanches, laissa passer le sabre et frappa.

Du coude.

La gorge du blessé.

Qui s'écroula.

Le survivant, conscient que le combat lui échappait, tourna les talons et s'enfuit. Donner l'alerte. Il devait donner l'alerte.

Ellana tira son poignard.

Le mercenaire atteignait l'escalier.

Dans les miroirs accrochés aux murs, mille reflets de la lame d'Ellana tourbillonnèrent à travers la pièce. Mille mercenaires s'effondrèrent sur la première marche, le manche du poignard saillant de leur nuque.

Ellana s'était déjà détournée.

La gorge nouée par l'émotion, elle se hissa sur l'estrade.

Se pencha sur le berceau...

Destan s'était assis sur sa couverture et l'observait de ses grands yeux gris.

– Comme tu as grandi, murmura-t-elle, des larmes dans la voix. Tu... tu me reconnais ?

Avec le sentiment de mourir de bonheur, elle le prit dans ses bras, le serra contre elle, enfouit le visage dans son cou. Tressaillit alors qu'une multitude de sensations qu'elle avait crues à jamais perdues l'envahissaient.

La douceur de sa peau d'abord, pareille à un rêve, puis son odeur, si délicate qu'elle vacilla. La caresse de ses cheveux, le contact de ses doigts sur son bras, la petite veine bleue qui palpitait sur sa tempe…

– Tu m'as tellement manqué, lui chuchota-t-elle à l'oreille.

Chatouillé par le souffle de sa mère, Destan se mit à rire.

Un rire trille, un rire perle, un rire clochette, un rire merveille.

Le cœur d'Ellana explosa.

– Je t'aime ! Je t'aime ! Je…

– Remets-le dans son berceau !

La voix avait résonné à l'entrée de la salle, si froide que le sang d'Ellana se glaça.

Cette fin-là était donc inévitable ?

Elle caressa doucement la joue de son fils, le déposa sur sa couverture, puis, avec lenteur se retourna.

Cette fin-là était inévitable.

Essindra.

Et Nillem.

6

Dès que le sol eut cessé de trembler et alors que le vacarme de la muraille s'effondrant résonnait encore, Edwin talonna son cheval qui bondit en avant.

Une clameur sauvage s'éleva lorsque Thüls et Frontaliers s'élancèrent derrière lui. Pareils à une vague irrésistible, six cents guerriers parmi les plus redoutables de l'Empire dévalèrent les flancs du cratère.

Ils atteignirent la brèche dans la muraille au moment où les premiers mercenaires arrivaient sur les lieux.

Ceux-là furent balayés comme des fétus de paille par un ouragan.

Siam et Rhous Ingan menaient la danse, l'une virevoltant avec sa diabolique adresse, l'autre broyant tout sur son passage. Les cadavres s'amoncelaient devant eux, pourtant, aussi meurtrière que fût leur efficacité, elle n'était rien comparée à celle d'Edwin.

Edwin ne maniait pas une arme, il était une arme. Il ne combattait pas, il exécutait quiconque se dressait devant lui. Chacun de ses coups supprimait une vie. Et il paraissait invulnérable.

– Les mercenaires ont certainement enfermé ton fils dans le palais, lui avait dit Liven peu de temps avant l'assaut.

Devenu ange – ou démon – exterminateur, Edwin s'enfonça dans la cité sans que personne ne soit capable de le ralentir.

Et sans qu'aucun de ses compagnons ne soit capable de le suivre.

Une dizaine de bataillons mercenaires étaient arrivés en renfort, le formidable élan des cavaliers s'enrayait.

S'arrêta.

Un sanglant combat s'engagea. Si Thüls et Frontaliers bénéficiaient de l'avantage d'être à cheval, les mercenaires avaient pour eux le nombre et les archers qui, installés au sommet des remparts, décochaient flèche sur flèche.

Un vent de panique se mit même à souffler sur les assaillants lorsqu'une pluie de cailloux surgis du néant s'abattit sur eux, les meurtrissant et les jetant à terre. Les mercenaires crurent un instant que la victoire était à eux puis, aussi brusquement qu'elle avait débuté, la pluie de cailloux cessa et le combat reprit, encore plus féroce.

À dix contre un, Siam et Rhous Ingan effectuaient un remarquable travail de dévastation. Les mercenaires assez téméraires, ou fous, pour les affronter étaient de moins en moins nombreux et le vide se créait autour d'eux. À d'autres endroits de la bataille, c'étaient toutefois les mercenaires qui prenaient l'avantage et, malgré leur courage, Thüls et Frontaliers éprouvaient bien des difficultés à tenir tête à la horde qui menaçait de les ensevelir.

Le sabre de Siam ouvrit un ventre tandis que son talon enfonçait un thorax. Elle dégagea sa lame, para le coup de taille qui fusait vers sa gorge et, dans le même mouvement, décapita le prétentieux qui l'avait porté.

Du coin de l'œil, elle vit un groupe de Frontaliers reculer sous la pression d'un escadron de mercenaires menés par un géant qui maniait à deux mains une épée démesurée. Quelques Thüls accoururent à la rescousse, ils furent impitoyablement repoussés. Le géant était une machine à trancher les têtes que rien ni personne ne semblait en mesure d'arrêter.

À côté d'elle, Rhous Ingan poussa un rugissement de frustration. Il avait lui aussi repéré la scène mais elle se déroulait trop loin pour qu'ils puissent intervenir.

Siam se débarrassa d'un nouvel adversaire et profita du répit provoqué par sa mort pour chercher des yeux le mercenaire géant. Il continuait à décimer leurs compagnons, maniant son épée comme une faux et piétinant sans pitié ceux qui avaient le malheur de tomber devant lui.

– Mathieu !

Siam regretta aussitôt son cri. Un cri stupide. Si le frère d'Ewilan maîtrisait le pas sur le côté mieux que personne, il n'avait aucun moyen de l'entendre au milieu du vacarme de la bataille. Elle ne savait même pas où il se trouvait et si, par miracle, il l'entendait, rien ne prouvait qu'il ait envie de lui venir en aide.

Mis hors de lui par les ravages que causait le géant, Rhous Ingan fit tournoyer sa hache de combat tandis que de l'autre main il décrivait de terribles moulinets avec son sabre. Les mercenaires refluèrent dans la précipitation.

Mathieu apparut à cet instant précis à côté de Siam.

Bien qu'il ait juré, après la mort de son ami Artis Valpierre, de ne plus jamais utiliser d'arme, il brandissait un sabre au tranchant ensanglanté.

– Besoin de quelque chose ? haleta-t-il.

Siam décocha un coup de pied à un mercenaire qui approchait et, du menton, désigna le carnage dont était responsable le géant. Mathieu comprit immédiatement.

– Vous deux ?

– Si possible, répondit-elle.

– Possible.

D'un geste vif, il rengaina son sabre, puis saisit la main de Siam avant d'empoigner l'épaule de Rhous.

– Qu'est-ce que tu… s'emporta le Thül.

Déjà les trois amis avaient disparu.

Ils se matérialisèrent à l'endroit précis qu'ils souhaitaient atteindre, à quelques mètres à peine du géant.

– Il est à moi, rugit Rhous Ingan.

– Non, à moi ! répliqua Siam.

Le Thül et la Frontalière se défièrent du regard puis Rhous serra les mâchoires.

– S'il te plaît, articula-t-il avec les plus grandes difficultés.

Un sourire illumina le visage de Siam.

– D'accord, fit-elle en haussant les épaules. Cadeau.

Leur arrivée avait généré une étrange accalmie au milieu de la bataille. Les combattants s'étaient immobilisés, attendant le moment inévitable où le sang se remettrait à couler.

Un moment qui n'arrivait pas.

Au contraire, lorsque Rhous Ingan se campa devant le géant, le flottement s'accentua.

Les deux hommes, de même stature, dégageaient la même écrasante impression de puissance irrésistible. Comme si la nature les avait créés dans le but unique de les voir s'affronter. Le géant ne s'y trompa pas.

– De la place, jeta-t-il à ses hommes.

Alors qu'un cercle se formait autour d'eux, il se tourna vers Rhous.

– Je suis Ankil Thurn et je vais te réduire en miettes !

7

– **N**e te prépares-tu pas au combat, compagnon troll ? demanda Bjorn, contrôlant avec difficulté les sentiments que lui inspirait Doudou.

Des sentiments aussi forts que contradictoires.

De la crainte d'abord.

Bjorn avait beau être valeureux, avoir, sans hésiter et à de multiples reprises, affronté des hordes d'ennemis effrayants, il trouvait Doudou plus impressionnant que n'importe quelle créature qu'il ait jamais rencontrée. Plus impressionnant encore que le Héros de la Dame, le Dragon qui lui avait un jour sauvé la vie.

Certes, la taille du troll, son poids, sa puissance, étaient insignifiants comparés à ceux du Dragon mais, sous son air débonnaire, Doudou dégageait une telle sauvagerie que Bjorn ne parvenait pas à s'empêcher de frémir lorsqu'il croisait son regard.

Crainte et reconnaissance.

La bataille s'annonçait difficile. Les mercenai-res étaient de redoutables combattants, bien plus nombreux que les courageux guerriers qui s'apprê-taient à prendre leur cité d'assaut, la victoire était loin d'être assurée. Dans une pareille situation, une recrue comme Doudou valait son pesant d'or.

Crainte, reconnaissance et effarement.

Si Bjorn pouvait faire semblant d'oublier que les trolls n'existaient pas, il ne parvenait pas à accep-ter l'image de Doudou posant sa tête sur les genoux d'Eejil, l'image de Doudou prenant la pose pour que la petite fille le dessine ou l'image, qu'il avait en ce moment sous les yeux, de Doudou assis dans l'herbe en train de cueillir des fleurs.

– Ne te prépares-tu pas au combat, compagnon troll ? répéta-t-il.

Doudou lui renvoya un sourire qui le fit sur-sauter. Comment autant de dents, aussi redouta-blement pointues, tenaient-elles dans une bouche même aussi grande ?

– Non, compagnon pas troll, vos histoires d'hom-mes humains ne me concernent pas.

– Quoi ? s'exclama Bjorn stupéfait.

– Ton ouïe est-elle sourde ? s'enquit gentiment Doudou en saisissant avec délicatesse une pâque-rette entre ses gros doigts. J'ai dit que vos histoires d'hommes humains ne me concernaient pas.

– Mais qu'est-ce que tu fiches ici, alors ?

– Ben… je cueille des fleurs pour Eejil. Elle aime adore les bouquets de fleurs.

Bjorn ferma les yeux une seconde.

Quand il les rouvrit, sa décision était prise. Les regards de ses hommes étaient braqués sur lui. Il ne pouvait se permettre de se perdre en discussions aussi oiseuses que fleuries avec un troll. Un troll qui n'existait pas.

Il se hissa sur son cheval et rabattit la visière de son heaume de vargelite.

Comme si Liven, Kamil et Ewilan avaient attendu cet instant, la terre se mit à trembler.

Bjorn était prévenu, pourtant la violence et le vacarme du séisme le surprirent. Son destrier se cabra et il eut le plus grand mal à le calmer. Autour de lui les légionnaires éprouvaient les mêmes difficultés. Seul Doudou, imperturbable, continuait à ramasser des fleurs.

Lorsque le sol fut enfin redevenu stable, Bjorn leva le bras.

– En avant ! hurla-t-il.

Il talonna son cheval et, suivi par trois cents légionnaires, fondit sur la cité du Chaos.

Le plan était simple. Thüls et Frontaliers attaquaient d'un côté, la Légion noire de l'autre. L'inconnue résidait dans la rapidité de réaction des mercenaires. Auraient-ils le temps de rejoindre leurs montures ou seraient-ils contraints de combattre à pied ?

La deuxième éventualité était la plus avantageuse pour les assaillants mais manquait de panache et Bjorn tenait au panache. Il ne put donc retenir un cri de joie lorsque, par la brèche que le séisme avait ouverte dans les remparts, surgit un flot de cavaliers lancés au galop.

Leurs armures de vargelite se confondant avec la robe sombre de leurs chevaux, les légionnaires resserrèrent les rangs, transformant la vague sauvage de leur charge en un coin démesuré dont la pointe était Bjorn, hache brandie au-dessus de sa tête.

Combattants redoutables, les mercenaires étaient également de fins stratèges. Leur contre-attaque en apparence improvisée s'organisa soudain. Ceux qui chevauchaient sur les côtés accélérèrent, ceux du centre ralentirent et un immense entonnoir se créa, parfaitement adapté au coin formé par la Légion noire.

Le choc fut terrible.

Montures et cavaliers s'écroulèrent, furent piétinés par leurs compagnons comme par leurs adversaires, puis le vacarme des armes s'entrechoquant couvrit les hennissements de souffrance des chevaux blessés, sabres et haches entamèrent leur œuvre de mort.

Des cavaliers surgissaient sans cesse de la cité, grossissant le rang ennemi sans que la Légion noire fléchisse. Trois cents hommes contre mille, peut-être davantage, mais chacun de ces hommes était un combattant hors pair au caractère indomptable forgé sur les champs de bataille et les armures de vargelite faisaient des merveilles. Là où l'acier le plus solide se serait brisé, la vargelite, souple et sombre, résistait.

Un sabre rebondit sur le plastron de Bjorn. Le chevalier para un deuxième coup de son bouclier, abattit sa hache, fendit le crâne de son adversaire, en désarçonna un autre d'un coup de pied, frappa à nouveau de sa hache, continua à faire avancer son cheval.

Tout en chantant.

Motivés par son exemple, les légionnaires se surpassaient. Alors que l'entonnoir mercenaire volait peu à peu en éclats, le coin de la Légion noire conservait sa redoutable efficacité. Les murs de la cité n'étaient plus qu'à une vingtaine de mètres.

Bjorn sentit le relâchement avant de le constater. Les mercenaires rompaient le combat.

« Déjà ? songea-t-il étonné. Ils sont encore deux fois plus nombreux que nous, rien n'est joué… »

Un mugissement sauvage s'éleva alors. Si puissant que nombre de chevaux effrayés se cabrèrent en hennissant.

Une clameur presque aussi sauvage lui succéda, jaillissant de la poitrine des mercenaires :

– Seigneur Kharx ! Seigneur Kharx ! Seigneur Kharx !

Bjorn se dressa sur ses étriers.

« Ils ne rompent pas le combat, réalisa-t-il. Ils laissent place à… »

Une boule d'angoisse se noua dans sa gorge. L'être qui venait d'apparaître sur la brèche était terrifiant.

Haut de trois mètres et presque aussi large, son corps revêtu de plaques osseuses à l'éclat sinistre, il se tenait droit, pareil à une effroyable parodie d'être humain.

Des pointes acérées garnissaient ses épaules, ses coudes et ses genoux, tandis que des griffes pareilles à des sabres prolongeaient ses bras musculeux. Et ce cauchemar n'était rien comparé à sa gueule, hideuse, énorme, béant sur des crocs démesurés auxquels rien ne semblait pouvoir résister.

– Seigneur Kharx ! Seigneur Kharx ! Seigneur Kharx !

Les mercenaires avaient manœuvré de façon à ouvrir un couloir entre la cité et la Légion noire. Le seigneur Kharx poussa un nouveau mugissement et s'élança.

Malgré sa masse, il atteignit en quelques secondes la vitesse d'un cheval au galop. Continua à accélérer. Le premier légionnaire qui se dressa sur sa route fut littéralement réduit en miettes sans que le seigneur Kharx ait réduit son allure.

Deux autres légionnaires qui fondirent sur lui subirent un sort identique.

Les griffes du seigneur Kharx tranchaient avec la même facilité chair, acier et vargelite. Ses mâchoires démesurées broyèrent le crâne d'un cheval, les pointes de ses épaules en éventrèrent un deuxième, il déchiqueta un légionnaire, un autre, encore un autre...

Ses mouvements étaient aussi rapides que dévastateurs, il semblait intouchable, pourtant un légionnaire particulièrement adroit parvint à lui asséner un puissant coup de sabre.

L'acier ouvrit une profonde blessure dans son thorax, le sang jaillit...

... pour cesser aussitôt de couler.

La dernière chose que vit le légionnaire avant qu'une griffe lui arrache la tête fut la plaie qui se refermait. N'avait jamais existé.

Bjorn poussa un rugissement et, brandissant sa hache, se rua à l'attaque.

Le seigneur Kharx ne lui accorda pas plus d'importance qu'à ses autres adversaires. Sans daigner ralentir sa course, il percuta le cheval de Bjorn qui, poitrail défoncé, mourut sur le coup. Bjorn, arraché à sa selle par l'impact, eut l'impression qu'il s'envolait puis retomba avec lourdeur sur le sol.

Alors qu'une brume sombre obscurcissait sa vue et que l'inconscience l'emportait, il eut le temps de voir le seigneur Kharx poursuivre son carnage.

Derrière lui, les mercenaires du Chaos se regroupèrent pour la curée.

8

– Tu es sûre que tu n'es pas contrariée?

– Non, Liven, je ne suis pas contrariée. Pourquoi devrais-je l'être?

– Parce que tu es meilleure dessinatrice que moi, Ewie, tout simplement.

– En ce moment c'est loin d'être vrai, le contre-dit-elle. Tu as en outre l'habitude de travailler en équipe, ce qui n'est pas mon cas, il est donc logique que tu prennes la tête de notre... desmose. Est-ce que le mot que tu as inventé convient pour décrire ce que nous nous apprêtons à faire?

– Oui. Une desmose à trois. Trois pouvoirs, une volonté.

– Tu m'expliques?

– Il faut que tu imagines que Kamil, toi et moi, formons une flèche. Je suis la pointe de cette flèche, vous représentez à la fois son empennage et la force qui la propulse. Tu me suis ?

– Parfaitement.

– Ébranler ces murailles ne sera pas facile et y ouvrir une brèche avant que les Mentaïs ripostent le sera encore moins. Nous n'aurons droit qu'à un seul essai.

Kamil qui l'écoutait, sourire aux lèvres, adressa un clin d'œil à Ewilan.

– Prépare-toi, lui lança-t-elle. Dans quelques secondes, notre ami Liven va dessiner une symphonie pour renforcer l'aspect dramatique de sa déclaration et nous faire pleurer !

Liven poussa un soupir.

– Humour facile, Kamil !

– Non, cher ami, humour utile. Nous savons tous les trois que si nous ne parvenons pas à faire tomber ces remparts, la situation tournera au désastre. Est-il vraiment nécessaire de disserter à ce sujet jusqu'à demain ?

Liven sourit.

– Tu as sans doute raison et je n'évoquerai plus ce point. En revanche...

Il se tourna vers Ewilan.

– Ewie, lorsque les Mentaïs réagiront, tu quitteras la desmose.

– Pourquoi ? s'étonna Ewilan.

– Parce que le combat qui nous attend requiert une parfaite complémentarité et que si Kamil et moi pouvons nous appuyer sur des heures de travail partagé, ce n'est pas ton cas. Tu seras plus efficace en agissant de ton côté.

– Manière polie de me signifier qu'en restant je vous gênerais ?

– Non, je m'apprêtais à te le dire. Tu seras plus efficace en agissant de ton côté et nous serons, Kamil et moi, plus performants sans toi. La desmose nous offrira la puissance dont nous avons besoin pour ouvrir des brèches dans les murs de la cité mais, ensuite, elle manquera de souplesse pour affronter les Mentaïs.

Liven se tourna pour accueillir un messager qui arrivait en courant.

– Les troupes sont en place, annonça l'homme, un Frontalier qui ne devait pas avoir plus de vingt ans. Elles attendent votre signal.

– Dans ce cas, ne les faisons pas attendre. Prêtes ?

– Prête, répondirent ensemble Ewilan et Kamil.

Liven se glissa dans l'Imagination. Elles le suivirent.

Ce n'était pas la première fois qu'Ewilan arpentait les Spires en compagnie d'autres dessinateurs. Sa formation à l'Académie d'Al-Jeit avait comporté de nombreux exercices de ce genre. Elle sentait Liven et Kamil à ses côtés et, tout en ayant parfaitement conscience qu'ils n'avaient pas bougé de l'endroit où ils se trouvaient, elle avait le sentiment d'effectuer une balade en leur compagnie. Une balade qui lui permettait juste de découvrir des possibles et non des paysages.

Puis, tout à coup, la relation qu'elle partageait avec ses amis se transforma. Liven leur proposait de… de se fondre en lui. Il n'y avait pas d'autre mot pour décrire la porte qu'il venait d'ouvrir vers la desmose. Avec l'aisance que confère la pratique, Kamil en franchit le seuil.

À côté d'Ewilan, il n'y avait plus ni Liven ni Kamil mais une entité mi-Liven mi-Kamil, plus éclatante que la simple somme de ses moitiés.

La porte, demeurée ouverte, ne tarderait pas à se refermer. Ewilan bâillonna l'inquiétude qu'elle éprouvait à l'idée de perdre son identité et avança son esprit.

Fut happée par la desmose.

« *Il faut que tu imagines que Kamil, toi et moi, formons une flèche. Je suis la pointe de cette flèche, vous représentez à la fois son empennage et la force qui la propulse.* »

Elle comprit immédiatement ce que Liven avait cherché à lui expliquer.

Alors que l'Imagination avait toujours été pour elle le lieu de toutes les libertés, elle ne maîtrisait plus sa progression de spire en spire. Liven choisissait la direction, Kamil et elle lui donnaient l'énergie nécessaire pour avancer et veillaient à son équilibre. La pointe de la flèche et son empennage.

La frustration qu'elle ressentait à jouer un simple rôle de moteur était contrebalancée par la rapidité de la desmose et l'incroyable foison de possibles qui s'offraient à son regard. Une merveille qu'elle avait peu souvent eu l'occasion d'admirer. Peut-être jamais.

— *Reste avec nous*, murmura Kamil dans son esprit, alors que, sans s'en rendre compte, elle cherchait à quitter la desmose pour partir en exploration de son côté.

Ewilan se reprit et se concentra sur Liven. Le soutenir. Elle était là pour le soutenir. Rien d'autre.

La desmose décrivit une courbe scintillante vers les hautes Spires, louvoya un instant entre des possibles improbables, évita une réalité piégée puis s'engagea soudain sur une voie lumineuse de potentialité.

La terre se mit à trembler.

Ewilan comprit que Liven leur demandait un surcroît de puissance et jeta dans la desmose jusqu'à son ultime parcelle d'énergie. À ses côtés, Kamil fit de même.

Canalisé par la volonté de la desmose, le séisme se polarisa sur la cité, puis sur les murailles qui la ceignaient, puis sur une partie de ses murailles.

Qui s'effondrèrent dans un nuage de poussière.

Aussitôt, Ewilan se sentit expulsée de la desmose.

« *Tu seras plus efficace en agissant de ton côté et nous serons, Kamil et moi, plus performants sans toi.* »

Elle ne résista pas et quitta l'Imagination.

Liven et Kamil se tenaient côte à côte, immobiles. Leurs regards possédaient cette étrange fixité dont se parent les yeux des dessinateurs quand ils arpentent les hautes Spires. Ewilan savait qu'ils n'avaient pas vraiment conscience de ce qui se passait autour d'eux.

Seule comptait l'Imagination.

Et le pouvoir infini qu'elle offrait.

L'attention d'Ewilan se braqua sur la cité. Frontaliers et Thüls venaient d'atteindre la brèche et le combat contre les mercenaires s'était engagé. Si Liven avait vu juste, les Mentaïs ne tarderaient pas à passer à l'action.

Il avait vu juste.

Ewilan sentit leur dessin basculer dans la réalité une seconde avant de voir une pluie de pierres s'abattre sur les premières lignes des assaillants. Elle s'apprêtait à se jeter dans l'Imagination pour dessiner une parade lorsque la pluie de pierres cessa soudain. La desmose s'était montrée plus rapide qu'elle et tenait les Mentaïs en échec.

– *Ewie !*

Liven tentait de communiquer mentalement avec elle.

Un court instant, elle s'étonna qu'il choisisse ce moyen alors qu'il se tenait à moins d'un mètre d'elle, puis elle ouvrit son esprit.

– Oui ?

– Nous avons repéré le fils d'Edwin. Il est dans le palais. Tu dois aller le chercher. Vite !

– Mais comment ? s'affola-t-elle. Je n'y suis jamais entrée, je ne peux effectuer un pas sur le côté !

– Nous allons t'aider. Dépêche-toi ! Je crains que le pire n'arrive.

Il y avait tant d'angoisse dans les mots de Liven que lorsqu'elle sentit une force singulière s'emparer d'elle et chercher à l'entraîner, et alors qu'elle aurait pu sans peine la contrer, elle ne résista pas.

Stupéfaite de constater que la desmose était capable d'imposer un pas sur le côté à quelqu'un, maîtrisant ainsi une faculté qui depuis une éternité était l'apanage des seuls Ts'liches, elle disparut.

Piège !

Elle était tombée dans un piège !

Elle le comprit durant la fraction de seconde que dura son pas sur le côté. La fraction de seconde durant laquelle elle perçut la desmose œuvrant dans l'Imagination.

Ce n'était pas Liven qui lui avait parlé.

Et elle ignorait où elle allait se matérialiser.

9

L'entrée du souterrain se trouvait non loin du pont branlant qu'empruntait la piste, dissimulée entre un rocher délimitant le lit de la rivière et le talus la bordant. Elle était indécelable, même pour quelqu'un qui serait passé tout près, et Salim s'interrogea sur la façon dont les marchombres l'avaient découverte.

– Les empreintes, répondit Arguro à sa question muette. Le passage a été utilisé il y a moins de trois jours et Ombreuse n'a pas eu le temps de digérer les traces.

Le marchombre qui avait testé Salim lors de son Ahn-Ju ne semblait ni surpris ni gêné que Sayanel ait confié un rôle de guide à un marchombre aussi peu expérimenté que lui. Sans doute, songea Salim, parce que ce rôle n'impressionnait pas Arguro qui n'avait aucun besoin d'être guidé.

Il s'effaça néanmoins devant Salim pour le laisser entrer le premier dans le souterrain. Avant d'y pénétrer et d'affronter l'obscurité, Salim se retourna une dernière fois.

Deux cent quarante-huit marchombres se tenaient derrière lui sur la berge de la rivière.

Deux cent quarante-huit marchombres !

C'était à la fois énorme et si peu. Qu'adviendrait-il si la rencontre avec les envoleurs se déroulait mal ? Était-il envisageable que la guilde meure ? Que le Pacte soit dissous ? Que la voie disparaisse ? Salim haussa les épaules. Impossible !

Deux cent quarante-huit marchombres !

Sayanel ne l'avait pas affirmé mais Salim sentait que ces deux cent quarante-huit représentaient tout ce que Gwendalavir comptait d'arpenteurs de la voie.

De statures différentes, de sexes différents, d'âges différents, de façons de se vêtir, de parler, de se taire, tous différents.

Et ils se ressemblaient tous.

Marchombres.

Soudés par leur individualisme, liés par leur liberté, et leur façon d'envisager le monde.

Marchombres.

Alors qu'ils se glissaient derrière Salim, pas une pierre ne roula, pas une feuille ne bruissa.

Silence.

Et derrière le silence, un souffle de vie.

Libre.

Après avoir plongé à travers les racines d'Ombreuse, le souterrain trouva la roche et l'horizontalité. Quelques marchombres avaient tiré de leurs sacs de minuscules sphères lumineuses qui dispensaient une clarté fantomatique, suffisante pour que la progression demeure silencieuse.

Salim marchait toujours en tête.

Il comprenait peu à peu ce que Sayanel entendait par guide. Chacun des deux cent quarante-huit marchombres qui l'accompagnaient était capable de suivre ce souterrain, chacun d'eux était capable d'affronter un ou plusieurs envoleurs, mais que chacun d'eux en soit capable ne suffisait pas. Ils devaient les affronter ensemble.

Avancer ensemble.

Combattre ensemble.

Et ils n'y parviendraient que guidés.

Devant lui, le souterrain s'évasa, perdit ses allures de corridor rocheux pour prendre l'apparence d'une immense grotte naturelle.

Loin d'être lisse, son sol était un fouillis labyrinthique de rochers de toutes tailles, la plupart plus hauts qu'un homme, de stalagmites audacieuses et d'étranges concrétions à l'aspect de sculptures nées de l'imagination d'une armée de déments.

À l'autre extrémité de la grotte, le souterrain reprenait son cours.

Salim leva le bras.

– Nous les attendrons ici, annonça-t-il, suffisamment fort pour que tout le monde l'entende.

Comme si sa parole avait eu force de loi, les marchombres se dispersèrent dans la grotte.

« Agiraient-ils ainsi si la main invisible de Sayanel ne reposait pas sur mon épaule ? » s'interrogea Salim, avant que la réponse s'impose à lui, évidente.

Non.

Admettre ce fait éteignit impitoyablement la satisfaction au parfum d'arrogance qui, durant une seconde, avait flambé en lui et c'est l'âme sereine qu'il se tourna vers Arguro, le seul marchombre à se tenir encore à ses côtés.

« Le seul marchombre à qui j'ai adressé la parole », réalisa-t-il au même instant.

– Combien d'entre nous sont-ils capables de voir dans le noir ? lui demanda-t-il.

Le visage d'Arguro, éclairé par la sphère qu'il tenait, la seule à encore briller, se renfrogna.

– Que veux-tu dire ?

– Ceux qui ont gravi le Rentaï et reçu comme greffe une vision nocturne devraient se positionner à l'entrée du souterrain. Ils pourraient ainsi se... Pourquoi me regardes-tu ainsi ?

– La greffe d'un marchombre ne concerne que lui, déclara Arguro d'une voix cassante.

– Mais...

– Nul ne sait combien d'entre nous ont sollicité la greffe, combien l'ont obtenue et en quoi elle consiste. Interroger un marchombre sur ces points est un viol inacceptable de sa liberté et de son indépendance.

– Même si l'issue du combat contre les envoleurs dépend de la réponse ?

Indigné par la réaction d'Arguro, Salim n'avait pu s'empêcher de hausser le ton.

– La liberté d'un marchombre et son indépendance sont plus importantes que l'issue d'un combat, assena Arguro.

Puis, constatant la mine dépitée de Salim, il poursuivit sur un ton plus amène :

– Je comprends que tu sois inquiet mais la pérennité de la voie repose sur le respect que nous portons à ceux qui l'arpentent. Vois-tu, Salim, combattre avec ses pairs pour un but commun est le maximum qui puisse être exigé d'un marchombre. Au-delà, ce qu'il perd est plus important que ce qu'il gagne.

Salim acquiesça d'un hochement de tête. Il ne se sentait pas de taille à débattre avec son aîné, d'autant que les paroles d'Arguro avaient vibré d'un déstabilisant accent de vérité. Atteindre la victoire méritait-il d'abandonner ce pour quoi on se battait ? La fin excusait-elle les moyens et des marchombres renonçant à ce qui marquait leur spécificité garantissaient-ils encore l'équité de leur combat ?

L'esprit bouillonnant de questions, Salim se détourna.

Arguro lui attrapa gentiment le poignet, le forçant à accepter son regard.

– Ne sois pas troublé, mon ami, lui dit-il. Les envoleurs se déplaceront avec leur propre lumière. Quand ils atteindront cette grotte, y voir dans le noir ne présentera aucun intérêt.

L'observation était marquée du sceau de l'évidence et Salim s'empourpra.

– C'est vrai, admit-il. Strictement aucun intérêt.

Heureux qu'Arguro n'insiste pas, il gravit un rocher qui dominait le passage et s'allongea à son sommet.

Arguro se tapit derrière une stalagmite et éteignit la sphère qu'il portait.

L'obscurité qui s'établit alors dans la grotte était si totale que Salim en frémit. Pourtant, très vite, il oublia le noir et les marchombres qui s'y dissimulaient pour se concentrer sur les dernières paroles d'Arguro, ou plutôt celles qui avaient précédé son ultime flèche.

Le secret favorisait-il la liberté et l'indépendance ?

Il avait côtoyé Ellana pendant presque trois ans. Elle était plus formidablement marchombre que ce dont pouvait rêver Arguro et parlait pourtant en parfaite liberté du Rentaï et de la greffe.

Certes, mais de Sayanel, autre marchombre de légende, nul ne savait rien. Sayanel ne cultivait pas le secret, il était un secret.

Arguro avait-il raison ou se leurrait-il ?

Salim ressassait cette question, lorsqu'une pâle lueur se dessina dans la grotte.

Les envoleurs arrivaient.

10

– Je suis Ankil Thurn et je vais te réduire en miettes.

La voix du mercenaire avait retenti avec la force d'un coup de tonnerre et si, à l'autre extrémité de la brèche, les combats se poursuivaient, ils cessèrent autour des deux colosses, comme si l'affrontement qui se profilait nécessitait l'attention de tous.

Une pause au cœur de la bataille, pareille à l'œil du cyclone, trompeuse illusion de paix alors que la tempête s'apprête à redoubler de violence.

– Je suis Rhous Ingan, répliqua le chef thül.

Un rictus tordit la bouche du mercenaire.

– J'ai connu un Ingan. Une lavette aussi prétentieuse que lâche. Un de mes amis l'a éventré. Nous

avons beaucoup ri lorsqu'il s'est effondré en pleur-
nichant et en nous suppliant de ne pas l'achever.
Ingan. Hurj Ingan. Tu le connaissais ?

Siam se tendit.

Ankil Thurn n'avait pas jeté un tel nom au hasard.
Rhous devait connaître ce Hurj Ingan. À voir la
soudaine pâleur de son teint, ce devait même être
un proche, sans doute un membre de sa famille.

Le mercenaire cherchait à déstabiliser son
adversaire. Cette ruse abjecte prouvait le peu de
cas qu'il faisait de l'honneur mais il n'en demeurait
pas moins un combattant redoutable. Si Rhous
tombait dans le piège de la provocation, il était
condamné.

La Frontalière se tenait prête à intervenir pourtant ce ne fut pas nécessaire. Rhous demeura
impassible.

N'eussent été son visage livide et ses yeux qui
s'étaient étrécis jusqu'à devenir deux fentes inson-
dables, on aurait pu croire qu'il n'avait pas entendu
les paroles du mercenaire.

Puis un sourire étira ses lèvres.

Effrayant tant il était dur.

Impitoyable.

Ses deux armes monstrueuses en mains, il se mit
en garde.

– Viens, murmura-t-il d'une voix rauque. Viens
chercher ton dû !

Ankil Thurn marqua un imperceptible temps
d'hésitation avant de soulever sa gigantesque épée
et de s'élancer en poussant un retentissant cri de
guerre.

Habitué à tout écraser sur son passage, il ne ressentait pas la moindre peur.

Aucun casque, aucune armure, aucun bouclier ne lui résistait. Sa force était telle qu'elle lui permettait de renverser n'importe quel ennemi. Surtout si, à l'instar de ce stupide Thül, il ne faisait pas mine de bouger.

En ahanant, il abattit son épée.

Rhous leva son sabre.

Le vacarme des deux armes s'entrechoquant fut assourdissant.

Ankil Thurn eut l'impression qu'il avait frappé une montagne. Son arme rebondit, lui échappa des mains. Muscles et os ébranlés, il tituba, faillit s'écrouler.

Rhous n'avait pas bronché.

Tandis que le mercenaire, sonné, peinait à reprendre ses esprits, le Thül brandit sa hache et d'un mouvement presque désinvolte l'abattit sur le crâne de son adversaire.

La lame, large et affûtée à la perfection, ne s'arrêta que lorsqu'elle se ficha en terre. Deux moitiés d'Ankil Thurn s'écroulèrent.

– Hurj Ingan était mon frère, rugit Rhous à l'attention des mercenaires, et il y avait plus de courage dans un seul de ses doigts que dans l'ensemble de vos cœurs. Préparez-vous à mourir !

Une ovation sauvage monta des poitrines des Thüls et des Frontaliers. Ensemble ils se ruèrent à l'attaque, bousculant les mercenaires abasourdis qui reculèrent, incapables de contenir l'assaut.

– Merci de me l'avoir laissé, lança Rhous à l'intention de Siam qui avait repris sa danse mortelle.

– Je t'en prie, mon ami. Il t'appartenait et, foi de Frontalière, j'aurais été incapable de l'éliminer avec autant de panache que toi !

Rhous Ingan rougit sous le compliment et, en poussant un tonitruant cri de guerre, il se jeta dans la mêlée.

11

– J'aimerais tant être un preux chevalier et me battre à leurs côtés…

La voix d'Aoro vibrait d'une émotion contenue à grand-peine, pourtant Eejil ne leva pas la tête de son cahier.

– Vois-tu, poursuivit néanmoins le petit aubergiste, je n'ai strictement aucune aptitude pour les armes. Si ma mort pouvait revêtir une quelconque utilité, c'est avec joie que je me jetterais dans la bataille mais il y a fort à parier que je me ferais étriper avant d'avoir ne serait-ce qu'égratigné un de ces maudits mercenaires.

Eejil, imperturbable, continua à dessiner. Elle était assise en tailleur dans l'herbe, face à la cité, son cahier sur les genoux, et n'accordait aucune importance au combat qui faisait rage non loin d'eux.

Ce n'était pas le cas d'Aoro. Dressé sur la pointe des pieds, il observait l'affrontement en se rongeant les ongles, tâchant de deviner qui, de la Légion noire ou des mercenaires, prenait l'avantage, respirant au rythme haché des combats.

– Crois-tu que j'aurais dû me joindre à eux? insista-t-il.

Comprenant qu'Eejil n'avait pas l'intention de lui répondre, il s'approcha d'elle pour jeter un coup d'œil sur son dessin.

Ce qu'il vit le glaça.

Reproduit avec un réalisme saisissant sur une double page, un monstre hideux, tout de cornes, de plaques et de lames, massacrait une cohorte entière de légionnaires. Aussi haut qu'un guerrier à cheval, ses griffes et ses crocs dégoulinant de sang, il paraissait invulnérable. La mort en marche.

– Qui est-ce? s'enquit Aoro, un frisson dans la voix.

– C'est lui, répondit Eejil. Le seigneur Kharx.

Elle désignait la bataille qui se déroulait au pied des remparts mais son doigt pointé était inutile. Le mugissement sauvage qui venait de s'élever aurait attiré l'attention d'un mort.

Aoro se retourna d'un bond, monta les mains devant sa bouche pour retenir un cri d'effroi…

La créature qui était apparue sur la brèche était terrifiante. Bien plus terrifiante que le plus terrifiant des monstres qu'il aurait pu imaginer.

Aoro fut soudain pris par l'envie presque irrésistible de trouver un trou, de s'y enfoncer et de s'y rouler en boule en fermant les yeux.

Le seigneur Kharx.

Identique en tous points au dessin d'Eejil, suintant la mort, exsudant la malveillance et irradiant une écrasante aura de puissance.

Les mercenaires avaient accueilli son apparition par une ovation. Ils firent volter leurs chevaux pour lui ouvrir une trouée dans leurs rangs et, après avoir poussé un nouveau mugissement, le seigneur Kharx s'y rua.

Cette fois, Aoro ne tenta pas de retenir son cri d'effroi.

Rien ni personne ne pouvait arrêter une pareille machine à tuer. Un premier légionnaire fut réduit en pièces, puis un deuxième, un troisième, sans que le seigneur Kharx ait réduit son allure. Il broyait tout sur son passage et les rares coups qu'il recevait ne paraissaient pas le moins du monde l'affecter.

Aoro se laissa tomber à genoux.

– Nous sommes perdus, hoqueta-t-il. Nous sommes perdus !

Près de lui, Eejil dessinait avec application.

Elle n'avait levé les yeux de son cahier que le temps de jeter un bref coup d'œil au carnage, puis elle avait repris son crayon. Sans cesser de sourire.

– Que fais-tu ? lui demanda Aoro stupéfait.

– Je dessine Doudou, lui répondit-elle. Il aura envie de se voir lorsqu'il reviendra.

– Doudou ?

– Oui. Il va bien s'amuser.

12

Edwin sauta de son cheval en arrivant devant le palais et gravit les marches en courant.

Il avait combattu pour passer la brèche mais personne n'avait tenté de lui barrer le passage lorsqu'il avait traversé la cité au galop. Des mercenaires se ruaient pourtant de toutes parts vers la bataille qui faisait rage sous les murailles, aucun ne s'était intéressé à lui.

Sans doute considéraient-ils impossible qu'un ennemi se soit avancé si profondément dans leurs rangs ou alors, le voyant seul, jugeaient-ils inutile de perdre du temps à l'intercepter alors que le salut de la cité était en jeu.

« *Les mercenaires ont certainement enfermé ton fils dans le palais.* »

Alors qu'il atteignait les hautes colonnes supportant le toit plat du palais, les mots de Liven résonnèrent dans son esprit, écho parfait à la certitude qui avait déferlé en lui lorsque la cité du Chaos lui était apparue.

Destan se trouvait entre ces murs.

Il pénétra dans une immense salle jonchée de feuilles éparses et de tables renversées. Le tremblement de terre créé par la desmose de Liven et l'attaque qui lui avait succédé avaient dû générer un mouvement de panique, aucun mercenaire n'était en vue.

Edwin s'engouffra dans un couloir, traversa une série de pièces désertes, gravit un escalier avant de déboucher sur une coursive métallique qui faisait le tour d'un patio de belle taille. Il aperçut, en contrebas, une quarantaine de mercenaires en tenue de combat qui discutaient avec animation.

– Ils sont plus de dix mille, lança l'un d'eux.

– Impossible, rétorqua un autre, dix mille guerriers n'auraient pu emprunter la vieille piste sans que nous les remarquions !

– Impossible ? s'emporta le premier. Il était également impossible que quelqu'un découvre la cité, impossible que nos murailles tombent, impossible que…

– Attention, intervint un troisième homme, le seigneur Farff !

Les mercenaires se turent tandis qu'un officier pénétrait dans le patio. De haute taille, le teint très pâle et les cheveux presque blancs, il tenait à la main un long sabre à la lame sinueuse.

– Des propos défaitistes ! L'un d'entre vous ne révérerait-il plus le Chaos ? vociféra-t-il.

Les mercenaires se raidirent. Plaqué contre le mur de la coursive, Edwin discerna même l'imperceptible mouvement de recul de ceux qui se tenaient le plus près du seigneur Farff. Le doute, chez eux, devait se traiter de façon brutale et définitive.

Le seigneur Farff balaya des yeux la petite troupe silencieuse puis, satisfait par la docilité inscrite sur les visages, il se tourna vers un sous-officier.

– Reste-t-il des gardes en faction dans le palais ?

– Non, seigneur Farff, répondit le sous-officier. Nous sommes tous ici.

– Très bien. Les seigneurs Essindra et Nillem sont chargés de veiller sur l'enfant du Chaos. Prends la tête d'une cohorte légère et rejoins-les. Que les autres aillent soutenir nos frères près de la muraille nord. Exécution !

Le sous-officier cracha quelques ordres brefs et onze mercenaires se rangèrent derrière lui. La cohorte quitta les lieux par une porte tandis que les mercenaires qui n'avaient pas été choisis en empruntaient une autre. Le seigneur Farff resta seul au centre du patio.

Le cœur d'Edwin avait brusquement accéléré.

« *Les seigneurs Essindra et Nillem sont chargés de veiller sur l'enfant du Chaos !* »

Sayanel lui avait parlé de la prétendue prophétie à l'origine de l'enlèvement de son fils. Les mots du mercenaire ne pouvaient avoir qu'un sens.

L'enfant du Chaos était Destan.

Et pour le retrouver, il lui suffisait de suivre la cohorte.

Il enjamba la balustrade cernant la coursive et atterrit avec souplesse dans le patio, juste devant le seigneur Farff. Si ce dernier fut surpris de le voir apparaître devant lui, il n'en laissa rien deviner.

– Qui es-tu ? aboya-t-il en levant son sabre.

Il ne ressentait aucune crainte. Combattant expérimenté et escrimeur redouté, il tenait son arme à la main tandis que celle de l'inconnu était au fourreau. Une différence énorme.

La différence entre la vie et la mort !

– Qui es-tu ? répéta-t-il en s'apprêtant à frapper.

– Un homme pressé, répondit Edwin.

Le seigneur Farff n'eut pas le temps de bouger ou d'esquiver.

Encore moins celui de frapper.

Il put juste écarquiller les yeux tandis que le sabre de l'inconnu fouettait l'air. Il mourut, convaincu que dégainer aussi vite était impossible.

Déjà Edwin quittait le patio par la porte qu'avaient empruntée les douze mercenaires.

Il n'avait pas rengainé son sabre.

13

– Tu te souviens de moi?

Sans chercher à répondre, Ewilan se lança dans l'Imagination...

... pour en être immédiatement expulsée.

Gommeurs.

Des gommeurs se trouvaient à proximité.

Répugnantes créatures, mi-crapauds, mi-limaces, les gommeurs dégageaient des ondes dont la fréquence interdisait l'accès aux Spires. Comment, dans ce cas...

– Surprise?

L'attention d'Ewilan revint sur la pièce où elle s'était matérialisée et sur l'homme qui lui faisait face.

La pièce était une salle du palais. La vue qu'on avait depuis les fenêtres le prouvait. L'homme était Azan, le Mentaï qu'elle avait affronté au pied du

Rentaï. C'était lui qui venait de lui imposer un pas sur le côté. Comment avait-il réussi à s'approprier une faculté ts'liche et, surtout, comment avait-il réussi à dessiner alors que la présence de gommeurs aurait dû le lui interdire ?

Azan s'avança vers elle.

– Te rappelles-tu ce que je t'ai promis ? lui demanda-t-il d'une voix affable. Que tu serais bientôt mon esclave ? Le jour est venu, très chère.

Ewilan balaya la pièce des yeux à la recherche d'une échappatoire. Un canapé confortable, une table basse, une bibliothèque, une porte qu'elle devinait fermée, quelques tableaux aux murs, rien qui lui soit de la moindre utilité.

Azan s'immobilisa à moins d'un mètre d'elle. Sans son masque métallique, il n'avait rien d'effrayant. Il aurait même été séduisant si son regard n'avait pas brillé d'un éclat aussi glacial.

– Je t'observe depuis longtemps, déclara-t-il, et depuis longtemps j'aime le contraste entre ta fragilité et la force de ton pouvoir. Surprenante Ewilan. Tu es si fragile et ton pouvoir est si grand.

Il la caressa des yeux avant de poursuivre :

– Il y a des années de cela, tu as tué mon maître. Cela s'est passé dans le monde que tu as un temps habité et que ce fût pour te défendre n'a aucune importance, je t'ai haïe comme jamais je n'avais haï personne. Je me savais toutefois incapable de te vaincre et, alors que je rêvais de t'ouvrir le ventre, j'ai attendu. J'ai travaillé et j'ai beaucoup progressé.

Nos amis ts'liches m'ont offert quelques intéressantes leçons, j'arpente désormais les plus hautes Spires de l'Imagination, j'invoque des alliés vivant dans d'autres mondes et j'ai résolu le problème des gommeurs. Aujourd'hui, tu es là, devant moi, je dessine alors que tu es impuissante, mais je n'ai plus envie de t'éventrer.

Le Mentaï avança d'un pas.

– Tu vas devenir mon esclave, dit-il en effleurant des doigts la joue d'Ewilan.

La jeune fille frémit de dégoût. Elle s'apprêtait à le repousser lorsqu'une sensation plus écœurante encore que le contact des doigts d'Azan déferla sur elle.

Déferla en elle.

Utilisant la prodigieuse puissance que lui offrait l'Imagination, le Mentaï tentait de s'immiscer dans son esprit !

Ewilan avait déjà vécu pareille torture lorsque, dans la cité perdue d'Al-Poll, elle avait rencontré quatre Ts'liches décidés à l'écraser. Leur volonté perverse s'était insinuée en elle, distillant peur et nausée, mais elle avait résisté, son pouvoir lui donnant la force d'affronter les monstres.

Un pouvoir qu'elle ne possédait plus.

La caresse d'Azan sur sa joue s'accentua, devint plus lascive, tandis que les tentacules de sa volonté se déployaient dans son esprit.

– Petite chose si fragile, lui souffla-t-il à l'oreille. Je suis désormais ton maître. Tu vas ployer devant moi, m'offrir ton corps et ton âme. Tu vas te soumettre jusqu'à te fondre dans mon vouloir, devenir une extension de mes désirs. Tu vas combattre à mes côtés, tuer mes ennemis, à commencer par les deux ridicules dessinateurs qui s'opposent à mes Mentaïs. Tu vas les tuer maintenant !

La voix d'Azan s'était faite de miel, à l'instar de la caresse de ses doigts sur la joue d'Ewilan, mais la pression de sa volonté dans l'esprit de la jeune fille était impitoyable.

– Je vais te renvoyer vers eux, murmura-t-il, hypnotique, et tu les tueras. Car je suis ton maître, petite chose fragile. Je suis ton maître et tu es mon esclave.

Ses yeux se posèrent sur le filet de transpiration qui sinuait sur la tempe de la jeune fille. Il sourit.

– Tu résistes, petite chose fragile ? s'amusa-t-il. Ce serait plaisant si nous avions le temps de jouer mais ce n'est pas le cas. Tu vas...

Il se raidit soudain, recula en chancelant, baissa la tête pour contempler, stupéfait, le manche du poignard qui saillait de sa poitrine, juste sous son cœur.

Ewilan l'avait tiré de sa ceinture dans un geste fluide qui démontrait une longue pratique et avait frappé sans marquer la moindre hésitation.

Et il n'y avait ni doute ni remords dans le regard dur qu'elle posa sur Azan alors qu'il tombait à genoux.

– Moi aussi j'ai beaucoup progressé, lui dit-elle. J'aime un marchombre et je ne suis plus du tout fragile.

Le Mentaï voulut parler, ce fut du sang qui jaillit de sa bouche.

Ses yeux se voilèrent, il était mort lorsqu'il bascula sur le côté.

14

La desmose de Liven et Kamil virevoltait dans les Spires.

Après avoir contré le premier dessin des Mentaïs, les deux jeunes dessinateurs avaient imaginé une énorme bourrasque qu'ils avaient guidée vers les remparts de la cité du Chaos. Elle avait balayé les archers embusqués sur le chemin de ronde, permettant ainsi aux Thüls et aux Frontaliers de progresser sans être criblés de flèches.

Un affrontement de volontés avait ensuite débuté. Terrible et éreintant.

Il durait toujours.

Les Mentaïs étaient quatre. Puissants, efficaces, rompus à l'utilisation de l'Imagination à des fins guerrières. Liven et Kamil avaient pour eux leur pouvoir de Sentinelles et la desmose qui, en les unissant, multipliait leurs capacités.

Ils étaient néanmoins peu à peu contraints à la défensive et s'épuisaient à contrecarrer les attaques sans cesse plus virulentes des Mentaïs sans parvenir à porter de coup décisif. Observer depuis les Spires l'ensemble de la cité afin de déceler les dessins des Mentaïs devenait de plus en plus ardu et ils sentaient arriver le moment où ils n'en seraient plus capables.

– *Nous avons la finesse pour nous, émit Liven à l'attention de Kamil, mais ils ont la force. Nous avons besoin d'aide.*

– *Qui ?*

– *Mathieu.*

– *Je comprends. Il nous faudra rompre la desmose.*

– *Oui, acquiesça Liven. Au dernier instant. Tu bloqueras leurs dessins pendant que je…*

– *Non, le coupa Kamil. Tu les bloqueras mieux que moi. J'accompagne Mathieu.*

– *C'est dangereux.*

– *Arrête, tu me fais peur !*

Les quatre Mentaïs se tenaient dans une pièce vide, située au centre du palais. Au dehors, la bataille faisait rage mais ils ne s'autorisaient que de rares coups d'œil sur son évolution tant contrer les deux dessinateurs qui les harcelaient requérait leur concentration.

Ils avaient d'abord cru qu'ils étaient dix avant de comprendre de quelle manière ils agissaient. Leur colère d'être ainsi malmenés s'était alors teintée d'une indéniable admiration.

Comme c'était souvent le cas lorsque des dessinateurs s'affrontaient, le combat avait peu à peu quitté les hautes Spires et la débauche d'imagination qui avait caractérisé ses premières minutes pour se transformer en une lutte de volontés ponctuée d'attaques épaisses et ravageuses.

Les Mentaïs excellaient dans ce genre d'escarmouche et s'ils avaient conscience que leurs deux adversaires étaient plus brillants qu'eux, ils savaient qu'en les entraînant sur le terrain de la force brute ils l'emporteraient à coup sûr.

– Ils faiblissent ! cracha l'un d'eux en sentant se déliter le lien qui unissait les deux Sentinelles. Achevons-les !

Il ferma les yeux pour se concentrer, manquant ainsi l'apparition de Kamil et Mathieu juste à côté de lui. Il sursauta en revanche en entendant le cri de surprise d'un de ses compagnons, sentit une main se poser sur son épaule…

Il disparut.

En même temps que les trois autres Mentaïs.

Un pas sur le côté. Ces maudits dessinateurs étaient parvenus, il ne savait comment, à effectuer un pas sur le côté vers la salle du palais, un endroit qu'ils ne connaissaient pas, et à les entraîner avec eux.

Ridicule ! Où qu'il se retrouve, rien ne l'empêcherait de…

Les quatre Mentaïs se matérialisèrent dans l'herbe, au pied des remparts.

Juste devant un groupe de guerriers thüls qui chargeaient en brandissant leurs monstrueuses haches de bataille.

Ils poussèrent un même gémissement terrifié, voulurent se jeter dans l'Imagination, le pouvoir de Liven se dressa devant eux, leur interdisant l'accès aux Spires.

Ils réagirent alors en s'unissant pour forcer le passage. Leur volonté se transforma en une langue de feu. Implacable.

Pour doué qu'il fût, Liven était incapable de résister plus de trois secondes à la puissance de quatre Mentaïs décidés à le tuer.

Trois secondes.

En trois secondes, un guerrier thül lancé à pleine vitesse parcourt une distance étonnante.

Lorsque les Thüls furent passés, il ne restait plus grand-chose des quatre Mentaïs.

Kamil apparut à côté de Liven, livide, qui peinait à recouvrer son souffle. Elle posa une main légère sur son épaule.

– Que disais-tu ? lui demanda-t-elle. Nous avons la finesse pour nous ?

15

Bjorn se dressa péniblement. Regarda autour de lui. Poussa un juron.

S'il n'était resté inconscient qu'un court instant, cela avait suffi à ce que la bataille se déplace et qu'il se retrouve isolé.

Un mercenaire à cheval fonça sur lui. Bjorn para le coup de sabre avec son bouclier mais échoua à toucher le cavalier ou sa monture. Le mercenaire, jugeant sans doute qu'un ennemi à pied ne présentait plus de danger, poursuivit sa course, rejoignant la horde des siens qui encerclaient les légionnaires pour les empêcher de fuir. Ils formaient un cercle immense et au centre de ce cercle...

Bjorn tressaillit en entendant le seigneur Kharx mugir.

Un cheval. Il lui fallait un cheval.

Un cheval pour rejoindre ses hommes et retourner la situation. Un cheval pour tenter de stopper le carnage dont était responsable le seigneur Kharx. Un cheval pour se battre. Mourir si tel était son destin.

– T'as un problème de difficulté ? demanda une voix caverneuse dans son dos.

Bjorn se retourna avec vivacité, leva sa hache…

Doudou le regardait avec un sourire qui aurait pu être qualifié d'espiègle s'il n'avait dévoilé autant de dents.

– Alors ? insista le troll. T'as besoin de quelque chose ?

– Un cheval, balbutia Bjorn. Il me faut un cheval.

– Fastoche !

Doudou porta deux doigts à sa bouche et émit un sifflement strident.

Deux mercenaires se retournèrent, marquèrent un temps d'arrêt en découvrant la stature de celui qui avait attiré leur attention, échangèrent un regard puis, galvanisés par la présence proche du seigneur Kharx, talonnèrent leurs montures et se ruèrent à l'attaque.

Erreur.

Avec un rire joyeux, Doudou se précipita à leur rencontre, bondit lorsque le premier cavalier parvint à sa hauteur et lui assena un formidable coup de poing en pleine poitrine.

Cuirasse et côtes explosèrent, le mercenaire fut projeté à dix mètres, déjà le troll retombait sur ses pieds et courait vers le deuxième cavalier.

Ce dernier tenta de faire demi-tour, Doudou ne lui en laissa pas le temps. D'une main il saisit la jambe du mercenaire, de l'autre s'empara des rênes.

Le mercenaire s'envola, le cheval, confronté à bien plus puissant que lui, s'immobilisa net.

– Voici ta monture, homme chevalier, lança Doudou à l'attention de Bjorn. On y va ?

Bjorn jeta un regard abasourdi au corps démantibulé du mercenaire qui avait atterri à ses pieds puis se précipita vers le troll.

– Merci, camarade, lui jeta-t-il en se hissant en selle. Je te revaudrai cela !

Il talonna les flancs de son cheval et, hache brandie au-dessus de sa tête, fondit sur les mercenaires.

Un farouche cri de guerre monta de sa poitrine. Il savait que la bataille était perdue ou presque, les mercenaires étaient trop nombreux, le seigneur Kharx trop puissant, mais il combattrait tant qu'il lui resterait un souffle de vie. Il...

Doudou le dépassa alors que son cheval atteignait le plein galop.

Le troll courait à grandes enjambées sans paraître fournir d'efforts particuliers. Il se permit même un clin d'œil...

... avant d'accélérer !

Puis il percuta la ligne ennemie.

Les yeux écarquillés par la surprise, Bjorn le vit jeter un mercenaire à terre, puis un deuxième, un troisième, sans ralentir sa course. Un nouvel espoir embrasa le cœur du chevalier. Doudou pouvait-il se montrer aussi redoutable que le seigneur Kharx ? Un troll pouvait-il sauver la Légion noire ?

Alors qu'à son tour il entrait dans la bataille, il se prit à croire que oui.

La technique de Doudou était sidérante d'efficacité.

Et de simplicité.

Il courait, si vif qu'il en paraissait presque fragile, louvoyait avec agilité, bondissait comme une balle de caoutchouc et frappait. À cet instant, il redevenait ce qu'il était vraiment : une masse de muscles de plus d'un quintal animée par une sauvagerie implacable.

Chacun de ses coups de poing, chacune des claques qu'il assenait, désarçonnait un adversaire. Ne se contentait pas de le désarçonner. Chacun de ses coups de poing fendait côtes, crâne et vertèbres, chacune de ses claques brisait nuques et mâchoires.

Aucun mercenaire ne se relevait sur son passage.

En quelques minutes, le troll atteignit le cœur de la bataille.

D'un revers négligent il décapita à moitié un mercenaire, en arracha un autre à sa selle, le fit tournoyer un instant au-dessus de sa tête pour créer le vide autour de lui puis le lâcha.

Le corps du mercenaire décrivit une courbe aérienne avant de s'écraser, vingt mètres plus loin, sur le dos du seigneur Kharx.

L'impact aurait jeté n'importe qui à terre, le seigneur Kharx broncha à peine. Il se retourna en revanche avec son incroyable rapidité et un terrible mugissement s'échappa de sa gueule lorsqu'il découvrit le troll.

Doudou, qui s'était immobilisé, se gratta le crâne.

– T'es vraiment moche, mon gars ! lança-t-il.

Puis il se rua à l'attaque.

Le seigneur Kharx avait déjà parcouru la moitié de la distance qui les séparait.

Ses griffes monstrueuses captèrent l'éclat du soleil, Doudou poussa un rugissement, puis ce fut le choc.

Terrible.

Il paraissait inimaginable que l'élan de ces deux stupéfiants combattants soit brisé net, ce fut pourtant ce qu'il advint. Alors que leur collision aurait dû les réduire en miettes ou, au moins, les écraser au sol, elle arrêta simplement leur course dans un fracas assourdissant.

Doudou baissa les yeux sur les quatre griffes qui, fichées dans son ventre, avaient ouvert une plaie hideuse en ressortant dans son dos.

– Ça pique, grogna-t-il.

Et il décocha un coup de poing phénoménal à son adversaire.

Le seigneur Kharx mesurait un mètre de plus que le troll et pesait trois ou quatre fois plus lourd que lui. Il fut projeté en arrière comme s'il avait été de plume, s'écroula, roula, se releva en mugissant…

… pour retomber lorsque Doudou, après un saut prodigieux, lui planta ses deux pieds dans la poitrine.

– Et j'aime pas quand on me pique ! vociféra le troll.

Alors que les griffes du seigneur Kharx volaient vers ses yeux, Doudou les intercepta d'une poigne implacable et de l'autre entreprit de les briser mais, au moment où elles pliaient, un coude cuirassé lui percuta le menton.

À son tour il s'envola.

Il retomba sur le dos, n'eut pas le temps de se relever. Un pied cornu écrasa sa poitrine, le plaquant au sol et lui coupant le souffle.

Une seconde d'éternité s'écoula puis le seigneur Kharx se laissa tomber de tout son poids sur son adversaire. Les pointes qui armaient ses genoux se fichèrent dans le ventre du troll, déchirant chair et muscles.

Doudou poussa un râle de douleur.

– J'aime pas...

Une gueule effrayante plongea vers sa gorge.

– ... qu'on me...

Des crocs longs de vingt centimètres étincelèrent.

– ... pique !

Doudou abattit ses deux poings de chaque côté de la tête de son adversaire.

Le coup était tel qu'il aurait traversé un mur d'acier. Les plaques osseuses qui protégeaient le crâne du seigneur Kharx se fendirent avec un craquement sinistre.

Le monstrueux allié des mercenaires voulut se relever, Doudou ne lui en offrit pas le temps. Il frappa à nouveau. Plus fort si cela était possible.

Le seigneur Kharx mugit vers le ciel. Un mugissement de souffrance et d'incompréhension.

Sa gueule ruisselait d'un sang nauséabond, des esquilles pointaient de son crâne fracassé et si ses formidables capacités de régénération avaient déjà entrepris leur œuvre de guérison, elles ne purent rien pour lui lorsque les poings de Doudou s'abattirent une troisième fois, faisant exploser sa boîte crânienne. Le seigneur Kharx, ou ce qu'il en restait, bascula sur le côté. Sa silhouette répugnante vacilla un instant, devint translucide, puis disparut, happée par le néant.

Le troll se releva d'un bond, brossa d'une main négligente sa vaste poitrine exempte de blessure et observa d'un œil curieux le revirement de la bataille.

Stimulés par le retour de Bjorn et la mort du seigneur Kharx, les légionnaires s'étaient repris. Regroupés en un noyau impénétrable de vargelite noire, ils repoussaient les mercenaires vers les murailles de la cité. Rien désormais ne semblait pouvoir s'opposer à leur victoire.

Doudou s'assit dans l'herbe et se mit à cueillir des fleurs.

16

Les premiers envoleurs pénétrèrent dans la grotte.

Un bref instant, Salim se demanda qui allait donner le signal de l'assaut puis il réalisa que cette responsabilité lui incombait. Il rampa sans bruit jusqu'au bord du rocher où il était perché et observa la colonne de mercenaires qui passait en contrebas.

Ils étaient nombreux. Plusieurs centaines.

Ils progressaient en silence, éclairés par une dizaine de sphères lumineuses. Leur démarche souple, assurée, les rendait étrangement semblables à des marchombres, même si la plupart, armés de sabres, avaient revêtu une armure légère.

Salim attendit qu'ils soient tous entrés dans la grotte avant de s'agenouiller. Il tendit le bras gauche devant lui.

545

Il avait enfilé le gant d'Ambarinal et lorsqu'il ferma le poing, la sensation déferla en lui : il tenait un arc. L'arc mythique créé des siècles auparavant par un dessinateur de génie et que Jilano avait légué à Ellana. L'arc qui n'existait pas.

Salim amena une corde invisible jusqu'à sa joue, visa un envoleur au centre de la colonne et, lentement, ouvrit les doigts.

Une longue flèche noire jaillit du néant et fila en sifflant jusqu'à sa cible. Elle se ficha avec un bruit mat entre les épaules du mercenaire qui s'écroula, provoquant une bousculade paniquée. Des cris s'élevèrent.

De sa position haute, Salim aperçut des dizaines de marchombres, arcs bandés, se mettre en position de tir, puis...

... ce fut le noir !

Absolu.

Toutes les sphères lumineuses s'étaient éteintes au même instant et avec elles le brouhaha causé par la mort du mercenaire abattu par Salim.

L'ordre que lança un chef mercenaire résonna dans un silence parfait :

– Équilibre nuit !

Debout au sommet de son rocher, prêt à utiliser le gant d'Ambarinal, Salim étouffa un juron.

Pourquoi ses compagnons tardaient-ils autant à éclairer la scène ?

Les enveleurs avaient réagi avec une rapidité et un sang-froid confondants, l'effet de surprise était fichu mais les marchombres avaient encore l'avantage de leur position.

Tendu à l'extrême, ses sens aux aguets, Salim perçut d'abord le bruit ténu des flèches que les envoleurs encochaient.

Dans le noir absolu qui régnait sur la grotte, ils n'avaient aucune chance d'atteindre quelqu'un. Pas avec la multitude de rochers qui émaillaient les environs et offraient autant d'abris. Ils avaient donc l'intention de raviver leurs sphères lumineuses. Ils allaient être surpris. Salim ne connaissait personne qui...

Le sifflement d'une centaine de flèches fendant l'air remplit la grotte.

« *L'esprit d'un marchombre ne fait qu'un avec son corps. Il est donc faux d'affirmer que le marchombre possède de bons réflexes, voire d'excellents réflexes. Le marchombre est réflexe.* »

Salim s'écrasa sur son rocher.

Son ouïe aiguisée avait discerné, parmi les traits invisibles qui vrillaient la nuit, quatre d'entre eux qui filaient vers lui.

Ajustés à la perfection.

Comme si ceux qui avaient tiré avaient eu la possibilité de viser.

Non.

Pas comme si.

Les envoleurs avaient eu la possibilité de viser !

Pour rapide qu'il ait été, Salim ne le fut pas assez pour éviter toutes les flèches qui lui étaient destinées. Une d'elles traça une ligne de feu sur sa joue tandis qu'une deuxième, après avoir été déviée par le fourreau qui pendait à sa ceinture, se fichait dans sa cuisse.

La blessure était bénigne et Salim ne lui accorda aucune attention. Il y avait plus grave.

Dans la seconde qui avait suivi la salve de flèches, des cris de douleur avaient retenti un peu partout dans la grotte, prouvant l'impensable : les envoleurs voyaient parfaitement dans l'obscurité !

Et leurs tirs avaient causé des ravages parmi les marchombres.

Allongé sur son rocher, Salim ne bougeait plus. Il perçut nettement le bruit des arcs que les envoleurs posaient au sol puis celui, plus discret, de leurs pas quand ils se dispersèrent dans la grotte, à la recherche de leurs proies.

Envoleurs, chasseurs de marchombres !

Au même instant, il comprit.

Si ses compagnons n'utilisaient pas leurs sphères lumineuses, c'était parce qu'elles ne fonctionnaient pas. Les envoleurs n'avaient pas éteint les leurs, ils avaient invoqué le noir. Un noir si total qu'il niait à la lumière le droit d'exister.

Comme les mercenaires qu'il avait affrontés au pied du Rentaï et qui, eux aussi, voyaient parfaitement dans l'obscurité qu'ils avaient créée.

Les premiers bruits de combats s'élevèrent et Salim tressaillit.

Les marchombres, pour efficaces qu'ils soient, n'étaient pas en mesure d'affronter en aveugles des adversaires aussi dangereux que les envoleurs. La bataille allait tourner au massacre.

« Le Rentaï n'accorde jamais de greffe au hasard. Celle que tu as reçue trouvera sa justification demain face aux envoleurs. »

Les mots de Sayanel surgirent de sa mémoire avec la force d'un ouragan.

Il secoua la tête.

Ridicule.

« *Âme de nuit, lame de lumière.* »

La greffe que lui avait octroyée le Rentaï possédait le pouvoir de chasser la nuit des envoleurs mais s'il laissait la lumière jaillir de ses doigts, il deviendrait une cible immanquable. Il serait abattu avant d'avoir pu porter le moindre coup. La lumière s'éteindrait. À jamais.

Le bruit léger d'un grimpeur cherchant une prise s'éleva près de lui. Un envoleur était en train de gravir le rocher. Un envoleur ou plusieurs.

Lumière ou pas, il était perdu.

En priant pour qu'aucun mercenaire n'ait conservé son arc, il se leva.

« *Âme de nuit, lame de lumière.* »

Il confia à la nuit un message d'amour pour Ewilan puis il ouvrit les mains.

La clarté qui jaillit de ses paumes illumina la grotte et, durant un bref instant, le temps parut se figer.

De nombreux, trop nombreux marchombres gisaient au sol, d'autres se trouvaient engagés dans des combats sans issue contre des envoleurs qui semblaient fourmiller. Des combats qui cessèrent, le temps que les regards se tournent vers la silhouette lumineuse dressée au sommet du rocher, puis le premier mercenaire tomba, gorge ouverte par le poignard d'un marchombre, et la bataille reprit, rendue encore plus sauvage par son nouvel équilibre.

Salim aperçut en contrebas des envoleurs qui se précipitaient vers leurs arcs.

– Je ne mourrai pas tiré comme un lapin, jura-t-il entre ses dents.

Le rocher surplombait le sol de la grotte de trois mètres.

Il bondit en avant.

17

Salim atterrit en souplesse, trop près des envoleurs pour qu'ils puissent utiliser leurs arcs. Son coude emboutit un plexus solaire, il pivota sur ses hanches, évitant une lame qui fusait vers sa gorge, frappa du talon un autre adversaire, se baissa, sauta...

« Tenir, songeait-il. Je dois tenir le plus longtemps possible. Chaque seconde gagnée sauve un marchombre et peut faire basculer l'issue de la bataille. »

Les envoleurs étaient arrivés à la même conclusion. Une dizaine d'entre eux, armes au clair, se précipitèrent sur Salim.

« *Âme de nuit, lame de lumière.* »

Dans les paumes du jeune marchombre, la clarté gagna en intensité, acquit forme et solidité. Il referma ses mains sur deux lames de lumière aussi efficaces que des lames d'acier.

Les envoleurs arrivaient sur lui.

Avec la certitude de mener sa dernière danse, Salim esquiva un sabre, frappa l'envoleur qui le maniait, feinta à droite, se coula entre deux ennemis, frappa une nouvelle fois, recula, trébucha contre un corps étendu à terre, retrouva par miracle son équilibre, juste avant de sentir l'acier d'un sabre mordre son épaule.

Bras engourdi, il se dégagea, échoua à atteindre son adversaire, reçut une deuxième estafilade au bras, glissa en évitant un revers, se retrouva à genoux…

Un envoleur se dressa devant lui.

Au contraire de ses pairs, il ne portait pas d'armure et ne tenait pas de sabre mais un long poignard à la lame courbe.

L'acier siffla. Tinta lorsqu'une lame le contra.

Arguro.

Le marchombre avait effectué une impensable pirouette au-dessus de Salim et venait de lui sauver la vie.

L'envoleur réagit avec une extraordinaire rapidité. Il vrilla son corps, fit mine de cogner du poing tandis que son poignard courbe fusait vers la poitrine d'Arguro.

Le maître marchombre ignora la feinte, se décala de dix centimètres pour laisser passer le poignard et frappa.

Trois fois. De la pointe de sa lame.

Atteint au cou, au cœur et à l'aine, l'envoleur s'écroula.

Salim s'était relevé.

L'intervention d'Arguro lui avait accordé un répit mais les envoleurs déferlaient sur eux. À deux, ils n'avaient aucune chance de leur tenir tête plus d'une minute.

Pas à deux.

À trois. Une marchombre se tenait à côté de Salim. Petite, les cheveux blonds coupés court, elle maniait avec une adresse diabolique deux poignards effilés.

À quatre. Un nouvel allié était là. Marchombre trapu qui faisait le vide autour de lui en décochant de redoutables coups de pied fouettés.

À cinq. Une marchombre, Hulinfa, s'était coulée contre Salim, jouant avec un poignard aussi efficace qu'un bouclier et mille fois plus dangereux.

À six.

À dix.

À...

Quelques secondes à peine après l'intervention d'Arguro, Salim se retrouvait au centre d'un impénétrable cercle marchombre.

En sécurité.

Les assauts sauvages des envoleurs se brisaient contre la grâce des arpenteurs de la voie. Les sabres des uns sifflaient dans le vide, les poignards des autres dessinaient des œuvres de mort.

Le Chaos était tenu en échec par l'Harmonie.

L'Harmonie.

Salim ne combattait plus. Porteur de lumière, il était trop précieux pour risquer sa vie. Immobile dans le cercle marchombre, les yeux écarquillés par la stupéfaction et l'incrédulité, il la découvrait.

L'Harmonie.

Ce n'étaient pas cent ou deux cents marchombres agiles, souples, tourbillonnants qui se battaient mais un seul être, plus agile, plus souple, plus tourbillonnant que la somme des cent ou deux cents parties qui le composaient.

Un être en parfait accord avec l'univers.

L'Harmonie.

Le Chaos grogna, se déchaîna, libérant jusqu'à l'ultime parcelle de son essence incontrôlable. Violence, haine, peurs, fanatisme...

L'Harmonie répondit en se mettant à danser. Ouverture, temps, respect...

Le Chaos rugit.

L'Harmonie virevolta.

Le Chaos enfla.

L'Harmonie ondoya.

Salim leva les mains au-dessus de sa tête. La lumière qui jaillissait de ses paumes inondait la grotte, nourrissait les corps, faisait vibrer les cœurs, pulsait avec les âmes.

L'Harmonie.

Le Chaos tressaillit. Nia. Cogna. Déroba. Mentit. Tortura. Viola.

L'Harmonie s'offrit.

Le dernier envoleur tomba.

Aussi soudainement qu'elles s'étaient éteintes, les sphères lumineuses se remirent à fonctionner.

Les marchombres survivants se tournèrent en silence vers Salim. Tous étaient blessés. Plus de la moitié des leurs étaient tombés et ne se relèveraient jamais.

Et pourtant…

La gorge nouée par l'émotion, Salim referma les mains. La lumière du Rentaï s'éteignit dans la grotte.

Continua à illuminer la voie.

Et le regard de ceux qui l'arpentaient. Uniques et soudés.

18

Essindra.

Nillem.

Et derrière eux, une cohorte de mercenaires armés jusqu'aux dents.

Ellana balaya la pièce des yeux.

Ni portes ni fenêtres. Aucune autre issue que l'escalier qu'elle avait emprunté pour arriver là.

Seule, elle aurait sans doute tenté de forcer le passage, malgré des chances de réussite quasi inexistantes. Avec Destan, c'était inenvisageable.

Et l'abandonner alors qu'elle venait de le retrouver l'était encore davantage.

Sans quitter ses ennemis des yeux, elle poussa le berceau dans un coin de l'estrade. Elle vivante, personne ne s'approcherait plus de son fils !

– Ainsi, tu refuses de mourir ?

L'ironie méprisante d'Essindra lui fit l'effet d'un ongle crissant sur une plaque de métal. Frisson glacial de haine brûlante, mâchoires serrées jusqu'à la douleur, brume rougeâtre se déposant sur l'univers, Ellana se ramassa pour bondir...

« *Ce serait une erreur, jeune apprentie !* »

La voix n'avait pas retenti pourtant Ellana l'avait entendue.

Avec son âme.

Elle se figea.

– Jilano ?

« *Qui d'autre ? Ne t'avais-je pas promis que la mort elle-même ne nous séparerait pas ? Ta situation n'est pas brillante, jeune apprentie.* »

Ellana se mit à trembler.

– Je veux sauver mon fils, murmura-t-elle. Je veux sauver Destan.

« *Alors, éloigne-toi de son berceau.* »

Ellana secoua la tête.

– Non. Je ne...

« *Éloigne-toi de son berceau, Ellana !* »

Jilano était mort depuis des années, personne n'avait parlé, la voix était une chimère née de son angoisse, pourtant...

Ellana s'éloigna du berceau.

Essindra la regarda descendre de l'estrade sans parvenir à masquer sa surprise.

– Serais-tu devenue raisonnable ? la railla-t-elle.

En guise de réponse, Ellana s'immobilisa, une jambe tendue derrière elle, l'autre fléchie, hanches de face, mains ouvertes. Garde de combat marchombre.

Essindra émit un petit rire sec.

– Cela m'aurait étonnée, cracha-t-elle.

Puis elle se tourna vers Nillem.

– N'étais-tu pas censé l'avoir tuée ?

Nillem haussa les épaules. Ses yeux bleu cobalt, fixés sur Ellana, ne cillaient pas et la marchombre était incapable d'y lire la moindre émotion. Ce vide, plus inquiétant que la haine flambant dans le regard d'Essindra, acheva de la convaincre qu'elle n'avait aucune chance de quitter la pièce vivante.

Elle avait obéi aux injonctions de la voix de Jilano, cela ne changeait rien à sa situation.

Elle jugula la panique qui montait en elle à l'idée de perdre définitivement Destan, pour se concentrer sur le seul choix qui lui restait : qui l'accompagnerait dans la mort ?

Un choix facile.

Elle détestait Essindra, n'avait aucun doute sur le rôle qu'elle avait joué dans l'assassinat d'Edwin, aurait rêvé de lui planter une lame dans le cœur mais c'était Nillem qui mourrait le premier.

Nillem qui l'avait serrée dans ses bras, embrassée, aimée, trahie.

Nillem qui avait flétri sa confiance.

Nillem qui l'avait poignardée, laissée pour morte.

Nillem qui lui avait volé son fils.

Nillem le corrompu.

Ellana expira profondément, emplit ses poumons, nota avec satisfaction que son cœur battait à grands coups réguliers, que son souffle était posé, ses muscles relâchés.

Elle était prête au combat.

Elle ne possédait plus d'armes. Cela n'avait aucune importance.

Elle n'avait pas besoin d'armes.

Elle était une arme.

Essindra et Nillem allaient attaquer ensemble. Elle savait à quel point ils étaient redoutables, elle savait que ses chances d'en vaincre un étaient minimes, que ses chances de vaincre les deux étaient nulles, mais elle savait aussi qu'elle aurait le temps de frapper. Que rien ne l'empêcherait de frapper.

Nillem mourrait avant elle.

Plus qu'un instant et…

– Tuez-la ! ordonna Essindra aux mercenaires qui se tenaient derrière elle.

Les douze guerriers de la cohorte n'eurent pas le temps d'obéir.

Un homme était apparu au sommet des escaliers.

Il tenait à la main un sabre ruisselant de sang et une détermination effrayante irradiait de ses yeux gris acier.

Il ne lui fallut qu'une fraction de seconde pour jauger la situation.

Pour que son regard capte celui d'Ellana.

Pour qu'il comprenne l'incroyable présent que lui offrait la vie.

Pour qu'il en juge l'inestimable valeur et en mesure la terrible fragilité.

Pour qu'il bondisse et atterrisse au milieu des mercenaires.

Une fraction de seconde.

Edwin entreprit de se frayer un passage jusqu'à Ellana.

19

Si Edwin réagit avec une extraordinaire rapidité, Essindra se montra tout aussi vive. Alors que le sabre du maître d'armes entamait sa danse de mort, elle tira le sien et se précipita sur Ellana.

L'acier siffla à l'endroit exact où se tenait la marchombre.

Où s'était tenue la marchombre.

Ellana avait plongé au sol, roulé, pour se relever à bonne distance.

Les deux adversaires se jaugèrent un instant du regard, trop expérimentées pour commettre l'erreur de sous-estimer l'autre, trop engagées pour envisager de reculer. Essindra avait pour elle la longueur de sa lame et sa science des armes, Ellana l'art du combat marchombre et ses griffes, aussi affûtées que des rasoirs.

Elles s'observaient et, si elles demeuraient immobiles, elles avaient conscience que leur affrontement avait bel et bien commencé.

Leur champ de perception s'était rétréci jusqu'à former autour d'elles une bulle imperméable au monde extérieur. Ellana ne songeait plus à Destan, elle avait même oublié le retour miraculeux d'Edwin. Essindra, elle, n'avait pas la moindre pensée pour ses hommes qui tombaient un à un.

Ellana, stupéfaite, découvrait face à elle le parfait équilibre entre guerrier et marchombre. Sabre et souplesse, force et vivacité. Essindra, tout aussi stupéfaite, comprenait pour la première fois ce que signifiait arpenter la voie. Elle avait passé sa vie à traquer les marchombres, Nillem, redoutable combattant, lui avait parlé des extraordinaires capacités d'Ellana, mais elle n'appréhendait vraiment qu'en cet instant précis la réalité marchombre.

Ellana se tenait prête, entièrement concentrée sur le combat à venir.

Essindra savait comment ce combat allait finir.

La marchombre n'avait aucune chance. Tant de guerriers bien plus dangereux qu'elle étaient tombés dans le piège et le piège, au fil des années, était devenu si efficace. Non. La marchombre n'avait aucune chance.

Elle passa à l'attaque.

La pointe de son sabre fusa, aussi vive qu'un éclair. Avant qu'elle ait atteint sa cible, elle bascula les poignets, transformant son coup en revers. Cinglant.

La tunique de cuir d'Ellana se fendit, s'imbiba de sang. Essindra voulut profiter de son avantage, elle dut reculer. La marchombre, elle aussi, avait frappé. Deux fois. Main droite et main gauche. Trois griffes ouvrirent le bras d'Essindra jusqu'à l'os, trois autres lacérèrent sa joue.

« Un combat est un seul geste. Qu'il dure une seconde ou une heure. Qu'il t'oppose à un ennemi ou à dix. Un seul geste, un seul souffle. »

Alors qu'Essindra se remettait en garde, tenant son sabre d'une seule main, Ellana avança, feignit une attaque du coude, frappa du poing.

Essindra esquiva, son sabre décrivit une courbe serrée, obligeant Ellana à rompre d'un pas.

Maintenant.

C'était le moment !

Essindra pivota, baissa sa garde…

– Nillem ! cria-t-elle.

Le piège était rodé.

Plus que rodé. Huilé.

Parfaitement huilé.

Il avait fonctionné des dizaines de fois.

Contre les multiples adversaires qui s'étaient dressés sur leur route d'abord puis, très vite, contre les mercenaires prétentieux qui croyaient leur interdire les plus hautes sphères du Chaos.

S'appuyant sur les heures et les heures d'entraînement qu'ils avaient partagées, le piège avait atteint la perfection lorsque Nillem était devenu son amant.

Passion des sens et technique des armes.

Amour et mort.

Nillem et Essindra.

Lorsque l'un combattait, l'autre s'embusquait, se faisait oublier, devenait invisible, bien plus efficace ainsi que si leurs armes s'étaient mêlées.

Dans tout affrontement, il y a un instant d'ouverture. Nillem et Essindra avaient appris à le distinguer, à l'utiliser. Lorsqu'il survenait, le combattant s'effaçait, l'embusqué frappait.

Poignard lancé, revers de sabre, tranchant de la main, hache, pique, flèche, toutes les armes pouvaient être employées. Leur usage codifié, défini à la seconde près, au millimètre près, dupait le plus aguerri des adversaires.

– Nillem! avait crié Essindra.

Son appel, joint à la position basse de son sabre, exigeait l'utilisation du poignard. Essindra entendait déjà son acier chanter, le voyait déjà se ficher dans la poitrine d'Ellana. Dans sa gorge peut-être, Nillem était un lanceur exceptionnel...

L'acier ne chanta pas.

Aucun poignard ne se ficha dans la gorge d'Ellana, ni même dans sa poitrine.

Essindra tituba.

Elle n'avait pas eu l'impression de chercher Nillem des yeux, juste l'envie, et l'envie avait suffi. Suffi à ouvrir le temps pour Ellana.

Le temps du marchombre.

Essindra sentit ses jambes céder sous elle, contempla, stupéfaite, la blessure que trois griffes avaient ouverte entre ses côtes, tandis que le sang s'échappait en bouillonnant de sa gorge béante.

Elle tomba à genoux.

Nillem.

Il n'était pas intervenu. Était-il mort ?

Alors que ses yeux se voilaient, elle le découvrit à quelques mètres d'elle.

Indemne.

Leurs regards se croisèrent et, dans le sien, elle ne lut rien. Ni regret ni peine. Aucune émotion.

Il avait effectué un choix. Un choix qui lui garantissait la vie sauve et qui la sacrifiait.

Tout simplement.

Nillem.

Essindra mourut avec, sur les lèvres, le goût du sang et celui, bien plus amer, de la trahison.

À cet instant, le douzième mercenaire périt sous le sabre d'Edwin. Le maître d'armes voulut se précipiter vers Ellana.

Il se figea.

Comme elle.

– J'ignore pourquoi et comment tu as survécu, déclara Nillem d'une voix sans âme, et je m'en moque. Je sais en revanche que tu vas t'écarter de mon chemin, que ton compagnon va s'écarter de mon chemin, que les hommes qui en ce moment envahissent la cité vont s'écarter de mon chemin. Je suis le gardien de la prophétie et la prophétie s'accomplira.

Dans ses bras, Destan poussa un gémissement.

20

La vie est-elle une roue cruelle qui rejoue sans cesse les mêmes drames et écrase, impitoyable, ceux qui les subissent?

Ellana avait l'impression de vivre, revivre, un cauchemar.

Un cauchemar perpétuel où la douleur palpitante de son impuissance se mêlait à celle de son agonie près du bouleau. La blessure ouverte par Nillem dans son ventre avait guéri, son impuissance demeurait.

Impuissance.

N'aurait-il pas été préférable qu'elle meure?

Impuissance.

N'était-elle d'ailleurs pas morte?

Impuissance.

Debout sur l'estrade, Destan blotti au creux d'un bras, Nillem dégageait, lui, une incroyable assurance.

« Vous ne pouvez rien contre moi, clamaient ses yeux. Vous êtes faibles, lâches et la prophétie me porte. »

Ellana se mit à trembler.

Edwin fit un pas en avant.

Nillem tira son sabre.

Geste précis, exempt de la moindre hésitation.

Il posa le tranchant de la lame sur le ventre de Destan.

Geste parfait, exempt de la moindre émotion.

– Non ! s'écria Ellana.

Edwin s'immobilisa.

– Vous n'avez pas le choix, déclara Nillem. L'enfant est à moi. Depuis des siècles la prophétie annonce que...

Il se tut pour observer la pièce, son visage marqué pour la première fois par une ébauche de surprise et, peut-être, une ombre de doute. Ses yeux passèrent sans le voir sur le corps d'Essindra, survolèrent ceux des mercenaires gisant près de l'escalier, effleurèrent Ellana, ignorèrent Edwin...

– Qu'est-ce que... commença-t-il.

Une fine écharpe de brume se matérialisa près de l'estrade.

Poussée par une brise invisible, elle ondoya vers Nillem, s'épaissit, puis, alors qu'il reculait vers le berceau vide, s'enroula autour de lui, le dissimulant à la vue d'Ellana et Edwin.

Sans se concerter, ces derniers bondirent en avant.

Pour s'immobiliser avant d'atteindre l'estrade.

La brume avait disparu.

À sa place se tenait Sayanel.

Destan blotti contre lui.

– Non !

Sayanel n'avait pas crié pourtant son ordre stoppa net le geste de Nillem qui se figea, sabre levé au-dessus de sa tête.

– Non, répéta le maître marchombre. Tu t'es fait assez de mal ainsi.

Nillem haussa les sourcils.

– Je me suis fait assez de mal ? reprit-il.

– Oui.

– Curieuse façon de t'exprimer alors que tu es à la merci de ma lame.

– Je ne suis pas à la merci de ta lame, Nillem.

– Ah bon ? Pourquoi alors ne tentes-tu pas de t'échapper ? Pourquoi tes deux amis ne bougent-ils pas ?

Il jeta un bref regard à Edwin et Ellana avant de poursuivre.

– Parce qu'ils savent comme moi que lorsque je déciderai de te tuer, ni eux ni toi ne pourront m'en empêcher. Tu es stupide de croire que te tuer me fera du mal. Je suis ma voie et tu n'es rien pour moi.

Sayanel secoua tristement la tête.

– Tu n'as jamais compris ce que signifiait suivre une voie. Tu me crois à ta merci alors que j'ai choisi mon destin.

– Tu as choisi de mourir.

– Non, j'ai choisi d'aider à la réalisation de la prophétie.

– Quoi ?

Nillem n'avait pu contenir un cri de stupéfaction. Sayanel vrilla ses yeux dans ceux de son ancien élève.

– Lorsque les douze disparaîtront, récita-t-il, et que l'élève dépassera le maître, le chevaucheur de brume le libérera de ses chaînes. Six passeront et le collier du un sera brisé. Les douze reviendront alors, d'abord dix puis deux qui ouvriront le passage vers la Grande Dévoreuse. L'élève s'y risquera et son enfant tiendra dans ses mains le sort des fils du Chaos et l'avenir des hommes.

Le maître marchombre caressa la joue de Destan.

– Cet enfant est bien celui dont parle la prophétie. Jilano était le maître, Ellana l'élève et, en ravissant Destan à ses parents, les fils du Chaos ont placé leur sort entre ses mains. Il a joué son rôle, les fils du Chaos n'existent plus. Tu n'as pas choisi une voie, Nillem, tu as choisi une impasse.

Un court instant, la voix de Sayanel avait vacillé.

– Ce choix t'appartient, reprit-il, et s'il puise sa source dans ce que je n'ai pas réussi à t'offrir, il n'engagera pas cet enfant. Destan suivra sa propre voie et cette voie ne sera ni la tienne ni la mienne.

Sans plus accorder d'attention à son ancien élève, le maître marchombre se pencha avec une infinie douceur pour déposer Destan dans son berceau.

Nillem abattit son sabre.

Ellana avait vu arriver le coup.

Prévisible.

Imparable.

Non ! voulut-elle hurler.

Elle ne parvint qu'à murmurer.

Un murmure rauque, désespéré, qui fut couvert par un chuintement métallique. Surgi d'on ne sait où, un croissant d'acier tourbillonnant traversa la pièce en décrivant une courbe parfaite.

Le sabre de Nillem n'était encore qu'à mi-course.

Agenouillé près du berceau, les yeux posés sur Destan, Sayanel tendit le bras.

La vie n'est pas une roue impitoyable mais une route. Une route certes parsemée d'embûches, mais une route qui peut conduire au bonheur.

Pour peu qu'on ne se perde pas.

Ellana, Edwin, Destan.

Enlacés.

Heureux.

Ils ne s'étaient pas perdus.

Près d'eux, à des milliers de kilomètres d'eux, Sayanel ferma les yeux de Nillem.

Avec la même douceur qu'il avait déployée pour déposer Destan dans son berceau.

Une infinie douceur.

Une douleur infinie.

– Je te demande pardon, murmura-t-il.

LUMIÈRE

1

Salim jeta un coup d'œil derrière lui.

Les marchombres rescapés du combat contre les envoleurs le suivaient toujours, plus nombreux qu'il ne l'avait craint au vu des terribles pertes qu'ils avaient subies.

Si la salle dans laquelle le souterrain avait fini par déboucher ne comportait pas de fenêtres, la haute porte métallique se dressant à son extrémité devait s'ouvrir quelque part à l'intérieur de la cité. Enfin !

Salim grimaça en découvrant le verrou complexe qui la fermait.

Une serrure à contrepoids.

La plus subtile des serrures qu'Ellana lui avait enseigné à forcer. Il se souvenait parfaitement du sourire approbateur que la marchombre lui avait adressé lorsque, après avoir bataillé près de deux heures, il avait enfin réussi à en ouvrir une.

– Les serrures à contrepoids sont de vieilles dames capricieuses, lui avait-elle déclaré. Les brusquer ne sert à rien et je ne connais personne qui leur fasse demander grâce en moins d'une heure. Ta performance est donc loin d'être ridicule.

Certes mais le temps pressait.

La gorge nouée par l'inquiétude, Salim imaginait ses amis en train de combattre de l'autre côté de cette maudite porte.

En ce moment même, Bjorn tombait peut-être sous les coups d'un mercenaire, Siam et Edwin étaient submergés, Ewilan l'appelait à l'aide...

En retenant un juron, il s'agenouilla devant la serrure.

Il était loin d'être le plus expérimenté des marchombres présents dans la salle pourtant ce qui s'était déroulé dans le souterrain avait changé le regard que ses pairs portaient sur lui. Pas d'admiration, encore moins d'emballement mais la tranquille acceptation du rôle que Sayanel lui avait imposé.

Il avait offert la lumière à l'Harmonie pour affronter le Chaos.

Ce faisant, il avait acquis le statut de guide. Les marchombres le suivaient.

Alors qu'il réfléchissait à la meilleure façon d'aborder la vieille dame capricieuse, Arguro s'agenouilla à ses côtés.

– Tu te souviens de ce que je t'ai dit sur la greffe et l'indépendance du marchombre ?

– Oui, répondit Salim, incapable de saisir où Arguro voulait en venir.

– Je crois que je me suis trompé.

– Ah.

Difficile de se montrer moins laconique face à l'incongruité d'un tel aveu proféré à un pareil moment.

– La liberté et l'indépendance ne se développent pas dans le secret, poursuivit Arguro, mais à la lumière de nos choix. C'est la décision que tu as prise face aux envoleurs qui m'a permis de le comprendre.

– Euh...

Arguro sourit.

– Si je continue à dénier à quiconque le droit de me questionner sur ce que je suis, je m'accorde désormais celui de faire ça.

Il posa la main à plat sur la serrure.

Une série de cliquetis retentit et, sous les yeux ébahis de Salim, la porte s'entrouvrit.

Les deux marchombres échangèrent un regard complice, teinté de surprise pour Salim, de sérénité pour Arguro puis ils se glissèrent à l'extérieur.

La porte s'ouvrait sur une rue bordée d'entrepôts devant lesquels des chariots attendaient d'être chargés. Au moment où Salim et Arguro acquéraient la certitude qu'elle était déserte, un bruit de combat parvint à leurs oreilles.

Tandis que les autres marchombres franchissaient à leur tour la porte métallique, ils se glissèrent jusqu'à l'angle que formait la rue avec une large avenue. Ils se figèrent en découvrant, en son milieu, une jeune Frontalière qui ferraillait seule contre quatre mercenaires du Chaos.

Arguro faisait glisser l'arc qu'il portait en bandoulière lorsque son compagnon posa une main paisible sur son bras, l'empêchant de saisir une flèche.

– Je doute qu'elle apprécie ton ingérence, lui souffla Salim.

– Mais...

– Crois-moi, c'est plus prudent. Regarde, eux l'ont compris.

Il désigna du doigt un groupe de Thüls qui observaient le combat à distance sans faire mine d'intervenir.

– Le géant qui se tient là-bas, le type avec des bras comme mes jambes, s'appelle Rhous Ingan. Même les plus sauvages des Thüls le craignent. Une véritable machine à réduire ses ennemis en bouillie. Tu sais pourquoi il reste immobile ?

Il poursuivit sans attendre la réponse d'Arguro.

– Parce qu'elle...

Il montra la jeune Frontalière.

– ... est encore plus dangereuse que lui !

Sous les yeux stupéfaits d'Arguro, Siam para un revers meurtrier, bondit pour éviter un coup de pointe destiné à son ventre, retomba souplement sur ses jambes, pirouetta, esquissa une volte-face qui n'était qu'une feinte, se baissa...

Elle ne combattait pas, elle dansait.

Et sa danse était mortelle.

Un premier mercenaire, incapable de s'adapter au style flamboyant de la Frontalière, s'effondra, le cœur percé. Un deuxième vit son sabre s'envoler de ses mains, commit l'erreur de vouloir le rattraper, mourut sans y être parvenu. Siam, elle, s'en saisit au vol, contra sans difficulté un coup d'estoc pourtant perfide et frappa de ses deux lames. Trop vive pour que ses adversaires aient une chance d'esquiver. Ils s'écroulèrent.

Siam laissa choir le sabre dont elle s'était emparée une seconde plus tôt, fit tournoyer le sien pour en chasser le sang qui le maculait et, dans le même mouvement, le rengaina.

– Joli ! rugit Rhous Ingan en approchant à grands pas. Un peu trop subtil à mon goût mais joli. Et efficace, ce qui est l'essentiel !

Siam s'apprêtait à répliquer vertement lorsqu'elle aperçut Salim. Un sourire illumina son visage.

– Tu arrives trop tard, lui lança-t-elle. Ces quatre-là étaient les derniers !

– J'espère bien que non, tonna Rhous, ou alors je regretterai toute ma vie de te les avoir laissés.

– Ingrat ! réagit Siam en riant. Ce n'était pas un cadeau mais un échange de bons procédés !

– Quoi qu'il en soit, intervint Salim, nous ne sommes pas restés inactifs.

Il désigna du menton les marchombres qui, retrouvant leurs habitudes furtives et solitaires, se glissaient dans les rues, gagnaient les toits ou se faufilaient dans les bâtisses.

En quelques secondes ils eurent disparu et Salim prit soudain conscience à quel point le combat qu'il avait mené à leurs côtés contre les envoleurs l'avait transformé.

« Je suis un marchombre, songea-t-il avec délectation. Définitivement. »

Il adressa un adieu silencieux au jeune Salim qui, une éternité plus tôt, dormait sur le balcon d'un immeuble dans une cité morose d'un autre monde et se tourna vers son avenir.

Un avenir qui, pour l'instant, avait le sourire de Siam et la carrure de Rhous Ingan.

– Où allons-nous ? leur demanda-t-il.

– Au palais, répondit Siam. Si cette histoire est destinée à avoir une fin, c'est là que nous l'écrirons.

2

– **S**erait-il possible que tu aies eu raison ? Que les quatre mercenaires que tu as tués aient été les derniers ?

Il y avait tant de regrets dans la voix de Rhous Ingan que Siam ne put retenir un éclat de rire.

– Les plus belles choses ont une fin, lui lança-t-elle. Je crains que pendant longtemps tu ne doives te contenter de massacrer des Raïs.

Autour d'eux, la cité du Chaos, déserte, semblait s'être résignée à la défaite et à la déchéance que cette dernière impliquait.

Combien de temps avant l'oubli ?

Combien de temps avant que la nature achève de détruire ses murs ?

Combien de temps avant qu'Ombreuse ne reprenne ses droits sur ce morceau de territoire que les hommes avaient eu l'impudence de lui voler ?

Si peu à l'échelle d'une cité, encore moins à celle de la forêt.

Salim songeait à cela lorsqu'un guerrier thül surgit au galop et le tira de ses pensées.

– Les hommes de la Légion noire ont accompli leur part de travail, annonça le cavalier.

– Où sont-ils ? l'interrogea Rhous Ingan.

– Ils arrivent.

Quelques minutes plus tard, Bjorn sautait à terre pour serrer Siam dans ses bras, assener de grandes claques amicales dans le dos de Salim et serrer prudemment la main de Rhous Ingan.

– Belle bagarre, n'est-ce pas ? s'exclama-t-il.

Il désigna le soleil haut dans le ciel.

– Il ne nous aura pas fallu plus d'une demi-journée pour éliminer cette bande de Raïs dégénérés. Du joli travail !

– Des pertes ? s'enquit Siam.

Le visage de Bjorn se rembrunit.

– Oui, lourdes. Mais nous en parlerons plus tard, lorsque nous serons certains que nous avons achevé ce pour quoi nous sommes venus.

Puis il regarda autour de lui.

– Où est Edwin ? demanda-t-il.

– Je l'ignore, répondit Rhous Ingan. Il était devant lorsque nous avons chargé et je l'ai très vite perdu de vue.

– Croyez-vous possible qu'il…

– Ne dis pas n'importe quoi, l'interrompit Siam en fronçant les sourcils. Edwin aurait été capable de prendre cette cité sans notre aide.

– Je…

– Ne dis pas n'importe quoi! répéta Siam en durcissant le ton.

Prudent, Bjorn se tut, mais l'ombre était là.

Dans les cœurs, l'inquiétude remplaçait désormais la liesse.

Une armée se tenait devant le palais.

Une armée de Thüls, de légionnaires et de Frontaliers, couverts de sang. Le leur et celui de leurs ennemis.

Une armée de guerriers aux visages marqués par la fatigue mais aussi par une effrayante détermination.

Une armée qui attendait le signal de ses chefs pour se lancer à l'assaut du dernier bastion du Chaos.

– Je n'aime pas combattre entre des murs, grommela Rhous Ingan en désignant le palais qui se dressait devant eux. Je m'y sens à l'étroit.

– Mes hommes préfèrent combattre à cheval, ajouta Bjorn.

– Quelle ardeur! les railla Siam. J'en viens à me demander comment nous avons pu remporter cette bataille.

Rhous lui jeta un regard surpris.

– Pourquoi cette remarque blessante ? demanda-t-il.

Siam s'empourpra.

– Je suis désolée, s'excusa-t-elle. Je n'aurais pas dû parler ainsi mais nous nous perdons en vaines palabres pour savoir s'il reste des mercenaires dans ce palais alors que, si c'est le cas, mon frère est en train de les affronter. Par les tripes du roi des Raïs, assez discuté ! J'y vais et mes Frontaliers m'accompagnent.

– Tu as raison, réagit Rhous. Je te suis.

– Moi aussi, fit Bjorn.

Ils levaient le bras pour donner le signal de l'attaque lorsqu'un murmure naquit dans leur dos avant de s'étendre à la manière d'une onde sur un plan d'eau. Les rangs des guerriers s'ouvrirent pour offrir le passage à Ewilan, Liven, Mathieu et Kamil.

Les quatre jeunes dessinateurs n'étaient pas seuls. Aoro les accompagnait et derrière lui marchaient Eejil et Doudou.

La main de la petite fille perdue dans sa grosse pogne, le troll souriait de toutes ses dents et en le découvrant, Thüls, Frontaliers et légionnaires qui n'avaient pas hésité à affronter les mercenaires du Chaos à un contre cinq reculèrent d'un pas.

Inconscient de l'effet qu'il produisait, Doudou adressa un clin d'œil à Siam.

– Alors, jolie minette, comment va la vie de ton existence ?

Puis il se tourna vers Bjorn.

– Et toi, mon poulet, t'as fini le boulot ?

Contre toute attente, Eejil ne semblait éprouver aucune crainte à côtoyer des hommes armés, portant des cuirasses maculées de sang.

Elle lâcha la main de Doudou pour s'approcher d'un légionnaire et caresser son armure de vargelite, elle sourit à Salim qui s'était emparé de la main d'Ewilan comme s'il s'agissait d'un joyau inestimable, puis elle revint se camper devant Rhous Ingan et leva les yeux vers lui.

La veille, près du feu de camp, le chef thül avait rencontré Doudou et Eejil mais, s'il avait été impressionné par la carrure du troll et évalué en connaisseur les dégâts qu'il pouvait infliger à un ennemi, il n'avait prêté aucune attention à la drôle de petite fille qui l'accompagnait, pieds nus, vêtue d'une tunique blanche trop grande qui lui servait de robe.

– Que veux-tu, microbe ? lui demanda-t-il en tâchant en vain d'adoucir sa grosse voix. Est-ce que tu…

Ses mots se figèrent dans sa gorge.

Les yeux d'Eejil étaient deux lacs d'un bleu lumineux.

Deux lacs qui recelaient une sagesse aussi vieille que le monde. Plus vieille que le monde.

Deux lacs sans fond dans lesquels, il le pressentait, on ne pouvait pas nager. Juste se noyer.

La force de mille Thüls n'était rien face au bleu de ces yeux-là.

Pour la première fois de sa vie, Rhous Ingan recula.

Proche de la panique.

Déjà Eejil s'était détournée.

Elle fit quelques pas vers le palais, s'assit en tailleur sur le sol dallé de la place et, comme si elle avait été seule au monde, commença à dessiner sur le cahier qui ne la quittait jamais.

Siam se tourna vers Doudou qui la contemplait, les bras croisés, une lueur de vénération dans le regard.

– Elle ne devrait pas rester là, lui déclara-t-elle.

– Qui ? s'inquiéta le troll.

– Eh bien elle, Eejil.

Un air de profonde surprise se peignit sur le visage de Doudou.

– Pourquoi ?

– Parce que nous allons charger ce maudit palais, s'emporta Siam, qu'il risque d'y avoir de la bagarre et que la place d'une petite fille n'est pas au milieu d'un champ de bataille.

Doudou haussa les épaules.

– Je ne vois pas pourquoi elle n'aurait pas le droit de rigoler un peu.

Il parut réfléchir un instant avant d'ajouter :

– Et de toute façon, elle fait ce qu'elle veut !

Siam regarda autour d'elle, poussa un grognement hargneux en découvrant que personne ne faisait mine de la soutenir puis se dirigea à grands pas vers Eejil.

– Tu ne devrais pas rester ici, lui dit-elle en tentant de masquer la colère qui montait en elle.

Eejil ne leva pas les yeux de son cahier.

Siam expira profondément afin de regrouper les ultimes parcelles de calme à sa disposition. Ne pas s'énerver. Elle ne devait pas s'énerver.

– Que dessines-tu ? s'enquit-elle avec gentillesse alors que tout son être lui hurlait de saisir Eejil et de l'évacuer.

Avec une bonne fessée si nécessaire.

La petite fille se retourna.

– Si je te le montre, tu ne le diras à personne ?

– À personne, répondit Siam sans se rendre compte que sa colère avait disparu.

N'avait jamais existé.

Eejil lui tendit son cahier et le cœur de la jeune Frontalière s'emballa.

– C'est… c'est ce que tu… espères ? demanda-t-elle en butant sur ses mots.

– Non. C'est ce qui va arriver.

– Tu… tu en es sûre ?

– Certaine.

– Quand ?

– Très très bientôt.

Les jambes de Siam se mirent à trembler. Il y avait dans la voix d'Eejil une force qui interdisait le doute.

– N'oublie pas, tu as promis de ne rien dire, lui rappela la petite fille. Les autres doivent avoir la surprise.

Siam s'assit doucement à côté d'elle.

– Ça va être une jolie surprise, murmura-t-elle.

Pour la première fois de sa vie, une larme roula sur sa joue sans qu'elle en ait honte. Sans qu'elle essaie de la dissimuler.

– Une vraie jolie surprise.

3

– **M**ais qu'est-ce qu'elle fiche?

– Aucune idée!

– Ne sommes-nous pas censés prendre ce palais d'assaut?

– Ben…

– J'y vais!

Rhous Ingan fit un pas vers Siam.

Un seul pas.

Doudou se tenait devant lui, lui barrant le passage avec un grand sourire qui dévoilait son effrayante dentition de troll.

– Je crois mieux préférable de patienter un peu pour attendre, déclara-t-il.

Rhous Ingan le jaugea du regard.

Le chef thül supportait difficilement que quelqu'un s'oppose à ses décisions mais s'il n'éprouvait aucune crainte face au troll, il n'avait pas pour autant envie de se mesurer à lui.

– Écarte-toi, ordonna-t-il.

– Peux pas, répondit le troll.

Rhous hésitait sur la conduite à tenir...

Tenter de passer en force ? Difficile.

Tirer son sabre ? Excessif.

Renoncer ? Hors de question.

... lorsque Bjorn lui vint en aide.

– Attendre quoi, euh... Doudou ?

– Qu'Eejil ait fini d'achever son dessin. Y en a pas pour longtemps.

Rhous et Bjorn se concertèrent du regard, tournèrent ensemble la tête vers Siam assise à côté d'Eejil, se regardèrent à nouveau...

– D'accord, grommela Rhous Ingan. J'ai rarement connu situation aussi ridicule mais on attend !

4

– Je te croyais morte.

La voix d'Edwin avait été un murmure, le premier souffle hésitant d'un espoir qui renaissait.

Ellana laissa son regard dériver vers le corps ensanglanté d'Essindra. Une flambée de haine embrasa son cœur et, durant un bref instant, elle souhaita que la mercenaire soit encore vivante pour pouvoir la tuer à nouveau.

Puis Essindra disparut de son esprit et elle embrassa Edwin.

Un baiser brûlant à l'improbable parfum de miracle.

Un baiser douceur tout en promesses d'éternité.

Un baiser aveu. Peur, ténèbres et solitude. Passées.

Edwin la serra contre lui, enfouit le visage dans son cou, se perdit dans son parfum et les cheveux fous derrière sa nuque. Sentir son corps, percevoir les battements de son cœur... Il revint doucement à la vie.

– Je t'aime.

Ils avaient chuchoté ensemble. Tressaillirent ensemble en entendant l'autre énoncer ce qui était l'origine, le centre et l'avenir du monde.

– Je t'aime.

Autour d'eux l'univers avait pâli devant cette évidence.

– Je t'aime.

– Ne meurs plus jamais. S'il te plaît. Plus jamais.

– Je ne peux pas mourir, je t'aime.

Leur étreinte devint plus pressante, leurs lèvres se cherchèrent pour un nouveau baiser, plus intense, plus sensuel, plus...

Destan, coincé entre son père et sa mère, émit un petit cri de protestation.

Sans que leurs âmes ne se détachent, Ellana et Edwin s'écartèrent pour contempler leur fils.

Peut-on mourir de bonheur ?

La question avait déjà été posée.

Si les larmes qui embuaient les yeux d'Ellana et celles qui roulaient sur le visage d'Edwin avaient su parler, elles auraient sans doute répondu.

5

Sayanel les attendait dans la salle aux statues, assis sur la margelle du bassin.

Il eut à peine le temps de se lever en les apercevant, Ellana se jeta dans ses bras, si profondément heureuse de le retrouver que le maître marchombre sentit se dissiper une partie du chagrin qui l'écrasait.

Qui avait prétendu qu'arpenter la voie du marchombre était chose aisée ?

L'écueil qui s'était dressé devant lui avait été terrible et, jusqu'à cet instant précis, il n'était pas certain d'avoir effectué le bon choix. En sentant le cœur d'Ellana battre contre le sien, Sayanel cessa de douter. Le choix avait été le bon. Il lui fallait maintenant continuer à avancer.

Ellana, elle, remettait doucement dans l'ordre les événements qui venaient de se succéder. Tout était allé si vite. Elle revoyait comme dans un rêve Edwin apparaître au sommet des escaliers, fondre sur les mercenaires, Essindra se ruer sur elle, tomber sous ses griffes, Nillem s'emparer de Destan, l'écharpe de brume, Sayanel, encore Nillem, son sabre, le croissant de métal tourbillonnant dans la salle...

Tout était allé si vite.

Et s'était arrêté si soudainement. Sur une dernière bascule du destin balayant le drame pour, à sa place, installer le bonheur.

Elle s'était tenue éloignée du corps de Nillem.

Rien à dire, rien à pleurer, plus rien à haïr.

Elle était toutefois trop proche de Sayanel pour ne pas percevoir la blessure qui palpitait en lui. Ouverte dans son âme par la trahison de son élève, pansée par les années écoulées, jamais cicatrisée.

Ce qui venait de se dérouler marquait-il un renouveau ou la mort d'un espoir ?

« L'avenir seul le décidera, jeune apprentie, mais tes actes influeront sur sa décision. Sayanel est plus qu'un frère pour moi et il mérite qu'on l'épaule. Je compte sur toi ! »

Ellana sentit un souffle sur sa joue.

Pareil à un baiser d'adieu.

Ou à une simple caresse d'au revoir.

– Merci, murmura-t-elle.

Sayanel s'écarta en souriant.

– Je n'ai pas fait grand-chose, sais-tu. Les autres sont bien plus méritants que moi.

– Les autres ?

Sayanel et Edwin échangèrent un regard de connivence.

– Suis-nous, fit le maître marchombre. Une surprise t'attend.

6

– **S**on fichu dessin n'est pas encore fini ? maugréa Rhous Ingan.

Doudou ne se donna pas la peine de jeter un coup d'œil en direction d'Eejil.

– Bientôt.

– Tu nous as déjà dit bientôt tout à l'heure !

– Maintenant c'est plus bientôt que tout à l'heure.

Le troll n'avait visiblement pas l'intention de bouger. Bras croisés sur son impressionnante poitrine velue, sa seule présence interdisait à quiconque la simple idée de s'approcher d'Eejil.

Rhous Ingan poussa un grognement avant de se tourner vers les jeunes dessinateurs qui se tenaient près de lui.

– Vous comprenez ce qui se passe, vous ?

Ewilan tenta de lui offrir un sourire apaisant.

– Pas vraiment mais nous ne risquons pas grand-chose à attendre, non ?

– Pas grand-chose ? s'emporta Rhous. Nous risquons juste que des maudits mercenaires survivants profitent de notre maudite immobilité pour tenter une maudite sortie !

– Siam n'a pas l'air inquiète.

– C'est justement ce qui m'inquiète moi. Qu'est-ce qu'elle fiche là-bas, assise à côté de cette... de cette gamine ?

– Elle attend.

– Par le roi des Raïs, elle attend quoi ? vociféra Rhous Ingan.

Alors qu'il avait l'habitude que ses éclats de colère déclenchent des réactions de panique plus ou moins contrôlées, le chef thül eut la surprise de découvrir que ses vociférations n'avaient aucun effet.

Sur personne.

Plus étrange encore, c'était comme s'il avait tout à coup cessé d'exister aux yeux de ceux qui l'entouraient.

Translucide. Lui, Rhous Ingan, était devenu translucide !

Il était sur le point de s'en étouffer de stupeur lorsque la voix de Doudou résonna dans le silence des conversations éteintes.

– Elle a fini.

Rhous Ingan se tourna lentement, acceptant enfin de joindre son regard à ceux qui convergeaient vers le palais. Un frisson parcourut sa lourde carcasse.

Une silhouette venait d'apparaître au sommet des marches. Un guerrier vêtu de cuir, démarche éreintée et aura de lumière.

Edwin.

Un bébé dans les bras. Destan. Son fils.

Il s'immobilisa, balaya du regard l'armée pétrifiée qui se tenait sur la place puis, lentement, il souleva son fils au-dessus de sa tête.

Il ne se passa rien d'abord, comme si ce simple et poignant hommage aux hommes qui avaient affronté le Chaos pour sauver un enfant établissait une communication au-delà des mots.

Puis...

Puis un grondement sourd s'éleva de la place, jaillissant de centaines de poitrines. Un grondement sauvage qui prit de l'ampleur, devint rugissement assourdissant avant de cesser brusquement.

Un guerrier thül sortit alors du rang. Il leva les bras à la hauteur de son visage et, avec force, claqua ses mains l'une contre l'autre. Comme un Frontalier.

Un Frontalier s'avança à son tour. Il dégaina son sabre et, se calquant sur le rythme du Thül, en abattit le pommeau sur son fourreau. Comme un homme de la Légion noire.

Un légionnaire s'approcha d'eux en boitant, se campa fièrement à leurs côtés et, de son poing fermé, frappa sa poitrine de vargelite. Comme un Thül.

Des mille hommes qui avaient attaqué la cité du Chaos, il n'en restait que cinq cents.

Assoiffés. Blessés. Épuisés.

Tous, sans exception, se joignirent aux trois des leurs qui avaient ouvert la voie.

Cinq cents guerriers, oubliant leur appartenance à un peuple, un clan ou une troupe d'élite, offrirent à Edwin la clameur de leur union scellée par le respect et le sang.

Puis...

Puis une deuxième silhouette sortit du palais.

Hésita un court instant devant le soleil et l'armée massée devant elle, se reprit, se glissa près d'Edwin.

Fine et assurée.

– Ellana !

Le hurlement de Bjorn fit exploser le silence qu'avait généré l'apparition de la marchombre.

Avec un cri, Salim s'élança, entraînant Ewilan avec lui, Aoro tomba à genoux, Siam se leva d'un bond, Rhous Ingan poussa un rugissement de joie, Mathieu fit tournoyer Kamil dans ses bras, Liven resta médusé, Eejil referma son cahier.

Puis...

Puis, avant que Salim atteigne les premières marches de l'escalier conduisant au palais, ils surgirent.

De partout.

Invisibles une seconde plus tôt. Présents une seconde plus tard.

Vêtements de cuir, souplesse et silence.

Marchombres.

– Ellana !

Impossible de savoir qui, le premier, avait crié mais le cri fut repris.

– Ellana !

D'abord par plus de cent marchombres.

– Ellana !

Puis par cinq cents guerriers enthousiastes.

– Ellana !

Salim avait lâché Ewilan. Il gravit l'escalier en courant, trébucha, retrouva son équilibre par miracle, reprit sa course...

– Ellana !

... se figea.

Elle pleurait. Des larmes irrépressibles noyaient ses yeux, ruisselaient sur son visage, coulaient. Encore. Toujours. Elle pleurait.

– Ellana !

Salim aurait voulu la prendre dans ses bras, la serrer contre son cœur, lui hurler sa joie...

– Ils sont là pour toi, lui murmura-t-il.

Il lui saisit doucement la main.

– Nous sommes tous là pour toi.

7

– **D**is, Ipiu, tu es sûre que je parle l'humain ?
– Oui, Pilipip.
– Et moi ?
– Toi aussi, Oukilip.

Les deux Petits soulevèrent ensemble leur chapeau pour se gratter le crâne.

– C'est pas possible, finit par déclarer Pil.

– Pourquoi ? demanda Ellana qui peinait à garder son sérieux.

– Parce que je suis un Petit et que je ne comprends pas l'humain. Donc si Ouk, par magie, parlait l'humain je ne comprendrais pas, or je le comprends ce qui prouve bien qu'il ne parle pas l'humain, et s'il ne parle pas l'humain, je ne parle pas l'humain non plus.

– Pil ?

– Oui, Ipiu ?

– Ewilan, Liven et Kamil ont dessiné un...

– Ils ont quoi ?

– Ils ont jeté un sort qui vous permet de parler l'humain mais aussi de le comprendre.

– D'accord. Pourquoi ne l'as-tu pas dit tout de suite ? C'est quoi ce truc-là ? Ça se mange ?

– Oui, Pil, ça se mange et c'est bon. C'est un pâté de termites aux herbes. Aoro et Oûl l'ont cuisiné pour nous.

– Aoro, c'est le gros moche qui n'arrête pas de boire ?

– Non, Ouk, lui c'est Rhous Ingan et il serait préférable que tu ne dises pas trop fort que tu le trouves gros et moche.

– Pourquoi ? Il comprend la langue des Petits ?

– Tu ne parles pas le petit en ce moment, Ouk, tu parles l'humain.

– Ah oui, c'est vrai. C'est qui Aoro ?

– C'est celui qui vient de déposer le plat de champignons sur la table.

– Ah, le maigrichon qui est amoureux de toi !

Ellana se racla la gorge.

– Ça aussi, il serait préférable de ne pas le dire trop fort. De ne pas le dire du tout en fait.

– C'est pourtant Aoro qui l'a dit en premier.

– Quoi ?

– Oui, avec ses yeux.

Ellana retint un soupir. Elle commençait à penser qu'entraîner ses pères adoptifs jusqu'à l'auberge du Monde afin de leur présenter ses amis n'était peut-être pas une si bonne idée.

Après la victoire contre les mercenaires du Chaos, Mathieu l'avait emportée jusqu'à la Forêt Maison grâce à un pas sur le côté. Les craintes d'Ellana s'étaient avérées infondées. Les Petits n'avaient subi aucune attaque de la part des Raïs et ils avaient même réussi à prendre avec philosophie la disparition d'Ilfasidrel.

– Ipiutiminelle va vite le rapporter, avaient assuré Oukilip et Pilipip au grand Boulouakoulouzek quand il s'était énervé. Y a pas de quoi te rendre malade. Viens plutôt manger des framboises.

La nature des Petits étant ce qu'elle était, personne n'avait mis en doute le retour prochain d'Ipiutiminelle et le grand Boulouakoulouzek était allé manger des framboises.

– Comment il s'appelle déjà le gros moche ? demanda Pilipip.

– Rhous Ingan, soupira Ellana.

– C'est lui le troll dont tu nous as parlé ?

– Non, le troll s'appelle Doudou et ce n'est pas un Humain.

– C'est un Petit ?

– Non, un troll.

– Ça existe les trolls ?

– Non. Et c'est pour ça que Doudou n'est pas là.

Pilipip souleva son chapeau pour se gratter le crâne.

– Tu te moques de nous, pas vrai ?

– Un peu, admit Ellana en souriant. La vérité c'est que Doudou et Eejil sont repartis chez eux. Ils n'ont pas l'habitude de se mêler aux hommes.

Leur vie et la nôtre se déroulent côte à côte mais il existe peu de chemins permettant de passer de l'une à l'autre.

– Parfois les chemins existent, déclara Ouk. Nous sommes simplement incapables de les discerner.

Ellana lui jeta un regard surpris. Ouk et Pil faisaient parfois preuve d'une…

– Alors qu'il suffit de se mettre à quatre pattes et de bien bien regarder pour les trouver, acheva Ouk.

Ellana poussa un énième soupir.

Au centre de la grande salle de l'auberge du Monde, trônait une immense table soutenant un buffet pantagruélique pour la confection duquel Aoro et Oûl avaient déployé leur célèbre savoir-faire.

Si Rhous Ingan, comme l'avaient remarqué Ouk et Pil, buvait beaucoup, il faisait également honneur à la cuisine de ses hôtes en se servant des assiettes débordant de victuailles. Installée face à lui, Siam, si elle se montrait moins vorace, buvait presque autant.

Ils discutaient avec animation, éclataient de rire à tout propos, si proches l'un de l'autre qu'en les regardant Ellana regretta que trente ans les séparent, les empêchant de construire autre chose qu'une solide amitié.

Puis elle nota les coups d'œil furtifs que Siam portait sur Mathieu assis près de Kamil et elle révisa son opinion. Malgré son apparente simplicité, Siam était une jeune fille complexe. Si son avenir de guerrière était parfaitement tracé, bien malin qui prédirait quels chemins emprunterait son cœur.

Bjorn s'approcha de la marchombre et des Petits, quatre verres à la main.

– Je vous propose un toast, courageux compagnons d'aventure, lança-t-il de sa voix de stentor. À l'amitié !

Ouk adressa un clin d'œil à son frère.

– Celui-ci aussi est gros et moche mais il a de bonnes manières !

Le sourire de Bjorn se transforma en grimace.

– Pourquoi m'insulte-t-il ? demanda-t-il à Ellana.

La marchombre prit une mine navrée.

– Ouk et Pil n'ont pas vraiment saisi que nous parlions tous la même langue. Il ne faut pas leur en vouloir.

Bjorn se caressa le ventre d'un air désolé avant de s'accroupir devant les deux Petits.

– Vous me trouvez gros ? Je veux dire réellement gros ?

Ouk et Pil s'empourprèrent.

– Vous avez compris notre remarque ? s'inquiéta Ouk.

– Vous parlez le petit ? ajouta Pil.

Ellana éclata de rire.

– Je te laisse avec eux, déclara-t-elle à Bjorn. Bon courage !

Elle s'approcha de Salim et Ewilan occupés à discuter avec Liven. Ce dernier leur expliquait la richesse de la desmose et les perspectives merveilleuses qu'elle ouvrait dans les Spires tandis que Salim et Ewilan le bombardaient de questions. En les écoutant, Ellana fut surprise de ne plus découvrir trace de la jalousie que Salim avait toujours éprouvée envers le séduisant dessinateur. Sous ses yeux ébahis, il se tourna même vers Ewilan pour lui déclarer avec un grand sourire :

– Si je possédais ton pouvoir, je n'hésiterais pas une seconde à rejoindre la desmose de Liven.

– C'est ce que j'ai l'intention de faire, lui répondit Ewilan. Et pas plus tard que très bientôt !

Ils échangèrent un regard brillant de complicité et Ellana se détourna. Ces deux-là, non, ces cinq-là, Liven, Kamil et Mathieu faisaient partie du lot, étaient bien partis. Ils étaient jeunes, libres, intelligents. Gwendalavir n'avait pas fini d'entendre parler d'eux.

À l'autre bout de la salle, maître Duom sommeillait dans un profond fauteuil. Il avait évidemment tempêté quand il avait appris la teneur de l'aventure qui s'était déroulée sans lui puis, fait étonnant, il avait admis qu'il n'aurait pas servi à grand-chose. Il avait bu un verre de vin, picoré quelques fruits secs… puis s'était endormi.

Assis non loin du vieil analyste, Sayanel posait sur les gens qui l'entouraient un regard empreint de sérénité. Il sourit à Ellana avant de reporter son attention sur Aoro qui approchait. Le petit aubergiste et le maître marchombre se plongèrent dans une des conversations sans fin dont ils avaient le secret.

En les observant, Ellana sentit une vague de tendresse déferler sur elle. Presque effrayante tant elle était intense. Sayanel ne remplacerait jamais Jilano et Aoro ne serait jamais pour elle davantage qu'un ami cher, mais elle les aimait. Elle les aimait vraiment.

Elle se glissa jusqu'à l'escalier qui montait à l'étage.

Puisqu'il était question d'amour...

8

Le soleil de midi entrait à flots par la fenêtre et inondait la chambre.

Edwin, penché au-dessus du berceau de Destan, ne bougea pas lorsque Ellana se glissa dans son dos pour l'enlacer.

Ils restèrent ainsi un long moment à contempler leur fils, respirant au rythme de son souffle paisible, puis ils s'écartèrent et, sans bruit, passèrent sur le balcon.

Le lac étincelait en contrebas, étendue étale d'un bleu profond que bordaient l'or et le sang de la forêt automnale. Loin à l'est, la dentelle blanche des montagnes couvertes de neige se découpait sur l'horizon.

– Demain nous retrouverons la maison, murmura Ellana.

– Est-ce ton désir ?

– Oui. J'ai besoin de nous trois au même endroit. Seuls. Longtemps. Et toi ?

Il la serra contre lui. Ferma les yeux pour mieux sentir sa présence.

– Je t'aime. Juste ça. Je t'aime.

Ellana tressaillit.

Elle était si heureuse qu'elle avait mal.

Alors, elle laissa une larme rouler sur sa joue, emporter la douleur et il ne resta plus que le bonheur.

Infini.

APRÈS

1

– **T**u as vraiment laissé Destan sous la surveillance d'Ouk et Pil ?

– Oui.

– Aoro n'envisage pas de leur prêter main-forte ?

– Non.

– Ni personne d'autre ?

– Personne.

– Au risque de me mêler de ce qui ne me regarde pas, je crains que ce ne soit pas une très bonne idée. Ouk et Pil ne sont pas... fiables. Du moins pour veiller sur un enfant. Ils sont gentils, rigolos, sympathiques mais ils...

– Salim ?

– Oui ?

– Ouk et Pil m'ont élevée. J'ai passé huit ans en leur compagnie dans la Forêt Maison. Ils se sont occupés de moi sans faillir et si je suis ce que je suis, c'est en partie à eux que je le dois. Destan ne court aucun danger.

La conviction qu'Ellana avait placée dans ses derniers mots était suffisante pour que Salim n'insiste pas. Il se tut donc et, pendant un moment, le seul bruit qui s'éleva fut le claquement sec des sabots de leurs chevaux sur la piste gelée.

Des nuages de vapeur s'élevaient devant leur visage au rythme de leur respiration avant de se dissiper dans l'air limpide du petit matin. Ils avaient revêtu d'épaisses capes de laine, abaissé leur capuche, enfilé des gants, pourtant le froid parvenait à transpercer leurs vêtements et leur nez avait pris une couleur rouge vif. Salim tenta de réchauffer le sien en le frottant du bout des doigts, renonça avec une grimace de douleur et se tourna vers Ellana.

– Et Edwin ?

– Je ne comprends pas ta question.

Il soupira.

– Crois-tu qu'Edwin serait d'accord pour que Ouk et Pil aient la garde de son fils ?

– De notre fils.

– De votre fils.

Ellana haussa les épaules.

– Edwin a regagné la Citadelle. Comme tu le sais, après sa récente rechute, Hander Til' Illan s'est estimé inapte à assumer son rôle et a décidé de lui confier sa charge de seigneur des Marches du Nord.

– Je ne parlais pas de ça mais de…

– Gouverner les Frontaliers représente une lourde tâche et de nombreuses responsabilités. Edwin les assume et je n'en attendais pas moins de lui. De mon côté, en attendant de le rejoindre, j'assume celles qui concernent mon fils.

– Votre fils.

Ellana sourit.

– Notre fils.

Salim lui renvoya son sourire puis il réajusta sa cape et son regard se perdit dans le lointain.

– Si un jour je choisis d'avoir un enfant, je m'occuperai de lui jour et nuit, murmura-t-il. Je ne le quitterai jamais et lui offrirai tout ce qu'on ne m'a jamais offert.

Il prit soudain conscience que sa remarque, maladroite, risquait d'être mal perçue par Ellana et il s'empourpra.

– Je suis désolé, balbutia-t-il. Edwin n'a pas eu le choix. Je voulais juste dire que…

– Je crois que je t'ai compris, le rassura Ellana. Je crois aussi que tu te leurres.

– Que je me leurre ?

– Oui. Tu parles de la naissance d'un enfant comme si tu avais un choix à effectuer, alors qu'il suffit d'observer les yeux qu'Ewilan pose sur Destan pour comprendre que ce n'est pas le cas.

– Mais…

– Tu te leurres également quand tu prédis ce que sera ton attitude à ce moment-là. Crois-moi, Salim, tu feras comme tous les pères et les mères dignes de ce nom. Tu feras de ton mieux. Rien de plus.

Salim secoua la tête.

– Non, rétorqua-t-il avec fermeté.

– Non ?

– Si un jour j'ai un enfant, ce ne sera pas parce que Ewilan a vu Destan mais parce que la venue de cet enfant aura pris pour nous la couleur de l'évidence. Pour nous deux, Ellana, et non uniquement pour elle. Et ce jour-là, faire de mon mieux ne suffira pas. Je ne m'en contenterai pas parce que mon enfant méritera davantage.

Ellana réfléchit un instant, puis un nouveau sourire, plus large que le précédent, illumina son visage.

– Je dois avouer que ce que tu dis est séduisant, jeune apprenti. Je dois même avouer que je suis fière de toi. Je te trouve toutefois bien téméraire de me contredire avec une telle effronterie. Ne me ferais-tu plus confiance ?

Alors qu'elle peinait à garder son sérieux, Salim lui répondit avec une gravité inhabituelle.

– Tu es née marchombre et c'est les yeux fermés que je te suis sur la voie. En revanche...

– En revanche ?

– Tu es mère depuis moins d'un an et je n'ai pas souvenir que tu aies passé l'Ahn-Ju de maternité. Je ne suis donc pas certain que tu sois habilitée à donner des conseils, encore moins à former un apprenti.

Il éclata de rire et, après un instant de surprise, Ellana se joignit à lui.

Vers midi, le soleil chauffait suffisamment pour qu'ils ôtent cape et gants. Ils s'arrêtèrent afin de partager un repas frugal près d'un immense rougeoyeur aux branches nues qui les protégeait de la bise puis ils reprirent leur route, s'enfonçant dans l'épaisse forêt qui tapissait les contreforts des montagnes de l'Est.

– Je suppose que tu ne veux toujours pas me dire où nous nous rendons ?

– Toujours pas.

– Ni ce que nous allons y faire ?

– Non plus.

Ils quittèrent la piste pour un étroit sentier serpentant entre les arbres. Le silence qu'envoie l'hiver pour annoncer sa venue avait conquis la forêt et le vent lui-même s'était tu. Les deux marchombres progressèrent une heure sans échanger un mot avant qu'Ellana tire sur ses rênes.

– Nous laisserons nos chevaux ici.

Elle désignait une cabane de bûcherons à l'abandon.

– Nous ne nous absenterons pas longtemps, poursuivit-elle, mais il y a des ours et des loups dans le coin. Il est hors de question de leur offrir nos montures en repas.

Lorsque les chevaux furent en sécurité, elle jeta un sac volumineux sur ses épaules.

– En route, lança-t-elle. Nous touchons au but.

Ils trouvèrent la neige au pied d'un pic solitaire qui se lançait à l'assaut du ciel en une vertigineuse série de dalles verticales, de ressauts et de dièdres que le froid avait caparaçonnés de glace. Tête rejetée en arrière, Salim caressa son sommet d'un long regard dubitatif.

– Jolie aiguille, déclara-t-il d'une voix badine. Doit pas être facile à escalader dans ces conditions.

Il se tourna vers Ellana.

– J'aimerais me tromper mais quelque chose me souffle que ce n'est pas un hasard si tu m'as emmené jusqu'ici. Qu'est-ce que tu fais ?

Elle s'était agenouillée pour ouvrir son sac.

– Fixe ces crampons sous tes semelles, lui demanda-t-elle, et enfile tes doigts dans ces anneaux. Tu les as déjà utilisés, tu sais à quoi ils servent.

Puis elle se redressa, une chaîne d'acier à la main.

– Et quand tu auras fini, tu me tendras tes poignets.

– Pour quoi faire ?

– Pour que je les attache.

– Tu veux m'attacher les poignets ?

– Oui. Et les chevilles aussi.

– Tu plaisantes ?

Ellana lui décocha un regard impénétrable.

– Non.

2

– Il est beau ce petit, tu ne trouves pas ?
– Ce n'est pas un Petit, c'est un Humain.
– Je le sais, monsieur, mais j'utilisais le mot petit dans le sens de bébé !
– Alors tu aurais dû dire bébé.
– Je dis ce que je veux.
– C'est vrai, mais tu dis mal.
– Je dis mal quoi ?
– Les choses.
– Quelles choses, nom d'un champignon ?
– Pil ! Ne dis pas de gros mots devant le petit !
– Ce n'est pas un Petit, c'est un Humain. Regarde, il est réveillé. Il est beau, tu ne trouves pas ?

3

– Ça t'amuse vraiment de m'imposer ce calvaire ? Je trouve que...

La chaîne qui liait ses chevilles se coinça dans une fissure du rocher et Salim se sentit basculer en arrière. Il se rattrapa de justesse en crochetant une prise, poussa un juron lorsqu'un maillon d'acier heurta sa pommette, se dégagea d'un mouvement sec, assura son équilibre, reprit sa progression...

Les entraves que lui avait imposées Ellana, outre qu'elles pesaient lourd et gênaient son ascension en contrariant ses mouvements, perturbaient sa stabilité mentale.

Il était perdu.

– Tu pourrais répondre, non ? s'emporta-t-il. S'éreinter à suivre un entraînement impitoyable censé t'offrir la liberté pour voir cette même liberté mutilée par un caprice. Dis quelque chose, bon sang !

Accroupie sur une vire minuscule, trois mètres au-dessus de lui, Ellana demeura silencieuse. Aurait-elle voulu parler, le flot d'émotions qui se bousculaient en elle l'en aurait empêché.

Jamais elle n'avait éprouvé à ce point le sentiment d'être à la fois maître et élève, Jilano et Ellana, Ellana et Salim. Elle en éprouvait un étrange vertige, proche de l'exultation.

En enseignant, elle avait progressé, en conduisant Salim vers l'endroit où il s'envolerait, elle comprenait.

– Êtes-vous là ? murmura-t-elle.

Le vent caressa sa joue.

Ils grimpaient depuis une heure et le vide, sous leurs pieds, était devenu étourdissant.

La paroi n'offrait que de rares endroits où se reposer et la glace transformait l'ascension, déjà périlleuse, en défi de chaque instant.

Salim jeta un regard noir à Ellana. Il était épuisé et elle ne lui accordait toujours aucune attention. Elle s'élevait devant lui sans s'inquiéter qu'il risque sa vie à chaque mètre péniblement gagné sur la montagne, si distante qu'il sentit une vague de rage l'envahir.

Il glissa, enraya sa chute en plantant ses crampons de métal dans la glace, serra les mâchoires quand les maillons de la chaîne mordirent ses poignets jusqu'au sang, attendit que ses jambes cessent de flageoler pour se décaler vers la droite, saisit une prise, tira sur ses bras…

La rage revint. Plus forte.

– Je suis marchombre! hurla-t-il. Je me fiche de tes chaînes et de tes épreuves. Je me fiche de tomber. Je suis marchombre! Tu entends, Ellana? Je suis marchombre!

Comme si les mots avaient drainé sa colère et nettoyé son cœur, il s'apaisa soudain, tandis qu'une certitude se mettait à pulser en lui.

Il était marchombre. Libre ou enchaîné.

Parce que la liberté n'avait rien à voir avec un état physique. Parce que la voie vivait en lui. Parce que rien ni personne ne pourrait l'empêcher d'y progresser.

Il leva les yeux vers Ellana.

Elle avait fiché ses griffes dans une plaque de glace, coincé le bout de ses pieds dans une minuscule fissure.

Elle le regardait.

Si présente qu'il faillit s'étouffer dans l'élan de gratitude qui propulsa son âme vers elle. Elle qui l'avait choisi, guidé, éclairé. Elle qui, en l'enchaînant, avait achevé de le transformer en homme libre.

– Je suis marchombre, lui dit-il sans savoir s'il avait vraiment prononcé ces mots.

Je sais, lui répondit-elle en silence.

Salim et Ellana grimpèrent encore deux heures.

Deux heures de souffrance pour Salim, épuisé, entravé par des chaînes de plus en plus lourdes et par les difficultés que la montagne se plaisait à placer devant lui.

Deux heures de souffrance pour Ellana qui progressait à ses côtés, si proche de lui qu'elle ressentait ce qu'il ressentait.

Deux heures de bonheur pour l'un et pour l'autre.

De plénitude.

Puis Salim saisit une ultime prise, tira sur ses bras et se retrouva couché dans la neige. Il avait atteint le sommet.

Il s'assit péniblement, se leva, regarda autour de lui.

Où qu'il tournât les yeux, il n'y avait que le ciel.

Infini et lumineux.

Il se tint immobile un instant avant de tressaillir lorsque Ellana défit ses chaînes.

– Tu es libre, lui annonça-t-elle en les jetant au loin.

– Merci, ça fait du...

Il se tut.

Reprit dans un souffle :

– Qu'est-ce que ça veut dire, tu es libre ?

– Ton apprentissage est achevé. Ce qui te reste à apprendre, tu devras l'apprendre seul.

– Je... je...

Il ferma les yeux. Les rouvrit.

– Je... Tu...

La gorge nouée par l'émotion, Ellana le regardait se débattre pour ne pas perdre pied. Elle avait mené ce même combat, au même endroit, et elle s'en rappelait l'âpreté.

Elle se souvenait du vide qui s'était ouvert devant elle lorsque Jilano l'avait libérée de ses chaînes.

Un vide terrible.

Vertigineux.

Effrayant.

Indispensable.

Il n'y a pas d'envol sans vide.

Elle s'était effondrée en larmes dans les bras de Jilano. Salim éclata de rire.

Un rire immense et tourbillonnant. Vie et exaltation. Bras levés au-dessus de la tête, il tournoya un instant avant de se laisser tomber à genoux dans la neige.

Avant de presser son visage contre les jambes d'Ellana.

De se mettre à pleurer.

– Que vais-je faire ?
– Ce que tu voudras.
– Où vais-je aller ?
– Où tu voudras.
– Je ne sais pas si je suis prêt…
– Tu es prêt.
Salim déglutit avec difficulté.
– Quand nous séparons-nous ? chuchota-t-il.

– Il y a deux réponses à cette question. Comme à toutes les questions. Celle du savant et celle du poète. Laquelle souhaites-tu entendre en premier ?

– Je... Celle du savant.

– Nous nous séparons maintenant. Tu vas descendre d'un côté de la montagne, moi de l'autre, et si nos routes, je l'espère, se croiseront souvent, elles n'en formeront plus jamais une seule.

Salim attendit d'être certain que sa voix ne se briserait pas pour reprendre :

– Et la réponse du poète ?

– Rien ne peut séparer un maître et son élève. Rien. Ni la vie ni la mort.

Un souffle de vent, pareil à une caresse, s'enroula autour d'elle pour murmurer son accord à l'éternité.

4

La tempête de neige qui avait soufflé sans discontinuer pendant près d'une semaine sur les trois quarts de l'Empire avait recouvert le paysage d'un manteau blanc que le soleil, enfin réapparu, transformait par la magie de ses rayons en une couverture de diamants.

Murmure, habitué aux longues balades hivernales, avançait d'un pas assuré même s'il s'enfonçait parfois jusqu'au jarret dans les congères barrant la piste.

Ellana avait installé Destan devant elle dans un confortable harnais qu'avait réalisé Aoro en prévision de son long périple.

– Ai-je le droit de vous faire part de mon indignation ? avait-il demandé à Ellana lorsqu'elle l'avait averti de ses projets.

– Je ne vois pas comment je pourrais t'en empêcher autrement qu'en t'assommant, lui avait-elle répondu, et comme je garde cette solution pour les cas d'urgence, je t'écoute.

– Gagner la Citadelle en plein hiver, seule avec Destan, est plus que stupide, madame. Avec tout le respect que je vous dois, cela témoigne d'un atterrant manque de réflexion.

– Nous ne sommes plus en plein hiver, Aoro. Le printemps approche. Destan aura bientôt un an. Je te rappelle qu'il marche depuis dix jours.

– N'essayez pas de me circonvenir par les sentiments, madame. Cela ne fonctionnera pas. Il neigeait encore avant-hier.

– Tu remarqueras que j'ai attendu que le beau temps revienne.

Aoro avait levé les yeux au ciel.

– Piètre argument, madame. Les Marches du Nord se trouvent à plus d'une semaine de cheval d'ici. Or tout peut arriver en une semaine. Tempête, attaque de brigands ou de bêtes sauvages, accidents… Vous chercheriez les problèmes que vous n'agiriez pas autrement.

– Aoro ?

– Oui ?

– As-tu fini de me faire part de ton indignation ?

– Oui.

– Bien. J'aurais besoin que tu me confectionnes un harnais pour Destan et que tu me procures des provisions pour la route. J'ai prévu de partir demain.

Ellana mit dix jours à rallier la Citadelle.

Dix jours durant lesquels elle s'occupa exclusivement de Destan. Malgré les inquiétudes d'Aoro, brigands et bêtes sauvages semblaient s'être donné le mot pour ne pas s'approcher et le temps demeura au beau.

Ellana décrivait à son fils tout ce qu'ils découvraient sur le chemin et il répondait en babillant de façon ininterrompue. Il ne se taisait que le soir venu, lorsqu'ils passaient la porte d'une auberge. Il devenait alors regard, ses yeux gris détaillant les gens et les choses comme pour les lire au-delà des apparences, revenant se poser sur le visage de sa mère pour y puiser force et lumière avant de retourner explorer le monde.

Destan demeura muet quand il franchit avec Ellana les portes de la Citadelle. Il observa en silence le Frontalier bourru qui les guida jusqu'à Siam, resta impassible lorsque la jeune guerrière le prit dans ses bras pour l'embrasser, s'autorisa un soupir de soulagement en retrouvant ceux de sa mère et ne bougea plus.

– Edwin reçoit en ce moment une délégation de chefs thüls, expliqua Siam.

– Rhous ?

– Pas seul, malheureusement.

– Que veux-tu dire ?

– La bataille de la cité du Chaos a uni les Frontaliers et le clan de Rhous mais de nombreux autres clans thüls existent et la plupart ne sont pas prêts à tirer un trait sur le passé. Rhous a usé de son influence pour les faire se déplacer jusqu'ici, il ne pourra pas les contraindre à la raison et je doute qu'Edwin fasse mieux que lui.

– C'était le but de cette rencontre ? s'enquit Ellana.

– Oui, bien sûr. Comment, après avoir vécu ce que nous avons vécu ensemble face aux mercenaires du Chaos, accepter que nos peuples continuent à se détester ?

– Ils se trouvent dans la salle d'apparat ?

– Oui.

– Tu m'y conduis ?

La salle d'apparat était immense. Son plafond constitué d'une multitude de voûtes soutenues par d'imposants piliers de marbre rose était remarquable mais c'était son sol qui attirait immanquablement l'attention. Une unique dalle de cristal translucide surplombant d'une dizaine de mètres un profond bassin où nageait une kyrielle de poissons multicolores.

Douze hommes assis autour d'une vaste table ronde étaient plongés dans une discussion animée. Ellana reconnut immédiatement Rhous Ingan à sa taille et son imposante carrure. Elle se glissait dans la salle lorsque le colosse abattit son poing sur l'accoudoir de son fauteuil et prit la parole d'une voix tonitruante :

– Par les tripes du roi des Raïs, lequel d'entre vous est capable d'adresser un seul reproche fondé aux Frontaliers ?

La réponse à sa question prit la forme d'un brou-haha assourdissant. Les chefs thüls s'agitaient, vociféraient sans prêter la moindre attention à ce que disaient leurs voisins et plusieurs d'entre eux, incapables de maîtriser leurs émotions, refermè-rent la main sur la poignée de leur épée.

– Ils ont apparemment des reproches à vous faire, souffla Ellana à l'oreille de Siam.

La jeune Frontalière haussa les épaules.

– Ragots, rancœurs et mauvaises habitudes, murmura-t-elle en retour. Rien de plus.

Jugeant que le vacarme avait assez duré, Edwin se leva.

Le cœur d'Ellana accéléra soudain.

Vêtu de l'armure de cuir élimée qu'elle lui avait toujours connue, bras croisés sur la poitrine, Edwin était plus impressionnant que le plus impression-nant des Thüls. Ses yeux gris acier, les mêmes que ceux de Destan, dégageaient une force incroyable et son maintien était celui d'un seigneur.

– Cela suffit, déclara-t-il simplement.

Le silence s'installa.

Immédiat.

– J'en ai assez entendu, reprit-il avec force. Les Frontaliers vous tendent la main et vous la refusez. Vous refusez d'écouter Rhous Ingan, vous refusez de réfléchir, vous refusez d'apprendre, vous refusez la raison. Vous refusez tout ce qui n'est pas vaines querelles et rancunes infondées. Ai-je vraiment des guerriers devant moi ou des enfants capricieux ?

Les chefs thüls s'étaient recroquevillés dans leur fauteuil sous le regard goguenard de Rhous.

– Il y a quelques mois, reprit Edwin d'une voix positionnée à la perfection entre douceur et inflexibilité, un ennemi s'est révélé au cœur de l'Empire. Un ennemi réel et non un peuple que l'ignorance seule pousse à détester. Rhous Ingan et ses hommes l'ont affronté aux côtés des Frontaliers. Nos lames ont chanté ensemble et nos sangs se sont mêlés dans la victoire. Aujourd'hui, dans la Citadelle, on narre les exploits de ces valeureux guerriers thüls et pas un seul Frontalier, pas un seul, n'hésiterait à donner sa vie pour ceux que nous considérons désormais comme des frères.

Les chefs thüls s'étaient redressés et dans leurs yeux brillait une flamme nouvelle. Edwin appuya ses poings sur la table pour se pencher vers eux.

– Rhous Ingan est en passe d'entrer dans le grand livre des légendes. Qu'attendez-vous pour le rejoindre ?

Ellana adossée à un pilier avait bu chacun des mots d'Edwin.

« Ils sont prêts à le suivre, réalisa-t-elle. Il possède à un degré prodigieux les seules qualités que respectent ces hommes : la force, le courage et l'honneur. Ils le craignent et l'admirent déjà. Ils le suivront s'ils découvrent qu'il est aussi humain qu'eux. »

Edwin expira longuement. Il se savait sur le point de convaincre les chefs thüls de renoncer à des siècles d'inimitié mais un obstacle perdurait. Un obstacle qu'il ne parvenait pas à identifier et donc à renverser. Il était pourtant vital de les persuader que…

Son cœur rata un battement.

Un mouvement à l'entrée de la salle.

Puis une petite silhouette effectuant un pas dans sa direction.

Hésitant. Maladroit.

Un deuxième pas.

Plus assuré.

Deux yeux gris fixés sur lui comme s'ils avaient été des aimants et lui un phare de métal.

Un troisième pas.

Déséquilibre. Rattrapé de justesse.

Alors que tout son être lui hurlait de se précipiter vers Destan, Edwin s'agenouilla et tendit les bras, le laissant conquérir un à un chacun des mètres qui les séparaient.

Sous le regard stupéfait des chefs thüls devenus translucides, le nouveau seigneur des Marches du Nord serra son fils contre son cœur.

5

Ellana se pencha sur l'encolure de Murmure pour lui chuchoter un mot à l'oreille. Le petit cheval noir s'élança, pareil à une flèche de vent.

Il galopa jusqu'à ce que ses flancs ruissellent de sueur, que son souffle devienne rauque et que les murailles de la Citadelle ne soient plus qu'un souvenir derrière eux. Ellana se redressa sur sa selle et, tandis que Murmure se mettait lentement au pas, elle ouvrit les bras en grand.

Sur sa droite, la chaîne du Poll barrait l'horizon de ses pics acérés, aiguilles de glace et sommets abrupts couverts de neige.

Sur sa gauche, une prairie moutonnait à perte de vue, son vert profond éclaboussé par les myriades de fleurs nées du printemps.

Derrière elle, invisible, la Citadelle.
Devant elle…
Ellana ferma les yeux.

La fête avait été somptueuse.
Les fêtes.
Le premier anniversaire de Destan, la paix enfin proclamée entre les Frontaliers et les clans thüls, et la cérémonie durant laquelle l'Empereur avait officiellement reconnu Edwin comme seigneur des Marches du Nord.
Trois jours de fête durant lesquels tout ce que Gwendalavir comptait de personnages importants avait côtoyé les amis de toujours.
Salim, de retour d'une expédition couronnée de succès à Al-Far. Rayonnant, il mordait la vie et avançait à grands pas sur la voie du marchombre.
Ewilan, désormais Sentinelle. Et femme.
Accompagnée de Liven et Kamil.
Sayanel, énigmatique veilleur des équilibres.
Bjorn, aussi fidèle qu'immuable.
Aoro, maître de son monde.
Mathieu et Siam, le chat et la souris. Sans que personne ne sache qui était le chat, qui était la souris.
Oukilip et Pilipip, avec douze kilos de framboises dont ils avaient mangé la moitié en venant. Et le reste en arrivant.
Maître Duom. Goûtant ce qui était sans doute son avant-dernier voyage.

Oyoel, invité surprise.

Arguro, Altan, Élicia, Illian...

Les fêtes avaient été somptueuses. Et différentes.

La fête autour de Destan, intime et gaie. Si Destan n'était plus le fils de la prophétie mais celui de ses parents, il continuait à lier autour de lui force et loyauté, et le cœur le plus aride était incapable de résister à l'éclat de ses yeux gris.

La fête qui avait réuni Thüls et Frontaliers, bruyante et abreuvée. Les ennemis d'hier s'étaient réconciliés autour d'une immense table chargée de victuailles et de boissons, nouveau champ de bataille qui avait vu la naissance de nouveaux héros.

La fête d'intronisation d'Edwin, solennelle et émouvante. Hander Til' Illan avait lui-même accompagné son fils jusqu'au trône de bois précieux que soutenait le tigre de jade des Frontaliers. Il lui avait remis le sabre ancestral et le licol de cuir puis avait ployé un genou en signe d'allégeance. Edwin l'avait relevé pour l'étreindre avec force. L'Empereur avait ensuite prononcé un long discours, insistant sur les liens fraternels qui l'attachaient à Edwin et sur la dette que Gwendalavir avait contractée envers lui. Un banquet avait suivi, interminable.

Ellana s'était réjouie de retrouver ses amis autour de Destan, elle avait souri devant les débordements des Thüls et des Frontaliers, et frissonné lorsque Edwin avait pris la parole devant son peuple.

Elle avait mangé, ri, bu, parlé, dansé, puis, sans l'avoir projeté, elle avait gagné la chambre de Destan assoupi.

Le souffle court, elle l'avait pris dans ses bras, frissonnant lorsqu'il avait ouvert ses grands yeux gris pour l'observer puis elle s'était glissée par une porte dérobée, avait sauté un mur, dévalé un escalier, couru jusqu'aux écuries.

Trop de monde.

Trop de bruit.

Trop de certitudes.

Elle avait sellé Murmure et quitté la Citadelle au galop tandis que Destan, blotti contre son cœur, se rendormait.

Ellana se redressa sur sa selle et, tandis que Murmure se mettait lentement au pas, elle ouvrit les bras en grand.

Sur sa droite, la chaîne du Poll barrait l'horizon de ses pics acérés, aiguilles de glace et sommets abrupts couverts de neige.

Sur sa gauche, une prairie moutonnait à perte de vue, son vert profond éclaboussé par les myriades de fleurs nées du printemps.

Derrière elle, invisible, la Citadelle.

Devant elle…

L'inconnu.

L'aventure.

La solitude.

Murmure s'était arrêté. Les bras toujours ouverts, Ellana leva la tête vers l'azur.

– Où ? demanda-t-elle à voix haute.

Le vent se glissa jusqu'à son oreille :

– Il y a deux réponses à cette question…

Pour Caroline.
Tout simplement.

LE PACTE DES MARCHOMBRES

Une trilogie de Pierre Bottero

1. ELLANA

2. ELLANA, L'ENVOL

3. ELLANA, LA PROPHÉTIE

Deux trilogies en poche du même auteur...

LA QUÊTE D'EWILAN

1. D'UN MONDE À L'AUTRE
2. LES FRONTIÈRES DE GLACE
3. L'ÎLE DU DESTIN

LES MONDES D'EWILAN

1. LA FORÊT DES CAPTIFS
2. L'ŒIL D'OTOLEP
3. LES TENTACULES DU MAL

... et sur le site

www.lesmondesimaginairesderageot.fr

L'AUTEUR

Pierre Til' Bottero est né dans un petit village blotti au pied de la chaîne du Poll peu de temps après la troisième guerre contre les Raïs. Après une enfance heureuse passée à pister les clochinettes sous les rougeoyeurs, à taquiner les trodds dans leurs mares et à chercher les ruines de la mythique Al-Poll, il est parti suivre des études de sculpteur de branches à Al-Jeit.

Il a ensuite vécu quelques années en pays faël, observé l'île des Nimurdes, de loin, tenté et raté une traversée de la mer des Brumes en canoë, tenté et réussi une traversée de l'Œil d'Otolep à la nage, avant de passer trois mois entiers perché au sommet d'un arbre à guetter l'apparition de la Dame et de son Héros.

Très peu doué pour le dessin (maître Duom en personne avoue n'avoir jamais rencontré aussi piètre dessinateur), il s'est lancé avec bonheur sur la voie de l'écriture et emploie désormais son temps à coucher sur le papier ses voyages et ceux de ses amis en Gwendalavir et ailleurs.

Pierre nous a quittés un soir de novembre 2009. À nous de poursuivre le voyage.

L'ILLUSTRATEUR

Après les Arts décoratifs et une licence à la Faculté d'art de Strasbourg, **Jean-Louis Thouard** collabore avec de nombreux éditeurs.

Il utilise à son gré la plume et le pinceau pour raconter et illustrer des histoires, sous forme d'albums, de romans, ou de bandes dessinées.

Il dessine actuellement la série « Histoires extraordinaires d'Edgar Poe » chez Casterman.

Jean-Louis Thouard vit près de Dijon.

Pour en savoir plus, découvrez son site :
www.lebaron-rouge.com

RAGEOT s'engage pour
l'environnement en réduisant
l'empreinte carbone de ses livres.
Celle de cet exemplaire est de :
1475 g éq. CO_2
Rendez-vous sur
www.rageot-durable.fr

PAPIER À BASE DE
FIBRES CERTIFIÉES

Achevé d'imprimer en France en juillet 2013
sur les presses de l'imprimerie Hérissey à Évreux.
Dépôt légal : octobre 2012
N° d'édition : 5972 - 05
N° d'impression : 120767